INTERFEEL

L'auteur

Antonin ATGER est un jeune auteur lyonnais. Un pied sur la terre ferme, l'autre dans les livres, il a toujours aimé les histoires qui offrent une nouvelle manière de voir le monde. Il a étudié les sciences politiques et vécu dans de nombreux pays (Argentine, Canada, Japon). Ses textes font voyager et réfléchir.

Interfeel est son premier roman.

Dans la même série

Interfeel Livre 2

ANTONIN ATGER

INTERFEEL

POCKET JEUNESSE
PKJ·

Directeur de collection :
Xavier D'Almeida

À Benjamin, Carole, Amélie, Léa, Camille,
qui ont lu Interfeel *tout au long de mon travail d'écriture.*
C'est grâce à leur regard, honnête et bienveillant,
que ce livre est ce qu'il est aujourd'hui.

Loi n° 49 956 du 16 juillet 1949 sur les publications
destinées à la jeunesse : janvier 2020.

ISBN : 978-2-266-30480-1
Dépôt légal : janvier 2020

PARTIE 1

LE RÉVEIL

Prologue

Nathan fixait l'embrasure de la fenêtre. Quelques instants auparavant, il s'y tenait encore. Puis il avait disparu, comme aspiré par le vide. Après un lourd silence, il y avait eu ce son percutant d'un choc contre le sol, puis le silence oppressant avait repris ses droits.

Nathan ne bougeait pas et ne disait rien. Une nouvelle question l'obsédait. Mais il ignorait encore que, pour trouver des réponses, il irait bien plus loin que tout ce qu'il aurait pu imaginer.

Chapitre 1

Nathan regardait le ciel. Chaque fois qu'il se sentait fatigué, nerveux ou colérique et qu'il ne voulait pas que les autres s'en aperçoivent, il levait les yeux et son esprit se calmait aussitôt. Peu importe les nuages, peu importe la pluie : il n'avait qu'à lever la tête.

Le ciel était ce jour-là d'un bleu éclatant. Au loin se découpaient les tours de l'épicentre – le centre exact de la ville –, surplombées par une immense tour blanche, étincelante, en plein milieu. Le ciel était sans nuages. Ce vide se diffusait dans sa tête. Tout était plat comme un lac parfaitement immobile.

Sur ce lac, tout d'un coup, une légère vibration apparut. Une émotion perturbait Nathan, et ce n'était pas la sienne. L'irritation de quelqu'un d'autre infusait en lui. Son professeur de philosophie humaine l'interpella alors :

— Monsieur Ethanin. Vous êtes souvent fasciné par le ciel mais, croyez-moi, La Boétie est tout aussi intéressant. Un peu de courage, le cours se termine dans cinq minutes.

Cette touche d'espièglerie rassura Nathan : son professeur n'était pas si irrité que ça. Sans être particulièrement bon élève – il laissait cette place à Hanek –, il ne posait jamais de problème en classe et n'avait pas l'intention aujourd'hui de commencer. Reprenant son stylo, il nota les paroles du professeur sur son papier numérique.

— La vraie question est : pourquoi accepte-t-on de vivre sous le principe de la servitude volontaire ? D'après La Boétie, il y a plusieurs raisons.

Claude Érat parlait à une vitesse normale, c'est-à-dire bien trop vite pour Nathan. Nerveux, il froissa involontairement le rebord de la feuille. Un message apparut alors sur le papier : *Garder pliure ?* Nathan sélectionna « Non » du bout de l'index et la feuille se défroissa pour redevenir intacte.

Il recommença à prendre des notes, maladroitement, et, comme toujours, se demanda pourquoi il n'était pas possible d'utiliser un bon vieux clavier virtuel, plus naturel pour lui que les courbes approximatives qu'il traçait au stylo. Fichues Grandes Réformes… Il enviait la génération précédente qui n'avait pas besoin d'écrire à la main. Il se calma d'un rapide coup d'œil vers le ciel pour éviter que l'on perçoive l'énervement qu'il diffusait autour de lui.

— Souvent, continua le professeur, les avantages octroyés par la société poussent les gens à la passivité. Malgré la privation de liberté, ils se sentent bien et ne font rien pour changer, comme si la liberté était moins importante que le confort. L'une des raisons réside dans le fait que, pour certains, cette privation de liberté est légitime. C'est un mal nécessaire.

Arrivé en bas de la feuille, Nathan fit glisser son doigt et le papier redevint immaculé.

— Pour finir, la pire des raisons reste la suivante : on ne se rend même pas compte que nous ne sommes plus libres...

Nathan percevait l'intérêt de ses camarades. Lui était trop concentré sur sa prise de notes pour être aussi alerte. Heureusement, quelques secondes après, la sonnerie retentit.

— Bien, conclut M. Érat. Nous nous retrouvons demain pour le dernier cours de la semaine. Rassurez-vous, juste avant le week-end, on ne fera rien d'« incommensurable ».

Chacun ressentit une onde de malice le traverser. Nathan sourit légèrement, même s'il n'avait aucune idée de ce qu'« incommensurable » voulait dire. Comme leur professeur l'avait expliqué un jour, il aimait bien utiliser des mots obsolètes (mot que Nathan, d'ailleurs, ne connaissait pas non plus).

— Je vous donne un exercice tout simple : trouvez-moi trois exemples de servitude volontaire que vous subissez dans votre vie. Nous confronterons nos idées. Vous verrez, vous serez surpris du résultat.

Avant de partir, Nathan appuya quelques secondes sur l'un des bords du papier. La page redevint blanche et une phrase apparut, attestant que le cours avait bien été enregistré. Il ramassa son Opale, et sentit dans sa main la légère chaleur de cette pierre qui ne le quittait jamais. Certains l'accrochaient à leur poignet ou lui donnaient des formes particulières. Nathan, lui, appréciait l'ovale naturel de son caillou. Il n'aimait pas compliquer les choses inutilement.

Comme d'habitude, Hanek parlait avec le professeur Érat. Son intérêt était perceptible dans les émotions qu'il diffusait. Lorsqu'ils se retrouvèrent hors de la classe, Nathan gratifia son ami d'un :

— Lèche-bottes !

— Arrête ! rétorqua Hanek. Tu sais que j'étais sincère !

Bien sûr que Nathan le savait : il l'avait senti sur Interfeel.

— C'était comment ta séance de vidéo-sport, hier ? demanda-t-il.

La moindre évocation de ce sujet enchantait son camarade, qui ne se fit pas prier :

— Su-per ! Le coach nous communique une vitalité incroyable ! Comme si on avait des shoots d'énergie supplémentaires à travers les émotions. Il y avait un nouveau décor. Imagine : la Terre, dans cent ans. Tout est détruit, c'est l'apocalypse. De toute façon, c'est toujours l'apocalypse dès qu'on imagine le futur. On devait avancer dans cet univers, courir, nager…

— Toi, tu parles de vidéo-sport, fit Livia, qui s'était approchée. On sent tes émotions jusqu'au bout du couloir.

— Tant qu'il s'agit d'émotions, ironisa Nathan.

Hanek et Livia échangèrent un sourire. Le silence s'installa entre eux, trop long pour être naturel. Nathan, gêné, finit par le briser :

— On descend ?

— Oui, fit Hanek. Il faut que je parle à Nadem.

Et il se précipita vers la sortie. En passant par l'escalier, il effleura du doigt le mur et une traînée d'encre numérique apparut. Nathan se retrouva seul avec Livia. Il se sentait mal à l'aise et cherchait à ne pas le laisser paraître. Même si chacun avait modifié son Interfeel à sa manière, Livia ne paraissait pas silencieuse pour se donner un genre. Elle semblait simplement distante, affichait en permanence un sourire flottant et diffusait des émotions discrètes que l'on captait à peine. Nathan ne comprenait pas cette attitude et tenta un début de discussion pour cacher son malaise.

— Bonne soirée, hier ?

— Oui.

— Tu es restée en famille ?

Les émotions et le sourire de Livia s'effacèrent discrètement.

— Oui…, répéta-t-elle simplement.

Nathan devina qu'il ne pourrait pas en apprendre davantage, et ils continuèrent à descendre l'escalier en silence. Au passage, il attrapa du doigt la traînée d'encre initiée par Hanek, qui voletait encore sur le mur. En quelques mouvements rapides, il fit une esquisse de papillon qui se mit à battre des ailes dès qu'il eut achevé le contour. Satisfait du résultat, il sortit son Opale et la colla au mur contre son dessin. Le papillon disparut, comme aspiré par la pierre.

En bas, Hanek et Nadem étaient en grande discussion et des éclats d'émotions leur parvinrent.

La conversation était si animée que même leurs bras bougeaient, ce qui était rare depuis qu'Interfeel existait. Quelques minutes plus tard, Adila rejoignit le groupe qu'ils formaient depuis le début de l'année. Tout comme Livia, la présence d'Adila rendait Nathan nerveux… mais d'une manière bien plus agréable.

— Tu as fini le jeu hier ? demanda Hanek. J'espère que tu as explosé le boss !

Il ferma les yeux. Nathan se tourna vers Nadem. Les émotions des autres personnes s'atténuèrent, comme assourdies, et seules les sensations de Nadem infusèrent en lui. Il ressentit une immense joie, de la fierté et une pointe de déception.

— Alors ? s'enquit son ami.

Hanek répondit :

— Tu es heureux d'avoir fini le jeu et déçu car la fin est aussi mauvaise que ce que je t'avais dit !

Nadem explosa de rire et cette bonne humeur contamina instantanément les quatre autres. Même Livia sourit plus que d'habitude.

— Vous avez quoi, maintenant ? reprit Nadem en s'adressant au groupe.

— Écriture, répondit Hanek.

— Du code informatique ?

Hanek sourit.

— Non. É-cri-ture.

Nadem écarquilla les yeux.

— Tu veux dire…

— Oui. À la main, avec un STYLO. Les profs ont décidé qu'on n'écrivait pas encore assez vite avec l'ancienne méthode et nous ont mis des cours supplémentaires !

Les émotions de Nadem suggéraient qu'il était sur le point de pouffer.

En retournant en classe, Nathan jeta un dernier regard à Adila qui était dans la même classe que Nadem. Elle n'avait pas dit un mot durant la récréation. Mais il ressentait toujours ce sentiment si particulier qu'il n'éprouvait que pour elle. Et que, bien sûr, il ne pouvait pas lui cacher.

*

Nathan ressortit du cours d'écriture manuscrite avec une crampe aux doigts et la conviction profonde d'avoir perdu deux heures de sa vie. De sa main valide, il salua Hanek qui, comme tous les soirs, partait dans l'autre direction avec Livia.

La maison de Nathan n'était pas loin du lycée et il rentrait à pied. Il n'utilisait le métro à grande vitesse ou les uniroues que pour les longs trajets. Sur le chemin, il jouait généralement avec son Opale ou captait les émotions des personnes qu'il croisait. Chaque émotion avait sa tonalité. Même si lire les pensées était bien évidemment impossible, il devenait ainsi facile de les deviner.

Plus jeune, Nathan s'amusait à se promener les yeux fermés, en ne se basant que sur l'intensité de ce qu'il ressentait pour déduire la position des personnes autour de lui et les éviter. À part quelques rencontres hasardeuses avec des poteaux, il s'en était bien sorti. Interfeel, le réseau de partage des émotions, était devenu le sixième sens de l'humanité.

Au carrefour, le feu passa au rouge. Les véhicules ralentirent, chacun en parfait équilibre sur sa roue unique. Ils s'emboîtèrent les uns dans les autres tel un gigantesque jeu de construction, pour former un bloc uniforme. Comme tout le reste, ces voitures fonctionnaient grâce aux ondes électriques provenant des panneaux solaires.

Nathan traversa. Derrière lui, le feu passa au vert. Les uniroues démarrèrent d'un seul mouvement pour se séparer quelques mètres plus loin, dans un silence absolu. Un sans-abri était assis dos au mur, de l'autre côté de la rue. Comme celui-ci n'était pas connecté à Interfeel, Nathan ne le remarqua pas et, sans un regard, continua tranquillement son chemin jusqu'à chez lui.

Sa porte d'entrée se déverrouilla à l'approche de son Opale. Ses parents étaient déjà dans le salon. Son père, comme toujours, était plongé dans la lecture d'un journal numérique, soulignant de l'index ce qui lui semblait intéressant. On sentait sa concentration. Cette émotion se mêlait à la sérénité de sa mère qui écoutait de la musique en projetant directement la mélodie à ses oreilles. En voulant discrètement gagner sa chambre pour travailler sur son film, Nathan sentit la soudaine réprobation de son père.

— Juste une heure, pas plus ! négocia le garçon.

Il avait deviné la remarque de son père et la satisfaction qu'il ressentit lui suffit comme réponse. Les gens parlaient beaucoup moins depuis Interfeel.

En entrant dans sa chambre, il tenta de chasser cet énervement qu'il ressentait dès que son père l'interpellait. Il ne pouvait pas le montrer, alors il le gardait en lui jusqu'à ce qu'il soit seul.

Il se projeta quelques émotions apaisantes pour se calmer, puis se mit au travail. Il devait avancer sur son projet. Saisissant son Opale, il l'activa et la fit glisser au centre de la pièce. Sa chambre s'assombrit soudain et il se retrouva au milieu d'une bataille médiévale, cerné par des soldats qui allaient s'affronter d'un instant à l'autre. Il était à l'endroit exact où il avait arrêté son film la veille. D'un geste de la main, il pointa du doigt les endroits d'où il voulait faire provenir les sons : deux des quatre coins de la pièce, une source au plafond et une autre, lointaine, pour le fond sonore. Il tourna la main comme s'il enroulait une bobine imaginaire. Le film accéléra, les protagonistes et les décors défilèrent dans la chambre de Nathan. Il frappa dans ses mains et les immobilisa au passage qui l'intéressait. Se levant de son lit, il se promena entre les différents figurants qui attendaient, immobiles, le signal pour charger. Il bougea quelques armes, amplifia l'odeur de boue qui émanait des bottes humides de ses soldats, ajusta les émotions de colère, de fureur et de volonté qu'il avait éparpillées sur chaque personnage de son histoire. Enfin, il densifia la pluie et assombrit le ciel.

« Voilà. »

Il fut pris d'une idée nouvelle. Il fouilla parmi les dessins enregistrés de son Opale et sortit le papillon qu'il avait esquissé dans les couloirs du lycée. Il le colora rapidement, affina les traits pour le rendre plus réaliste et, d'une simple pression de la paume, le projeta dans l'univers en trois dimensions. Il pointa de l'index l'endroit où il voulait le situer, juste au-dessus de la mêlée sanglante. L'insecte colorée créait un contraste parfait avec l'obscurité de la scène.

Il regarda une dernière fois autour de lui avec satisfaction, puis claqua des mains. L'action reprit, les épées s'abattirent et le papillon s'envola…

*

Au bout d'une heure, il arrêta tout. Les soldats, combattants ou blessés, l'odeur de la mêlée, la boue sur les vêtements, les émotions de rage, tout disparut d'un claquement de doigts. Il avait créé trois dénouements possibles à cette bataille. La plus naturelle apparaîtrait en fonction des émotions du spectateur.

Il avait raisonnablement dû se mettre à son devoir de philosophie humaine, maintenant… mais il lui sembla soudain plus important d'aller voir ce qu'il y aurait pour le dîner. Il eut la joie de constater qu'ils mangeraient une fricassée de sauterelles, l'un de ses plats préférés. Il remarqua que le repas était bientôt prêt et décida de rester dans la cuisine. La philosophie humaine attendrait.

Ils dînèrent en famille, en compagnie du présentateur du Journal holographique, projeté dans un coin de la table. Sourire éclatant et cheveux platine… impossible de dire s'il était une image de synthèse ou une personne réelle. À l'instar de Nathan et ses parents, il mâchonnait ses sauterelles, tout aussi holographiques que le reste.

— Aujourd'hui, annonça-t-il, les plus grandes personnalités du gouvernement mondial se sont retrouvées pour établir les nouvelles lois sur la liberté d'expression…

Pendant que l'un des dirigeants parlait de l'importance de cette fameuse « liberté d'expression », Nathan demanda :

— Il existe depuis quand, déjà, le gouvernement mondial ?

— Depuis la guerre numérique, donc dix-huit ans, fit son père.

L'hologramme du présentateur acquiesça, puis retourna à son plat, laissant la famille discuter.

— Ce n'est pas vraiment un gouvernement mondial, précisa sa mère. Il ne gère que les questions internationales, l'écologie, Internet et bien sûr Interfeel. Les pays ont encore beaucoup de prérogatives. À l'hôpital, par exemple, la gestion des épidémies se décide au niveau mondial. Nous avons aussi le droit d'opérer certains patients à distance avec des robots de transfert.

La mère de Nathan était médecin à l'hôpital principal de la ville. Lorsqu'il était plus jeune, il s'y était rendu quelques fois avec elle. Tandis qu'elle travaillait, il s'amusait à se perdre dans les couloirs blancs au milieu des engins dernier cri. Pour lui, l'hôpital était un endroit incroyablement futuriste et, lorsqu'il en sortait, le monde réel lui semblait vieux et dépassé, avec ses Opales, ses voitures à une roue et ses bêtes murs numériques.

Son père était journaliste. Si le monde réel paraissait parfois un peu vieillot à Nathan, le métier de son père semblait carrément remonter à la préhistoire. Il avait du mal à imaginer que des emplois tels qu'ingénieur chirurgical et journaliste puissent exister à la même époque… d'autant que n'importe quel programme pouvait écrire de très bons articles.

Profitant du silence de la famille, l'hologramme du présentateur reprit la parole :

— De nouveaux incidents ont éclaté dans la banlieue est. Tensions momentanées ou véritable problème de fond, la question est posée. Qu'en pensez-vous ?

Ni sa mère ni son père ne répondirent, sachant qu'ils ne seraient pas d'accord. Devant ce silence, le présentateur reprit tranquillement son annonce.

— Reparlons de cette communauté en bordure de la ville qui refuse méthodiquement l'utilisation d'Interfeel. Problème de communication, difficulté de compréhension, ces personnes refusent de commenter leur choix de vie. Nous nous sommes contentés de les filmer.

Nathan vit des personnes qui criaient aux caméras de dégager avec des gestes sauvages. Ils bougeaient sans arrêt, pour se faire comprendre, exprimer leurs émotions… Ils articulaient des phrases à rallonge et utilisaient des mots que Nathan n'avait jamais entendus. Il ne put s'empêcher de ressentir une sorte de pitié pour ces personnes… et du dégoût. Il ne comprenait pas leur attitude. À cause de ce refus, ces gens restaient cantonnés à un même endroit, en autarcie, rejetant un progrès qui avait amélioré la communication entre les humains de manière extraordinaire.

— Ils sont bizarres, quand même, fit-il remarquer en croquant une nouvelle sauterelle.

— Bizarres, bizarres…, fit son père en chassant de la main l'hologramme du présentateur qui disparut. Ils ne sont pas pires que ceux de l'épicentre.

— Clad ! fit sa mère, et une émotion de réprobation se diffusa.

— Tu les as vus ? Ils ne font que travailler, jour et nuit, et ils ne se parlent plus. On a toujours l'impression qu'ils sont ailleurs. Les gens du quartier est, au moins, communiquent. Même si c'est en criant.

Nathan laissa ses parents débattre. À chaque fois, c'était la même chose. Son père critiquait les gens du centre, sa mère les défendait, et l'inverse se produisait lorsqu'il s'agissait de la banlieue est…. Il termina ses derniers insectes et fila dans sa chambre, ne souhaitant pas en entendre davantage.

Restait cette satanée question philosophique. Déjà, qu'est-ce que c'était, la « servitude volontaire » ? Il tenta de relire ses notes, mais même en traduisant son écriture maladroite en texte numérique, il ne comprenait pas un mot sur deux.

Il y avait une autre manière de trouver l'inspiration : le Réseau. Il saisit son Opale et toucha le papier. Des traits d'encre dessinèrent un clavier sur la feuille. L'écriture au stylo, ça allait bien un moment, mais hors de question qu'il subisse ce supplice chez lui. Il projeta un écran et accéda aux informations du Réseau.

« Servitude volontaire, servitude volontaire… » Il devait régler cette question une bonne fois pour toutes.

Après une hésitation, il prit la puce qu'il avait dans l'oreille gauche et la retira. D'un coup, Interfeel s'éteignit et le vide se propagea dans sa tête. Pas celui qu'il éprouvait en regardant le ciel ; celui-ci était bien plus profond. C'était comme s'arrêter au milieu d'une chanson qu'on connaissait par cœur : le silence était trop intense, trop *silencieux*, et on voulait à tout prix le remplir. Heureusement qu'il était seul. Il posa sa puce dans l'encoche de son Opale et se força à se concentrer.

— La servitude volontaire. La servitude volontaire…

Un grincement, un bruit de pas, quelqu'un venait d'entrer dans sa chambre. Il sursauta, remit rapidement sa puce et se retourna. Sa mère.

— Tu pourrais prévenir !

— Ta porte était grande ouverte, Nathan. Tu voulais que je la referme juste pour pouvoir frapper ?

— Je l'avais laissée ouverte car je ne pensais pas me déconnecter du Réseau. Si j'avais été branché, j'aurais pu savoir que tu arrivais et il n'y aurait pas eu de souci !

Sa mère sourit.

— Tu n'as pas besoin d'être toujours connecté pour interagir avec les gens. Je sais que c'est la norme mais ça n'a pas toujours été le cas. Quand j'étais petite…

Nathan, à présent détendu, sourit à son tour.

— Je sais, vous n'aviez par Interfeel. Et les générations d'avant dialoguaient sans Internet. Tu aimes bien Interfeel, pourtant.

— Qui ne l'aime pas ? Mais tu n'as pas à t'inquiéter d'être déconnecté de temps en temps pour parler à quelqu'un. Tu ne vas pas en mourir !

Elle sortit. Nathan tenta de réfléchir à sa fameuse question philosophique, en vain. Il était désormais hors de question de se débrancher à nouveau. Il s'allongea et programma une émotion énergique pour son réveil. Il réfléchirait à la question de la servitude volontaire plus tard, même s'il savait pertinemment que ce sujet l'inspirerait encore moins à six heures du matin.

Il claqua des doigts pour éteindre la lumière et, comme chaque soir, il se laissa porter par quelques émotions apaisantes qui le mettaient en condition pour dormir.

Alors qu'il sombrait dans le sommeil, un souvenir le maintint avec angoisse à la surface de l'éveil : ce qu'il avait ressenti en voyant sa mère sans être connecté.

L'impression de faire face à une parfaite inconnue.

Chapitre 2

Nathan fit un rêve étrange, cette nuit-là. Il n'y avait pas d'histoire, aucune cohérence, même celle absurde des rêves, seulement des images et des émotions qui s'entremêlaient ; il ressentait des couleurs et voyait des sensations. Ses sens ne semblaient pas raccordés aux bonnes perceptions.

Il ouvrit les yeux et tout rentra dans l'ordre. Son Opale avait capté le mouvement de ses paupières. Elle projeta l'heure sur le mur.

Il était 6 heures pile.

Une émotion-réveil s'était glissée dans sa tête, énergique, vivante, pour l'inciter à bondir du lit et dévorer sa journée.

Sensation énergique ou pas, comme chaque matin, Nathan ne put quitter son matelas qui semblait décupler la gravité. Dix minutes plus tard et au prix d'un immense effort, il leva son bras jusqu'à son Opale puis il activa sa pierre. Un écran se matérialisa. Nathan appuya sur quelques boutons virtuels qui venaient d'apparaître. Les murs se mirent à vibrer en diffusant de la musique, tandis que des images dansaient au milieu de la pièce, histoire de renforcer sa motivation…

Peine perdue. Tant pis, il se passerait de douche. Un peu de parfum numérique ferait l'affaire, au cas où il croiserait Adila.

Adila… Il s'abandonna quelques secondes aux émotions qu'il éprouvait dès qu'il pensait à elle. Et voilà, un nouveau quart d'heure de passé. Refusant de sacrifier son petit déjeuner, il s'arracha enfin du lit.

Titubant jusqu'à la salle à manger, il salua ses parents. Maintenant que le Réseau était ouvert, il n'avait plus la moindre inquiétude à l'idée de voir sa mère. La nuit remettait toujours les idées en place.

Nathan évita le regard de son père. Il savait que ses émotions lui reprochaient, encore, de se lever à la dernière minute.

Il engloutit en deux bouchées sa seconde tartine, avala son bol de lait de pucerons, puis se rua dans sa chambre, enfila des habits au hasard, s'aspergea de parfum numérique, attrapa son Opale au vol et partit.

Il passa devant le mendiant sans plus le remarquer que la veille et traversa la route. Autour de lui, des centaines d'émotions l'atteignaient, fragments de la vie des gens qu'il croisait. Certains transmettaient l'entrain du week-end qui approchait, d'autres accusaient le coup de la semaine qui se terminait, la motivation, l'irritation, le plaisir d'aller travailler. Tous semblaient calmes. De manière générale, les gens étaient moins angoissés à l'idée de se promener dans la rue. Les mauvaises intentions ne pouvaient pas être dissimulées, et si une personne n'était pas connectée au Réseau, elle était immédiatement suspectée. Depuis le lancement d'Interfeel, le nombre d'agressions était en chute libre.

Contre toute attente, Nathan arriva avec quelques minutes d'avance au lycée. Il aperçut Hanek qu'il salua d'un geste porteur d'une émotion chaleureuse. Livia était là aussi, entourée de son halo mystérieux. Nathan, lui, proposait toujours aux autres une émotion neutre et amusante.

*

Après deux heures d'histoire, Nathan et ses amis se dirigèrent vers le cours de code informatique.

Il s'assit comme toujours à côté d'Hanek et sortit son Opale. Il la garda quelques secondes dans sa main, profitant de la légère chaleur qu'elle diffusait. Il la tapota, la couleur lactée disparut et la pierre devint brillante.

— Création code, articula Nathan.

D'un coup, l'Opale se mit en action. Il projeta un halo rectangulaire au-dessus, sa zone de création. Comme les racines d'un arbre, un gigantesque clavier apparut sur son bureau, avec les centaines de touches nécessaires à son codage informatique.

— Aujourd'hui, ce cours sera un peu spécial, déclara le professeur en entrant dans la salle.

S'il leur annonçait qu'on allait retracer l'histoire du code informatique, Nathan songerait sérieusement à quitter la classe.

— Vous allez me coder…

La classe attendait la fin de la phrase mais le professeur s'interrompit. Au bout de quelques secondes, encouragé par les émotions interrogatives de ses camarades, Nathan demanda :

— Nous allons coder quoi ?

— Vous allez me coder, répéta le professeur.

Une émotion de surprise parcourut les élèves. « Enfin un cours "spécial" intéressant », pensa Nathan avec soulagement.

— Nous analyserons ensuite vos projections. N'oubliez pas ce que je vous ai toujours expliqué : le réalisme se trouve dans les détails, je ferai donc un transfert de mon Interfeel sur vos projections pour ne pas trop vous perturber.

Il s'arrêta un instant de parler, le temps d'un sourire.

— Vous avez une demi-heure !

Nathan avait commencé avant même la fin de la phrase. Il pianotait sur le clavier à une vitesse telle que ses doigts semblaient se mouvoir d'eux-mêmes, à la vitesse de son imagination. Il avait déjà décrit la taille et la forme générale du professeur : une espèce de tige de près de deux mètres. Il fallait affiner. Il garnit le crâne de touffes de cheveux, densifia la peau, dessina des lunettes. Il peaufina encore un peu. Ses habits étaient trop raides : il les assouplit, leur donna du mouvement. Il s'occupa de chaque pliure de son corps, ajusta l'épaisseur de ses sourcils, creusa les narines. Il…

— Top ! Plus personne ne touche à son clavier !

Les uns après les autres, les élèves orientèrent la projection de leur Opale vers le centre de la pièce. Le professeur tournait autour de ses clones virtuels, observant et critiquant les moindres détails. L'un des élèves avait fait une erreur de dernière minute et, bien que la représentation soit quasi parfaite, le bras du professeur passait à travers son dos. Certaines représentations se voulaient flatteuses, avec l'omission de quelques rides. Un des élèves avait fait un excellent travail mais s'était trompé sur la couleur générale : le professeur apparaissait paré d'une magnifique peau verte !

Hanek fit apparaître son résultat. Le professeur tourna autour.

— C'est pas mal, Hanek. Pas mal du tout. Mais tu vois, là, et là, c'est flou. Ton code n'était pas assez précis. Tu as voulu aller trop vite, faire trop bien, et tu t'es précipité.

Il se tourna.

— Nathan, à ton tour.

Le garçon matérialisa son modèle et l'envoya au milieu de la pièce. Il apparut en taille réelle, à côté de son modèle de chair et d'os. Le professeur, silencieux, l'analysa. Il se tourna vers la classe.

— Des remarques ?

Nathan regarda ses camarades. Hanek hésita, sa main voulait se lever, mais il ne dit rien.

— Personne n'a rien à dire sur ce modèle ? Moi non plus. Tout y est, même le nombre de pattes d'oies au coin des yeux. C'est parfait, Nathan. Comme d'habitude.

Les émotions du professeur n'étaient pas aussi flatteuses que ses propos. Il ajouta :

— Si tu te concentrais un peu en cours, et je ne parle pas que du mien, tu pourrais aller loin.

— J'aime bien coder, c'est tout, marmonna Nathan en guise de réponse, et il fit disparaître son modèle.

*

La dernière heure, enfin ! Hanek, Livia et Nathan entrèrent ensemble dans le cours de philosophie humaine.

Malgré son visage fermé, le professeur inondait comme à chaque fois la classe de bonne humeur. Il s'avança jusqu'au centre de l'estrade.

— Bonjour à toutes et tous. Vous allez le voir, la leçon d'aujourd'hui sera assez particulière. Je n'en dis pas plus !

« Décidément, c'est la journée », pensa Nathan.

Autant il avait apprécié la surprise du cours précédent, autant un cours « spécial » en philosophie humaine laissait présager le pire. Au moins, les émotions du professeur le rassuraient. Et puis après, ce serait le week-end !

— Quels exemples de servitude volontaire avez-vous trouvés ?

Nathan aurait voulu disparaître du Réseau, ce qui était bien sûr impossible, alors il s'affaissa sur sa chaise.

Il savait que le léger sentiment de culpabilité qui le tiraillait serait perçu par le professeur s'il se concentrait sur lui. Heureusement, plusieurs mains se levèrent dans la classe, dont celle d'Hanek.

— La démocratie dans laquelle nous vivons ?

— Pourquoi ?

— Car nous permettons à d'autres personnes de prendre des décisions à notre place.

— Excellent, Hanek. Excellent. Quoi d'autre ?

Une élève se lança.

— Le journal multisens ?

— De quelle manière ?

— Les journalistes nous disent des informations que nous choisissons de croire.

— Très bien.

Le professeur balaya la classe du regard. Nathan essayait de rester mentalement le plus calme possible en regardant discrètement le ciel.

— Un autre exemple ?

— Nos parents ? Nous leur sommes soumis, d'une certaine manière.

Le professeur s'était mis à sourire.

— Je suis fier de vous. Vous êtes décidément ma meilleure classe, et cela ne fait que confirmer le bien-fondé de mon idée. Je vais poursuivre ce cours par la petite surprise dont je vous ai parlé, j'espère qu'elle vous marquera. Vous êtes d'accord ?

La joie communicative qui émanait de lui se propagea parmi les élèves qui acceptèrent avec plaisir.

— Très bien.

Il porta la main à son oreille gauche et se débrancha du Réseau. La classe devint instantanément muette. En paroles et pensées.

— Qu'est-ce que vous ressentez, là, maintenant ?

Personne ne répondit.

— Qu'est-ce que ça vous fait de vous retrouver en face d'une personne qui n'est plus connectée à votre sacro-saint Interfeel ? Qui redevient imprévisible ? Je vous fais des leçons depuis des mois sur le libre arbitre, l'importance de la décision personnelle, mais vous ne l'avez jamais expérimentée. Maintenant, regardez-moi et répondez. Qu'est-ce que je vous inspire ?

Silence. Il explosa.

— QU'EST-CE QUE JE VOUS INSPIRE ?

La classe sursauta de frayeur. Quelqu'un murmura :

— J'ai peur…

— Bien sûr que vous avez peur. Vous êtes confrontés à votre propre opinion, vos propres émotions. Vous ne vous basez pas sur ce que « ressent » l'autre pour établir votre avis. Vous ne dépendez de personne, vous n'avez que votre propre interprétation. Vous avez peur car tout ce qu'il y a à l'intérieur de vous, désormais, est un vide immense. Vous êtes nés dans ce système, vous ne vivez que par ce système. En voilà une bonne, de servitude volontaire. Elle saute tellement aux yeux que pas l'un d'entre vous n'a pensé à me la signaler. Vous êtes shootés à ces bons sentiments qui ont fait disparaître la majeure partie de votre personnalité.

Hanek prit la parole.

— Monsieur, vous voyez bien que sans cela on ne ressent plus rien.

— C'est bien ce qui est dramatique, Hanek. Vous avez perdu toute capacité de jugement si on ne vous souffle pas la bonne émotion au bon moment. Regardez : vous m'adoriez tous il y a quelques minutes à peine car je vous transmettais une émotion positive. Maintenant vous avez peur. Pourtant je n'ai pas changé.

Encouragé par l'attitude d'Hanek, Nathan parla à son tour.

— C'est notre monde, monsieur. On a toujours vécu ainsi. On ne peut plus changer.

Le professeur soupira.

— Je me doutais que cela ne suffirait pas à vous faire réagir. Ce n'est pas grave, j'y étais préparé. Je vous demande de bien observer ce que je vais faire. Surtout, posez-vous deux questions : qu'allez-vous ressentir et que *devriez-vous* ressentir.

Dans un silence total, le professeur marcha calmement vers l'un des murs de la classe.

— Ces deux questions sont essentielles. Qu'allez-vous ressentir, que devriez-vous ressentir. J'espère qu'elles en amèneront d'autres. Si vous avez besoin de réponses, je serai toujours là pour vous aider à les trouver.

Il ouvrit une des larges fenêtres et grimpa sur l'embrasure.

— Bon courage pour la suite.

Il observa la classe un instant. Puis ses yeux se fermèrent, comme s'il s'endormait.

Il y eut deux secondes interminables. Puis Nathan entendit un choc. Le bruit d'un corps qui percute le sol. La fenêtre désormais dégagée lui offrait un ciel bleu qui, pour une fois, ne l'apaisait pas. Une question surgit dans sa tête. La première.

« Pourquoi est-ce que je ne ressens rien ? »

Chapitre 3

La classe restait figée dans ses gestes et ses émotions. Le temps semblait refuser de reprendre son cours normal, chaque seconde s'étalait à l'infini.

Dans ce moment de suspension, une phrase battait la mesure dans la tête de Nathan.

« Je ne comprends pas. »

Elle se répétait en boucle, comme un écho, de plus en plus fort.

« JE NE COMPRENDS PAS. »

Autour de lui, personne ne bougeait. Personne n'osait se lever pour aller jusqu'à la fenêtre. Peut-être que, s'ils restaient ainsi figés, cet événement allait disparaître, le professeur reviendrait, avec son Interfeel si agréable, et la discussion reprendrait, et Nathan aurait toujours la peur triviale de se faire interroger…

Le proviseur cassa cet immobilisme en déboulant dans la classe. Il courut vers la fenêtre puis revint au centre de la salle.

— Calmez-vous ! ordonna-t-il.

Il dirigea un index tremblant vers la classe qui ne bougeait pas. Il retourna à la fenêtre, et ainsi de suite, durant quelques instants.

Si le proviseur avait du mal à maîtriser son corps, c'était encore pire sur Interfeel. Chaque fois qu'il intimait aux élèves l'ordre de rester calmes, des vagues de panique contredisaient sa phrase et tétanisaient la classe.

Cette panique était incroyablement forte. Nathan n'était pas habitué à de tels extrêmes. Normalement, Interfeel rendait tout léger et ténu. Là, le Réseau semblait mal fonctionner.

— Restez calmes, ânonna le proviseur. Personne ne bouge. J'ai la situation en main, calmez-vous. Surtout, calmez-vous. Tout est sous contrôle.

— Qu'est ce qui vient de se passer ? finit par murmurer un élève.

— Rien du tout. Rien. Du. Tout. Ne bougez pas. N'y pensez pas. Ne pensez à rien, d'ailleurs. Les Forces Spéciales arrivent et vont tout arranger. Restez calmes.

Réalisant soudain qu'il transpirait, littéralement, de panique, le proviseur sortit de la classe en jetant un dernier « restez calmes » depuis le couloir. Les élèves se retrouvèrent à nouveau seuls, immobiles.

Nathan se tourna vers Hanek. Quelque chose n'allait pas chez son ami. Nathan pouvait le sentir avec Interfeel, sans pouvoir définir exactement de quoi il s'agissait. C'était pourtant une sensation qu'il connaissait mais il n'arrivait pas à l'associer à Hanek, qui fixait un point devant lui sans rien exprimer.

Au bout de quelques minutes, enfin, la classe s'anima et tout le monde se mit à parler. Des phrases volaient d'un élève à l'autre. La parole explosait enfin, comme une soupape sous pression. Le niveau sonore augmenta encore, tous criaient maintenant pour se faire entendre. Nathan regarda son ami, le seul à rester silencieux, puis se tourna vers Livia. Elle aussi était parfaitement immobile. Elle donnait même l'impression de ne pas respirer. Dans le chaos de la classe, il ne pouvait pas saisir ce qu'elle ressentait sur Interfeel. Elle n'était pas seulement choquée, comme les autres élèves. C'était quelque chose de bien pire…

Tout le monde se tut brusquement. Ils venaient tous d'éprouver la même chose à travers le Réseau : quelqu'un approchait, et ce qu'elle diffusait par Interfeel était incroyable. Ce n'était pas agressif ou violent. Juste incroyablement puissant. Impossible à ignorer. Dans le silence total de la classe, ils entendirent des bruits de pas près de la porte, calmes et réguliers.

La porte s'ouvrit et une femme entra, arborant trois médailles sur le côté droit de son uniforme.

Elle referma la porte en silence et, une fois au milieu de l'estrade, elle se tourna vers la classe. Son visage était à l'image de ce qu'elle diffusait, d'une puissance stoïque et indéfinissable. Une sensation de calme entoura les élèves, comme si un immense apaisement mettait fin, d'un coup, à leur agitation.

La policière posa son regard tour à tour sur chacun des adolescents. Nathan sentit très clairement ses yeux bleus et limpides le transpercer. Cette phase d'observation dura pourtant moins d'une seconde.

D'une voix aussi posée que ses émotions, elle dit :

— Je m'appelle Kassandra Kacem, commissaire en chef des Forces Spéciales. Face à l'urgence de la situation, mon assistant Vlad Ekaton et moi-même nous sommes déplacés immédiatement.

Normalement, Nathan pouvait facilement synthétiser ce qu'il ressentait des autres en un mot – peur, tristesse ou joie. Il en était pourtant incapable avec Kassandra Kacem. Il avait pleinement conscience qu'une émotion le transperçait, il ne pouvait simplement pas dire laquelle. Un mélange : le calme et la tempête réunis. Kassandra Kacem avait une utilisation bien particulière d'Interfeel et cela n'avait rien à voir avec son statut de commissaire principale.

— Votre professeur est vivant, poursuivit-elle. Après une chute de trois étages, il s'en sort avec une fracture de la jambe droite et de la colonne vertébrale, mais ces deux problèmes sont médicalement réparables. Il a été transféré à l'hôpital central.

Un murmure d'apaisement parcourut la classe. La commissaire reprit, coupant court à cette émotion.

— Claude Érat est en vie, mais il ne sera plus jamais professeur. À sa sortie de l'hôpital, il sera jugé et terminera probablement ses jours en prison ou à l'asile car son acte relève pour moi d'un déséquilibre mental. Il n'aurait jamais dû vous faire subir un tel événement, c'est inacceptable.

Nathan, qui regardait autour de lui, eut l'impression à ce moment-là de voir Livia s'apaiser, comme rassurée par ces paroles.

— Avez-vous des questions ? continua la commissaire.

Personne n'osa parler. Nathan savait que, comme lui, les élèves étaient impressionnés par l'aura de la policière. Elle parut s'en rendre compte et, d'un coup, cette pression mentale diminua. Un élève leva alors timidement la main.

— Madame…

Elle incita d'un geste l'élève à continuer.

— Pourquoi le professeur a-t-il fait ça ?

— Un tel acte relève de la folie, répéta-t-elle. Rien ne peut expliquer qu'une personne saine d'esprit se livre à un geste aussi inconscient devant un groupe de jeunes gens.

Une autre main se leva.

— Il a dit qu'il voulait servir d'exemple.

— Et vous inciter à sauter d'une fenêtre ? Bel exemple, en effet. Je me suis personnellement déplacée car j'estime important de vous montrer que les Forces Spéciales veillent sur vous.

Kassandra Kacem tourna soudain la tête vers la porte. Quelques secondes plus tard, on frappa. En se concentrant, Nathan sentit faiblement des présences dans le couloir. Comment la commissaire avait-elle pu les percevoir tout en parlant ?

Le proviseur entra, accompagné d'un jeune homme qui nageait dans un costume des Forces Spéciales et dont le regard semblait s'excuser en permanence. Le proviseur affichait désormais une assurance à toute épreuve et un calme olympien, tout l'inverse de ses émotions un peu plus tôt.

Kassandra Kacem prit une dernière fois la parole :

— Je vous laisse avec votre proviseur et mon second, M. Vlad Ekaton.

L'inconnu sourit timidement à l'évocation de son nom, et Nathan fut surpris qu'une personne aussi jeune soit déjà aussi haut placée dans les Forces Spéciales.

— N'hésitez pas à venir au commissariat pour me poser des questions, termina Kassandra Kacem. Nous prenons soin de notre jeunesse. Nous lui faisons confiance. Elle est notre avenir. (Elle s'interrompit un instant.) Elle est la raison de tous nos combats.

Sans un mot supplémentaire, elle sortit. La sensation étrange qui avait saisi Nathan depuis son arrivée disparut, offrant plus de place dans son esprit pour les deux nouveaux venus. Le proviseur prit la parole.

— M. Ekaton est le commissaire adjoint. Lorsqu'on connaît la légende vivante qu'est Mme Kacem, vous imaginez bien l'importance de son assistant. Je lui laisse entièrement la main pour la suite des événements. Écoutez-le bien et surtout faites tout ce qu'il demande. N'oubliez pas : c'est pour votre bien.

Vlad Ekaton s'avança avec un léger sourire et Nathan put l'observer davantage. Cheveux courts, rasé de près, il dégagait une émotion apaisante et paraissait terriblement jeune. La douceur de son visage contrastait avec celui, sec, de la commissaire. Il y avait un certain embarras dans ses yeux, comme s'il ne savait pas trop ce qu'il faisait là, ou ce qu'il allait dire. Au moment de prendre la parole, son réseau se teinta de la même douceur que son visage, touchant la classe comme une caresse.

— Bonjour les enfants. Je m'appelle Vlad Ekaton, mais vous le savez déjà. Ma responsable et votre proviseur m'ont déjà présenté…

Il partit d'un petit rire comme pour évacuer le malaise qu'il semblait diffuser à son insu.

Il cherchait ses mots. Profitant de ce silence, les élèves commencèrent à chuchoter entre eux.

Mais, lorsqu'il reprit la parole, on devina à son sourire affirmé qu'il avait enfin trouvé quoi dire.

— Je suis là pour vous aider. Nous allons… extérioriser vos émotions traumatisantes. Même si vous n'en avez pas l'habitude, il faut parler. C'est nécessaire, sinon vous allez éprouver ce que l'on nomme un « refoulement » et vous n'en serez jamais libérés.

Au fur et à mesure de son discours, Vlad Ekaton sembla, enfin, trouver un peu d'assurance. C'est d'une voix plus appuyée qu'il ajouta :

— Quelqu'un peut me raconter ce qui s'est passé ? Expliquez-moi tout depuis le début.

Mais la classe ne broncha pas. Un silence de mort s'installa et Vlad Ekaton se gratta la tête, songeur. Puis, comme pris d'une idée, il se frappa le crâne et dit au proviseur :

— Vous devriez sortir, fit-il d'un ton gêné.

— Je ne préfère pas. Les élèves viennent de vivre un traumatisme, il faut quelqu'un pour…

— Sortez.

Le proviseur regarda son interlocuteur, surpris de la fermeté de son ordre. Vlad Ekaton creva la tension d'un petit rire.

— Vous comprenez… les élèves ont peut-être besoin de se confier… or ils vous connaissent, et vous connaissiez le professeur Claude Érat… alors qu'avec moi…

— Tout de même, je ne pense pas que…

Le proviseur se tut soudain. Son visage se figea et, sans un mot de plus, il sortit de la pièce.

Une fois la porte claquée, Vlad Ekaton se frotta les mains d'un air satisfait et continua avec un sourire malicieux :

— Enfin seuls ! Maintenant qu'on est tranquilles, vous pouvez tout me dire.

Quelque chose se produisit alors. Nathan ne pouvait pas mettre de mot précis sur cette sensation. C'était comme si la réalité se décollait d'elle-même. Les événements lui revenaient en mémoire. Son professeur de philosophie humaine avait sauté par la fenêtre, un policier un peu ridicule leur parlait et le proviseur, d'abord complètement dépassé par les événements s'était mis à projeter autour de lui une assurance à toute épreuve. Dans la salle, ses camarades semblaient aussi perdus que lui.

Vlad Ekaton sourit pour les encourager et dit, d'une voix pleine d'entrain :

— Que quelqu'un se lance !

L'un des élèves prit timidement la parole.

— Le professeur a commencé son cours comme d'habitude…

Vlad Ekaton le coupa d'une voix plus ferme que d'habitude :

— Que ressentez-vous en pensant à ce moment-là ?

Une sensation douce parcourait Nathan, comme si aucun événement tragique n'avait jamais eu lieu. Comme si le professeur avait commencé son cours et l'avait terminé comme d'habitude, et qu'il était désormais chez lui, tranquillement, devant un film multidimensions. Cela lui fit un bien fou. Il voulait rester aussi longtemps que possible dans cet état d'esprit mais le commissaire adjoint reprit la parole.

— Quelqu'un d'autre pour raconter ?

Un autre élève parla, plus spontanément que le premier.

— Le sujet du cours était la « servitude volontaire ». Comme à chaque fois, le prof a laissé quelques élèves exprimer ce qu'ils en pensaient.

— C'est très bien, fit Vlad Ekaton en hochant la tête. Laisser aux élèves le soin de s'exprimer. Grand professionnalisme, très important. Continuez de bien ressentir vos émotions.

Celles de Nathan restaient positives. Pourtant, un léger frémissement apparut dans sa tête, comme une pensée parasite dont il n'arrivait pas à se débarrasser.

Le visage de Vlad Ekaton était devenu plus sérieux :

— Parlez-moi maintenant du moment où tout a déraillé.

Après un long silence, l'un des élèves se lança.

— Le professeur s'est déconnecté du Réseau.

À ce moment, un vide total apparut dans leur tête. Pas une émotion pleine de vide comme ce qu'ils avaient pu ressentir avec Kassandra Kacem. C'était du vide à l'état brut. Encore pire que si on avait arraché leur récepteur. On venait de leur ôter une partie d'eux-mêmes, dans la douleur. Nathan avait mal. Il se sentait perdu, il lui fallait quelque chose à quoi se rattacher.

— N'ayez pas peur, fit Vlad, les encourageant du regard et sur le Réseau. Continuez. Il faut parler.

Les élèves hésitaient.

— Le… le professeur nous a dit des phrases.

Le visage d'Ekaton devint encore plus sérieux. D'une voix complètement assurée cette fois, il demanda :

— Pouvez-vous me les répéter ?

Plus personne ne parlait. Le vide qui les peuplait affectait leur capacité à réfléchir.

— Ré-pé-tez-les.

— Il a dit que nous étions incapables de vivre sans Interfeel, finit par dire Nathan. Que nous étions des pantins sans personnalité.

— Vraiment ?

Le regard d'Ekaton se planta dans le sien. Ses yeux ne le traversèrent pas comme le regard de la commissaire mais il perçut un pic de dégoût se propager en lui. Pourtant, le commissaire adjoint paraissait toujours aussi gêné. Il semblait presque s'excuser de parler :

— A-t-il exactement dit cela ?

— Ce ne sont pas tout à fait les mots qu'il a employés mais…

— Vous auriez donc réinterprété ses paroles, jeune homme ? Vous avez fait vôtre le message du professeur ?

Le dégoût de Nathan qui était resté dans sa tête envahit tout son être. Il se sentait sale, abject, sans même savoir pourquoi. Une émotion poisseuse l'entourait, comme s'il baignait dans un cauchemar.

— Non, j'ai juste…, bredouilla-t-il.

Vlad Ekaton eut un petit rire gêné et son dégoût, soudain, disparut.

— Du calme, jeune homme, je vous taquine. Je sais très bien que vous n'auriez jamais pris ces propos pour argent comptant. N'est-ce pas ?

— Non, monsieur.

— Je suis fier de vous. Vous êtes… ?

— Nathan Ethanin.

Vlad Ekaton marqua une courte pause, comme s'il avait besoin de temps pour mémoriser le nom. Puis son sourire s'agrandit :

— Je suis fier de vous, monsieur Ethanin.

Un profond soulagement envahit Nathan. Il se sentait heureux que le policier le croie. Il ne savait pas pourquoi, mais il n'avait absolument aucune envie de lui déplaire.

Vlad Ekaton se détourna et regarda à nouveau la classe. Il balbutiait, comme au début de son discours.

— Peut-être que l'acte du professeur en fait réfléchir certains… peut-être que certains d'entre vous pourraient se laisser convaincre par cette folie. Nous sommes en démocratie, après tout, et c'est votre droit. Il faut que vous puissiez vous exprimer librement. Je vous pose donc cette question : que pensez-vous de cette idée de vivre sans Interfeel ?

En prononçant cette dernière phrase, il ne souriait plus. En fait, il n'exprimait absolument rien, et

Nathan pensa que c'était terrifiant. À ce moment-là, Vlad Ekaton se tourna vers lui pour le fixer à nouveau, comme s'il lisait dans ses pensées, et Nathan frissonna.

« Impossible. »

Puis le commissaire adjoint se détourna de Nathan et s'adressa à une autre élève.

— Comment vous appelez-vous, jeune fille ?

— Fathi Telliac.

— Chère Fathi, fouillez au plus profond de vous et dites-moi ce que vous ressentez en imaginant vivre sans Interfeel.

Elle n'eut même pas à réfléchir tant la classe entière ressentait cette émotion qui semblait déborder d'elle.

— C'est écœurant. Vraiment écœurant. Ce n'est pas bien, ce qu'il a dit. Ce n'est pas bien.

Exactement ce que Nathan avait ressenti. Vlad Ekaton reprit la parole et creva cette onde de dégoût qui s'était propagée dans la classe.

— Je vais passer devant chacun de vous et vous allez me dire ce que vous en pensez. C'est très important, vous comprenez ? Vous avez vécu une expérience traumatisante, il faut parler. Extérioriser. C'est pour votre bien. Vous, par exemple…

Il était devant Hanek.

— Vous êtes un grand gaillard. Costaud ou pas, il faut être honnête. Je ne veux pas simplement ressentir vos émotions. Expliquez-les-moi.

Hanek tentait de garder une expression sereine mais ses émotions le trahissaient. Le grésillement persistait dans la tête de Nathan.

— Je ne comprends pas.

— Qu'est-ce que vous ne comprenez pas ? demanda le policier du tac au tac.

Hanek tremblait, Ekaton ne le quittait pas des yeux.

— Allez-y.

— Tout. C'est pas normal. C'est pas dans… l'ordre des choses.

— E-xa-cte-ment, fit Ekaton en appuyant chaque syllabe. Ce qui s'est passé est une aberration qu'il faut oublier. L'espèce humaine a toujours cherché le contrôle. Nous avons maîtrisé la planète pour y vivre. Nous avons inventé des langues pour nous comprendre. Nous avons inventé des dizaines de manières de communiquer et Interfeel est l'ultime étape. Les émotions nous sont désormais connues. Refuser le Réseau, c'est refuser le progrès. Ce n'est pas de l'anticonformisme, c'est de la folie. Votre professeur l'a bien prouvé en faisant ce geste. Rendez-vous compte : il s'est jeté dans le vide devant une classe de jeunes personnes influençables. Des jeunes *qui avaient foi en lui.* Comment peut-on à ce point trahir cette confiance ? Cet homme est fou, vous comprenez ? Il ne faut pas le comprendre, ce doit être pour vous une évidence absolue. Ne jamais croire ce que dit un cyriste.

« Un *quoi* ? » pensa Nathan.

Une émotion intense l'avait envahi pendant que Vlad Ekaton parlait, et que sa voix devenait soudain plus assurée, plus forte. Ce grésillement s'amplifiait et bourdonnait dans tout son être. Une fois encore, il eut la sensation que la réalité se décollait d'elle-même, prête à s'arracher. Le dégoût revint, comme une vague horrible qui le submergeait. Du dégoût pour le professeur. Oui, ce professeur était fou. Oui, son acte était abject.

Nathan ne percevait plus rien de palpable. Les élèves, la classe, la ville, rien autour de lui ne semblait réel et le commissaire dit d'une voix tonitruante :

— Ne vous laissez jamais entraîner par la folie. JAMAIS.

Alors il y eut comme une explosion dans sa tête et la réalité se déchira. Ce qu'il voyait devenait flou, irréel. Les sons et les émotions se mélangeaient à nouveau, comme dans son rêve de la nuit précédente. Cette fois, ça n'avait rien d'agréable. Il fallait que ça cesse. Il fallait que ça cesse. Il fallait que ça…

Il ouvrit les yeux et tout se remit en place. Il était dans son lit. Son Opale, captant le mouvement de ses paupières, projeta l'heure sur le mur.

Il était 06 h 01.

Chapitre 4

Après les traditionnelles négociations avec lui-même, Nathan s'arracha du lit à regret et se traîna jusqu'à la cuisine en bâillant. Ses parents étaient déjà à table. Il saisit une tranche de pain et prépara sa première tartine.

— Heu... Nathan ?

Le Réseau de son père était étrange. Comme Nathan avait enfourné une moitié de la tartine dans sa bouche, il ne répondit que par un haussement de sourcils et une émotion interrogative.

— Qu'est-ce que tu fais ? continua son père.

— Je suis en train de manger, ça se voit, non ?

— On a bien vu, mais pourquoi aussi tôt ?

— C'est vrai que normalement je mets quelques minutes de plus à émerger. Mais tout de même...

— Nathan..., interrompit sa mère. Il n'est pas normal que tu te lèves à cette heure aujourd'hui.

— Crois-moi, je me rattraperai samedi.

Ses parents se regardèrent en silence. Son père reprit :

— Simple question, Nathan : quel jour on est ?

— On est ven…

D'un coup, la réalité se recolla à elle-même. Le choc le réveilla complètement et lui fit lâcher son bout de pain qui tomba dans le bol, éclaboussant la table.

— Nathan, tu vas bien ?

— Non.

Il avait répondu sans réfléchir. Non, il n'allait pas bien. Dans sa tête, deux jours se télescopaient, entremêlés de rêves et de réalité.

— L'événement d'hier a vraiment dû te secouer souffla son père.

— L'événement…

Tout lui revint par flashs. Le professeur de philosophie humaine. Son discours. Son saut. Ce bruit… À chaque image s'associait une émotion désagréable.

Nathan tenta de se calmer. Il devait poser des questions simples à ses parents pour reprendre pied dans la réalité.

— Comment est-ce que je suis rentré hier ?

— Pardon ?

— Après les cours, comment est-ce que je suis arrivé ici ?

— Nous sommes venus te chercher au lycée car ton proviseur nous a contactés.

— Je ne me souviens de rien…

— C'est le traumatisme. Le commissaire adjoint nous a avertis que cela pouvait arriver.

— Le commi…

— Quelqu'un de… sympathique… très jeune, dit sa mère.

Son Réseau et la rougeur de ses joues prouvaient qu'elle le trouvait plus que sympathique, ce qui n'échappa pas à son père qui dit à son tour :

— *Trop* jeune, même, peut-être. Je me demande comment il peut être aussi gradé.

— C'est assez simple, remarqua sa mère en rougissant un peu plus. Je me suis renseignée. Il a toujours, toujours fini premier à chacun des concours des Forces Spéciales.

Nathan revoyait ce policier au visage timide. Mais il ne parvenait pas à préserver cette image trop longtemps… Au bout de quelques secondes à peine, elle se changeait en quelque chose de beaucoup moins beau… plus violent. Vlad Ekaton. Le nom claqua en lui comme une détonation.

— Tu n'as pas à t'inquiéter, reprit son père. Une perte de mémoire est compréhensible après ce que tu as vécu. Un professeur qui se suicide devant sa classe…

— Il ne s'est pas suicidé, il…

Nathan s'arrêta, soudain très mal à l'aise. La douleur qui bourdonnait dans sa tête s'amplifia et bloqua sa capacité à réfléchir.

— Il a sauté de trois étages, j'appelle ça un suicide dit son père. Je veux bien qu'on ait des idées arrêtées, c'est même très bien, à notre époque. Mais cet acte…

— Dans tous les cas, il a raté son coup, reprit sa mère. On l'a transféré à l'hôpital central et on l'a opéré cette nuit. On a pu ressouder sa colonne vertébrale et accélérer le développement de ses nerfs. En revanche, il est toujours dans le coma. Un coma *étrange*, comme on n'en a jamais vu.

Nathan ne voulait pas en entendre davantage. Il se sentait soudain très fatigué, même s'il venait de se lever. Trop de choses remontaient d'un coup et il avait l'impression de ne rien contrôler. Il acheva son petit déjeuner en trois bouchées puis monta s'enfermer dans sa chambre. Il avait besoin d'être seul.

Il avait hésité à appeler Adila pour qu'ils se voient pendant le week-end, ou Hanek… mais il préféra se tenir à son programme de base : ne rien faire. Oublier toute cette histoire, passer à autre chose et ne plus se poser de questions. Il annonça :

— Bleu ciel.

Les vitres auparavant transparentes se teintèrent d'un bleu léger qui se diffusa dans toute la pièce. Le marron du plancher disparut, pour s'adapter à la couleur ambiante. Dès qu'il voulait se détendre, il colorait la chambre dans cette tonalité.

— Musique.

Les murs bleus diffusèrent une agréable mélodie, douce et légère. L'Opale l'avait choisie en accord avec la couleur de la pièce. Il prit sa pierre dans sa main et ferma les yeux. Il aimait sa texture dépolie ornée de son encoche et sa chaleur légère et permanente.

Malgré tout, au bout d'une heure, ses pensées revinrent et le bourdonnement dans sa tête s'intensifia. Il devait à tout prix se calmer avant de redescendre voir ses parents. Il ne voulait pas qu'ils le voient – et surtout, le *ressentent* – ainsi.

Il fallait quelque chose de plus radical. Il reposa son Opale.

— Noir total.

La musique s'arrêta, les fenêtres s'éteignirent et sa chambre fut plongée dans l'obscurité complète. Il prononça alors le nom du logiciel qu'il voulait actionner.

— Terre.0.

Au beau milieu de la pièce, la planète apparut. Elle flottait dans sa chambre comme dans un espace miniature ; quelques nuages se condensaient çà et là, masquant par endroits sa surface.

De l'index, Nathan fit une pichenette dans le vide et la Terre virevolta à toute vitesse. Il écarta les doigts de sa main et la planète tournoyante se mit à grossir d'un coup. Nathan plongeait dans son propre monde. Devant ses yeux, les océans et les continents défilaient ; ils se rapprochaient à toute vitesse. Trop vite. D'un léger mouvement, Nathan ralentit sa chute. Le sommet des montagnes passaient sous ses pieds, puis il arriva au-dessus d'une ville tentaculaire couverte de centaines de buildings. La ville disparut, remplacée par une forêt de sapins dont il sentait les milliers de pointes lui fouetter le visage. D'autres décors surgirent, des vallées, des déserts…

Il frappa dans ses mains.

Le paysage se figea si brusquement qu'il se sentit projeté en avant. Du bout des doigts, il atterrit sur le sol. Il était en bordure du désert ; quelques pousses d'herbes parvenaient à se frayer un passage dans le sable chaud. Il n'avait aucune idée d'où il se trouvait et ne voulait pas le savoir. Mimant des pas avec le majeur et l'index, il partit en exploration.

Au bout d'un quart d'heure de marche numérique, il trouva un village. Les habitants vaquaient tranquillement à des activités rurales, répétant inlassablement les gestes qu'ils faisaient lorsque les capteurs étaient passés à cet endroit. Et ces personnes, comme partout dans le monde, éprouvaient des émotions que Nathan ressentait grâce à Interfeel. Le langage des émotions était universel.

Penser à Interfeel lui donna soudain envie d'aller voir un autre endroit. Un lieu où il n'irait jamais en vrai, bien sûr. Mais en numérique, qu'est-ce qu'il risquait ? Ses deux mains s'ouvrirent et il décolla, comme projeté dans le ciel. Le village disparut, la région, le continent… La Terre apparut à nouveau devant lui, immobile, attendant la prochaine destination.

— Maison.

La planète tourna à moitié et il plongea à nouveau. Il se trouvait au-dessus de sa ville. En point d'orgue, en plein milieu de l'épicentre, il voyait la gigantesque tour blanche où, aux dires de tous, ne travaillaient que des robots. Puis, plus loin, il reconnut son quartier, sa maison. D'un geste de la main, il s'arrêta au-dessus d'un endroit bien précis.

La banlieue est.

Il prit une grande inspiration puis atterrit.

Il avançait avec précaution et une première chose l'étonna : tout semblait normal. Il y avait des rues, des voitures à une, deux, ou cinq roues, des magasins… et des gens. Ils se promenaient tranquillement et ne ressemblaient pas aux énervés qu'il avait vus à la télévision. Ils ne semblaient même pas avoir conscience d'être amputés d'un sens. Que quelque chose *manquait.* Il pensa à nouveau aux propos de son professeur de philosophie mais l'étrange grésillement reprit dans sa tête, l'empêchant de réfléchir. Il avait l'impression que tous ses souvenirs de cet événement étaient cryptés.

Si les habitants ne semblaient pas perturbés par cette absence, lui l'était. Ces gens étaient plus étranges à ses yeux que les autochtones de l'autre bout du monde qu'il avait observés précédemment. Secouant ses mains dans tous les sens, il fit disparaître le décor. Son Opale redevint une simple pierre et les fenêtres reprirent leur transparence habituelle. Il était déjà près de midi. Il savait qu'il pourrait bientôt descendre manger, heureux de se vider la tête en se remplissant l'estomac.

*

Une mauvaise surprise l'attendait dans son assiette.

— Ne me dites pas qu'on mange du *poulet* ! On ne pourrait pas se faire une poêlée de grillons, comme d'habitude ?

— On mangeait beaucoup de poulet, avant. Maintenant, c'est une denrée rare.

— Je sais…

— Tu n'as qu'à te dire que c'est un très, très gros insecte, fit son père.

Sa mère enchaîna en souriant :

— Tu as l'air d'aller mieux !

— Ça va, marmonna Nathan, les émotions neutres.

— Tu as rencontré la commissaire principale, hier ? demanda soudainement son père. La fameuse Kassandra Kacem ?

Nathan profita de la conversation naissante pour repousser sa première bouchée de viande.

— Fameuse ?

— Clad, interrompit sa mère. Tu le lui as déjà demandé hier.

— Il a apparemment tout oublié. Alors ?

Surpris de l'intérêt que diffusait son père, Nathan demanda :

— Je t'ai répondu quoi, hier ?

— Que tu ne voyais pas de qui je parlais.

— Non, je me souviens maintenant. Je l'ai rencontrée. Elle est si importante que ça ?

— Tu n'en as *vraiment* jamais entendu parler ?

Après le soupçon d'intérêt, l'aigreur habituelle de son père avait repris le dessus. Nathan ressentit un peu d'irritation, immédiatement perçue par ses parents.

— Jamais…

— Tu devrais te renseigner un peu plus sur le monde qui t'entoure plutôt que de te gaver d'émotions anonymes sur Interfeel. J'ai rencontré Kassandra Kacem lorsque j'étais web-journaliste, juste après la guerre numérique.

Nathan regardait la tranche de volaille dans son assiette avec suspicion, pas certain que ce soit comestible.

— La fameuse guerre numérique, murmura-t-il d'un air absent. C'est quoi déjà ? On en parle souvent mais on ne dit jamais ce qui s'est passé…

— Personne ne le sait vraiment, dit son père. Kassandra Kacem était colonel à l'époque. Elle a fini la guerre avec deux grades en plus et une jambe en moins.

Nathan sursauta.

— Il lui manque une jambe ? Je n'ai rien remarqué.

— Sa prothèse est très réaliste. Mais sa démarche n'est pas parfaite, car Kassandra Kacem souhaitait qu'elle ne contienne aucun élément électronique qui puisse l'aider dans ses mouvements.

— Elle *pourrait* avoir une nouvelle jambe de meilleure qualité mais elle le refuse ? Pourquoi ?

— Je n'en sais rien. Sa prothèse ne contient que du métal, du carbone et de la peau synthétique.

Nathan réfléchit en mâchonnant distraitement sa viande, espérant faire disparaître le goût à l'usure.

— Comment a-t-elle pu perdre une jambe *physiquement* dans une guerre *numérique* ?

— Le numérique n'est jamais coupé du monde réel. Même si on semble souvent persuadés du contraire.

Son père ne pouvait pas s'empêcher de sortir de grandes phrases, ce qui irritait Nathan. Il regarda le ciel par la fenêtre pour cacher à ses parents la pointe de colère qui venait – encore – d'apparaître. Il avait au fil des années développé de nombreuses astuces pour masquer les sentiments négatifs et éviter les discussions gênantes. Depuis Interfeel, les gens fuyaient les conflits.

— Comment a-t-elle perdu sa jambe ?

Son père haussa les épaules.

— Je l'ignore. Nul ne le sait, à part elle et la personne responsable. Tout ce que je sais, c'est que Kassandra Kacem a eu une action déterminante face aux cyristes.

La fourchette de Nathan se figea sur sa tranche de poulet. Ce mot…

— Les cyristes ?

— Cyber-terroristes en abrégé. Les personnes que le gouvernement mondial et les Forces Spéciales ont combattues durant toute la guerre numérique. Les actions de Kassandra Kacem ont été essentielles pour la victoire de son camp.

— Qu'est-ce qui aurait changé si les cyristes avaient gagné ?

Son père garda durant quelques secondes un silence théâtral.

— Tout.

Chaque fois qu'il voulait des informations sur cette guerre, Nathan faisait face à des phrases toutes faites qui lui expliquaient à quel point c'était important, sans expliquer pourquoi. Nathan ignorait si son père cachait volontairement des choses ou s'il ne voulait pas admettre qu'il ne savait rien. Le Réseau proposait des dizaines de théories, toutes plus folles les unes que les autres : il suffisait de masquer la vérité derrière un flot d'informations contradictoires pour qu'elle soit impossible à trouver. Les professeurs, quant à eux, ne parlaient que des conséquences sociales de la guerre : la revalorisation de l'humain dans la société, l'importance de reléguer les machines au second rang et, surtout, le retour à l'écriture manuscrite. Tout ça pour ça.

Interrompant ses pensées, son père conclut la discussion.

— À la fin de la guerre, les Forces Spéciales sont devenues l'organisme de maintien de la paix mondiale, bras droit du gouvernement. Vu ses états de fait, Kassandra Kacem a été promue directement commissaire de notre région. C'est à cette occasion que je l'ai interviewée. C'était une expérience… marquante. Elle est impressionnante, tu n'as pas besoin d'Interfeel pour le sentir.

Nathan n'aimait pas acquiescer aux propos de son père, néanmoins il était d'accord. Kassandra Kacem avait une intensité particulière dans le regard, et cela n'avait rien à voir avec le Réseau. Le repas se termina en silence, chacun plongé dans ses pensées.

Le soir même, Nathan rechercha « guerre numérique » sur le Réseau, mais les informations étaient tellement nombreuses et éparpillées qu'il lui était impossible de démêler le vrai du faux. Il rechercha ensuite des infos sur Kassandra Kacem mais, là aussi, on lui attribuait sans distinction les meilleurs exploits et les pires crimes. Il nota quelques mots qui revenaient souvent, comme « 21 mercenaires » ou « guerrière rouge ». Frustré, il ferma les recherches et partit se coucher.

*

Il fut curieusement heureux de retourner étudier le lundi matin. La routine le rassurait et lui confirmait que malgré les circonstances, rien n'avait changé. Arrivé au lycée, il aperçut Hanek et Livia, qu'il salua d'un geste de la main et d'une émotion chaleureuse. Hanek arborait un grand sourire. Cela ne pouvait signifier qu'une chose.

— Laisse-moi deviner : tu as passé le week-end dans ta salle de sport.

Hanek partit d'un grand rire, ce qui soulagea Nathan. Les choses redevenaient comme avant.

— C'était excellent ! On est toujours dans ce monde apocalyptique et il faut infiltrer une gigantesque base nucléaire ! Il y a de la course, du saut, des tractions… J'ai pulvérisé tous mes records !

Nathan fut surpris par la profonde émotion qui émanait de son ami…

— Bravo, répondit-il simplement.

— Le coach… il était à fond avec moi ! Je lui ai demandé de me motiver encore plus que d'habitude avec ses émotions. J'en avais besoin, je sais pas pourquoi…

— Tu sais pas pourquoi ? Peut-être à cause de ce qui s'est passé vendredi avec le professeur de philo…

— Non ! trancha Hanek. Ce n'est pas ça. Ce prof est barge, on n'en parle plus et on passe à autre chose.

Son visage était étrange. Il exprimait un sentiment nouveau, que Nathan n'avait jamais ressenti chez lui. Mais il avait raison. Le prof était fou, point. Pourtant quelque chose perturbait Nathan. Un détail, apparu durant le week-end alors qu'il tentait désespérément de se changer les idées. Il ne savait pas quoi exactement :

dès qu'il y réfléchissait, le bourdonnement douloureux reprenait dans sa tête.

Hanek parlait désormais avec Nadem du jeu vidéo en réseau qu'ils avaient commencé la veille. Adila n'étant pas encore arrivée, Nathan se retrouva donc seul avec Livia. Encore.

Comme d'habitude, elle affichait un sourire mystérieux et des émotions discrètes. Pour lancer la conversation, Nathan parla du sujet qu'il avait en tête.

— Et toi, Livia, tu en penses quoi ?

— De quoi ?

— De ce qu'a fait le professeur.

Après un léger silence et une émotion glaciale, elle lâcha brutalement :

— Rien.

— On est tous un peu secoués, continua Nathan, doucement.

— Je ne veux pas en parler.

Une nouvelle émotion avait jailli, encore plus froide que la première. Il fit l'erreur d'insister.

— Livia, je suis ton ami, non ?

— Ce n'est pas le problème.

À chacune de ses phrases, ses émotions se tendaient comme un ressort.

— Nous avons tous vécu cet événement, continua Nathan.

— Pas de ma manière.

— Pourquoi tu ne veux pas me dire ?

— Ma réponse ne te plaira pas.

— Allez !

Nathan ne semblait pas sentir cette émotion de glace que Livia irradiait. Il restait persuadé qu'elle finirait par craquer en rigolant et que la tension se relâcherait.

Et soudain, ces émotions explosèrent.

— Le professeur aurait dû *mourir* dans sa chute, lâcha Livia. Je n'ai qu'une envie, c'est d'aller dans l'hôpital où il se trouve pour le tuer. Tu entends ? Le TUER !

Elle hurlait presque sur Nathan qui était figé sur place. Hanek et Nadem la regardaient et, dans toute la cour, les élèves se tournaient, horrifiés, vers elle. Ce n'était pas le cri, c'était ce que Livia éprouvait sur le Réseau qui les glaçait. Ils n'avaient jamais connu une telle violence…

— On n'a pas le droit de faire ça à des enfants ! On n'a pas le droit ! Pas après ce que j'ai déjà…

Livia remarqua que tous les élèves la dévisageaient. Elle fondit soudain en larmes et quitta le lycée en courant.

Nathan aurait pu la suivre pour essayer de comprendre ce qui la traumatisait autant.

Au lieu de ça, il sortit précipitamment son Opale pour qu'Interfeel lui diffuse une émotion d'apaisement. Autour de lui, tout le monde en fit autant.

Chapitre 5

Nathan l'avait poussée à bout. Bouillonnante de rage, elle s'était décidée à agir.

Et comme toujours, elle le regrettait déjà.

Livia marchait à toute vitesse à travers la ville. Elle courait presque. Elle avait rencontré quelqu'un la veille, elle savait que cette rencontre aurait des conséquences. Mais la vague de violence, si forte, qui l'avait saisie, avait besoin d'être apaisée. Elle espérait maintenant semer sa culpabilité en parcourant les rues à grandes enjambées, mais elle revenait à chaque croisement. Avait-elle bien fait ? Qu'allait-il arriver ? Elle cherchait des réponses, n'en trouvait pas, et son cœur battait à tout rompre. Il était très difficile de maintenir son émotion habituelle, calme et discrète, qu'elle avait développée en guise de protection. Les passants la regardaient et s'écartaient de son chemin. Elle courut jusqu'à une ruelle pour s'isoler loin de tout, loin du Réseau.

Elle s'assit. Sa respiration, enfin, se calmait. Elle remarqua à quel point l'endroit où elle se trouvait était gris et triste. Elle sortit son Opale, activa un programme et soudain, des fils holographiques, épais comme de la laine, surgirent de sa pierre. Elle en accrocha un à chaque doigt et tira, comme si elle déroulait une grosse pelote numérique. De l'autre main, elle fit varier les couleurs, jaune, vert et bleu ciel puis, croisant et décroisant rapidement ses doigts, elle se mit à tresser les fils.

Depuis son enfance et ce qu'elle avait vécu, choisir était une torture. Chaque fois qu'elle prenait une décision, elle le regrettait immédiatement. Pour se calmer, elle sortait ces fils et les tressait avec dextérité. Il s'agissait d'un « hologramme personnel » qu'elle seule pouvait voir. Si une personne s'aventurait dans la ruelle, elle ne verrait qu'une jeune fille à l'air triste, en train de croiser et décroiser ses doigts dans le vide.

Elle pensait à ses anciens démons, enfouis derrière les émotions discrètes qu'elle diffusait. L'acte suicidaire du professeur les avait ramenés violemment à la surface. Durant la fin de la semaine, elle avait cru pouvoir les contenir… mais les quelques mots de Nathan avaient tout fait exploser. Il ne pensait pas à mal. Il n'avait jamais de mauvaises intentions, c'est pour ça qu'elle l'aimait bien, même s'il était persuadé du contraire. Lui non plus ne savait pas ce qu'elle avait vécu. pourquoi elle était ainsi.

Elle avait terminé une première tresse numérique. Elle la décupla et confectionna en quelques secondes une gigantesque toile bariolée, qu'elle projeta sur le mur d'en face, l'égayant de couleurs vives. Sélectionnant trois autres couleurs, violet, orange, blanc, elle attaqua une nouvelle tresse. Elle prenait toujours des tons très différents qui paraissaient inconciliables et s'amusait, avec ses doigts, à relier les contraires.

Il y avait quelques années, heureusement, elle avait rencontré Hanek. Il s'était ouvert à elle, elle s'était ouverte à lui, ils étaient complémentaires, même si elle n'aimait pas les grands airs qu'il se donnait ni son envie d'être toujours le meilleur. Il lui manquait alors sa meilleure partie, sa sensibilité.

Elle étendit le deuxième tissu coloré sur la façade de l'immeuble et attaqua directement un troisième motif. Vert fluo, orange pêche, blanc cassé.

Hanek était devenu plus sombre après l'incident du professeur. Plus dur. Ce qu'ils partageaient depuis si longtemps s'étiolait, comme un fil, justement. Il masquait ses sentiments et ne parlait presque plus. Le Réseau le trahissait parfois, mais il le brimait à coup d'émotions violentes qui la blessaient. Elle craignait qu'à force de trop faire le roc il en devienne un, insensible comme une pierre. Pour ça aussi, elle haïssait le professeur.

La troisième toile colorée se déploya sur toute la longueur de la rue. Une grande partie des façades étaient couvertes, et Livia s'attaqua aux finitions. Elle emmitoufla ce lampadaire mobile dans un décor marron, jaune et bleu marine. Cette fenêtre fut recouverte d'un violet mêlé de vert et de fauve. La gouttière, qui recyclait instantanément l'eau de pluie en eau potable, se drapa de couleurs caramel, citron et fraise…

Tout s'emmêlait dans sa tête tandis qu'elle croisait et décroisait ses doigts. Elle regrettait ce qu'elle avait fait la veille… elle ne regrettait plus… elle n'avait jamais su choisir… et elle triait les cordes numériques qu'elle extirpait de son Opale, tressant, dupliquant, habillant autour d'elle, transformant cette ruelle grise en lieu arlequin, aux couleurs aussi belles qu'holographiques et immatérielles.

Mais tout cela n'était qu'une illusion, elle le savait. Elle ferma les yeux quelques secondes. C'était le signal qu'identifia l'Opale pour mettre fin aux « hologrammes ». Lorsqu'elle les rouvrit, la ruelle était à nouveau grise et désespérante, comme avant, et Livia eut envie de pleurer.

*

Hanek avait enfilé sa combinaison de vidéo-sport et s'échauffait. Depuis une semaine, il venait ici tous les soirs. Il terminait les cours puis rentrait avec Livia. Avant, ils parlaient de tout et de rien, ils riaient ensemble. Désormais, ils marchaient en silence. Il avait la tête ailleurs, et ne pouvait pas être distrait par ce que Livia et lui partageaient sur le Réseau.

Dès qu'ils se séparaient, Hanek courait retrouver ses camarades, ses frères de jeu. La puissance de leurs émotions lui faisait du bien. Enfin, il ne ressentait plus cette fragilité qui le tenaillait depuis l'incident avec le professeur. Enfin, il oubliait.

Son coach arriva et le prit à part.

— La séance sera compliquée, ce soir Hanek. Ça demande du physique et du mental. En fonction de tes émotions, le nombre d'ennemis va croître ou décroître. Si tu te laisses submerger, tu meurs.

C'est comme ça que se terminaient tous ses entraînements ces derniers temps. Cette fois, ce serait différent. Il donna une nouvelle série de coup de poings dans le vide pour s'en persuader.

— Si tu veux être le meilleur, continua son entraîneur, ce n'est pas compliqué. Il faut être certain de ce que tu fais. Tu ne dois jamais douter.

Le doute… son ennemi intime, qui le rongeait depuis une semaine. Un adversaire bien plus dangereux que les mutants apocalyptiques. Ce soir, il vaincrait.

L'échauffement était terminé. Hanek se tenait immobile, dans le noir. Il sentait sous ses pieds le tapis, prêt à s'élancer dans toutes les directions. Au loin, il distinguait des objets, des cubes, des tuyaux qui donneraient de la matière au décor holographique qui allait apparaître.

Plus que dix secondes avant le début de la partie. Ils attendaient tous, avec la même ferveur. Les émotions qu'ils partageaient les rendaient encore plus forts. Ils étaient prêts. Cinq secondes.

Le décor apparut. Ils étaient encore dans la centrale du monde apocalyptique. Il se mit à courir. Le tapis mobile sous ses pieds s'adaptait à ses mouvements. Il fonçait dans un couloir de tuyaux crasseux. Une fumée bleue putride s'échappait par endroits, dont la puanteur l'empêchait de respirer. Les obstacles apparaissaient sur sa route. Ramper. Sauter. Courir. Il devait agir rapidement. Surtout, pas d'hésitation.

Aujourd'hui, ce serait difficile. Tant mieux. Hanek en avait besoin. Devant lui, un mur apparut. Une impasse. Il repéra un espace assez grand pour s'y faufiler, plongea sans hésiter et se mit à ramper. Le passage rétrécissait. Avait-il bien fait ? Le doute revenait, ses émotions se diffusèrent et le passage se réduisit encore. Non ! Il devait avancer. Il fit un suprême effort de volonté, se traîna en avant dans un cri de rage. Le passage s'écarta.

Il se releva. De la crasse numérique incrustait ses habits qu'il essuya par réflexe. Les premiers ennemis apparaissaient déjà. Ils ressemblaient à des êtres humains mais avaient été exposés aux radiations de la centrale. Des zombis du futur. Des anomalies qu'Hanek devait éliminer. Après la partie sport, la partie combat. Il cogna. Il sentait, derrière l'hologramme, le tissu du mannequin. Pour réussir, il devait se persuader qu'il s'agissait de la réalité.

Un, deux, trois monstres à terre, et autant qui s'approchaient. La fatigue arrivait. Son corps, désespérément humain, lui criait d'arrêter.

« Non ! » hurla-t-il en pensée.

Cette émotion, volontaire, affaiblit les monstres radioactifs et il les mit rapidement K.-O. Par réflexe, il regarda autour de lui et se demanda si les autres s'en sortaient aussi bien. Cette pensée le déconcentra et d'autres ennemis surgirent. Hanek ne put s'empêcher de penser : « Déjà ? »

Le nombre de créatures doubla aussitôt. Hanek sut soudain qu'il allait perdre. Il résista, tant bien que mal.

Il voulait se convaincre qu'il pouvait réussir, mais il savait qu'il se mentait à lui-même. Il bloqua quelques coups, envoya deux, trois ennemis au sol mais le quatrième, soudain, le mordit. Il avait perdu.

Les lumières se rallumèrent, les liquides numériques qui l'imprégnaient disparurent. Il ne restait pour unique sensation que la transpiration qui imbibait ses vêtements et son dégoût d'avoir, encore, raté. Il respirait difficilement.

Son coach s'approcha de lui. Sa déception se ressentait sur le Réseau.

— Tu n'as pas confiance en toi, Hanek. C'est ça, ton problème.

— Je sais, coach…

L'entraîneur soupira, et une nouvelle vague de déception apparut sur le Réseau. Hanek avait envie de disparaître.

— C'est que…, commença-t-il. Comment font les autres pour ne jamais se poser de questions ?

Ses camarades surgirent de l'obscurité. Il savait qu'ils étaient allés plus loin que lui. L'un d'entre eux, qui l'avait entendu, répondit simplement :

— On obéit, c'est tout.

En se changeant, Hanek se sentait mal. Il n'aimait pas ce sentiment de faiblesse qui le prenait et l'empêchait d'aller jusqu'au bout. Il n'aimait pas décevoir son coach. Sans saluer personne, il sortit du vestiaire, honteux, et accueillit l'air frais avec satisfaction. Marchant d'un pas rapide, il pensa à Livia et frissonna. Il ressentait quelque chose de très fort pour elle… mais chaque fois qu'il la voyait, qu'il l'effleurait, il avait l'impression qu'une très grande fragilité apparaissait. Et s'il ne la combattait pas, il ne serait jamais le meilleur. C'était son dilemme. Il voulait la revoir, sans cesse, mais elle le ramenait à ses doutes. Un jour, il aurait à choisir.

Pour se changer les idées, il réfléchit à ce qu'il allait raconter comme bêtise à Nadem le lendemain. Nadem… avec lui, au moins, les choses étaient faciles. Ils rigolaient, parlaient de jeux vidéo… Ils n'avaient rien d'autre en commun, puisque Nadem était aussi mauvais élève que lui était bon. Il passait son temps à demander des conseils à Adila pour les devoirs du lendemain. Il n'était pas compliqué et débordait d'énergie. Pas de place pour le doute avec lui, il n'y avait qu'à voir ce sourire qui ne le quittait jamais.

*

Nadem ne souriait plus. Il rentrait du lycée, et le travail en physique quantique qu'il devait rendre pour le lendemain était le cadet de ses soucis. Il devait être rapidement chez lui. Pour l'instant, son Réseau restait stable. Les passants autour ne remarquaient rien, à peine un regard surpris de temps en temps. Mais tout pouvait chavirer en un instant, il sentait son esprit sombrer dans une direction qui l'effrayait. Il se mit à courir. D'un doigt sur son Opale, il ouvrit la porte d'entrée et s'enferma dans sa chambre. Comme celle de ses amis, elle était d'un blanc immaculé. Ses doigts tremblaient. Son esprit sombrait. Il saisit sa pierre. En quelques touches dans le vide, il prépara un programme qu'il connaissait par cœur et, d'un geste, le projeta soudain dans la chambre.

Son plancher se fracassa en vagues et en écume. L'eau déferla des quatre murs, envahissant la pièce. Elle le submergea et grimpa jusqu'au plafond. Par réflexe, il retint sa respiration.

Après quelques secondes en apnée, il souffla longuement, puis inspira à pleins poumons. Il s'était calmé et s'allongea sur son lit. Il fit disparaître un à un les objets de sa chambre, encore visible à travers l'océan. Les murs, le plancher, le lit même n'existaient plus. Il ne sentait plus le matelas sous son corps. Il avait l'impression de flotter dans l'immensité où la lumière transperçait à peine, où chaque bruit était étouffé. Enfin, il se sentait mieux.

Aussi loin qu'il se souvenait, il avait toujours eu ces crises. Son esprit sombrait vers un état qu'il ne connaissait pas et ne voulait pas connaître. Il le contrait à chaque fois en plongeant dans cet océan numérique. Cette immensité, qui en effrayait beaucoup, l'apaisait. Pianotant sur un petit clavier, il fit apparaître quelques créatures marines imaginaires qu'il avait créées au fil des années, à chacun de ses rendez-vous avec l'infini bleu. Il déclencha également un flot d'émotions anonymes qui, à chaque remous, le traversaient et l'apaisaient. Il avait besoin de baigner dans ce mélange d'images et d'émotions pour canaliser son esprit. Alors, la crise disparaissait, comme balayée au loin par les vagues.

Il claqua des doigts. Ce bruit résonna étrangement tout autour de lui. Comme une onde de choc, l'eau se projeta à travers les quatre murs de sa chambre. Le niveau baissa, les murs, son bureau, son lit réapparurent, se dégorgeant de l'eau qui disparut bientôt entre les lattes du plancher. Nadem se leva. Quelques animaux sautillaient encore au sol, qu'il chassa d'un mouvement du pied. Il avait retrouvé son sourire. Celui qui normalement ne le quittait jamais.

Il n'aimait pas ces crises, mais il les connaissait, et savait comment les contrôler. Il n'était jamais loin d'un océan numérique pour se tirer d'affaire. Pour être certain de ne jamais sombrer complètement, il avait défini une règle incontournable : il ne devait jamais se déconnecter d'Interfeel, pas même pour se laver ou se baigner. Si jamais il s'éloignait trop longtemps du Réseau, non seulement ces crises reviendraient, plus fortes et plus nombreuses, mais elles s'installeraient comme un état permanent. Elles deviendraient *lui.* Et lui deviendrait quelqu'un d'autre. Une personne qu'il n'avait pas envie de rencontrer.

Il devait se changer les idées. Chargeant le Réseau d'émotions positives, il appela Adila pour leur devoir de physique quantique qu'ils avaient à rendre le lendemain.

*

Adila avait depuis longtemps trois convictions profondes. Elle savait que demain serait encore mieux qu'aujourd'hui, que plus tard, elle serait archéologue, et surtout, elle savait qu'elle aimait Nathan.

Cette dernière certitude l'avait frappée le jour où leurs regards s'étaient croisés. On appelait ça un coup de foudre, un véritable électrochoc et, grâce à Interfeel, elle avait su que c'était réciproque. Heureusement ! C'était à se demander comment faisaient les gens avant... ils devaient certainement attendre des mois, rongés d'incertitude, à guetter un signe de la part de l'autre... Quelle horreur ! Elle ne supportait pas l'imprévu, c'est pourquoi sa vie à venir s'était basée sur ces trois convictions. Un beau futur, l'archéologie, Nathan.

Il ne s'était encore pas passé grand-chose entre eux, et pourtant, ils savaient déjà tout. Ils s'étaient regardés et avaient compris. Depuis, ils se voyaient, se croisaient, sans parler car tout était déjà ressenti. Ils n'allaient pas plus loin : chaque nouveau pas vers l'autre serait définitif. Ils prenaient leur temps et savouraient cette certitude de manière passive.

Mais depuis cet incident avec le professeur, elle voulait agir. Cet événement avait brisé la routine légère que leur groupe d'amis vivait depuis toujours. Elle voulait se rassurer, avoir une confirmation qui, au-delà du Réseau, passerait par des mots.

C'est à ce moment-là qu'elle croisa Nathan. Depuis l'incident, il semblait plus distant, perdu dans ses pensées. Son Réseau était confus. Elle décida d'engager la conversation.

— Ça va ?

— Oui.

Comme le silence devenait gênant, elle hésita une seconde.

— Je peux te parler de quelque chose ? murmura-t-elle.

Il eut un léger frémissement. Il savait que la discussion ne serait pas anodine.

— Dans un endroit plus tranquille ? continua-t-elle.

Pour tromper ses angoisses, Adila eut un sourire gêné. En silence, ils s'isolèrent dans un coin du lycée. Après quelques secondes interminables, Nathan prit la parole.

— Ça fait bizarre d'être ici tous les deux.

Adila eut un petit rire.

— Je sais. C'est comme si c'était une situation qui devait arriver mais qu'on repoussait sans cesse.

Un nouveau silence s'installa, que Nathan brisa à nouveau.

— Qu'est-ce que tu voulais me dire ?

— Un garçon de ma classe m'a demandé de sortir avec lui.

Quelques semaines auparavant, Jakka était venu la voir. Avant même qu'il commence à parler, elle avait deviné ses intentions. Lui, sentant ses émotions négatives, s'était éloigné sans qu'un seul mot n'ait été échangé. Dans un sens, oui, un garçon lui avait demandé de sortir avec elle. Elle n'avait pas prévu d'en parler à Nathan, jugeant l'histoire sans importance, mais c'était le prétexte qu'elle avait trouvé pour entamer la conversation. Elle guettait sa réaction sur le Réseau.

— Ça ne te fait rien, demanda-t-elle ?

Elle sentait que ça lui faisait quelque chose.

— Bien sûr, balbutia Nathan. Mais quand je pense à toi, tout est confus. Il y a plein d'émotions qui arrivent, beaucoup trop, comme si j'étais saturé. Et je ne les comprends pas, comme s'il fallait les décoder d'abord. Et en même temps, je suis certain de ce que je ressens.

— C'est exactement comme moi, dit-elle, soulagée.

Le silence, une nouvelle fois, s'installa entre eux.

— Je n'ai jamais ressenti ce genre de chose avec quelqu'un d'autre, murmura-t-elle.

— Moi non plus, confirma Nathan.

Tout était dit. Pourtant Adila voulait aller plus loin. Elle sentit comme une vague monter, contre laquelle elle ne pouvait pas résister. Elle devait lui dire. Elle lâcha dans un souffle :

— Dès que je t'ai vu, j'ai compris qu'on était faits l'un pour l'autre.

Passé un frémissement de pudeur qu'ils partagèrent, un flot d'émotions les submergea, les poussant l'un vers l'autre. C'était tellement fort qu'ils ne parvenaient plus à distinguer quelle émotion appartenait à qui. Ils *vivaient* ce qu'ils ressentaient. Ensemble.

Ce qu'ils éprouvaient était déjà si intense qu'ils avaient peur que tout déraille au moindre contact. Ils restèrent à quelques centimètres l'un de l'autre, les yeux dans les yeux, leur Réseau en commun, sans se toucher.

Après quelques minutes, les vagues d'émotions se calmèrent, et Adila discerna une inquiétude sur le Réseau de Nathan.

— Qu'est-ce qu'il y a ?

— J'ai un souci avec Interfeel.

Elle sentit l'angoisse augmenter dans la tête de son ami et avança une explication.

— À cause de ce qui s'est passé avec ton prof ?

— Oui. Il a dit qu'Interfeel faisait de nous des moutons sans cervelle, qu'on n'avait plus de personnalité.

Cette angoisse augmenta et Adila grinça des dents en la ressentant également.

— Et il y a ce détail…, continua Nathan. Un détail qui me perturbe, mais dont je n'arrive pas à me souvenir.

Adila essaya de diffuser un maximum d'émotions apaisantes, pour le calmer. En signe de reconnaissance, Nathan sourit. Puis il sembla se rappeler de quelque chose :

— Je dois y aller. J'ai cours d'écriture manuscrite… mais… merci… et merci d'avoir dit les mots… j'aurais peut-être dû le faire plus tôt…

Les émotions reprirent, les envahissant tous deux… Avant qu'elles ne soient trop fortes et les submergent, Nathan s'éloigna. Adila sourit une dernière fois, et sortit du lycée. Peu à peu, elle retrouvait ses marques. Elle rentrait tranquillement chez elle. Son visage, comme toutes les personnes nées avec Interfeel, était peu expressif. Aujourd'hui, pourtant, elle avait le sourire aux lèvres, presque malgré elle.

*

Le cours d'écriture manuscrite fut aussi ennuyeux que d'habitude. Nathan prit un grand plaisir à s'en plaindre, histoire de retrouver un peu de stabilité après sa discussion avec Adila. Il ne pouvait pas s'empêcher de réfléchir. Tout le monde pensait que ce professeur était fou. Il avait envie de le croire, ce serait tellement simple… Mais les questions revenaient. Pourquoi n'avait-il rien ressenti après sa chute ? C'était comme si… il était un simple programme. Cette pensée le fit frissonner.

Et il y avait ce détail, encore et toujours. Cette chose qui le taraudait depuis maintenant une semaine. Dès qu'il avait l'impression de l'approcher, la douleur revenait. Pour masquer la douleur, il se plaignit une fois de plus de l'écriture manuscrite.

Mais à la fin du cours, au moment où, comme d'habitude, Nathan allait suivre Hanek et Livia, il s'arrêta. S'il ne trouvait pas de réponse, ses questions auraient à nouveau disparu de son cerveau à son prochain réveil. Il s'approcha du bureau du professeur qui s'amusait sur son Opale.

— Monsieur, vous pensiez quoi de M. Érat ?

Les émotions de l'homme se raidirent.

— Pas grand-chose. Ce qu'il a fait est inadmissible, il a trahi notre institution.

Une telle froideur aurait normalement convaincu Nathan de ne pas insister. Pas ce jour-là.

— Mais *pourquoi* a-t-il fait cela ?

— Il n'y a rien à comprendre, je vous dis, répondit-il sèchement, sans même lever les yeux vers Nathan.

— Vraiment ?

Le professeur, toujours aussi passionné par la projection de sa pierre, sortit une phrase d'apparence anodine.

— Claude Érat est fou, c'est tout. Il l'a sûrement toujours été.

Ces quelques mots frappèrent Nathan de plein fouet. Ils étaient la clé aux questions qui le taraudaient. Il sortit de l'établissement en vitesse, saluant au passage Hanek et Livia.

Dans la rue, les émotions de ceux qu'ils croisaient saturaient son Réseau et l'empêchaient de se concentrer. Il trouva une rue moins fréquentée. Les émotions qu'il percevait étaient désormais lointaines mais cela ne suffisait toujours pas.

Nathan prit alors une grande inspiration, porta la main à son oreille et, pour la première fois de sa vie à l'extérieur de sa chambre, se déconnecta d'Interfeel.

Un vide total l'envahit, un silence cannibale qui le dévorait de l'intérieur. Il ferma les yeux, respira profondément, comme pour remplir ce manque par de grandes bouffées d'air.

« J'espère que personne ne me voit maintenant. Les gens penseraient que je suis fou », se dit-il en frémissant.

Au bout de quelques minutes, il se calma enfin. Son cœur reprenait une cadence normale. Le simple fait de sentir son cœur, d'ailleurs, l'étonna. Il sentait aussi le vent glisser contre son visage. Il entendait le grésillement des voitures automatiques dans le lointain. C'étaient des sensations nouvelles. En coupant deux de ses six sens, la vue et Interfeel, il redécouvrait les autres.

« Réfléchis. Qu'est-ce qui te perturbe autant depuis une semaine ? Quel est ce détail que tu ne parviens à retrouver ? »

Son cerveau fonctionnait mieux. Il se repassa les événements de la semaine. Malgré l'absence d'Interfeel, la douleur devenait supportable. Des images lui revinrent. Les explications du professeur. Son acte. L'arrivée des policiers, Kassandra Kacem et Vlad Ekaton. Son trou de mémoire. La douleur augmentait au fur et à mesure de la réflexion. Il la supporterait. Il était près du but.

Il y avait Livia, qui avait réagi violemment, Hanek, de plus en plus distant, Nadem et son sourire, Adila et sa déclaration… et… et…

Et ce professeur d'écriture manuscrite qui avait dit : « Claude Érat est fou, c'est tout. Il l'a sûrement toujours été. »

Cette phrase l'avait poussé à retirer sa puce en extérieur. Il n'avait plus d'émotions pour parasiter sa pensée. Il était sans Réseau. Il dominait la douleur. Il pouvait réfléchir. Comprendre.

Il ouvrit les yeux. Il avait compris.

« Si le professeur a toujours été fou, comment se fait-il qu'on ne s'en soit jamais rendu compte avec Interfeel ? Pourquoi nous inspirait-il autant confiance alors qu'il avait une personnalité aussi instable ? Comment a-t-il pu nous mentir à ce point avec ses propres émotions ? »

La brèche qui avait commencé à se former dans son esprit une semaine plus tôt s'amplifia et une vérité nette, brutale, se forma en lui.

Quelque chose n'allait pas avec Interfeel.

Cette prise de conscience allait s'estomper avec le temps. Il s'endormirait et, le lendemain, il aurait déjà tout oublié. Il devait agir tout de suite. Il rebrancha son Réseau, sortit son Opale et se connecta.

— Maman, c'est moi. Je vais rentrer plus tard, Hanek m'invite à faire du sport avec lui.

Il s'était forcé à contrôler ses émotions pour qu'elle ne décèle pas son mensonge. Sa mère lui souhaita une bonne après-midi et raccrocha.

Nathan devait creuser ces questions maintenant. Il ne voyait qu'un endroit où trouver des réponses. Il se rendit à la station du métro à grande vitesse et grimpa dans la rame numéro deux.

Le trajet serait rapide : il n'était qu'à trois stations de la banlieue est.

Chapitre 6

Le MGV parcourut les quinze kilomètres de distance en quelques minutes. Ce nouveau réseau avait été créé il y avait dix-huit ans et s'était développé à une vitesse folle. Il couvrait tous les quartiers de la ville, à l'image d'une gigantesque toile d'araignée souterraine. Il suffisait d'énoncer où l'on souhaitait aller et l'Opale indiquait le bon wagon : celui-ci se séparait du groupe, se raccordait à d'autres, dans un ballet de rames parfaitement orchestré, pour atteindre l'endroit souhaité. Durant le court trajet, Nathan resta fixé sur son Opale, jouant à un jeu sans intérêt et prenant soin d'éviter tout contact visuel. Il y avait certainement des « sans-Réseau » dans ce métro, même s'ils se rendaient rarement en ville. Lorsque Nathan en croisait, il détournait la tête par réflexe et attendait que la personne sorte de son champ de vision pour reprendre sa route normalement.

Qu'est-ce qui l'avait poussé à venir dans cette banlieue ? Comment des personnes *sans* Interfeel pourraient-elles l'éclairer *sur* Interfeel ? Il avait agi précipitamment, mais maintenant qu'il était là…

Le métro s'arrêta bien trop tôt à son goût. Les portes s'ouvrirent et Nathan hésita. Voyant qu'il ne bougeait pas, on le poussa gentiment sur le côté pour avancer. Il frissonna. Il y avait eu quelqu'un derrière lui et il n'avait rien senti. Il y avait même eu un *contact physique*.

Il calcula le temps habituel d'une séance de vidéo-sport avec Hanek et prépara une alarme sur son Opale. Au moins, il saurait quand rentrer chez lui… même s'il comptait bien revenir au centre-ville le plus vite possible…

Il descendit de la rame et quitta la station, nerveux. Il se trouvait dans la rue principale du quartier et observait tout, se forçant de garder un air détaché. Par chance, il n'y avait pas grand monde. Du coin de l'œil, il observa un groupe qui parlait en riant. Ces gens lui ressemblaient beaucoup, tout en étant complètement différents. Leurs visages se déformaient au rythme des mots qu'ils disaient, comme s'ils les soulignaient par leurs expressions corporelles.

Il ne se sentait pas à l'aise et sortit son Opale pour amplifier la dose d'émotions anonymes qu'il s'était programmée depuis son entrée dans le métro.

Les personnes se retournèrent et il réalisa qu'il les fixait depuis plusieurs secondes. Comment avaient-elles pu s'apercevoir de sa présence sans Interfeel ?

— Il y a un problème ? demanda l'une d'entre elles.

— Non, non…, fit Nathan en mettant les mains devant lui.

L'inconnu sourit.

— Laisse-moi deviner : tu es un gamin du centre, tu as perdu un pari avec tes copains alors tu te balades chez les sans-Réseau ! J'ai raison ? Bravo, tu es très courageux. Sauf que maintenant tu es terrorisé car tu ne sais pas ce que j'éprouve.

L'homme avait tort sur le motif et parfaitement compris tout le reste. Comment avait-il pu deviner ? Quelque chose n'était pas normal. L'inconnu s'approcha en donnant à ses doigts un aspect crochu.

— Je suis peut-être un psychopathe… grrr !

Il surjouait chacun de ses gestes, c'était manifestement une plaisanterie, mais Nathan était terrorisé. Il balbutia un « excusez-moi » et partit rapidement. Le groupe éclata de rire derrière lui. Il avait l'impression de replonger en enfance, effrayé par des choses qu'il ne comprenait pas. Il saisit son Opale et augmenta encore la dose d'émotions jusqu'à ce qu'elles deviennent assourdissantes. Il s'en voulait d'être aussi peureux. Hanek n'aurait jamais agi ainsi.

La rue s'animait. Il fixa le ciel pour masquer sa peur, oubliant un instant que les gens étaient incapables de la ressentir. Lorsqu'il croisait quelqu'un, il évitait de le regarder avec insistance. C'était difficile car la vision était désormais son sens principal. Il avait l'impression constante qu'on le dévisageait étrangement. « C'est impossible, pensait-il. Ils ne peuvent pas sentir mes émotions ni voir ma puce dans l'oreille. »

Il avait beau se le répéter, il paniquait toujours. Il devait augmenter une nouvelle fois la dose d'émotions anonymes. Il sortit son Opale, pianota dessus…

— Qu'est-ce que tu fais ?

Il sursauta et rangea nerveusement sa pierre. Une fille le regardait. Elle avait des cheveux roux longs et frisés, et une expression étrange sur le visage. Elle reprit aussitôt :

— Je change de question : pourquoi est-ce que je te terrorise à ce point ?

— Non, c'est pas ça…

C'était exactement ça et le fait qu'elle le remarque aussi facilement le fit paniquer davantage. Sa phrase s'interrompit dans un silence gêné tandis qu'elle le fixait tranquillement.

— Relax, respire un bon coup, ensuite tu me réponds, dit-elle simplement.

Chaque fois qu'elle parlait, ses joues révélaient ses fossettes mouchetées de taches de rousseur.

Comment cette personne pouvait-elle être aussi directe sans l'avoir connu par le Réseau ? Dans un réflexe idiot, il se tourna face à elle et se concentra, dans l'espoir de déceler malgré tout quelques émotions.

— T'es bizarre, lança-t-elle.

Comme il ne répondait toujours pas, elle fronça les sourcils.

— En fait, t'es pas bizarre. Tu es du centre-ville, c'est tout.

Nathan déglutit et parvint à articuler :

— Oui, je viens de la ville.

— Tu ne viens pas de la ville puisque nous y sommes aussi. Tu viens du *centre*-ville. Tout s'explique : je ne suis pas connectée et tu as peur.

— Comment tu le sais ?

— Parce que ça se lit sur ton visage.

Elle soupira.

— Tu n'es pas intéressant…

Elle fit un geste de la main en guise d'adieu désabusé. Elle allait partir mais Nathan intervint :

— Attends.

Elle se retourna. Encouragé, il continua.

— Tu m'as posé une question au début…

Il sortit à nouveau sa pierre de sa poche.

— Tu vois, on dirait un caillou. En fait, il s'agit d'une Opale. Avec, tu peux te connecter à…

Il n'eut pas le temps de finir sa phrase qu'elle se mit à parler très fort, les traits du visage déformés.

— Tu me prends pour une idiote ? Parce que je n'ai pas Interfeel, tu penses que je ne connais pas les Opales ? Ça va sûrement t'étonner mais on a aussi l'eau courante, l'électricité et même le Réseau ici. Tu es vraiment… pitoyable !

Son visage exprimait tellement de choses que Nathan ne comprenait rien. Des sourires contractés, une mâchoire tremblante… Face à cette agitation, Interfeel continuait de diffuser calmement des émotions anonymes, ce qui le perturbait encore plus.

Elle s'éloigna à nouveau. Nathan ne comprenait pas ce qui se passait. Il ne savait qu'une chose : il ne devait pas la laisser partir. Alors, plutôt que de s'injecter une nouvelle dose d'émotions anonymes pour aller mieux, il la rattrapa.

— Attends…

— Trop tard.

— Regarde juste. Après tu décides.

Elle s'arrêta. Son expression de visage changea légèrement.

— Voilà, dit-il.

Il porta la main à son oreille gauche et prit sa puce entre deux doigts. D'un coup, les émotions disparurent. Il se sentait incroyablement… *creux*.

— Si tu es aussi bien renseignée, tu sais que ce que je viens de faire est difficile.

Il s'approcha légèrement d'elle ; elle ne recula pas. Délicatement, il posa sa puce dans la main de la fille.

— Je te la confie tant qu'on parle. On recommence à zéro, d'accord ?

La fille regarda Nathan, puis la puce qu'elle tenait dans sa main, puis à nouveau Nathan. Elle sourit.

— Là, tu deviens intéressant !

*

Ils s'étaient installés à la table d'un café spatial et ils avaient pris un choco-zéro. Pour masquer sa nervosité, Nathan attrapait les bulles de chocolat chaud en apesanteur.

— Pour commencer, on va se présenter à la manière d'ici : en disant nos prénoms. À l'ancienne, quoi.

— Nathan.

— Élizabeth. Enchantée.

Ce prénom le surprit. Il ne l'avait jamais entendu, mais préféra ne faire aucune remarque. Il regardait sans cesse autour de lui. Pour ne plus être vide, son cerveau s'était rempli d'angoisses et il rêvait de se reconnecter à des émotions anonymes. Rien que quelques secondes… Élizabeth l'observait et, bien sûr, avait compris.

— À ce point ?

— Oui. Je me demande comment tu fais pour être aussi calme.

— J'ai l'habitude, répondit-elle simplement.

— Je ne pourrai jamais m'habituer… (Il réfléchit.) C'est comme lorsqu'on demande à un aveugle comment il fait pour vivre sans voir. Il a l'habitude.

Les sourcils d'Élizabeth se froncèrent. Nathan avait du mal à interpréter cette modification du visage et s'inquiéta d'avantage.

— Interfeel est quelque chose d'électronique, répondit-elle. La vision est naturelle. Tu n'as pas à t'arracher les yeux pour quitter Interfeel.

— Mais tes habits ne sont pas naturels. Ton Opale n'est pas naturelle…

Élizabeth sourit.

— Ah bon ? Je croyais que l'Opale était un caillou ?

Devant le regard surpris de Nathan, elle précisa.

— Je plaisante, Nathan. C'est de l'ironie.

Nathan gardait son air étonné, aussi elle ajouta :

— C'est vrai qu'avec le Réseau, c'est pas évident. L'ironie, c'est quand tu dis quelque chose et que tu penses le contraire. Tu estimes que la personne va deviner que tu fais exprès de te tromper.

— À quoi ça sert ? demanda Nathan.

— Eh bien… à rien. C'est drôle, c'est tout.

Nathan hocha la tête, dubitatif.

— Tu vois, reprit Élizabeth, c'est ce que je n'aime pas avec Interfeel. On ne peut plus jouer avec les émotions.

— En quoi c'est un problème ?

— On ne peut plus garder de mystère.

— Je ne te comprends pas. Le but de la technologie est d'aider à communiquer et à comprendre les gens. C'est ça, Interfeel.

Devoir argumenter sur une chose aussi naturelle que la respiration lui était très étrange.

— Les gens devraient pouvoir communiquer uniquement ce qu'ils veulent, répondit Élizabeth, solennelle.

— Ils n'ont qu'à pas se connecter.

Élizabeth ne leva que le sourcil gauche, cette fois-ci. Encore un geste incompréhensible pour Nathan.

— Regarde la tête que tu fais quand tu es avec des personnes qui n'ont pas un Réseau ouvert. En centre-ville, personne n'ose se balader comme ça.

— C'est pour ça que vous vous isolez ?

Les sourcils d'Élizabeth se froncèrent à nouveau. Le visage de cette fille était une énigme.

— On ne s'isole pas.

— Vous vivez uniquement dans la banlieue est.

— Le *quartier* est, précisa-t-elle. Si on était vraiment isolés, tu n'aurais pas pu venir.

— Mais très peu de gens sortent de votre quartier pour aller au-dehors.

— Et très peu de gens du dehors viennent ici. Dès que les gens du quartier sont dans le centre, on leur fait remarquer qu'ils sont différents. Il suffit d'un regard… puis un autre… et ainsi de suite. Au bout d'un moment, ça commence à faire beaucoup, alors ils restent ici.

— Il y a des personnes qui portent le Réseau ici ?

— Elles sont parties car elles ne supportaient pas d'être entourées de personnes qui n'étaient pas connectées. Les sans-Réseau ne sont pas toujours tolérants, eux non plus. Ça marche dans les deux sens, tu sais ? C'est comme ça que la séparation s'est faite.

Nathan sirota sa boisson.

— Vous êtes une sorte de communauté, en fait…

— On ne l'a jamais voulu. Mais si tu es rejeté, forcément, tu te regroupes avec ceux qui sont rejetés aussi, même si on est tous différents. Tu rajoutes les journalistes qui ne peuvent pas s'empêcher de nous faire passer pour des sauvages et tu comprends.

Nathan réfléchit un instant.

— Avant de venir, j'avais une vision très particulière de la ban… de ce quartier.

— C'est-à-dire ?

Il secoua la tête d'un air gêné.

— Je vous prenais pour des gens très différents, avec une autre mentalité, avec qui il était impossible de parler. Je me suis déjà baladé virtuellement chez vous avec Terre.0. Baladé virtuellement, ça veut dire… (Un regard d'Élizabeth lui fit comprendre qu'elle savait parfaitement de quoi il s'agissait.) Bref, ça me semblait être un endroit inaccessible. Très loin.

— C'est à trois arrêts MGV du centre-ville.

— Je ne parle pas de ce genre de distance…

— Je sais, fit Élizabeth.

— Ça a changé maintenant ! On a peu de différences finalement. Sauf qu'on ne peut pas partager nos émotions avec vous.

— Qu'est-ce que ça te fait ?

— Un peu peur…

Élizabeth sourit à nouveau. Elle souriait souvent.

— C'est pas bien d'avoir peur, parfois ?

Ne sachant trop quoi répondre, il tenta de changer de sujet.

— Pourquoi vous êtes en guerre contre Interfeel ?

Élizabeth souleva son sourcil et son nez se crispa. Encore une expression étrange : Nathan ne savait pas s'il avait bien fait de poser cette question.

— On n'est pas en guerre. Il y a quelques excités qui sont radicaux mais c'est une minorité. Moi, je ne veux pas l'utiliser, c'est tout.

— Pourquoi ?

— Je ne veux pas qu'une machine contrôle ma vie. Je veux rester libre.

— Tu dis ça parce que tu n'as jamais essayé.

Les yeux d'Élizabeth restèrent dans le vague plusieurs secondes. L'air absent, elle répondit :

— Je l'ai essayé durant deux ans, quand j'ai vécu dans l'épicentre.

Nathan faillit avaler une cuisse de sauterelle de travers. Il n'avait pas du tout imaginé qu'une sans-Réseau puisse vivre deux ans dans l'épicentre, le quartier le plus connecté de la ville, puis *revenir* ici.

— Pourquoi ? demanda-t-il.

Élizabeth le regarda quelques secondes, comme pour juger de sa fiabilité.

— Je suis une enfant adoptée. J'ai passé deux ans là-bas pour retrouver ma véritable mère.

— … et ?

— Je l'ai retrouvée.

— Et ?

— J'ai décidé de revenir ici.

Son visage était contracté de colère. Même sans son récepteur, Nathan sut qu'il fallait laisser un silence après une telle phrase et surtout ne pas en demander d'avantage.

Élizabeth releva soudainement la tête.

— Pourquoi tu es venu ici ?

Devinant qu'elle voulait changer de sujet, il répondit :

— Un de mes professeurs a sauté par la fenêtre pour nous faire réaliser qu'Interfeel bloquait nos vraies émotions.

C'était la première fois que Nathan n'éprouvait plus de douleur en se souvenant de cet événement.

— C'est complètement fou, murmura Élizabeth. Elle se redressa. C'est pour ça que tu es venu dans ce quartier ? Pour trouver des réponses ?

— Oui. C'est idiot, je…

Élizabeth sourit.

— Si tu le dis…

Spontanément, Nathan sourit.

— « Ironie » ?

En toute réponse, elle lui rendit un sourire que Nathan sut très bien interpréter. Le silence qui se prolongeait était agréable et il ne souhaitait pas le briser. Mais soudain, l'alarme qu'il avait programmée sonna.

— Je vais devoir y aller…, fit Nathan à regret.

— Tu as raison. Tu ne voudrais pas traîner dans le quartier est quand il fait nuit noire, c'est dangereux pour un « réseauté »… Je rigole !

— J'avais compris, dit-il. Tu vois, je fais des progrès.

En guise de conclusion, ils firent tinter leur Opale et leurs informations de contact s'échangèrent instantanément. C'était une tradition entre deux personnes qui venaient de se rencontrer. Quittant le café, ils se rendirent jusqu'au MGV. Alors qu'ils marchaient, Élizabeth murmura :

— Tu peux revenir si tu veux.

Nathan sourit spontanément.

Le MGV arrivait et Élizabeth lui saisit la main. Délicatement, elle reposa la puce qu'il lui avait confiée au début de leur rencontre et resta ainsi, jusqu'à ce que Nathan sursaute et s'écarte légèrement.

— Je sais qu'on perd l'habitude du contact physique sur Interfeel mais… voici une des manières de se dire au revoir, ici.

Elle s'approcha de lui. Posant l'une de ses mains sur son épaule, elle l'embrassa sur la joue. Nathan frémit une nouvelle fois. Sans la quitter des yeux, il recula jusque dans la rame de métro et demanda :

— C'est vraiment ta manière de dire au revoir ?

— Seulement à certaines personnes.

Les portes se refermèrent. Ils restèrent quelques secondes à s'observer avant que la rame démarre. Élizabeth ne l'avait toujours pas quitté des yeux quand le métro s'enfonça sous terre, et Nathan eut l'impression de continuer à voir son visage durant tout le trajet.

Quand il ressortit, la nuit était tombée, mais la luminosité n'était pas la seule à avoir changé. Il se sentait différent. Les gens autour de lui étaient différents. Ce n'est qu'au bout de quelques secondes qu'il réalisa qu'il ne s'était pas encore rebranché au Réseau.

Dans un réflexe, il glissa la puce dans son oreille et se reconnecta. Un flot d'émotions s'insinua en lui, comme avant. Avec le Réseau qui l'occupait, sa capacité à déchiffrer les visages devenait plus difficile. Il pressa le pas pour rentrer chez lui.

C'est au moment de traverser la rue qu'il l'aperçut. Il passait pourtant devant tous les jours depuis des années, et ce n'est qu'aujourd'hui qu'il le voyait distinctement. Le mendiant, sa barbe grisonnante, ses chaussures trouées dont le gros orteil dépassait. Il était violet de froid.

Sa main alla jusqu'à son oreille et il retira lentement sa puce. Les émotions s'atténuèrent, comme un bruit de plus en plus lointain. Puis ce fut le silence.

Sans même s'en rendre compte, les gens s'écartèrent de lui. Certains lui jetaient des regards inquiets. Il commença à marcher à contre-courant de ce flot de personnes qui lui cédaient le passage. Il avait peur, il souffrait d'être vu ainsi et en même temps, il se sentait bien. Il découvrait quelque chose de nouveau, de vertigineux…

Cet état prit fin à l'instant où une main ferme se posa sur son épaule.

— Remets ton Réseau et suis-nous, petit. La commissaire Kassandra Kacem veut te voir.

Chapitre 7

Les policiers l'emmenèrent jusqu'à leur véhicule. Ils s'installèrent devant, Nathan prit place sur la banquette arrière. L'endroit était insonorisé et le silence glacial. Nathan voulut le briser.

— Qu'est-ce que vous allez me faire ?

Sans le regarder, l'un des policiers répondit.

— La commissaire a simplement spécifié qu'elle voulait te voir. On ne sait rien de plus.

Par réflexe, Nathan sortit son Opale. Pourtant, même au contact de sa main, elle ne se connecta pas et garda son aspect laiteux. Une simple pierre.

— Ton Opale ne marche pas ici, petit. On ne laisse fonctionner qu'Interfeel.

Il eut un petit rire.

— On n'est pas des monstres, tout de même !

Nathan préféra ne rien répondre. Voir son Opale bloquée alors qu'il la considérait comme une extension de lui-même lui rappelait qu'elle n'était qu'une pierre électronique, manipulable par les autres.

*

Nathan entrait dans un commissariat pour la première fois de sa vie. Pour la première fois également, il eut peur de dévoiler ses émotions. Depuis Interfeel, la pratique policière avait radicalement changé. À chaque interrogatoire, des spécialistes se chargeaient d'analyser les émotions du suspect. Mentir était devenu presque impossible et les aveux étaient quasi systématiques.

Nathan eut envie d'ôter son capteur, mais il avait peur que cela soit mal interprété. Furtivement, il repensa aux mots d'Élizabeth, la part de mystère, le besoin de cacher parfois ses émotions…

— Par ici, fit le policier, coupant court à ses pensées.

Ils quittèrent la zone d'accueil et s'enfoncèrent dans des couloirs. Au fond se détachait une porte affichant :

Kassandra Kacem
Commissaire principale

Il ressentit en s'approchant le même frémissement qu'il avait éprouvé à la venue de la policière dans sa classe. Nathan entendit un « Entrez » distinct avant même que le policier ne frappe à la porte.

Kassandra Kacem était à son bureau et pianotait sur une feuille numérique. L'officier la salua puis sortit en refermant la porte. Concentrée sur ce qu'elle faisait, elle dit calmement :

— Je vous demande une seconde, monsieur Ethanin, et je suis à vous.

Nathan attendit sans un mot. Il voulait regarder les jambes de la commissaire pour distinguer la vraie de la fausse, mais elles étaient masquées par le bureau. Kassandra Kacem acheva d'écrire une phrase, envoya le message rédigé à son destinataire d'un mouvement de la main et regarda soudain Nathan droit dans les yeux.

— Asseyez-vous et, je vous en prie, détendez-vous.

« Ça se ressent tant que ça ? » pensa Nathan. Les yeux clairs de Kassandra Kacem le traversait avec la même puissance que lors de leur première rencontre.

— Comment allez-vous ? commença-t-elle.

Porté par sa paranoïa depuis qu'il avait été arrêté dans la rue, Nathan s'était imaginé le pire des interrogatoires. Cette question le désarçonna. « Une stratégie, peut-être… »

Semblant lire dans ses pensées, la policière continua :

— Je comprends votre inquiétude, monsieur Ethanin. Vous n'avez pas dû être souvent confronté aux Forces Spéciales. Je vous assure que ma question est sincère.

— Je vais bien mais je ne sais pas ce que je fais ici.

— Après l'acte perpétré par votre professeur, nous avons pris la décision de maintenir une vigilance accrue sur les élèves de la classe. Le choc psychologique généré par un tel événement peut être traumatisant.

— Ça ne répond toujours pas à ma question.

Nathan craignit d'avoir été trop abrupt. La commissaire ne sembla pas en prendre ombrage et continua calmement.

— Effectivement, monsieur Ethanin. Je vais y venir.

« Ça doit être la seule personne que je connais à m'appeler "Monsieur Ethanin" », songea-t-il.

— Nous avons reçu des directives de la part de nos supérieurs.

— Le gouvernement mondial ?

— Oui. Vous ne vous en rendez peut-être pas compte, mais cet événement a eu de grandes conséquences et a été discuté en haut lieu. Nous avons notamment reçu l'ordre d'interroger les élèves au moindre comportement suspect.

Calmement, Kassandra Kacem continua.

— C'est pour cela que nous avons effectué une filature à travers Interfeel sur chacun d'eux.

— Vous n'avez pas le droit de faire ça ! réagit violemment Nathan.

— En temps normal, effectivement, nous n'avons pas le droit. Mais je vous l'ai dit, cet événement est plus important que vous l'imaginez. Nous sommes dans une procédure d'urgence qui autorise cette filature. Ce n'est qu'un programme, nous n'avons pas directement accès à vos faits et gestes. Mais dès que l'un d'entre vous quitte le centre-ville pour aller dans un endroit anormal, il nous est signalé.

— Qu'est-ce que j'ai fait d'anormal ?

Kassandra Kacem laissa passer un silence, puis dit posément :

— Vous vous êtes rendu dans le quartier est, où vous vous êtes déconnectés d'Interfeel pendant plus d'une heure.

Nathan en eut le souffle coupé. Il avait, bien sûr, envisagé cette explication, mais l'avait rapidement rangée dans la catégorie de ses habituelles idées paranoïaques.

— Ce n'est pas illégal !

— Je ne dis pas que c'est illégal, monsieur Ethanin, je dis que ce n'est pas normal.

Nathan haussa la voix sans s'en rendre compte.

— Vous voulez dire que les sans-Réseau ne sont pas normaux ?

Il regretta aussitôt son emportement. L'espace d'un instant, il avait oublié devant qui il se trouvait. Mais Kassandra Kacem resta impassible.

— Ce n'est pas ce que j'ai voulu dire, monsieur Ethanin. Contrairement à certains de nos concitoyens, je n'ai aucun a priori sur les gens vivant dans le quartier est, d'autant que j'en suis originaire. C'est d'ailleurs une des raisons pour lesquelles on m'a promue à ce poste : je devais être un symbole d'apaisement par mon « métissage » entre mes origines du quartier est et ma vie dans le « centre ».

Elle le regarda sans rien dire quelques secondes, puis ajouta :

— Je vais répéter ma phrase, tâchez de bien me comprendre. Il ne s'agit pas des sans-Réseau, comme vous dites, et il n'y a rien d'illégal. Voyez les choses sous un autre angle : seriez-vous allé là-bas avant l'acte du professeur ?

Le calme inébranlable de la commissaire empêcha Nathan de s'énerver davantage.

— Non, admit-il.

— Cet acte n'est donc pas normal, ce qui justifie votre présence ici. Votre curiosité est légitime, monsieur Ethanin, et vous pouvez rechercher ce que vous voulez. Néanmoins je me permets un conseil…

« Ne remettez pas en question Interfeel », pensa automatiquement Nathan.

— Ne vous laissez pas influencer par les circonstances ou les personnes. Ne pensez que par vous-même.

— Interfeel empêche d'avoir sa propre opinion.

Kassandra Kacem laissa passer un silence. Nathan regretta une fois encore sa spontanéité.

— Vous ne faites que confirmer ce que je viens de dire, monsieur Ethanin. Vous me dites qu'Interfeel empêche l'expression personnelle. Cette opinion, justement, ne provient pas de vous mais de votre professeur de philosophie qui, pour faire simple, vous l'a inculquée de force en sautant dans le vide. Vous n'en parlez pas par conviction, mais parce que vous trouvez injuste d'être ici, devant moi, dans ce commissariat. Vous vous êtes donc laissé influencer par les personnes et les circonstances. Comme je vous l'ai dit.

Nathan aurait voulu répondre quelque chose de pertinent mais il ne trouva rien.

— Vous êtes quelqu'un d'intelligent, monsieur Ethanin. Faites néanmoins attention à ne pas grandir trop vite. Que vous le vouliez ou non, vous êtes jeune et influençable. Je n'ai pas besoin d'Interfeel pour savoir que cette remarque va vous vexer mais, si vous vous en souvenez, tâchez d'y réfléchir. Tâchez aussi de vous rappeler que nous nous battons pour la jeunesse. Elle est la raison de notre combat.

Nathan ne comprit pas tout à fait ce qu'elle entendait par « si vous vous en souvenez », mais il acquiesça. Suivit un nouveau silence, inhabituellement long.

— D'un point de vue personnel, l'échange que nous venons d'avoir me semble suffisant. Malheureusement, mes supérieurs ne sont pas de cet avis. Je vais donc vous transférer dans le bureau de mon adjoint pour la suite de l'entretien.

Nathan éprouva instantanément un soulagement à l'idée de revoir le policier au sourire étrange, même si, curieusement, ce sentiment était accompagné d'une légère angoisse. L'air sombre, la commissaire se leva pour le raccompagner à la porte et Nathan jeta par réflexe un coup d'œil à ses jambes.

— La droite.

Nathan sursauta.

— Pardon ?

Elle se tourna vers lui.

— Vous vous demandez laquelle de mes jambes est artificielle. Il s'agit de la jambe droite.

— Comment est-ce que…

— Vous ne me connaissiez pas la première fois que nous nous sommes vus. Depuis, vous vous êtes renseigné. C'était la raison de votre regard insistant à votre entrée dans mon bureau, et c'est pourquoi vous alliez logiquement regarder quand vous en auriez l'opportunité.

— Je suis désolé, je…

Kassandra Kacem sourit calmement.

— Ne vous excusez pas. Il est toujours perturbant d'imaginer un être humain « incomplet ». Mais ni la chair ni la technologie ne font l'humain. Ce ne sont que des supports.

— Vous avez peur de la technologie ? On m'a dit que vous aviez refusé de mettre des composants électroniques dans votre jambe.

— Je n'ai pas peur de la technologie. J'ai peur de ceux qui en font un mauvais usage.

Nathan acquiesça, soulagé qu'elle ne se soit pas vexée.

— Vous allez probablement oublier ce que je viens de vous dire, monsieur Ethanin. J'espère néanmoins que, connaître la vérité, même inconsciemment, vous apaisera.

« Elle me trouve intelligent puis me juge incapable de retenir une conversation ? »

Kassandra Kacem ouvrit la porte et Nathan alla retrouver le policier qui l'emmena en silence vers un autre bureau. Il sentit une angoisse saisir son accompagnateur et s'épaissir à chaque pas le rapprochant du bureau du commissaire adjoint. Nathan lut, enfin, sur la dernière porte du couloir :

Vlad Ekaton
Commissaire adjoint

Il se demanda pourquoi son bureau était aussi éloigné de celui de la commissaire. Le policier frappa légèrement puis s'éloigna rapidement de la porte.

— Entrez.

Nathan fut poussé à l'intérieur, la porte claqua. Vlad Ekaton était assis à son bureau et semblait perdu dans les papiers numériques qui s'entassaient autour de lui. Nathan en profita pour regarder ce nouveau bureau. Il ressemblait globalement à celui de Kassandra Kacem, mais la décoration étaient différente. Il nota, sur le bureau, la statue d'un visage d'adolescent, dont les traits lui rappelèrent le commissaire adjoint. Il fut étonné par cet objet physique, à l'époque où les hologrammes étaient la règle. À côté se trouvait un verre d'eau à moitié plein.

— Bonjour mon garçon ! fit soudain Vlad Ekaton, comme s'il venait seulement de se rendre compte de la présence de Nathan. Quel est ton nom, déjà ?

Nathan eut de l'appréhension à redonner son identité, puis, se disant que c'était ridicule, déclara :

— Nathan Ethanin.

— Nathan Ethanin. Bien sûr ! Je me souviens très bien de toi.

D'un sourire encourageant, il l'incita à s'assoir. Nathan remarqua alors un autre objet sur le bureau qui lui semblait familier, mais la forme… Il réalisa soudain qu'il s'agissait bien d'une Opale. Alors que toutes les pierres n'avaient qu'une unique encoche pour extraire la puce d'Interfeel, celle-ci était criblée de trous. Rapidement, Nathan en compta dix-sept. Vlad Ekaton remarqua son regard et expliqua :

— Mon Opale est assez particulière, je sais. Difforme, diront certains. J'ai suivi un parcours assez spécial dans les Forces Spéciales, j'ai effectué des missions risquées. Elle en a fait les frais.

Il eut un sourire triste.

— Je pourrais en demander une nouvelle, bien sûr, mais c'est toujours difficile de se séparer de sa pierre d'origine. Comment vas-tu depuis la dernière fois ? demanda-t-il soudain.

Nathan avait la sensation de baigner dans un sentiment de torpeur, depuis qu'il était entré dans ce bureau et, spontanément, il se confia :

— Je me sens nerveux…

— Je peux le sentir sur le Réseau ! dit Ekaton d'une voix qui semblait vouloir dédramatiser la situation. Mais pourquoi ?

— Je ne sais pas ce que je fais ici.

Vlad Ekaton se gratta la tête, gêné.

— Mettons que c'est une procédure d'exception, expliqua-t-il. À la vue des événements récents, ta classe est plus surveillée que le reste de nos concitoyens. Et nous avons vu par ta puce que tu t'es promené dans la banlieue est.

— Ce qui n'est pas interdit.

Vlad Ekaton lui fit un grand sourire.

— Bien sûr que non ! (Il lui fit un clin d'œil complice.) Nous sommes en démocratie et, après tout, tu fais bien ce que tu veux !

Le policier redevint sérieux et, croisant les mains sous son menton, précisa :

— Je vais t'expliquer un peu pourquoi Claude Érat est désormais qualifié de « cyriste » par les autorités. Sais-tu ce qu'est un « cyriste », Nathan ?

— Quelqu'un de… méchant ?

Vlad Ekaton éclata de rire.

— Oui, Nathan. C'est quelqu'un de « méchant ». De très méchant. C'est un « cyber-terroriste ». À l'époque, il s'agissait de pirater des « sites » ou ce genre de choses qui existaient aux balbutiements du Réseau, quand on l'appelait encore « Internet ». Depuis la guerre numérique, c'est devenu une accusation beaucoup plus grave. Il s'agit d'une personne luttant contre le pouvoir, dans l'idée de renverser l'ordre établi pour instaurer une société non démocratique.

— Je n'ai rien à voir avec ce mouvement-là !

Le sourire et les émotions de Vlad Ekaton se voulurent apaisants.

— Je sais, je sais. Mais tu sais comment tout cela fonctionne. Ici, tout est formalisé. On recueille un indice par-ci, un indice par-là, cet événement, ton intervention en classe, la banlieue est, le fait que tu te sois déconnecté durant plusieurs heures du Réseau…

Le visage de Vlad Ekaton se concentra soudain, comme pris d'intérêt.

— Tu ne te rends pas compte à quel point Interfeel est révolutionnaire tout comme son créateur, Karl Certal. Tu as très certainement dû entendre parler de lui, n'est-ce pas ?

Un hologramme apparut. Nathan en avait effectivement entendu parler.

— Il a entamé des études de neurologie informatique à l'âge de douze ans, expliqua le commissaire adjoint. Un petit génie. Seize ans plus tard, il a été le premier à décoder le langage des émotions dans son intégralité. Et après être parvenu à comprendre les émotions, il les a traduites en langage informatique. C'est ce qui a permis, il y a vingt ans, la création d'un réseau que tu connais très bien : Interfeel. Mais voilà que, il y a quinze ans, Certal a disparu mystérieusement, sans laisser de trace, ni même aucun moyen de le localiser. Tu n'as pas idée des dizaines de suppositions farfelues qui existent à son sujet. Dans la plupart, le gouvernement mondial est accusé de le séquestrer et de le forcer à créer des armes numériques, ou que sais-je encore ? Balivernes ! Mais revenons-en à notre sujet principal : qu'as-tu retenu de mon intervention dans ton lycée, Nathan ?

Pour la première fois de l'interrogatoire, le garçon commença à se méfier.

— Il ne faut pas douter d'Interfeel. Jamais, souffla-t-il.

— C'est faux, rétorqua Ekaton, tout sourire.

Une vive tension apparut dans la tête de Nathan, comme si la torpeur qu'il ressentait le figeait sur place. Il n'avait aucune idée de sa provenance. Il dut se concentrer pour articuler le mot suivant.

— Pardon ?

— Ce n'est pas ce que tu as retenu. Tu as sorti ça pour me faire plaisir.

Soudain, Nathan retrouva la sensation qu'il avait éprouvée en classe. Comme si la réalité commençait à se décoller d'elle-même. Le visage de Vlad Ekaton changea. Il devenait sérieux, intense. Presque irréel.

— Qu'est-ce que t'es allé foutre dans le quartier est ?

Il n'avait pas pu dire cela. La seconde d'avant, Vlad Ekaton était souriant et gentil. Il n'avait pas pu prononcer une phrase aussi vulgaire. Pourquoi Nathan avait-il la sensation que la réalité n'était plus la même ?

— Réponds à ma question, reprit Ekaton d'une voix glaciale.

« Pourquoi est-ce que je panique ? Je n'ai rien fait de mal, j'ai juste discuté du Réseau et du choix de ne pas en avoir. » S'il pouvait encore penser, parler devenait de plus en plus dur.

— Rien…, murmura-t-il.

— Nous suspectons ce quartier d'héberger certaines personnes réticentes à l'autorité. Des terroristes. As-tu rencontré une personne surnommée « le Tatoueur » ?

« De quoi il parle ? » La tension grandissait encore dans la tête du lycéen, prête à exploser.

— Je… non….

— T'es-tu fait tatouer quelque chose sur le corps ?

« Qu'est-ce que c'est que cette question ridicule ? »

— Mais non !

— Je te crois, fit soudain le policier avec un sourire rassurant.

La tension prit fin d'un coup et la réalité s'imposa à nouveau. Nathan fut tellement soulagé qu'il en sourit. Vlad Ekaton le regarda d'un air inquiet

— Tu vas bien, Nathan ? L'espace d'un instant, tu avais l'air ailleurs.

— Je…

— Ce n'est pas grave…, continua Vlad Ekaton avec son sourire habituel, un peu gauche.

Il sembla hésiter un moment, puis pianota quelque chose sur son clavier numérique.

— Normalement, tu n'as pas le droit d'avoir accès à des émotions anonymes au commissariat mais… vas-y !

Une émotion anonyme lui aurait fait le plus grand bien, effectivement. Mais Nathan préféra appliquer la méthode d'Élizabeth : respirer longuement.

— C'est bon, dit-il en s'efforçant de paraître calme. Je me sens mieux.

— Tu es sûr ? demanda Ekaton, l'air visiblement concerné. J'utilise régulièrement des émotions anonymes. J'en connais certaines particulièrement agréables…

Il pianota quelques secondes sur sa pierre.

— Celle-là, par exemple.

D'un mouvement du doigt, il activa une émotion que Nathan, forcément, ressentit. Elle était d'une douceur incomparable… un épais chocolat chaud qui l'enivrait… il en aurait tellement eu besoin…

Mais il ne voulait rien accepter du commissaire adjoint.

— Agréable, non ? Et encore, là, tu ne ressens que des échos de l'émotion. Attends, je te la transfère…

— Non.

Le policier eut un petit rire moqueur.

— Nathan, tout va bien. Je suis le commissaire adjoint, je peux partager une émotion anonyme, même ici.

Du bout des doigts, il amplifia l'émotion. Cette douceur envahit la pièce ; il sentait une odeur de chocolat, une douceur de velours, sensations qu'il pouvait presque toucher tant elles étaient fortes. Il pourrait ressentir cet apaisement à son tour s'il voulait, si simplement il disait « oui »…

— Non ! cria-t-il presque.

Le commissaire adjoint supprima l'émotion anonyme d'un geste sec et la pièce redevint froide et inamicale.

— Il suffisait de me le dire, fit-il d'une voix glaciale.

Il lui adressa malgré tout un petit sourire.

— Reprenons l'interrogatoire. Connais-tu le logiciel Terre.0 ?

« Bien sûr, pensa Nathan. Qui ne le connaît pas ? »

— Oui, finit-il par dire.

— Bien sûr ! Qui ne le connaît pas ? questionna Vlad Ekaton en un curieux écho. »

Il écarta les mains. La pièce s'assombrit. De son Opale crevassée, il fit apparaître en miniature la Terre, comme Nathan l'avait fait quelques jours plus tôt.

— Il ne s'agit pas de la Terre en temps réel, tu l'imagines bien. Simplement une reconstruction faite de milliards d'images et de vidéos fusionnées de notre planète. Cela va nous aider à avancer.

Il se leva et s'approcha de Nathan.

— Nous t'avons suivi grâce à ta puce. En combinant ces informations avec Terre.0, nous pouvons affirmer avec certitude que tu t'es arrêté pendant plus d'une heure… ici.

Il pointa le doigt sur l'image de la ville projetée dans le ciel. L'endroit qu'il désignait s'agrandit, s'agrandit, et Nathan vit apparaître le café spatial dans lequel il avait bu un choco-zéro avec Élizabeth. Le lieu se reconstruisait entièrement autour de lui, en numérique. Sous ses bras, la table couverte de poussière d'Opale et, en face…

Personne. Il n'y avait qu'une forme floue à la vague apparence humaine.

— Bien sûr, dit Ekaton en souriant tranquillement, le logiciel peut reconstruire ce café, puisqu'il n'a pas bougé depuis des années. Par contre il est dans l'incapacité de savoir qui se trouvait en face de toi. Seule ta mémoire peut nous apporter cette information.

Il eut un petit rire et continua.

— Pour que tu restes plus d'une heure à papoter, ce doit être quelqu'un d'important, n'est-ce pas ? Quelqu'un qui n'a pas de Réseau et que tu as rencontré pour la première fois, puisque tu n'avais jamais mis les pieds dans la banlieue est auparavant.

Après un silence, il reprit, d'une voix plus sérieuse.

— Qui était-ce, Nathan ? Qui est cette forme floue qui se trouve face à toi ? À qui parlais-tu ?

— Je ne me rappelle plus son nom.

« Ne pense pas à Élizabeth, ne pense pas à elle. Bon sang, je n'ai rien fait de mal, pourquoi est-ce que je suis là ? »

Il paniquait, même s'il n'avait aucune raison de le faire. Il avait l'impression d'être pris au piège dans sa propre tête. Il ne le voulait pas, mais le visage d'Élizabeth apparut dans son esprit. Rien que de penser à elle à côté de ce policier, il avait l'impression de la trahir. Il ne voulait pas que Vlad Ekaton ressente les émotions qu'il associait à la jeune fille.

Le policier claqua soudain des doigts et le café virtuel disparut. La lumière augmenta et éclaira à nouveau le bureau. Ekaton repartit tranquillement s'assoir.

— J'espère que je ne t'ai pas trop secoué, Nathan. Ce n'était pas mon intention. J'étais simplement dans l'obligation de poser cette question, tu comprends ? Toujours cette histoire de procédure. Après tout, tu as rencontré quelqu'un, tu as retiré ta puce et tu as parlé avec lui, tout simplement.

Il patienta quelques secondes et, d'un sourire affirmé et rieur, ajouta :

— Ou elle.

« C'est une coïncidence », se dit Nathan. Il paniqua et comprit que Vlad Ekaton le sentait.

— Tu sais, beaucoup de dangers nous menacent, même si la population l'ignore.

Il s'arrêta un instant, les yeux dans le vague.

— C'est l'une des raisons de mon engagement dans les Forces Spéciales, dit-il en regardant la statue sur son bureau. Je veux éviter que les monstres prennent le pouvoir. Au fait, que veux-tu faire plus tard ?

Cette question abrupte paraissait anodine, pourtant Nathan se méfiait. Le policier sembla le percevoir et eut un sourire rassurant.

— Ce n'est pas une question procédurale, Nathan, détends-toi. Je cherche simplement à te mettre à l'aise.

Avec hésitation, le garçon répondit :

— Réalisateur de multifilms.

— Un métier artistique ! Tu es un doux rêveur, n'est-ce pas ? À notre époque où tout est technologique, il nous faut des créatifs.

Il sourit plus largement.

— J'aurais bien aimé être créatif aussi. Mais bon… (Il rit.) Je suis un peu trop logique… ou un peu trop bête, que veux-tu !

« À quoi il joue ? » pensa Nathan. Sa méfiance ne l'avait pas quitté et, bien sûr, Vlad Ekaton le sentit par le Réseau.

— Rassure-toi. Je ne pense sincèrement pas que tu aies fait quelque chose de répréhensible dans le quartier est. Notre « interrogatoire », même si je déteste ce mot, n'était qu'une formalité.

Après un silence curieusement long, Nathan se risqua à demander :

— Je peux donc m'en aller ?

Vlad Ekaton eut un sourire navré.

— Malheureusement, pas tout de suite. Vois-tu, nous faisons face à un nouveau problème. À cause de cet interrogatoire, tu vas devenir encore plus méfiant envers Interfeel, n'est-ce pas ?

« Tu m'étonnes », pensa Nathan. Mais il voulait sortir de là au plus vite et il répondit au policier en tentant d'être le plus calme possible :

— Non. Je veux juste rentrer tranquillement chez moi et passer à autre chose.

— Cette fois, je ne te crois pas, plaisanta-t-il.

Il replia les doigts devant son visage et prit un air mystérieux. D'une voix volontairement grave, il dit :

— De toute façon, tu ne quitteras pas cette pièce sans que je me sois personnellement occupé de toi.

La paranoïa habituelle de Nathan reprit le dessus.

— Vous allez me torturer ?

Vlad Ekaton éclata et hocha la tête.

— Exactement, Nathan, dit-il, les yeux rieurs. Je vais te « torturer » !

— Vous êtes…, hésita Nathan

— Je suis quoi ? demanda le policier avec intérêt.

« Fou », compléta Nathan dans sa tête. Il devait sortir. Il devait quitter ce bureau au plus vite. Il voulut se lever et…

— Ne bouge pas, ordonna Vlad Ekaton.

C'était inutile. Nathan était figé sur son siège, tétanisé. Une vague de terreur lui traversait l'esprit. Il pouvait seulement respirer et bouger les yeux. Ses paupières étaient immobiles et commencèrent à le démanger.

— Ce que tu ressens s'appelle une émotion-virus, dit Vlad Ekaton avec un calme sourire. Une création personnelle. Impressionnant, tu ne trouves pas ? C'est une question rhétorique, je sais très bien que tu ne peux pas me répondre. Cette émotion perturbe ton Réseau et te cloue sur place. C'est un mélange de peur, de nervosité et de tension, assez difficile à obtenir et plus efficace qu'un paralysant classique. Et pourtant, POURTANT…

Vlad Ekaton, souriant, avait le doigt levé pour montrer l'importance de ce qu'il allait préciser.

— … pourtant ce n'est QUE dans ta tête ! dit-il en tapotant le front de Nathan. C'est fou, n'est-ce pas ?

Ekaton semblait émerveillé.

— En fait, c'est une sorte de duel. Ton esprit contre le mien ! Vas-y, prouve-moi que tes muscles ne sont pas réellement paralysés.

Nathan devait bouger. S'enfuir. Il voulut se lever, força sur chacun de ses muscles. Rien. Même son visage ne se déformait pas sous l'effort. Il demeurait parfaitement immobile et avait quand même l'impression de s'arracher de lui-même. Seules ses pupilles se contractaient désespérément. Vlad Ekaton s'approcha encore de son visage et passa avec délicatesse une main dans les cheveux de son prisonnier.

— Vois à quel point cette émotion-virus est puissante ! Vas-y, essaie de faire quelque chose !

La main du policier se crispa soudain et agrippa une large poignée de cheveux. Il tira, fort. Son bras tremblait sous l'effort. La douleur physique traversa le crâne de Nathan et décupla la terreur qui le rongeait mentalement.

— Tu as vu, même si je tire comme ça, tu es incapable de bouger ! C'est fascinant !

Comme pour ponctuer sa phrase, il tira davantage. La douleur redoubla et le commissaire adjoint regarda Nathan d'un air perplexe.

— Si tu cries, deux policiers entreront. Ils verront la scène, la rapporteront à Kassandra Kacem et je serai certainement mis aux arrêts. Qu'est-ce que tu attends ? Un cri, et tu mets fin à ma carrière. Vas-y !

Nathan voulait crier. Il voulait hurler à s'en arracher les poumons. Seul un faible grognement sortit, à peine audible. Vlad Ekaton se tenait à quelques centimètres de lui et le fixait. Son large sourire se contracta soudain et il tira encore plus durant d'interminables secondes. Dans un bruit de crépitement horrible, la poignée de cheveux fut arrachée.

Vlad Ekaton s'arrêta quelques secondes pour reprendre son souffle. Puis il regarda Nathan, l'air effrayé.

— Bon sang, je suis vraiment désolé, mon garçon… qu'est-ce que j'ai fait ?

Par-dessus le bureau, il tendit la main pour la poser sur la tête de Nathan.

— Je t'ai complètement décoiffé. Ce n'est pas très professionnel de ma part.

Avec quelques gestes maladroits, il tenta d'aplatir le reste des cheveux pour masquer le trou qu'il venait de faire. Vlad Ekaton se rassit. L'air distrait, il retira les derniers cheveux collés à sa paume.

— Pour te parler un peu de moi, j'ai une manière assez spéciale d'utiliser Interfeel. Je trouve ce réseau fascinant et je ne comprends vraiment pas pourquoi des gens comme le professeur veulent lutter contre. C'est à cause, ou grâce à mes méthodes, d'ailleurs, que j'ai été promu commissaire adjoint. Il paraît qu'elles facilitent de nombreuses procédures.

Il rit nerveusement en se grattant la tête.

— Bien sûr, je ne pouvais pas être commissaire principal. Ce rôle échoit à Kassandra Kacem.

Il se tut un instant, pensif.

— Ah… Kassandra Kacem… Quelle femme, tu ne trouves pas ? Une carrière militaire exemplaire. Une légende, même. La guerrière rouge… tu sais qu'elle a pour ainsi dire sauvé notre civilisation lors de la guerre numérique ? Non, bien sûr que tu ne le sais pas, puisque tout est classé top secret.

Il rit à nouveau :

— D'ailleurs, je ne devrais même pas te le dire !

Il regarda Nathan d'un air interrogateur.

— Je ne sais pas si tu peux encore réfléchir. Mais tu comprends que je ne peux toujours pas te laisser partir comme ça. Car maintenant, tu es encore plus suspicieux, n'est-ce pas ?

Nathan n'avait pas pu abaisser ses paupières depuis le début de sa paralysie. Alors que la douleur au niveau de son cuir chevelu s'apaisait, celle de ses yeux s'amplifia. Les quelques larmes qui coulaient ne faisaient qu'embraser sa rétine et il voyait de plus en plus flou.

— Comme je te l'ai dit, j'ai une manière très particulière d'utiliser Interfeel. Je peux notamment glisser des émotions dans l'esprit des personnes, comme c'est le cas avec l'émotion-virus. Mais je peux faire plein d'autres choses ! Par exemple, il m'est possible d'associer des sensations de fort dégoût avec certains souvenirs ou éléments. C'est ce que j'ai fait la semaine dernière avec votre classe. Les plus hautes autorités nous ont demandé de vous faire subir ce procédé. C'était, paraît-il, une histoire de sécurité internationale, puisque nous sommes désormais certains que Claude Érat est lié à une grande organisation cyriste. Tu as certainement ressenti une douleur durant la semaine en repensant à ton professeur. C'est moi qui l'ai provoquée !

Tout joyeux, il précisa :

— Tu n'imagines pas à quel point l'esprit humain est fascinant, Nathan !

Il se fit à nouveau sérieux.

— Bon, bien sûr, je n'aurais pas dû te dire cela, puisqu'il s'agit d'une procédure secrète. Mais ne t'inquiète pas, je vais remédier à la situation !

Les yeux du garçon semblaient se craqueler de sécheresse. Mais le policier, emporté dans ses explications, ne semblait rien remarquer :

— Malheureusement, les effets secondaires ne sont pas négligeables. Introduire des émotions dans la tête des gens de cette manière est violent et douloureux. Le cerveau ne reste pas insensible à un tel assaut et possède un mécanisme d'autodéfense. Pour résister à la douleur que je lui diffuse, il a une très saine réaction.

Il garda le silence quelques secondes puis se fendit d'un grand sourire.

— L'amnésie.

Les yeux de Nathan le déchiraient de douleur tandis que sa tête et chaque partie de son corps semblaient prises dans un marbre invisible. Un nouveau grognement, presque inaudible, sortit de sa gorge. Le visage de Vlad Ekaton s'écarquilla de surprise.

— Bon sang, j'avais complètement oublié !

Nerveusement, il prit le verre d'eau sur son bureau et l'envoya au visage de Nathan avant de l'éponger avec un mouchoir.

— Le cerveau préfère oublier la douleur. Plus la douleur est forte, plus la zone temporelle affectée par l'amnésie est importante, si bien que, généralement, les souvenirs suivant et précédant l'événement disparaissent aussi.

Vlad Ekaton eut un nouveau sourire.

— Je t'ai divulgué presque tous mes petits secrets. Il en reste un que je garde pour la toute fin parce que c'est, comme qui dirait, la cerise sur le gâteau !

Mais tu te demandes aussi, peut-être, pourquoi je te raconte tout ça !

Il s'approcha à nouveau.

— C'est qu'en fait, même si je n'en ai pas l'air, j'adore jouer ! J'aime lancer des défis aux gens, c'est souvent ça qui les pousse à se dépasser ! Voilà ce que je te propose, Nathan : si tu te souviens de la moindre des choses que je t'ai divulguées ce soir, tu auras le droit d'en parler. Ton papa est journaliste, n'est-ce pas ? Un vrai journaliste, à l'ancienne, qui fait des enquêtes. Je pense qu'il sera content d'apprendre tout cela sur moi. De mon côté, je fais le pari que l'émotion que je vais introduire dans ta tête va fonctionner tellement bien que tu ne te souviendras de rien. À toi de me montrer que tu es plus fort que ce que j'imagine !

« Ce type est dangereux, pensa Nathan, paniqué. Il est fou. Je ne pourrai jamais partir. »

Vlad Ekaton le fixa une nouvelle fois dans les yeux et articula :

— Oui, non et si.

Le garçon le regardait de ses yeux meurtris.

« Qu'est-ce qu'il raconte ? »

— Oui, je suis dangereux, non, je ne suis pas fou et, si, tu vas bientôt partir.

Les pupilles de Nathan se contractèrent.

« Non. C'est impossible. Il peut… »

— Je peux lire dans les pensées.

Un sourire lui défigura le visage. Avec la douleur de ses yeux brûlants et la panique qui le saisissait, Nathan le voyait à peine. Vlad Ekaton s'approcha de son oreille et lui chuchota d'une voix douce :

— C'était mon dernier petit secret, Nathan. Le plus important. À part moi, tu es la seule personne vivante au monde à le connaître, désormais.

Il se replaça face à lui. Nathan sentait son haleine s'abattre sur sa peau. Il n'était qu'à quelques centimètres. Son front touchait presque le sien.

— J'ai intérêt à mettre la dose, car ce secret-là, il ne faut surtout pas que tu t'en souviennes. Il en va de ma vie.

Le policier se pencha un peu plus, son front entra en contact avec celui de Nathan, tout explosa et la réalité disparut.

C'était féroce. Atroce. Il aurait voulu crier, évacuer la douleur mais sa mâchoire restait figée. Vlad Ekaton s'infiltrait dans sa tête. Il le sentait enflammer ses souvenirs. Il devait lutter. Il devait résister. Il devait garder sa mémoire.

Peine perdue. Il ne pouvait rien contre cette déferlante de violence qui remontait le fil des derniers événements. Sa discussion avec Kassandra Kacem s'étiola, son interpellation avec les policiers… tout disparut.

La douleur se propagea encore plus loin. Le retour en MGV. Le baiser d'Élizabeth. Le frisson qui l'avait parcouru. Élizabeth… Il devait la garder. Il avait emmagasiné trop de souvenirs sur elle pour qu'ils disparaissent tous. Il devait garder l'image de son visage. Il devait…

Ses longs cheveux roux s'embrasèrent en premier. Les flammes se répandirent ensuite sur ses sourcils qu'elle bougeait de manière étrange. Sous la chaleur, son visage se déforma jusqu'à devenir méconnaissable. Il devait résister. Résister. Il restait son sourire. Ce sourire et les taches de rousseur sur ses joues.

Chacune de ces taches fut un nouveau point d'embrasement et le visage se consuma intégralement. Il ne restait plus rien. Nathan poussa un cri, sans savoir s'il était réel ou dans sa tête. La douleur continua. Son trajet vers le quartier est s'effaça. Sa discussion avec le professeur d'écriture manuscrite… le moment qu'il avait partagé avec Adila. Ce moment précieux. Il devait… il… pas longtemps. La déferlante continua et les aveux qu'ils s'étaient faits disparurent.

Tout s'effondra. Les digues qui maintenaient la réalité séparée du rêve explosèrent. Il n'y avait plus qu'une douleur atroce, vorace, qui mélangeait tout, partout. Le peu de raison qui lui restait s'envola, il ne resta bientôt qu'une seule chose coupée du temps. L'image qu'il avait devant ses yeux douloureux. Un sourire. Celui de…

*

Nathan ouvrit les yeux. Il transpirait abondamment malgré l'atmosphère froide de… sa chambre ? Il n'avait aucune idée de ce qu'il faisait là et il avait atrocement mal à la tête. Son corps ne répondait pas, il ne pouvait même pas se tourner pour voir l'heure projetée sur le mur. Il faisait nuit noire.

Il voulut réfléchir. Savoir ce qu'il avait fait avant de se retrouver ici, dans son lit, savoir quel jour on était.

Il se concentra. Une douleur si forte l'envahit qu'il faillit hurler. Il devait cesser de réfléchir. Maintenant. Des directives claires apparurent dans sa tête. Il les suivait sans discuter. Il voulait cesser de souffrir.

Il ne devait pas se souvenir.

Il devait continuer sa vie comme si de rien n'était.

Il ne devait pas douter d'Interfeel. Jamais.

Chapitre 8

Le professeur regardait ses élèves d'un air absent. Sur le Réseau, ses émotions reflétaient parfaitement cet état d'esprit. Chacun de ses gestes était imprégné de cette même nonchalance, que ce soit en récitant son cours ou en prenant de minuscules gorgées de la bouteille d'eau qui ne le quittait jamais. C'était à croire qu'il garderait cette expression même s'il jouait à la roulette russe.

Lors du premier jour de classe, il les avait regardés pendant près de cinq minutes sans dire un mot, jouant avec le bouchon de sa bouteille.

— Cours d'informatique fusionnée. J'imagine que vous n'avez pas la moindre idée de la nature de ce cours...

Il se tut, négligeant les quelques bras qui se levaient pour expliquer que si, ils savaient. Le professeur but une petite gorgée d'eau et continua.

— L'informatique et l'électronique sont omniprésentes dans notre monde. On ne s'en rend plus compte car elles sont intégrées à nos objets.

Il ponctua sa phrase d'un silence et d'une nouvelle gorgée d'eau.

— Vous n'avez probablement jamais vu un circuit électronique, un fil électrique ou même une ampoule. Auparavant, ces choses étaient partout. Sur le bord des routes, par exemple, les hommes avaient installé des câbles pour transporter l'électricité.

L'un des élèves posa une question.

— On n'a pas besoin de transporter l'électricité, c'est idiot.

Le professeur posa un regard désabusé sur l'élève.

— À l'époque, ce n'était pas idiot. Il faut toujours remettre les choses dans leur contexte, jeune homme. Avant, on produisait de l'électricité dans des bâtiments appelés « centrales nucléaires ».

Les élèves se regardèrent en silence, répétant sans vraiment comprendre.

— Produire de l'électricité…

— Contrairement à ce que vous pensez, l'électricité n'a pas toujours été quelque chose d'évident qui arrive directement dans les objets. Par le passé, elle était générée dans des bâtiments et transportée par des fils. Mais il y a vingt-cinq ans, nous avons appris à la transmettre au moyen d'ondes, une véritable révolution. Dix ans après, le gouvernement mondial a décidé d'envoyer des milliers de panneaux solaires géants dans l'espace pour capter directement l'énergie du soleil. Le dernier a été mis en orbite il y a cinq ans.

Malgré ces révélations, le professeur restait rigoureusement impassible.

— Pour l'informatique, continua-t-il, on utilisait un objet appelé ordinateur.

Les élèves se regardèrent une nouvelle fois, dubitatifs. L'un d'entre eux murmura :

— J'en ai un vieux chez moi, à la cave…

— L'ordinateur était un objet composé d'un clavier et d'un écran…

Il s'arrêta soudain, le regard perdu dans l'eau de sa bouteille durant un silence anormalement long.

— Mais comme vous ne savez probablement pas non plus ce qu'est un écran, reprit-il, je ne vais pas aller plus loin.

Il prit une nouvelle gorgée, peut-être la dixième depuis le début du cours.

— Aujourd'hui, l'informatique n'existe plus sous sa forme d'origine. Elle est « fusionnée » aux autres objets. Vous allez me dire que c'est le titre du cours et vous aurez raison. C'est ce que nous verrons tout au long de cette année.

Ce cours aurait pu être passionnant. Pourtant, à chaque séance, le prof semblait décidé à annihiler chaque particule d'intérêt à coup de regards blasés et de gorgées d'eau.

— Aujourd'hui, nous allons étudier l'informatique minérale, continua-t-il en dévissant le bouchon de sa bouteille. Qui peut me donner le nom d'une pierre technologique que nous utilisons ?

À peu près toutes les mains se levèrent en même temps. Le professeur observa la classe un instant.

— Vous allez sûrement me dire l'Opale et vous aurez raison, reprit-il.

Tout en se demandant quel était l'intérêt de poser des questions auxquelles il répondait lui-même, les élèves portèrent machinalement la main à leur pierre qui, comme toujours, diffusait une très légère chaleur.

— Aujourd'hui, l'Opale est le seul minéral qui peut supporter l'informatique. C'est la seule pierre que nous étudierons. Mais le sujet est tellement vaste qu'il nous faudra trois mois pour en venir à bout.

Un des élèves prit la parole.

— On utilise l'Opale tous les jours, on n'a pas besoin de cours.

Le professeur le jaugea du regard un instant.

— Très bien. Dans ce cas, dites-moi : qu'est-ce que l'Opale ?

L'élève hésita à répondre quelques instants, puis se lança.

— Eh bien, on peut communiquer avec, projeter des images, utiliser Interfeel…

— Je ne vous parle pas de son utilisation, je vous demande ce qu'est physiquement une Opale. (Profitant du silence qui venait de s'installer, le professeur but une nouvelle gorgée.) L'Opale est une pierre artificielle : elle a été créée par l'homme il y a un peu moins de vingt ans. Comme beaucoup de découvertes, elle est le fruit d'un accident. Les scientifiques voulaient produire du diamant de synthèse avec un nouveau procédé bien moins cher que les précédents. Le résultat fut très décevant : au lieu d'être transparente, la pierre était à peine brillante et de couleur laiteuse. Avant de la jeter, ces scientifiques ont mené quelques expérimentations. Ils ont alors découvert ses incroyables propriétés. À savoir…

Sans prévenir et le visage toujours aussi calme, le professeur sortit sa propre Opale de sa poche et la lança par terre avec fracas. Devant les élèves effarés, il ramassa tranquillement sa pierre.

— … son incroyable solidité. Propriété qu'elle partage, d'ailleurs, avec son cousin minéral, le diamant. On ne peut découper une Opale qu'avec une autre Opale de meilleure qualité. C'est de cette manière qu'on en ôte un morceau pour constituer votre puce Interfeel. Plus l'Opale est transparente, meilleure est sa qualité. Dans l'épicentre, vous trouverez des pierres presque invisibles. Ensuite…

Il connecta son Opale et projeta des images aléatoires dans la classe.

— Elle peut servir de transmetteur numérique, c'est d'ailleurs son utilisation principale dans le monde. Elle est constituée de carbone. Parfois ce matériel conduit l'électricité, parfois non. Une mine de crayon est conductrice, pas le diamant. L'Opale est particulière : elle peut faire circuler l'électricité ou non en fonction de ce qui lui est demandé. Un peu comme si votre chaise devenait un véhicule au moment où vous avez envie de vous déplacer. C'est ce qui fait de l'Opale la plus grande découverte de notre siècle.

— Devant Interfeel ? demanda un élève

— Interfeel est un réseau social, l'Opale est son support. Pas de support, pas de Réseau et…

Il ne continua pas sa phrase, ses yeux perdus dans le vague. Soudain, il se ressaisit.

— Je vous ai dit qu'aujourd'hui nous allions nous concentrer sur les aspects physiques de l'Opale qui n'est, à la base, qu'un caillou artificiel. Mais ce caillou a des propriétés bien particulières.

Au fond de la classe, Nathan tentait avec peine de suivre le cours. Depuis deux semaines, il avait du mal à se concentrer. Personne n'avait rien remarqué. Pourtant… il était différent. Chaque fois qu'il s'intéressait à ce que disait le professeur, une douleur apparaissait et il devait relâcher son attention pour qu'elle disparaisse.

— Début de l'expérience.

L'enseignant pianota sur l'Opale et, au bout de quelques secondes, elle se teinta de rouge et une légère chaleur se diffusa.

— Il y a un foyer juste dessous. Je viens de faire en sorte qu'il chauffe cette Opale jusqu'à 200 °C.

— Si vous faites ça, elle va exploser ! s'exclama une élève.

— Je vous ai dit que l'Opale était incassable. Ce ne sont pas quelques degrés supplémentaires qui vont changer cette propriété.

La chaleur était devenue plus importante et les élèves s'étaient reculés. Au bout de quelques secondes de silence, le professeur reprit la parole.

— À présent, il me faut un volontaire…

Quelques mains se levèrent.

— … pour toucher cette plaque.

Les mains se baissèrent aussitôt. Nathan se demanda si Hanek aurait aussi abandonné. Il ne pouvait pas le savoir car, aujourd'hui, son ami n'était pas venu en cours.

Le professeur soupira.

— Allons… Je ne suis pas fou et je ne compte pas vous brûler. Faites-moi confiance.

Son visage désabusé n'avait pourtant rien de rassurant. Une fille de la classe s'approcha néanmoins en hésitant. Nathan avait oublié son prénom et n'avait pas envie de se concentrer pour le retrouver. Elle tendit timidement la main, puis s'arrêta à quelques centimètres de la plaque.

— Je ne peux pas…

— Tu ne veux pas te brûler ? demanda un autre élève.

— Non, répondit la fille. Je ne peux réellement pas m'approcher plus.

Aussitôt, quelques mains se tendirent au-dessus de la plaque à leur tour, y compris celle de Nathan. Il s'approcha, s'approcha encore, puis sa main s'arrêta, comme bloquée par une force invisible.

— C'est… magique…, murmura quelqu'un.

— Aussi magique que la gravité. L'Opale convertit la chaleur en une énergie qui repousse les objets. Ce que vous expérimentez là est une nouvelle force qui a été découverte en même temps que l'Opale.

Il ramassa sur son bureau de petits objets qu'il jeta négligemment au-dessus de la pierre. Les objets se stabilisèrent en suspension.

— Métal, plastique, tous les objets sont repoussés. Pas que les objets, d'ailleurs.

Il ouvrit sa bouteille d'eau et en vida le contenu. Comme prise dans une bulle en mouvement perpétuel, la masse d'eau resta en suspension quelques secondes, puis elle se faufila en un sillon sur un côté, éclaboussant les pieds de quelques élèves au passage. Nathan recula et bouscula sans le vouloir Livia qui en profita pour lui murmurer à l'oreille :

— Attends-moi à la fin du cours, il faut que je te parle.

Nathan frémit. La dernière fois qu'il lui avait parlé, elle avait disparu pendant plusieurs jours.

Tandis qu'un des élèves courait chercher une serpillière, le professeur regarda sa bouteille vide avec regret. Il signala d'un geste à la classe que le cours était terminé, puis partit la remplir.

Nathan sortit silencieusement de la salle, angoissé. Pour se changer les idées, il sortit son Opale et se configura une nouvelle coupe de cheveux. Jusqu'ici, il avait toujours aimé la coiffure « saut du lit »... mais ses cheveux étaient bizarres depuis deux semaines.

— Nathan...

Livia venait d'arriver.

— On peut parler cinq minutes ?

— Bien sûr...

Leur journée était finie. Elle lui proposa donc de sortir et, en silence, ils quittèrent le lycée.

— Moi je vais par là et toi ?

En temps normal, Livia serait partie de l'autre côté avec Hanek. Mais aujourd'hui, son ami n'était pas là.

— Je sais, dit-elle. Je t'accompagne un moment, OK ?

Nathan acquiesça et, dans un silence gêné, ils commencèrent à marcher.

Livia sentit son appréhension sur le Réseau et sourit timidement.

— Ne t'inquiète pas, je ne vais pas exploser de colère… comme la dernière fois.

Elle laissa passer un léger silence, s'attendant sans doute à ce qu'il lui demande ce qui s'était passé, pourquoi elle avait réagi comme ça. Il sentait par Interfeel qu'elle avait besoin de se confier. Une simple question aurait peut-être pu changer le cours des choses et rendre leur futur moins tragique.

Mais Nathan ne dit rien. Il continua de marcher en silence puis lui demanda sur un ton qui se voulait léger :

— Tu voulais me dire quoi ?

Elle laissa à nouveau passer un silence avant de s'arrêter d'un coup.

— Comment tu vas ?

Cette demande était tellement anodine qu'elle surprit Nathan. C'était vraiment ça dont elle voulait lui parler à tout prix ?

— Je vais bien, merci.

— Non. Comment tu vas vraiment ? Je ne pose pas la question par politesse, Nathan. S'il te plaît, dis-moi sincèrement comment tu te sens ces derniers temps.

Il comprit alors que Livia était réellement inquiète. Touché de cette attention, il se tourna vers elle et lui sourit.

— Pourquoi tu me demandes ça ?

— Parce que j'ai l'impression que tu ne vas pas bien du tout. Depuis deux semaines, tu as l'air absent.

Deux semaines. Son amnésie. La douleur reprit et Nathan tenta de la faire disparaître par une blague.

— Quand je suis au lycée, j'ai toujours l'air absent !

Livia le regarda avec attention.

— Je ne plaisante pas, Nathan… Est-ce que tu te rappelles ce qui t'est arrivé ?

Cette phrase se faufila en profondeur dans le cerveau du garçon. Non. Il devait à tout prix la combattre pour ne pas souffrir.

— Je t'assure, Livia, je vais bien. C'est peut-être le cours d'informatique fusionnée qui m'a contaminé le cerveau, c'est tout !

Un sourire navré apparut sur le visage de son amie. Puis, après un instant de silence elle reprit :

— Nathan… Tu ne prends jamais rien au sérieux… On ne sait pas si tu te fiches de tout ou si tu caches quelque chose.

Elle fixait le sol sans bouger.

— Si tu cessais de toujours plaisanter, on pourrait découvrir que, toi aussi, tu souffres.

Elle releva les yeux vers lui. Une larme coula de son œil droit, sans qu'elle s'en rende compte.

— Comme moi…

Soudain elle s'approcha et prit Nathan dans ses bras.

— Je suis désolée si ça t'a fait aussi mal, murmura-t-elle.

Elle resta quelques secondes ainsi puis s'écarta et partit en courant. Nathan resta seul, perdu, l'esprit douloureux. Il sortit rapidement son Opale pour se configurer une émotion anonyme.

Il ne devait surtout pas réfléchir à ce qui venait de se passer.

Il ne devait surtout pas penser à ce qu'il ressentait.

*

Les jours passèrent sans que la douleur disparaisse. Tous les matins, il se configurait une nouvelle coupe. Raie de côté, pics, n'importe quoi, pourvu qu'il masque cette espèce de trou qu'il avait remarqué au milieu de ses cheveux, deux semaines auparavant. Au petit déjeuner, quand sa mère lui demandait comment il allait, il affirmait que tout allait bien, offrant les émotions les plus neutres possibles sur le Réseau. Son père restait silencieux, mais Nathan avait la désagréable impression qu'il l'observait en permanence, qu'il analysait ses émotions, comme pour y déceler son mystère. Il y avait bien un secret, mais Nathan lui-même l'ignorait.

Au lycée également, les jours se ressemblaient. Hanek était revenu en cours, justifiant son absence par une grosse fatigue. Il avait effectivement l'air à bout de forces : des cernes se creusaient sous ses yeux et il maigrissait à vue d'œil. Mais sur le Réseau, il donnait toujours l'impression d'être le même, plein d'entrain et volontaire. À chaque récréation, il courait chercher Nadem pour parler jeux. Et à la fin de la journée, il se ruait à son cours de vidéo-sport. Il ne rentrait plus avec Livia, qui marchait seule.

« Vidéo-sport, jeux vidéo, blagues… c'est toujours les mêmes discussions, pensa Nathan. Toujours les mêmes remarques, les mêmes gestes. Comme si on répétait le même numéro encore et encore. » Il avait le sentiment que le film se jouait en boucle jour après jour.

Dans cette répétition quotidienne, il remarqua des détails qui ne l'auraient jamais effleuré auparavant. Le regard de Nadem, par exemple. Dès qu'il quittait ses amis des yeux, il devenait inquiet et sérieux. Il semblait cacher quelque chose, lui aussi.

Quand il croisait Adila, elle le regardait avec stupéfaction et déception. Un jour, n'y tenant plus, elle l'attrapa par le bras et lui demanda :

— Après ce qu'on s'est avoué, rien ne change ?

Nathan la dévisagea. Elle diffusait un flot d'émotions qu'il était incapable de comprendre.

— Qu'est ce que tu as, Nathan ? Tu fais comme si rien ne s'était passé. Tu sais à quel point c'était difficile de te dire tout ça ?

Non, il ne savait pas. De quelle discussion parlait-elle ? Dès qu'il cherchait à se souvenir, la douleur revenait, encore plus intensément que la fois précédente…

— Nathan…, murmura Adila. Qu'est-ce qui se passe ? On s'était promis…

Mais il ne pouvait pas tenir une promesse dont il ne se souvenait pas… Sans un mot, elle partit.

Et les jours se suivaient et se ressemblaient. Ses coupes de cheveux changeaient, sa mère s'interrogeait, son père le regardait. Les rides d'Hanek se creusaient, les doigts de Livia se crispaient, Nadem devenait sérieux, Adila était triste, et Nathan ne pouvait rien faire, même s'il voyait bien que son groupe d'amis s'effritait. Il se sentait prisonnier de ce quotidien répétitif, mais la moindre pensée de changement provoquait une douleur insupportable. Pour ne pas souffrir, il subissait. Il s'était résigné.

*

Mais un jour qu'il rentrait chez lui, seul, une voix dans son dos le fit sursauter.

— Hey !

Un mot, un simple mot, et il frémit de tout son être. Il se retourna et l'univers qu'il cherchait à maintenir depuis deux semaines s'effondra soudain comme un château de cartes. Il devait tenir. Sans cette stabilité, il n'avait aucun rempart contre la douleur.

— Comment tu vas ?

Cette voix l'horripilait. Ce visage, couvert de taches de rousseur, encadré de cheveux d'un rouge criard. Une couleur violente qui l'enflammait de rage. Il haïssait ce visage. Il le trouvait horrible, repoussant, tout comme la silhouette de cette fille devant lui.

Il réalisa avec effroi qu'elle ne possédait pas de Réseau. Elle était déconnectée des autres, comme le mendiant sur le trottoir, qu'il évitait désormais soigneusement sans savoir pourquoi. Quelque chose ne cadrait pas avec sa réalité. Encore. Il fallait que cette fille disparaisse de la surface de la Terre.

Il avait spontanément reculé et son visage transpirait l'effroi. La fille paraissait surprise de sa réaction.

Elle s'avança pour réduire l'écart qu'il avait tenté de créer entre eux. Nathan recula à nouveau et sentit dans son dos le mur, lui interdisant toute échappatoire.

— Nathan, qu'est-ce qui se passe ?

Elle connaissait son prénom. Comment était-ce possible ? Encore une fois, la réalité se distordait. Dans son monde à lui, il ne connaissait pas cette fille. Il devait s'éloigner. Maintenant.

Il tendit la main pour la repousser légèrement. Un contact délicat, en opposition avec la violente répulsion qu'il éprouvait pour elle. Nouvelle dissonance entre ses sentiments et la réalité.

— Nathan, qu'est-ce qui t'arrive, enfin !

Il lisait l'inquiétude sur son visage. Comment un être aussi repoussant pouvait-il éprouver ce genre de sentiment ?

La fille commit une erreur fatale. Elle leva la main et la posa sur le visage de Nathan. Il poussa un cri. D'instinct, sa deuxième main se ferma en un poing qui atteignit la fille en pleine face.

Elle s'effondra. Sans comprendre. Tout comme Nathan. À la douleur dans sa tête s'ajoutait l'horreur de ce qu'il venait d'accomplir. Des gens s'étaient arrêtés pour le regarder et leurs émotions négatives saturèrent son esprit. La fille, massant son visage douloureux, leva les yeux vers lui. Elle n'avait pas de Réseau mais il y avait tellement d'émotions dans ce regard que Nathan sentit comme un éclair lui traverser la tête.

Il s'enfuit en courant. Il ne devait pas se retourner. Il ne devait pas regarder ce qu'il venait de faire.

Il rentra chez lui, s'enferma dans sa chambre sans dire un mot à ses parents et se programma le passage d'un film qu'il connaissait par cœur, saturant ses oreilles de son. Il le regarda en boucle, des heures durant, dans l'espoir d'anesthésier son esprit. Il ne descendit pas manger. Quand enfin il alla se coucher, ce fut avec l'espoir que le sommeil lui permettrait comme toujours d'oublier ce qu'il avait vécu et qu'il se sentirait mieux au réveil.

Mais il ne parvint pas à dormir.

Chapitre 9

Nathan ouvrit les yeux. Son Opale indiquait sept heures du matin. Il se sentait encore moins bien que la veille. Toute la nuit, il n'avait cessé de revoir le fil des événements. Le visage de la fille. Ses cheveux rouges. Sa main sur son visage… Son coup de poing. Violent. Horrible. Il aurait aimé ne plus se souvenir. S'il oubliait, peut-être que ça disparaîtrait aussi.

Mais il n'oubliait pas. Les images revenaient, elles s'ancraient dans sa tête, comme la preuve d'un dysfonctionnement qu'il avait passé deux semaines à se cacher. Il avait beau s'abreuver d'émotions anonymes, il devenait impossible de noyer cette certitude.

— Tu vas continuer longtemps à nous dire que tout va bien ?

Nathan ne répondit rien à son père et mangea sa tartine en silence. De même qu'il tenta de communiquer le moins possible durant la journée entière. Il ne répondit rien lorsque Hanek, l'air encore plus fatigué et nerveux que la veille, parla de sa fantastique séance de vidéo-sport. Il évita Nadem, Livia, Adila et à peu près tout le monde. Son esprit était sur une sorte de brèche. Il ne devait prendre aucun risque.

Il poussa un soupir de soulagement quand le moment de rentrer chez lui arriva. Il prit rapidement la direction de sa maison, scrutant les alentours pour être sûr de ne pas recroiser la fille aux cheveux rouges. Et il ne la vit pas.

À la place se trouvait un jeune homme, noir de peau et vraisemblablement plus âgé, qui le regardait fixement. Les gens s'écartaient de lui sur leur passage.

Tout comme la fille, cet homme n'avait pas de Réseau.

Il regardait Nathan tranquillement, les mains dans les poches. Nathan était terrorisé face à tant de calme. Cela faisait deux jours de suite qu'au même endroit il rencontrait des personnes qui n'étaient pas branchées à Interfeel.

Il songea brièvement à changer de trottoir et tourna la tête. Le garçon capta son regard et Nathan comprit qu'il le suivrait dans tous les cas. Cette rencontre n'était en rien due au hasard.

— Nathan ?

Il s'arrêta puis, hésitant, ajouta :

— Tu es Nathan, n'est-ce pas ?

— Oui…, fit-il d'un air faussement détaché.

— Je m'appelle Kami. Tu ne me connais pas…

Nathan se sentit soulagé. Enfin quelque chose de logique.

— … Contrairement à la jeune fille d'hier.

Le soulagement fut de courte durée. La panique commença à l'envahir.

— Qui ça ?

Les yeux de Kami se durcirent.

— La jeune fille à qui tu as donné un coup de poing.

Nathan frémit. Son acte s'imposait à nouveau à lui.

— Je suis désolé…

— Être désolé ne sert à rien. Il faut comprendre. Tu ne te rappelles pas d'elle, tu la frappes… Ce n'est pas une réaction normale. Élizabeth, elle, se souvient très bien de toi.

« Élizabeth. »

Ce prénom fut comme une décharge électrique. Nathan le connaissait. Il connaissait cette fille. Soudain la douleur reprit et il tenta de se contrôler, tant bien que mal. Kami avait raison : il était temps de comprendre.

— Regarde la tête que tu fais rien qu'en entendant son prénom, dit-il. C'est elle qui m'envoie. Elle pense que tu as un problème et je suis bien d'accord avec elle.

— Qu'est-ce que tu proposes ? demanda Nathan.

— Que tu la revoies.

Cette simple pensée fit frémir le jeune homme.

— Pourquoi elle n'est pas venue directement, alors ?

— Parce que, hier, tu lui as collé ton poing dans la figure.

Les yeux de Kami s'étaient contractés une nouvelle fois. C'était presque imperceptible mais Nathan l'avait remarqué. Il se demanda d'où lui venait ce réflexe de décrypter le visage des gens.

— Si vous vous rencontrez en pleine rue, ça risque de créer des problèmes. On va la rejoindre dans un endroit plus calme.

— Où ?

— Elle possède un appartement dans l'épicentre.

Nathan sursauta.

— Un appartement ? Dans l'épicentre ? Je pensais que c'était une sans-Réseau ?

— Oui, répondit Kami, mais Élizabeth a vécu deux ans là-bas. Elle te l'a dit lors de votre première rencontre.

L'esprit de Nathan bouillonnait. Ces phrases lui rappelaient quelque chose de caché dans les profondeurs de sa mémoire. Il songea à partir, quitter Kami, rentrer et s'intégrer à un film.

Mais au-delà de la douleur, une volonté nouvelle venait d'apparaître. Il voulait retrouver ses souvenirs. Et l'unique moyen pour le moment était de suivre cet inconnu jusqu'à Élizabeth.

Nathan regarda Kami et lui dit :

— Tu me demandes donc de suivre un inconnu, dans un endroit que je ne connais pas, pour revoir une personne que j'ai oubliée ?

Kami sourit.

— Exactement.

*

Ils prirent le MGV pour deux stations. À leur côté, nombreux étaient ceux qui rentraient du travail ; leur regard semblait absorbé dans une autre réalité. Comme si le fait de vivre dans l'épicentre les avait transformés. Quand ils quittaient cet état second, c'était pour regarder Nathan et Kami avec une méfiance non dissimulée. On ne voyait jamais de sans-Réseau dans l'épicentre. Nathan ressentit cette sensation très désagréable d'être spontanément rejeté par les autres, ce à quoi Kami semblait être totalement indifférent.

En sortant, Nathan découvrit les gigantesques tours de l'épicentre. Une vingtaine d'années auparavant, des travaux colossaux avaient été entrepris en ville pour la transformer de fond en comble. Ces bâtiments haute technologie en étaient la preuve. Nathan avait entendu toutes sortes de rumeurs les concernant : ils pouvaient tourner sur eux-mêmes, se courber, certains posséderaient même une intelligence propre. Calmement, Kami s'approcha d'un des immeubles. Celui-ci était très haut et son premier étage entièrement transparent, si bien que l'on pouvait voir de l'extérieur les escaliers en colimaçon et l'ascenseur aux parois vitrées.

— Si tu es déjà surpris par ces détails, fit Kami en souriant, attends de voir l'intérieur !

Il entra dans l'immeuble. Les quelques personnes qu'ils croisèrent rasèrent les murs, leur Réseau crépitant d'émotions angoissées. Voir un sans-Réseau n'était déjà pas si courant, le croiser dans le quartier le plus huppé de la ville l'était encore plus. « Ils ne vont quand même pas appeler la police », se demanda Nathan, soudain très inquiet. Encore une sensation qu'il ne maîtrisait pas. Kami n'avait pas accordé un seul regard à ces personnes, ni fait le moindre commentaire.

Lorsqu'ils furent à l'intérieur de l'ascenseur et que les portes se refermèrent, la ville était toujours visible, comme si l'immeuble lui-même n'existait pas. Alors qu'ils entamaient leur ascension, Nathan eut l'impression de décoller littéralement du sol.

— Comment ça marche ? demanda-t-il. Ce sont des images captées à l'extérieur qui sont retransmises sur les parois ?

— Non, répondit Kami. C'est réellement ce qu'il y a au dehors. Ce n'est pas une retransmission. Je crois que cela a à voir avec la manière de faire circuler la lumière.

— Mais… pourquoi ? À quoi ça sert ?

Kami sourit.

— À se divertir. C'est à peu près le but de tout ici : on travaille très dur et, quand on ne travaille pas, on s'amuse. L'épicentre est à la pointe du divertissement.

L'ascenseur s'arrêta au vingt-cinquième étage.

— C'est celui-là, fit Kami en désignant l'une des portes du palier.

Il posa un doigt sur son Opale et la porte s'ouvrit. Nathan sentit sa propre pierre vibrer légèrement, signe qu'elle entrait en contact avec l'appartement.

Kami s'écarta et lui fit signe d'avancer.

— Elle t'attend.

— Tu ne viens pas ?

— Elle veut te voir seule.

— On dirait que tu m'envoies dans l'antre d'un monstre, fit Nathan avec un rire nerveux.

— Vu comment tu as réagi hier, c'est presque ça, non ?

Nathan se sentit obligé de poser une dernière question.

— Qui est Élizabeth pour toi ?

— Ne t'inquiète pas, Nathan, répondit Kami avec un sourire entendu. C'est juste ma sœur.

La porte s'était refermée. Nathan, de nouveau seul, regarda autour de lui. Il se trouvait dans un long et grand couloir central laissant présager la taille immense du reste de l'appartement. Il avança, la main posée sur la tapisserie bleue. Derrière ses doigts, la peinture s'écarta comme un sillon tracé dans l'eau pour dévoiler le fond blanc du mur, avant de se refermer dans des remous aquatiques.

— Nathan ?

Il devait garder son calme.

— Élizabeth ? articula-t-il.

— Continue. Au fond à droite, c'est le salon.

Au fur et à mesure qu'il avançait, des vibrations désagréables l'envahissaient, comme c'était le cas depuis deux semaines, dès que certains sujets étaient évoqués. Il devait comprendre pourquoi.

La pièce était plongée dans une quasi-obscurité : les fenêtres arboraient une couleur noire, absorbant la lumière. Nathan prit une grande inspiration et se lança :

— Élizabeth ?

— Je suis là, répondit-elle.

Sa voix semblait provenir d'un des angles de la pièce mais le jeune homme était toujours incapable de la voir.

— Excuse-moi pour l'obscurité mais je ne veux pas que tu fasses une crise cardiaque en me voyant ! Ou que tu me donnes un coup de poing…

— Je suis désolé…, commença Nathan.

— Ce n'est pas de ta faute. Je sais que tu n'aurais jamais fait ça intentionnellement.

— Je t'ai fait très mal ?

— Oui.

— Je suis vraiment désolé.

Il y eut à nouveau quelques secondes de silence.

— Pourquoi est-ce que tu veux m'aider ? demanda soudain Nathan. Après ce que je t'ai fait…

— Je veux comprendre ce qui t'arrive. C'est grave…

La phrase d'Élizabeth resta en suspens. Nathan savait que la jeune fille ne lui disait pas tout. Des pas se rapprochèrent alors de lui. Le jeune homme pouvait à présent distinguer une silhouette légèrement en retrait sur sa gauche.

— Et puis, fit Élizabeth d'un ton plus enjoué, je préférerais t'évoquer autre chose que du dégoût !

Dans la pénombre, Nathan ne la distinguait pas nettement. Elle n'était qu'un souvenir insaisissable. Mais la douleur dans son esprit avait repris de plus belle. Son corps était transi de terreur. Lentement, il fit un premier pas dans la direction d'Élizabeth.

— Comment tu te sens, Nathan ?

— Pas trop mal, mais pas très bien non plus. Je ne te vois presque pas, c'est inquiétant.

— Lumière légère, ordonna la jeune fille.

Le noir des fenêtres perdit de son opacité et la pièce devint plus visible. Nathan pouvait distinguer clairement son abondante chevelure. Il fit un effort surhumain pour se contrôler mais comme il ne pouvait pas fixer le ciel, il se concentra sur les autres objets présents dans le salon.

Élizabeth avança d'un pas.

— Qu'est-ce que tu ressens, là, maintenant ? demanda-t-elle.

L'esprit de Nathan se contracta. Mais sa volonté d'en savoir plus augmentait au fil des minutes.

— Du dégoût, finit-il par dire. Il est très fort mais c'est comme s'il était là uniquement pour cacher tout le reste. Derrière, il y a d'autres sentiments à découvrir. Pour ça…

Il avança encore un peu.

— Je dois me rapprocher encore.

Ils étaient maintenant à quelques mètres à peine l'un de l'autre, debout, silencieux. Dehors, le soir commençait doucement à tomber. De nouveau il reporta son regard sur Élizabeth. La forme de son cou, de ses épaules, de ses hanches se dessinait de mieux en mieux. Elle avait des jambes fines et croisait les mains dans son dos. Son visage, toujours caché, était encadré par son importante chevelure dont l'obscurité masquait la véritable couleur. Il fallait la raviver. Nathan avança encore d'un pas et murmura à son tour :

— Lumière légère.

Le gris des fenêtres s'éclaircit et les cheveux d'Élizabeth s'enflammèrent de rouge. Cette couleur… cette couleur…

— J'ai une image qui me revient de toi, dit-il. Je ne sais pas si c'est imaginé ou réel.

— Dis-moi.

— On est dans la rue, face à face, et tu es énervée. TRÈS énervée.

Spontanément, elle se mit à rire.

— C'est vrai ! Quand je t'ai rencontré, je t'ai trouvé insupportable. Au début, en tout cas.

— Et après ?

— Ça, je te le dirai plus tard !

À son tour, elle s'approcha. Nathan se rappela alors qu'elle n'avait pas de Réseau. Elle était imprévisible. Il aurait été tentant de prendre une bouffée d'émotions anonymes pour se calmer, là, juste à cet instant. Il n'avait qu'à saisir sa pierre au fond de sa poche.

Au lieu de ça, il s'approcha encore.

— J'ai fait comment pour te calmer ?

— Tu as enlevé ta puce et tu me l'as donnée.

— J'ai fait ça ? Moi ?

— Oui.

Un silence s'installa entre eux. Il fixa le mur derrière elle qui laissait entrevoir une tapisserie représentant un cours d'eau.

— Je ne pourrais plus faire ça, maintenant.

— Tu n'as pas changé, Nathan. On te persuade juste du contraire.

Elle avait raison. Du moins, Nathan voulait y croire. Il cessa un instant de réfléchir et, comme s'il se jetait dans le vide, parcourut en trois enjambées la distance qui les séparait. Il était en face d'elle. Nathan retint sa respiration. Il entendait celle, un peu nerveuse, d'Élizabeth. Une foule de pensées contradictoires lui traversa l'esprit avec violence. Il ne savait pas quoi dire ni quoi faire. Une vague de dégoût parasitait ses émotions. Élizabeth le regardait se débattre avec lui-même, impuissante :

— Respire, relax, ensuite on continue.

Ces mots… Elle les avait prononcés, presque tels quels, lors d'un moment qu'ils avaient partagé deux semaines auparavant. Il devait aller plus loin. L'étape suivante constituait en deux mots. Deux mots tout simples. Il se rapprocha de l'oreille d'Élizabeth et, dans un mélange d'appréhension, de désir et de crainte, il chuchota :

— Lumière normale.

La pièce s'éclaira complètement et le visage de la jeune fille apparut, à quelques centimètres du sien. Ses cheveux étaient flamboyants. L'esprit de Nathan s'embrasa.

Il prit sa main, à moins que ce ne soit l'inverse, il ne savait plus. Le contact le frappa comme un coup de foudre. C'était comme dans les rêves qu'il faisait parfois, où les émotions et les couleurs se mélangeaient. Le froid le brûlait, les flammes le glaçaient, ses émotions se mêlaient et le contact de cette main délicate dans la sienne faisait hurler son cerveau de douleur.

— De quoi tu te souviens, Nathan ?

Une autre image lui revint. Un autre contact entre eux. Le métro. La main d'Élizabeth contre son épaule. Son visage. Ensuite… ensuite…

— La gare. Le baiser…, prononça-t-il avec effort.

Elle se serra contre lui, l'entoura de ses bras et la réalité se dévoila enfin, l'entraînant par des milliers de pensées indomptables qui ressurgissaient. Il avait l'impression de perdre contact avec lui-même. Il serra à son tour Élizabeth dans ses bras. Il faillit pousser un cri de douleur mais quelque chose se plaqua contre sa bouche et il se tut.

Nathan respirait lentement, collé à Élizabeth. Ils restèrent longtemps silencieux, immobiles, tandis que l'esprit de Nathan s'apaisait. Lentement, enfin, tout se calma.

Brisant le silence, il déclara :

— Je me souviens.

Chapitre 10

Nathan n'oublierait jamais la douleur qu'il avait ressentie. Cette douleur si intense qu'il avait repoussée avec l'aide d'Élizabeth et qu'il avait finalement réussi à dépasser. Tout lui était revenu : leur rencontre, la découverte des sensations sans Interfeel, son arrestation, et enfin les deux interrogatoires qu'il avait passés tour à tour. Pourtant, un élément de sa discussion avec Vlad Ekaton lui échappait toujours. Malgré tout, Nathan était désormais prêt à passer à l'action.

Dès le lendemain, il avait donné rendez-vous à ses amis. Lorsqu'il avait commencé à parler, ces derniers avaient gardé le sourire, imaginant qu'il s'agissait d'une blague. Nathan les avait rattrapés à la fin des cours pour les emmener dans cet appartement, en plein épicentre. Là, il leur parlait de Tatoueur, de cyriste… Tous attendaient la chute.

Mais Nathan ne souriait pas et continua à parler. D'abord surpris, ses amis se résolurent à l'écouter.

Lorsqu'il eut terminé, Hanek murmura un juron et ce fut le seul mot prononcé. Nathan profita du silence pour observer le visage de chacun de ses camarades. Hanek demeurait bouche bée. Livia baissait les yeux, comme si elle s'en voulait. Nadem, quant à lui, ne l'avait pas quitté du regard et gardait son habituel sourire en coin. Adila le dévisageait intensément.

Dès qu'il avait retrouvé la mémoire, il l'avait emmenée à l'endroit de leur déclaration deux semaines plus tôt et il lui avait tout raconté. Le quartier ouest, Élizabeth, les policiers, sa perte de mémoire. Il avait seulement omis quelques détails et quelques baisers.

Adila l'avait écouté sans dire un mot. Ses émotions s'étaient crispées chaque fois qu'il prononçait le mot Élizabeth mais elle se calmait aussitôt après. À la fin de son discours, Nathan avait voulu lui saisir la main. Par réflexe, elle s'était écartée, mais pas assez et leurs doigts s'étaient touchés. Ce qu'ils partageaient par le Réseau s'était communiqué par leur peau et ils avaient sursauté, comme frappés par une décharge. Elle avait souri. Elle semblait heureuse. Elle l'avait fixé de ses yeux bleu sombre avant de s'éloigner. Nathan venait de ressentir jusqu'au bout des os ce qu'il éprouvait pour Adila et ce qu'il s'était toujours caché. Il était hors de question qu'on lui efface une nouvelle fois ces émotions.

Ses amis n'avaient pas dit un mot. Ce fut Hanek qui se lança le premier :

— C'est une blague…

— Non. Il ne rigole pas, le coupa Nadem, sérieux.

Livia avait toujours les yeux rivés au sol. Elle semblait vouloir disparaître sous terre.

— C'est la vérité, reprit Nathan. Ce policier a vraiment essayé de me brûler le cerveau. On a eu la même sensation en classe après son passage. Là, c'était cent fois pire. Vous vous souvenez de cette douleur ?

Hanek répondit aussitôt qu'il n'en avait aucun souvenir tandis que Livia murmurait un timide « oui ». Nathan poursuivit :

— Vlad Ekaton a effacé trois jours de mes souvenirs. Jusqu'à hier il ne me restait rien.

Il échangea un regard discret avec Adila.

— D'accord, reprit Hanek. Tu as revu ce policier, il t'a cramé le cerveau. Mais qu'est-ce qu'on fait ici, nous ? Et on est où, d'abord ?

— On est chez Élizabeth.

— Et c'est qui, Élizabeth ?

— C'est moi, murmura une voix dans leur dos.

Elle s'était rapprochée en silence pour les surprendre, sachant que les utilisateurs d'Interfeel ne comptaient pas assez sur leurs autres sens. Ils se retournèrent d'un même mouvement et Nathan ferma les yeux pour se concentrer sur le Réseau. Il voulait capter les sentiments spontanés de ses amis face à une situation nouvelle, afin de les tester.

Quatre émotions lui parvinrent. Aucune ne coïncidait avec ce qu'il imaginait.

— Et c'est qui cette…, commença Hanek en regardant Nathan.

— Sans-Réseau ? compléta Élizabeth.

— … fille, reprit Hanek.

— Je vous présente Élizabeth. Elle vient du quartier est.

— Mais elle possède un appartement dans l'épicentre, fit Nadem, sceptique.

Nathan fut surpris du sang-froid de son ami.

— Longue histoire, répondit simplement Élizabeth.

— Nathan, reprit de nouveau Hanek, à part nous faire peur avec tes nouveaux amis, pourquoi tu nous as amenés ici ?

— Pour trouver des réponses. Pourquoi est-ce que les Forces Spéciales sont intervenues aussi rapidement dans notre classe ? Pourquoi est-ce que je me suis fait torturer pour m'être promené deux heures dans le quartier est ? Pourquoi a-t-on décidé d'effacer ma mémoire ? Qui est ce « Tatoueur » ? J'ai l'impression que tout ça n'est que le début de… quelque chose d'énorme.

Sans s'en rendre compte, il avait haussé la voix. Ses émotions s'étaient tendues sur le Réseau. Il tourna les yeux quelques secondes vers le ciel pour se calmer.

— Comment tu comptes faire pour trouver des réponses ?

Nathan savait que son plan n'allait pas lui plaire.

— On n'a pas le choix. À part les Forces Spéciales, une seule personne peut nous aider. Notre ancien prof de philo.

— Et alors ? insista Hanek.

— Tu comptes lui rendre une petite visite, fit Nadem, amusé.

Nathan hocha la tête.

Hanek applaudit.

— Je savais qu'on aurait droit à une blague !

— Je suis sérieux.

— Et je suppose que tu sais où est le professeur ? insista Hanek, visiblement agacé par la tournure que prenait la soirée. Parce que en plus d'être très certainement gardé en permanence par les Forces Spéciales, il doit être enfermé au troisième étage de l'hôpital central.

— Sans oublier qu'il est certainement toujours dans le coma, compléta Nadem.

— Je sais, répondit Nathan. Mais je connais l'hôpital, j'y passais des journées entières avant, avec ma mère. Je sais que c'est possible. À moins que vous ayez une meilleure idée ?

— Ne rien faire, reprit Livia, les yeux au sol. Continuer à vivre comme avant et oublier.

— Je n'ai plus envie d'oublier répondit Nathan fermement. Je n'ai plus rien à perdre et…

— Tu as *beaucoup* à perdre, Nathan, le contredit Livia. Ta liberté, ta famille, tes amis, ta petite amie. Tu sais pourquoi les Forces Spéciales gardent sa chambre, Nathan ? Ce n'est pas que pour empêcher les gens de rentrer. C'est aussi pour l'empêcher de sortir. Il est considéré comme un cyriste. Tu sais ce qui arriverait si on décidait d'entrer en contact avec un cyriste ?

— Non, admit Nathan.

— C'est très simple : si on est en contact avec un cyriste, on est automatiquement considérés comme tel. On est traqués par les polices du monde entier. On n'aura plus aucun endroit où se réfugier. Regarde ce qu'ils t'ont fait *juste* parce que tu t'es baladé dans le quartier est. Imagine ce qu'on subira si on est arrêtés en tant que cyristes ? Que tu veuilles aider le professeur ou simplement le voir, ils ne feront pas la différence. Tu nous mets *tous* en danger, Nathan. Ce n'est pas un jeu.

La jeune fille étouffa un sanglot et continua d'une voix tremblante :

— J'ai trop perdu dans la vie. Je ne veux pas vous perdre aussi.

Pour briser le silence qui s'installait, Hanek enchaîna :

— De toute façon, tu vas faire quoi une fois dans sa chambre ?

Nathan hésita. Son plan n'était pas clair mais c'était le seul qu'il avait. Oui, il n'avait aucune idée de ce qu'il ferait une fois dans la chambre d'hôpital. Oui, soutirer des informations à quelqu'un dans le coma n'était pas la meilleure idée du monde… Il lui fallait juste un indice…

— Il a dit quoi, le professeur, avant de sauter par la fenêtre ?

— Des idioties, fit Livia d'un ton sec.

— Il a dit quoi *exactement* ? insista Nathan.

— Qu'on pourrait toujours aller le trouver si on voulait des réponses, récita Hanek.

— C'est ça ! Il se doutait que certains d'entre nous chercheraient à le contacter. Je suis même sûr que c'est pour ça qu'il a sauté.

— C'est fou, grommela Hanek.

— Imagine ça comme un super niveau de vidéo-sport ! tenta Nathan.

Les yeux d'Hanek s'illuminèrent quelques secondes, puis il secoua la tête comme pour faire disparaître cette idée.

— Tu ne m'auras pas comme ça ! dit-il.

— Dans tous les cas, il est dans le coma…, fit Adila, plus douce.

— Son « chef » se surnomme le Tatoueur. Et s'il lui avait gravé quelque chose sur le corps ? Un message par exemple ? Une information ? suggéra Nathan.

— Les policiers ont dû regarder ça depuis longtemps, contra Adila.

— Les policiers ne le connaissaient pas *d'avant*. Nous, si. S'il y a un indice, c'est à nous qu'il est adressé. Ma mère travaille là-bas. Elle m'a dit que les ondes cérébrales du professeur étaient étranges. C'est peut-être rien, je sais, mais…

— Je suis partant, s'éleva soudain une voix.

Le regard de Nathan se porta automatiquement vers la personne qui venait de parler.

— Sérieux, Nadem ?

— Tu me proposes de m'infiltrer illégalement dans un hôpital et de braver l'autorité pour aller rencontrer un mec dans le coma considéré comme un cyriste. Je suis partant, continua Nadem, avec son éternel sourire en coin.

— Je ne plaisante pas, fit Nathan pour le tester.

— Moi non plus.

Après une seconde d'hésitation, il reprit :

— Je me pose des questions depuis longtemps sur Interfeel. C'est enfin l'occasion d'avoir des réponses.

Hanek regarda Nadem un instant puis dit :

— Eh bien moi aussi, je suis partant ! Il faudra être rapides, furtifs comme lors d'une séance de vidéo-sport !

— Si c'est important pour toi, fit Adila en regardant Nathan, alors je t'accompagne.

— Ça l'est, confirma Nathan.

Tous deux échangèrent une émotion de douceur sur le Réseau.

Tous les regards convergèrent vers Livia. Son Réseau était confus, traversé d'émotions contradictoires, comme si elle hésitait à s'arrêter sur l'une d'entre elles.

— Livia, commença Nathan. Si tu ne veux pas venir, ce n'est pas un…

La jeune fille leva les yeux vers son ami. Elle les tourna ensuite vers Élizabeth, avant d'ajouter :

— Je suis partante.

— Tu en es bien certaine ? lui demanda Nathan, suspicieux.

— Je vous ai dit que je ne voulais pas vous perdre. Quitte à ce qu'on fasse tous une grosse erreur, autant la faire ensemble. Et je veux être là pour vous avertir lorsqu'on ira trop loin.

Malgré le sérieux de ses mots, Nathan ne put s'empêcher d'afficher un grand sourire.

— Très bien ! Maintenant, il va falloir s'organiser. On se donnera rendez-vous ici très bientôt pour se préparer. On a *beaucoup* de détails à voir !

Alors qu'ils se préparaient à partir, Nathan les retint.

— Attendez ! Il nous faut un nom de groupe !

— Tu as une idée ? demanda Nadem.

— Je pensais à… Résistance.

— Le groupe « Résistance » ? répéta Hanek, dubitatif.

— C'est tout ce que j'ai trouvé pour l'instant. On changera plus tard si on trouve mieux !

Tandis que les autres partaient, Élizabeth s'approcha de Nathan. Elle allait lui prendre le bras pour l'arrêter, par réflexe, mais, sentant le regard d'Adila, elle se contenta de lui dire :

— Je peux te parler ? Ça ne sera pas long.

Le jeune homme murmura quelque chose à Adila, qui fit une moue étrange et s'éloigna. Comme la veille, il se retrouva seul face à Élizabeth.

— Ne t'inquiète pas, fit la jeune fille avec un sourire figé, il n'y aura plus aucun contact physique. J'ai bien compris que tu avais retrouvé l'amour de ta vie en même temps que la mémoire.

Nathan hésitait à répondre, ce qui laissa à Élizabeth le temps de continuer :

— Je ne vais pas venir avec vous à l'hôpital. Ça n'a aucun rapport avec Adila, simplement, je viens du quartier est.

— Et alors ?

— Tu ne te rends pas compte. Si vous avez un souci, les conséquences ne seront que pour vous. Si on m'attrape, c'est tout le quartier est et les sans-Réseau qui en pâtiront. On dira que je vous ai entraînés dans cette affaire, et les Forces Spéciales ne laisseront plus jamais mon quartier tranquille.

Elle soupira.

— Quand on fait partie d'une communauté, quoi qu'on fasse, on nous renvoie à elle. Si je viens, c'est des milliers de personnes que je mets en danger avec moi. Je refuse de prendre le risque de mêler les miens à cette histoire. Je ne me le pardonnerais jamais. Et je ne *te* le pardonnerais jamais, non plus.

Nathan comprenait, bien sûr. Avant de partir, il ne put s'empêcher de lui demander :

— Tu as pensé quoi de la réunion ? Je suis surpris qu'ils me suivent tous…

— Tu as ressenti quoi sur le Réseau, quand je les ai surpris ? demanda soudain Élizabeth.

— Rien de ce que j'imaginais. Je pensais que Livia serait énervée, à cause du professeur, mais elle était simplement surprise. Nadem n'a absolument pas changé d'émotion, comme s'il était un fantôme. Adila savait qui tu étais et elle semblait… confuse de te voir en vrai. Et Hanek… il semblait…

— Il était terrorisé, fit Élizabeth. Je l'ai vu dans ses yeux. Hanek a peur de ce qu'il ne connaît pas. Et depuis la chute du professeur, plus rien ne se passe comme prévu pour lui.

Elle prit une grande inspiration :

— Nadem veut des réponses à des choses qu'on ignore. Livia aussi a un secret. Un secret très lourd. Hanek le fait pour ne pas se débiner… et Adila…

— … le fait car elle tient à moi, acheva Nathan.

— Sûrement. Et peut-être parce que je suis là aussi.

Nathan fronça les sourcils.

— Donc, selon toi, chacun le fait pour une raison totalement égoïste, sauf toi.

— Ne le prends pas comme ça, Nathan. Je ne fais que te dire ce que je pense.

— Et toi, alors ? Pourquoi tu le fais ?

Élizabeth resta silencieuse quelques instants.

— Qui sait, peut-être que je suis jalouse, moi aussi ? Ou curieuse. Ou que j'ai vraiment envie de t'aider. Je ne sais pas, Nathan. Sincèrement.

Elle sourit.

— Tu vois, je ne vaux pas mieux que tes amis.

Malgré tout, un sourire se dessina sur le visage du garçon.

— Et après m'avoir expliqué que la cohésion de mon groupe ne tient qu'à un fil, tu me conseilles quoi ?

— Il faut que tu sois un vrai leader.

Nathan secoua la tête

— Le leader, c'est Hanek. Moi, je ne suis que « normal » du groupe.

Élizabeth regarda quelques instants dans le vide avant de reprendre :

— Justement, il s'impose trop dans ce rôle. C'est dangereux. Tu seras un bon leader car tu ne veux pas en être un. C'est tombé sur toi par hasard. Tu n'es pas l'élu, ou quelque chose comme ça. Alors quand tu décideras des choses, ce sera pour le groupe et pas pour toi, contrairement à Hanek.

Elle se tourna vers Nathan et s'approcha légèrement. Il ne recula pas.

— Tu ne te rends pas compte, Nathan, mais ce que tu veux faire est très dangereux. Il n'y aura pas de retour en arrière.

— Je sais.

Leurs visages se touchaient presque. Élizabeth baissa les yeux :

— Allez, va rejoindre ta copine, dit-elle avec un sourire triste.

Chapitre 11

Quelques jours plus tard, Nathan avait à nouveau réuni les membres de « Résistance » dans ce qui s'était naturellement imposé comme leur quartier général : l'appartement d'Élizabeth.

— À mon avis, on risque rien ici, avait-il précisé. Comme l'appartement est situé dans l'épicentre, on ne se fera pas traquer par Interfeel. Pour plus de sûreté, on va quand même tout faire pour ne laisser aucune trace. On ne se réunira pas de manière régulière et on arrivera toujours séparément. Trois personnes par l'entrée principale, trois personnes par la sortie de secours.

— Tu es un peu parano, Nathan, lui avait fait remarquer Hanek.

— Non, juste prudent.

En réalité, il se sentait effectivement parano. Mais il se disait qu'un vrai leader devait prendre toutes les précautions pour protéger son équipe. Ce n'était plus un de ces films qu'il créait dans sa chambre. C'était la réalité, et chaque erreur pouvait être lourde de conséquences.

— Je suis tellement prudent, ajouta-t-il, que désormais on va utiliser ceci pour prendre des notes.

Il sortit de son sac une pile de feuilles.

— Qu'est-ce que c'est ? firent ses camarades d'une seule voix.

— Du papier non numérique. Je l'ai acheté hier chez un antiquaire. En gros, c'est comme du papier normal sauf qu'on ne peut pas l'enregistrer sur le Réseau et que ça ne s'efface pas, à moins d'utiliser des objets spéciaux, tels qu'une gomme ou un effaceur, je crois. Essayez.

En plus des feuilles, il distribua à chacun un stylo, non numérique, acheté chez l'antiquaire. Ils essayèrent tous de tracer des formes sur le papier.

— Le mien n'est pas connecté, fit Livia devant sa feuille toujours blanche malgré ses tentatives de tracés.

— Les stylos n'étaient pas connectés avant, dit Adila en souriant. Mais j'ai lu un article une fois sur la manière dont les gens les utilisaient.

Elle approcha la pointe du stylo de sa bouche qu'elle chauffa de son souffle. Satisfaite du résultat, elle fit une succession de traits et l'encre se déposa sur la feuille. Par réflexe, Livia tapota sur la feuille pour faire disparaître ces ratures, avant de réaliser que c'était impossible.

— C'était vraiment une autre époque, remarqua-t-elle.

— Maintenant, reprit Nathan, il faut réfléchir à toutes les étapes de notre plan.

Il prit l'une des feuilles et dessina les contours d'une croix épaisse. Au-dessus, il traça de son écriture manuscrite maladroite : *HÔPITAL CENTRAL*.

— L'hôpital est en forme de croix. À chaque bout, il y a un accès. Les entrées nord, est, sud, ouest.

Il inscrivit l'initiale de chaque mot près de l'entrée correspondante sur le schéma.

— Il y a des Opales de sécurité aux quatre entrées. Elles sont connectées à Interfeel et peuvent nous repérer en visuel et sur le Réseau. C'est notre premier problème : comment entrer sans se faire voir ni ressentir ? On peut toujours se déguiser mais on ne peut pas masquer nos émotions. Une fois dans l'hôpital, second problème : il faut rejoindre la chambre du professeur ici, au troisième étage, sachant que deux policiers sont postés en permanence à l'entrée. En fait, c'est très facile !

— Qu'est-ce que tu racontes Nathan ? s'écrièrent-ils d'une même voix. Ce n'est pas facile du tout.

— Je sais, c'était de l'ironie. C'est un concept que j'ai appris il n'y a pas longtemps.

Après quelques tentatives d'explications sous le regard navré d'Élizabeth, il continua :

— Pour trouver des solutions à nos problèmes, il va falloir que je soutire des informations sur l'hôpital à ma mère et que je lui mente. Rien de plus simple – et oui, ça aussi, c'était de l'ironie.

*

C'était en fait encore plus difficile que ce que Nathan avait imaginé. Pour la quasi-totalité des personnes de son époque, ne pas dire la vérité était quelque chose d'illogique, puisque les émotions du Réseau entraient en contradiction avec ce qu'il se disait.

Il passa un certain temps à s'entraîner, seul dans sa chambre devant son propre reflet projeté par son Opale pour parvenir à dissocier ce que disait sa bouche et ce que pensait son esprit. Lorsqu'il se sentit prêt, il se lança.

À table, il posa sa première question, s'efforçant de paraître calme :

— Ça se passe comment à l'hôpital, en ce moment ?

Sa mère eu une petite émotion de surprise et son père le regarda d'un air étrange.

« L'air détendu, l'air détendu », se dit-il en lui-même.

— Très bien, je te remercie, dit sa mère en souriant. Il y a un grand débat pour savoir si on autorise les personnes défigurées à avoir un hologramme permanent sur le visage. On appelle ça un « holo-visage », sauf qu'ils sont interdits depuis les Grandes Réformes. Mais comme il s'agit d'une raison médicale…

Ce qu'elle disait était intéressant, bien sûr, mais il devait rester concentré. Il essaya de mieux cibler son sujet :

— Ça fait des années que je ne suis pas allé là-bas… des choses ont changé ?

— Oui et non, poursuivit sa mère. Nos objectifs avec ce grand hôpital sont toujours les mêmes mais… beaucoup de choses ont changé, oui. Par exemple, il y a de plus en plus de diversité entre les gens, oui. Il faut donc s'adapter.

— Qu'est-ce que tu veux dire ?

— Eh bien, prenons... ceux qui habitent dans la banlieue est... Qui n'ont pas de Réseau...

— Les sans-Réseau, oui. Eh bien ?

— Ça pose beaucoup de soucis à l'hôpital. Les gens normaux qui viennent là-bas sont souvent fragiles, en perte de repères... Lorsqu'ils se retrouvent à côté de personnes qui ne sont pas connectées, ils paniquent. Après, pour les calmer, ce n'est pas facile... Enfin, tu comprends ?

Nathan ne comprenait ni ce qu'elle disait, ni le malaise de sa mère dès qu'elle parlait des habitants du quartier est. Son père avait aussi perçu ce changement.

— On a finalement trouvé une solution qui arrange tout le monde : les sans-Réseau ont maintenant une entrée spécifique. Chacun reste de son côté et tout le monde est content. C'est plus simple.

— C'est peut-être plus simple, fit son père d'un ton sec, mais au lieu de faire en sorte que tout le monde vive ensemble, on sépare les gens. Au final, ils ne se voient jamais et se craignent encore plus.

Son énervement était perceptible. Clad Conin regarda sa femme et se radoucit légèrement.

— Ma chérie, votre hôpital est grand, il est moderne, mais il ne fait que reproduire les inégalités de la ville. Chaque quartier possède sa propre entrée. Les habitants de l'épicentre, les plus riches, vont dans l'aile nord. Bien sûr, c'est là que se trouvent les outils les plus performants. Les ailes est et sud sont pour les habitants de la ville, c'est-à-dire nous. L'aile est, c'est pour le quartier est. Je ne te parle même pas de l'état des équipements là-bas. Il paraît qu'ils fonctionnent encore à l'*ordinateur*.

— On évite les conflits de cette manière et c'est le plus important ! s'énerva sa mère. À long terme, c'est peut-être dangereux, comme tu dis, mais au quotidien c'est indispensable.

La discussion s'arrêta là et chacun replongea dans son assiette. Nathan crut percevoir un sentiment de satisfaction de son père à son égard, ce qui le surprit. Il essayait de ne pas révéler ce qu'il éprouvait. Il était déçu des opinions de sa mère, et étonné des réactions de son père. Il avait rarement éprouvé de telles émotions.

Au moment de prendre le dessert, Nathan lança une ultime question.

— La présence des Forces Spéciales à l'hôpital, ce n'est pas trop pénible pour vous ?

Il tenta d'ignorer le regard appuyé que lui lançait son père. Il était *impossible* qu'il se doute de quoi que ce soit. Et si tout se passait bien, il n'aurait jamais l'occasion de le savoir.

— La plupart du temps, répondit sa mère, ils ne sont que deux. Un qui fait le guet à la porte, un qui fait régulièrement des rondes. À la longue, on ne les voit même plus.

— Oui, fit son père. On oublie très vite les choses qui ne nous conviennent pas.

Sa mère préféra ignorer cette remarque et continua :

— De toute façon, même si on en a pris l'habitude, on ne les verra bientôt plus pour de vrai.

— Comment ça ? réagit Nathan en tentant de paraître indifférent.

— Je ne t'ai pas dit ? Comme le professeur reste dans son coma « particulier » et que son état n'évolue pas, on va l'emmener à l'hôpital Tolek, à l'autre bout du pays. Il est plus adapté aux patients longue durée. Le transfert aura lieu après-demain.

Elle se tut un moment, ne remarquant pas le Réseau de Nathan qui frémissait.

— Bientôt, tu n'entendras plus jamais parler de ton professeur.

Nathan se leva et fit une chose que ni son père, ni sa mère ne comprirent. Il se rendit à la cuisine, programma un enregistrement sur son Opale et fit valdinguer six casseroles qui étaient accrochées au mur.

— Tout va bien, Nathan ? s'écria son père.

Tout en ramassant les casseroles et sans le regarder, Nathan répondit :

— Oui. Mais je n'ai plus faim.

Il monta précipitamment dans sa chambre.

*

— Je sais comment nous allons entrer dans l'hôpital, annonça-t-il à la réunion suivante.

Il reprit la feuille avec le schéma des lieux.

— L'entrée est est réservée aux habitants de ce quartier. C'est par là qu'il faudra passer.

— Pourquoi ? demanda Hanek. Elle est moins surveillée ?

— Elle est surveillée comme les autres. Mais les Opales de sécurité ne sont pas connectées à Interfeel.

— Et alors… ?

Nathan prit le temps de répondre.

— Alors on entrera par là, sans Interfeel.

Hanek traduisit la stupeur générale par une simple remarque :

— Tu rigoles, là ?

— Si on entre branchés à Interfeel, on sera forcément repérés par les Opales de sécurité. Ils ont des capteurs partout. Si on entre sans Interfeel dans une autre aile, tout le monde nous remarquera. L'unique solution, c'est de passer sans le Réseau par l'entrée réservée aux habitants du quartier est.

— Tu as raison, admit Nadem. On n'a pas le choix.

Après un silence, Livia reprit la parole :

— Pour résumer, on va infiltrer un gigantesque hôpital surveillé par les Forces Spéciales, mais en plus on va le faire sans Interfeel ?

— Exactement.

— Ce n'est plus seulement difficile, c'est carrément suicidaire.

— Pas si on s'entraîne, dit Nathan.

Sans hésiter, il enleva la puce qu'il avait dans l'oreille gauche. Le monde des perceptions disparut de son champ sensoriel et ses amis, par réflexe, le regardèrent différemment.

— L'entraînement commence maintenant, insista-t-il. Faites comme moi.

— C'est obligatoire ? demanda Adila avec hésitation.

— Si tu ne le fais pas maintenant, tu en seras incapable à l'hôpital, expliqua-t-il. Ce que nous allons tenter n'est peut-être pas suicidaire, mais c'est risqué. On n'a pas le droit à l'erreur.

« Je veux aussi savoir si vous avez le courage de vous déconnecter du Réseau », pensa-t-il.

Hésitants, ils enlevèrent leur puce et Nathan vit soudain ses amis sous un jour totalement nouveau, comme si l'éclairage était devenu différent. Ils réagirent eux aussi de la même manière et se regardèrent en rougissant, s'écartant les uns des autres. Tous semblaient vraiment surpris, sauf Élizabeth, bien sûr, et Livia qui les regardait calmement.

— Tu vas bien, Livia ?

— J'ai l'habitude de me déconnecter, répondit-elle simplement.

Nathan en ignorait la raison, mais il se doutait que ce détail faisait partie du mystère qui l'entourait.

Sans Réseau, Adila semblait préoccupée. Nathan s'approcha d'elle et sans réfléchir, lui prit la main.

— Ça va ? demanda-t-il.

Elle serra les doigts.

— Normalement j'aurais été gênée que tu me touches. Sans Interfeel, ça me rassure.

— Oui, fit Nathan. C'est un nouveau type de connexion.

Son regard se porta alors sur Nadem et il remarqua que quelque chose n'allait pas. Il s'était éloigné du groupe et ne souriait plus.

— Nadem ?

Nadem tremblait de tout son corps, Nathan ne l'avait jamais vu comme ça.

— Qu'est-ce qu'il y a ? demanda-t-il, inquiet pour son ami.

— J'ai remis mon Réseau. Je ne peux pas, Nathan.

Tous les regards se tournèrent vers lui.

— Qu'est-ce que tu veux dire ? demanda Nathan.

— Je ne peux pas ! Je ne peux pas, c'est tout ! répéta-t-il d'une voix tendue. J'ai… j'ai un souci avec Interfeel.

— Qu'est-ce que c'est ? s'inquiéta Nathan.

Comme Nadem hésitait toujours, il ajouta :

— Dis-nous ce qui ne va pas. C'est important qu'on sache. On est un groupe uni. On peut s'avouer nos secrets.

— J'enlève ma puce d'Opale aussi peu que possible, commença Nadem, parce que, lorsque je le fais, je ne suis plus le même. Pas comme vous, pas *légèrement* différent. Je ne me reconnais plus. Je suis quelqu'un d'autre et je ne veux pas que vous rencontriez cette personne. C'est pour ça que j'étais intéressé par la mission. Je veux en savoir plus sur Interfeel et son fonctionnement. Je veux comprendre le Réseau pour comprendre qui je *suis*. Je vais tout faire pour vous aider mais, je vous en supplie, ne me demandez plus d'enlever mon Réseau.

Nadem était sérieux. Il semblait *vraiment* incapable de pouvoir se déconnecter plus de quelques secondes.

Nathan se devait de tenir compte de ce genre de problème.

— Si tu gardes Interfeel, tu ne pourras pas aller dans l'hôpital. Tu resteras à l'extérieur et tu auras un rôle d'observateur. Comme tu n'étais pas dans la classe du professeur, tu ne dois pas être sous surveillance, de toute façon.

Le sourire de Nadem reparut.

— Ça me va !

— D'ailleurs on communiquera au minimum avec les Opales, et surtout pas avec des mots. Il y aura plusieurs postes de guet à différents endroits. Si l'un d'entre nous remarque un problème et qu'il veut en avertir les autres, il enverra un point de couleur. Du jaune au rouge en fonction du danger. Jaune, il faut simplement faire attention. Orange, c'est dangereux. Rouge, c'est l'évacuation immédiate, sans aucune exception. On arrête tout et on s'en va. C'est clair ?

Tous acquiescèrent en silence puis repartirent à tâtons dans le vide émotionnel quelques minutes encore. Lorsqu'ils remirent leur Réseau, Nathan reprit la parole.

— Il faudra entrer durant les horaires de visites qui durent jusqu'à 19 heures. Ensuite, on reste à l'intérieur le temps que l'hôpital se vide, puis on rejoint le professeur qui se trouve ici.

Il pointa la croix dans l'aile est.

— Sur le papier, ça a l'air simple. On traverse le bâtiment, on grimpe trois étages et on y est. Sauf qu'on doit passer par le centre de l'hôpital, qui fait la jonction entre les quatre parties. À cet endroit, il y a une porte qui ne s'ouvre que si l'on compose le bon code émotionnel et, bien sûr, je ne le connais pas. Je devrais en savoir plus bientôt.

*

Lors du repas suivant, Nathan relança le sujet par un moyen détourné :

— C'est vrai qu'on avait des mots de passe en chiffres et en lettres, avant ?

— Il y a trente ans, oui, son père confirma. Je me rappelle quand j'étais petit, on devait entrer ce genre de combinaisons.

— Pourquoi est-ce que ça a changé ?

— Désormais, n'importe quel code qui contient des chiffres ou des lettres peut être trouvé par une intelligence artificielle. Après, on s'est mis à utiliser les empreintes digitales ou l'ADN, mais on a arrêté au moment des Grandes Réformes. Maintenant, on utilise les codes émotionnels.

— Les machines comprennent les émotions, non ?

— Elles les codent, les transmettent, oui. Mais elles ne peuvent pas les *ressentir*. Pas encore. C'est la dernière chose qui distingue l'homme de la machine.

— Dans ce cas, le problème est inversé : les machines ne peuvent plus deviner le code, mais n'importe quel être humain en est capable.

— Pas forcément. L'hologramme d'une situation particulière apparaît et il faut le modifier d'une certaine manière pour provoquer une émotion très précise. Si on ne sait pas de quelle émotion il s'agit, on n'a aucune idée de la solution de l'énigme et la porte ne s'ouvre pas.

— Tu veux dire…

La phrase de conclusion de son père eut sur Nathan l'effet d'un couperet :

— Il est impératif d'avoir Interfeel pour résoudre une telle énigme, et pour être sûr de ressentir la bonne émotion.

« Donc, il faut se débarrasser d'Interfeel pour entrer dans l'hôpital, et il faut Interfeel pour résoudre l'énigme », résuma Nathan dans sa tête.

Il posa une dernière question à sa mère, d'une voix qu'il espérait le plus naturel possible.

— À l'hôpital, par exemple, c'est comment ?

— On a le même code pour toutes les portes verrouillées, répondit sa mère. Je ne peux pas te dire lequel, bien sûr, mais c'est une sensation… renversante !

Alors qu'elle prononçait ce dernier mot, elle émit brièvement un sentiment très particulier. Cette demi-seconde, cette fameuse sensation, Nathan devait s'en souvenir. C'était son unique chance de franchir la porte du centre de l'hôpital.

Chapitre 12

Ils louèrent cinq uniroues qui se regroupèrent en un seul véhicule. Livia, Adila, Nadem, Hanek et Nathan avançaient en direction du bowling, situé à moins d'un kilomètre de l'hôpital. C'était le prétexte qu'ils avaient trouvé pour sortir, chacun expliquant qu'il dormirait ensuite chez un autre.

Ils s'étaient maquillés et ils avaient enfilé des perruques que Nathan avait achetées chez le même antiquaire que les feuilles non numériques, ébahi de pouvoir se débarrasser de toutes ces vieilleries. Ils n'échangèrent pas un mot de tout le trajet. Ce serait difficile, ils le savaient, ils n'avaient pas besoin d'en parler davantage. À quelques minutes de leur point d'arrivée, ils enlevèrent leur puce en frissonnant. Nadem les récupéra délicatement. Il savait à quel point ces objets étaient intimes.

Une fois garés, ils sortirent de la voiture et s'éloignèrent discrètement à pied du bowling. Nathan nota mentalement ce qui pourrait les trahir au cas où quelque chose se passait mal.

« Nous avons programmé la voiture pour nous rendre au bowling mais nous ne sommes même pas entrés à l'intérieur. Est-ce que les Forces Spéciales peuvent le savoir ? »

Il se promit de relever tous les détails compromettants pour en faire la liste.

Ils arrivèrent au niveau du parking central de l'hôpital à 18 heures, une heure avant la fin des visites. Après un discret signe de la main, Nadem s'éloigna du groupe pour trouver le poste d'observation le plus adéquat. Les quatre autres s'approchèrent de la porte est, celle des sans-Réseau. Nathan s'était déjà rendu de ce côté de l'hôpital avec sa mère mais, à l'époque, la distinction entre les connectés et les non-connectés n'était pas aussi radicale. Aujourd'hui, seuls les médecins sans-Réseau s'occupaient des sans-Réseau, ce qui, paraissait-il, convenait à tout le monde.

Alors qu'ils s'approchaient de l'entrée, le nombre de personnes sans Interfeel se multiplia et Nathan perçut l'angoisse qui gagnait ses amis. C'était la première fois qu'ils se trouvaient en extérieur sans pouvoir utiliser le Réseau. Soudain Livia s'arrêta. Ce n'était pas la présence des sans-Réseau qui semblait la gêner. C'était quelque chose de bien plus important, de bien plus profond. D'un rapide coup d'œil, Nathan réalisa qu'ils se trouvaient déjà dans le champ de l'Opale de sécurité et qu'ils devaient avancer rapidement. Hanek s'approcha de Livia et murmura :

— Ça va ? Tu penses y arriver ?

— Il le faut.

Elle prit une grande inspiration et continua. Nathan sentait que ce blocage concernait sans doute aussi son secret.

Alors qu'ils s'engouffraient dans l'hôpital, personne ne les arrêta ni ne les dévisagea. Ils étaient semblables aux autres, déconnectés.

« Première étape effectuée, pensa Nathan. Maintenant, trouver un endroit où se cacher en attendant que l'hôpital se vide. »

Il se repéra plus facilement qu'il ne l'imaginait. En se fiant à ses souvenirs, ils avancèrent dans le couloir central et tournèrent à droite dès que possible pour s'écarter de l'artère principale. Il y avait déjà moins de monde et chacun était trop occupé pour leur prêter attention. Quelques petits robots nettoyeurs roulaient par terre, mais leur caméra ne filmait que le sol et les chaussures des gens, qu'ils s'empressaient de vouloir nettoyer.

« Ces robots sont aussi stupides que dans mes souvenirs. »

Ils avaient déjà presque fait un tour complet de la zone et devraient bientôt repasser au même endroit, ce qui paraîtrait suspect. Il fallait désormais trouver où se cacher, et vite. Une porte entrouverte attira le regard de Nathan. Quelque chose d'inhabituel s'y trouvait. Après avoir vérifié qu'ils étaient seuls dans cette portion du couloir, il s'approcha et il vit… cet objet, tellement important avant et qui avait disparu de la surface de la terre depuis la découverte de l'Opale.

« Un ordinateur. »

Des touches, un écran, un amas compliqué de fils semblant remonter à la préhistoire, comparé à la pierre qu'il avait dans la poche.

— Cette salle a l'air abandonnée, fit Hanek. On devrait attendre ici.

Ils entrèrent et restèrent immobiles, silencieux. Vers 22 heures, n'entendant plus aucun bruit en provenance du couloir, ils se décidèrent à ressortir.

Les couloirs étaient désormais sombres, seulement éclairés par des lampes au plafond. Nathan, en tête de la file qu'ils formaient, avait sorti son Opale pour guetter le point de couleur de Nadem en cas de problème et pour amplifier les sons alentour, qu'il orientait directement dans son oreille.

Il entendit le rythme d'une respiration dans la pièce voisine… plus loin, un bruit électrique, sans doute un autre vestige de l'ancienne époque…

Et juste après, il entendit un bruit de pas qui approchaient.

Quelqu'un était à l'angle du couloir et allait les voir. D'un geste, il fit comprendre à ses amis ce qui se passait, et chacun se précipita vers une porte à proximité. Celles de Nathan, Hanek et Adila étaient fermées. Celle de Livia s'ouvrit et tous s'engouffrèrent à l'intérieur, où l'obscurité était presque totale. Les pas se rapprochèrent, s'amplifièrent jusqu'au niveau de la porte puis s'éloignèrent à nouveau. Le soulagement fut de courte durée : derrière eux, redressé sur son lit, quelqu'un les fixait.

Après quelques secondes de surprise, la personne demanda :

— Vous êtes qui ?

« Pense à quelque chose, se dit Nathan, nerveux. Réfléchis. Trouve une idée intelligente. »

Alors qu'il s'empêtrait dans ses pensées, Hanek le devança et répondit avec aplomb :

— Nous sommes docteurs !

— Ah ? fit le malade avant de hausser les épaules puis de se rallonger.

Dix secondes après, ils entendirent un léger ronflement.

— Bravo, Hanek ! dit Nathan. C'était… inspiré !

— Parfois, il faut arrêter de réfléchir, fit son ami en souriant.

Ils sortirent de la chambre pour rejoindre enfin le centre du bâtiment, l'un des rares endroits de l'hôpital où un code émotionnel était nécessaire.

D'un geste de la main, il actionna le verrou et l'hologramme apparut. Il s'agissait de deux personnes qui se regardaient. Nathan n'avait pas Interfeel mais supposa, à leur attitude, que les deux personnes s'aimaient. C'était un code assez classique, dont il avait déjà entendu parler. Plus on rapproche les deux personnes, plus le sentiment amoureux s'accentue au travers d'Interfeel. Plus on les éloigne, plus la sensation de manque se concrétise. Et si l'on fait regarder une des deux personnes dans une autre direction, elles ne se voient plus et la tristesse prend le dessus. C'est avec ces trois mouvements possibles qu'il fallait établir la bonne combinaison émotionnelle pour débloquer la porte. Amour, manque, tristesse. Il fallait Interfeel pour être sûr de s'arrêter à la bonne sensation et, bien sûr, il fallait *connaître* cette émotion. Nathan, lui, n'avait que la fraction de sentiment que sa mère avait éprouvée en lui parlant de ce code.

Et cette sensation le perturbait, justement. En effet, ce qu'il avait éprouvé à ce moment précis n'était ni de l'amour, ni du manque, ni de la peine, mais une sensation…

… d'absurdité.

Comment créer un sentiment d'absurdité avec une telle situation amoureuse ? Il y avait certainement une solution simple, très simple, pour résoudre ce problème. Il devait juste se concentrer sur ce qu'il avait éprouvé…

Nathan se rappela alors qu'il n'y avait pas eu que la sensation. Il y avait eu ce mot, aussi, tout aussi particulier, qu'elle avait sorti.

« C'est une situation renversante. »

— Renversant…

« Ce serait aussi… absurde ? » Il n'avait droit qu'à un essai et il lui fallait se décider. Trois personnes, derrière, comptaient sur lui. Parfois, il fallait arrêter de réfléchir.

Il entoura de sa main l'un des personnages qu'il retourna. La personne se retrouva la tête en bas, face à l'autre qui fit une moue surprise.

Sentiment d'absurdité. La porte s'ouvrit sans bruit.

Nathan sourit tandis qu'Hanek posait la main sur son épaule.

— Ça aussi, c'était inspiré !

— Je reste ici pour monter la garde, murmura alors Adila. S'il y a le moindre souci, je vous préviens de la même manière que Nadem.

— D'accord, fit Nathan. À tout de suite.

Après avoir serré une dernière fois sa main, il rejoignit Hanek et Livia. Discrètement, ils grimpèrent les trois étages. Si les calculs de Nathan étaient bons et s'il se souvenait correctement de la configuration de l'hôpital, la chambre du professeur se situait à une trentaine de mètres de l'escalier. De là, ils pourraient observer les officiers sans être vus.

— Et maintenant, fit Hanek. C'est quoi ton plan pour entrer dans la chambre ?

— Il y a deux officiers et la porte est fermée à clé. On ne pourra donc pas accéder au professeur par nous-même. Il faut que ce soient les policiers qui nous ouvrent la porte.

— Tu comptes leur demander gentiment ?

— Non. Nous allons attendre que l'un des deux parte faire sa ronde. Ensuite, je vais donner à celui qui reste une bonne raison d'ouvrir cette porte. (Nathan indiqua son Opale et continua.) J'ai enregistré un bruit de chute d'objets métalliques, chez moi. Je vais orienter la source de ce bruit en direction de la chambre en l'étouffant assez pour donner l'impression qu'il provient de *l'intérieur*. Le policier s'y précipitera pour trouver l'origine du bruit, ce qui nous laissera quelques secondes – à peine – pour entrer aussi et nous cacher sous le lit, près de l'entrée.

— Tu penses vraiment que ça va marcher ?

— On lui a ordonné de surveiller le professeur, qui doit être transféré demain à l'autre bout du pays. S'il entend un bruit suspect, il va forcément réagir.

— C'est une bonne idée, répondit Livia. En tout cas, c'est la meilleure que l'on ait pour le moment. Allez-y tous les deux, je reste là et je surveille. Comme Nadem et Adila, je vous préviens avec une couleur sur l'Opale au moindre souci.

Elle saisit délicatement la main d'Hanek.

— Bon courage.

Nathan activa son Opale et la configura pour qu'une nouvelle fois le son n'atteigne que ses oreilles. Il écouta la chute des casseroles plusieurs fois, la modifiant jusqu'à lui donner la tonalité qu'il souhaitait. Il orienta ensuite le bruit vers le fond de la chambre du professeur. Désormais, il n'avait plus qu'à faire un geste à la surface de son Opale pour propulser le son dans cette direction.

— On attend que l'un d'entre eux se décide à faire sa ronde, ce qui prendra deux minutes. Une minute après son départ, quand il est le plus loin d'ici, on agit.

Ils attendirent, immobiles. Nathan observait le plus discrètement possible les deux policiers dont, pour l'instant, aucun ne bougeait. Durant ces quelques instants d'immobilité absolue avant l'ultime étape de son plan, il prit conscience de la chance qu'il avait d'avoir des amis tels que les siens, que cela était plus important que tout. Plus important qu'Interfeel.

— Il vient de partir, murmura soudain Hanek.

Nathan se tint prêt, le doigt posé sur son Opale, pour envoyer le son en direction du mur.

« Soixante, cinquante-neuf… »

Chaque seconde durait une éternité. À la fin de cette minute, il agirait. Rien ne pouvait le faire reculer désormais.

Mais une lumière jaune apparut sur son Opale.

— C'est Nadem, murmura Hanek. Il y a un souci dehors.

« Quarante-six, quarante-cinq… »

— Dans quarante-cinq secondes, je lance le son, dit Nathan.

— C'est jaune. Ce n'est pas si grave, dit Hanek.

« Vingt-trois, vingt-deux… »

— Nathan…

— On continue, répondit-il.

— La couleur…

« Dix, neuf… »

Sa pierre brillait d'une lumière orange. Danger. Nathan regarda Hanek et Livia qui semblaient hésiter.

« Cinq, quatre… »

Il devait prendre une décision, maintenant.

— On continue.

« Un, zéro… »

Bloquant sa respiration, Nathan projeta le son en direction de la chambre. Le bruit métallique retentit. Le policier hésita une seconde, regarda autour de lui puis ouvrit la porte.

— Maintenant.

Ils n'avaient que quelques secondes. Alors que le policier disparaissait dans l'embrasure, ils gagnèrent la porte rapidement. Après un bref coup d'œil à l'intérieur pour s'assurer que le policier se dirigeait bien vers le fond de la pièce, ils plongèrent sous le lit au moment où l'homme se retournait, croyant avoir entendu quelque chose… avant de se raviser.

Nathan et Hanek ne bougeaient plus, respiraient à peine. Ils avaient réussi. C'est à ce moment précis que la couleur envoyée par Nadem vira au rouge écarlate. Danger imminent. Évacuation immédiate. Malgré tout ce qu'ils avaient fait, ils devaient partir. Maintenant. Quitter cet endroit. Profiter du fait que le policier était encore en train de fouiller le fond de la chambre pour ressortir de la pièce, c'était leur unique chance. Ils allaient partir lorsque le second policier revint de sa ronde, bloquant toute possibilité de repli. Il interpella son collègue.

— Tu fais quoi ?

— J'ai entendu du bruit.

— Ne dis pas n'importe quoi, ce type est dans le coma. Tu sais l'heure qu'il est ? Dépêche-toi de reprendre ton poste.

Le second policier fit une dernière fois le tour de la pièce puis regagna la sortie et ferma la porte. C'est alors qu'un deuxième point apparut sur l'Opale de Nathan. Celui d'Adila, au premier étage. Directement rouge. La menace se rapprochait d'eux.

Nathan et Hanek sortirent discrètement de sous le lit. Toute cette aventure n'avait été qu'une grosse erreur et, quelle que soit l'explication des deux points rougeoyants sur sa pierre, ils allaient le payer. Ils devaient trouver un moyen de s'échapper au plus vite.

— Il faut qu'on se tire, fit Hanek. Par la fenêtre ?

— Il y a eu un suicide il y a quelques années et toutes les fenêtres du troisième étage sont scellées. La seule entrée et sortie, c'est la porte.

« Qui est surveillée par deux policiers. Et le danger se rapproche. »

Nathan cessa de réfléchir. Il oublia même d'avoir peur tant ce qu'il voyait n'était pas normal. Il fit un signe du menton à Hanek pour qu'il regarde en direction du lit.

Le professeur les regardait fixement.

— Bonsoir, jeunes gens, dit-il à voix basse, comme s'il s'agissait de la chose la plus naturelle du monde.

— Vous… vous…, bégaya Hanek.

— Oui, répondit calmement le professeur. Je suis réveillé.

Nathan se rappela les paroles de sa mère. Le professeur était dans un coma… particulier.

— Merci d'être venu, Hanek, murmura le professeur.

Nathan ne comprit pas pourquoi le professeur remerciait Hanek plutôt que lui, mais un nouveau détail marqua son attention. Un point. Le troisième, rouge écarlate, à s'afficher sur son Opale. Livia. La menace était à quelques mètres d'eux. Quelqu'un s'approchait. Il discutait avec les policiers. Leur ordonnait d'ouvrir la porte. Il entrait dans la chambre. Un homme à l'air gêné et qui paraissait engoncé dans sa tenue de commissaire adjoint.

Chapitre 13

Ils avaient tout juste eu le temps de replonger sous le lit avant que la porte s'ouvre. Nathan n'avait même pas eu besoin de voir l'homme pour deviner de qui il s'agissait. Il l'avait *senti* car la douleur dans sa tête était revenue.

« Je n'ai pas Interfeel. Il ne peut pas savoir que je suis là. Il ne peut pas me paralyser comme la dernière fois. Il ne peut pas… »

— Vous me laissez seul avec lui, dit Vlad Ekaton aux policiers. Vous n'intervenez pas, sauf si je vous appelle expressément. C'est la dernière fois que je peux tenter d'en tirer quelque chose avant son transfert.

La porte se ferma et Nathan vit les pieds du commissaire adjoint s'approcher du lit. La douleur s'amplifia. Elle n'était due à aucune technologie d'Interfeel, mais purement *psychologique*. Un bruit clair lui signalait que Vlad Ekaton venait de poser son Opale sur la table de nuit. Elle généra une lumière jaune pâle qui éclaira la pièce, et Nathan vit l'ombre difforme des pieds du commissaire courir jusqu'au mur du fond de la chambre.

« Le professeur est réveillé, pensa Nathan. Vlad Ekaton va s'en rendre compte. »

Pourtant, ce dernier ne réagit pas. Il se contenta de marcher le long du lit, d'un pas lourd et régulier.

— Je dois savoir, Claude, chuchota Vlad Ekaton. J'ai *besoin* de savoir où se trouve votre chef, le Tatoueur. Il faut que je connaisse l'étendue de ses talents.

Nathan crut un instant que le policier avait remarqué que le professeur était réveillé et qu'il lui parlait directement. Mais non. Il parlait simplement à haute voix.

— Enfin, je dis *votre* chef…

Soudain, les pieds de Vlad Ekaton disparurent et le matelas s'affaissa à proximité du visage d'Hanek : Ekaton venait de s'assoir sur le rebord du lit.

— Après tout le temps qu'on a passé ensemble, Claude, lança le commissaire adjoint d'une voix ironique, on peut passer au tutoiement, non ? Une certaine intimité s'est créée entre nous après deux mois à tenter de percer le secret de ton tatouage. Le secret de sa fabrication. Le secret de son créateur…

La voix de Vlad Ekaton se transforma soudain en chuchotement. Nathan était persuadé que la suite de cette discussion ne devait pas être entendue par les policiers situés à l'extérieur de la chambre.

— J'ai *besoin* d'en savoir plus sur le Tatoueur. Pour ce que je dois accomplir. Pour ma mission personnelle, c'est *indispensable*. Je dois savoir s'il recherche les Forteresses inversées.

Nathan devait se concentrer désormais pour comprendre ce que le policier disait, mais ça ne faisait qu'amplifier sa douleur. Il devait la contrôler. Il devait résister à son envie de crier pour que son corps s'en libère. Il devait tout contenir en lui, même si cela devenait impossible.

— Ce soir je vais à nouveau tenter de percer le secret du tatouage animé que tu as sur le corps, Claude. Je vais y aller à fond et ça va faire très, très mal.

À ce moment-là, Nathan entendit un léger bruit. Il comprit que le policier venait de plaquer sa main contre le torse du professeur. Il eut l'impression que c'était avec lui que Vlad Ekaton essayait d'entrer en contact et cette sensation le révulsa, décuplant la douleur déjà intense qui lui lacérait la tête.

— Sache, continua le commissaire adjoint, que je n'éprouve absolument rien à l'idée de te faire souffrir autant.

Le corps du professeur commença à trembler et, même si Nathan demeurait immobile, il se sentait aussi secoué de l'intérieur, contrôlant de moins en moins cet effondrement qu'il avait vécu au commissariat et qu'il revivait à présent, alors que ses résistances s'effritaient au même rythme que les convulsions du professeur.

Un cri infime, presque inaudible, sortit de la bouche de Nathan. Vlad Ekaton s'écarta instantanément du lit. L'espace d'une seconde, Nathan eut le fol espoir qu'il ne s'agissait que d'une coïncidence.

Le corps du professeur avait cessé de trembler à l'instant même où le policier l'avait lâché. La pièce était complètement silencieuse. Nathan et Hanek n'entendaient plus que leur propre respiration et les battements de leur cœur. Vlad Ekaton, désormais à trois mètres du lit, restait immobile. Il prononça d'une voix très calme :

— Vous êtes combien là-dessous ?

Ni Hanek ni Nathan ne répondirent. La peur les paralysait. Mais ils avaient aussi l'idée complètement irréaliste que Vlad Ekaton n'insisterait pas s'il n'entendait pas de réponse, qu'il partirait et les laisserait tranquille.

Quelle naïveté…

— Vous êtes combien ?

À nouveau, ils ne répondirent pas. Au bout de quelques secondes ils entendirent le policier sortir quelque chose de son veston. Son pistolet électronique. Puis il reprit, d'une voix extrêmement calme :

— La seule chose qui ne me fait pas m'accroupir pour vous compter moi-même, c'est que je refuse d'exposer ma tête à une arme que vous auriez pointée dans ma direction. Je vais donc poser une dernière fois ma question et, si je n'ai toujours pas de réponse, je vais me baisser. Afin de prévenir tout danger, je tirerai le premier. Il s'agit d'une arme pulsar : quel que soit l'endroit où je vous touche, la décharge électronique sera assez intense pour vous tuer sur le coup.

Quelques secondes s'écoulèrent de nouveau et le commissaire adjoint reprit calmement.

— Combien êtes-vous sous ce lit ?

Nathan était toujours paralysé par la situation. Hanek fut le premier à réagir. Il fit apparaître un clavier numérique et pianota sa réponse, qui sortit de son Opale d'une voix neutre :

— Nous sommes deux.

Vlad Ekaton laissa passer un autre silence.

— Je vous préviens, j'ai une fâcheuse tendance à faire confiance aux gens, c'est mon côté humaniste. Si, lorsque je vous l'ordonnerai, une troisième personne sort de sous ce lit, je serai alors dans l'obligation de l'éliminer pour confirmer ce que vous venez de dire.

— Nous sommes deux, répondit à nouveau Hanek à travers l'Opale.

La voix de Vlad Ekaton se fit plus légère.

— Va pour deux personnes ! Vu que vous me répondez par voix numérique, j'imagine que vous avez vos Opales sur vous. Vous allez gentiment les faire glisser jusqu'à moi. Nous éviterons ainsi les mauvaises surprises.

L'Opale était l'objet le plus personnel que Nathan possédait. La remettre à Vlad Ekaton l'horrifiait, mais lui enlevait également la seule « arme » qu'il aurait pu utiliser contre lui. Alors qu'ils hésitaient, le policier reprit d'une voix plus irritée :

— Vous n'allez pas m'obliger à lancer un nouveau compte à rebours, n'est-ce pas ? Faites glisser vos Opales sur le sol *maintenant*.

Hanek et Nathan se regardèrent un instant puis, ensemble, firent glisser leur pierre jusqu'à Vlad Ekaton qui les arrêta en abattant son pied dessus.

— J'imagine que les points rouges sur l'Opale symbolisent d'autres personnes au courant de l'opération.

Je m'occuperai aussi de vos petits camarades. Vous serez bientôt tous réunis.

D'un coup de pied, il projeta les Opales de l'autre côté de la pièce.

Nathan était pétrifié. Face à n'importe quel autre policier, même Kassandra Kacem, il aurait pu, au moins, réfléchir. Mais bien que le commissaire adjoint n'ait plus de contrôle direct sur son esprit, il semblait le maîtriser totalement.

— Maintenant, les héros, vous allez sortir de sous ce lit les mains en l'air. Pas de mauvaises surprises.

« C'est fini », pensa Nathan. Le rapport de force était complètement déséquilibré. Ses amis étaient loin, le professeur ne pouvait rien faire et les policiers présents derrière la porte interviendraient au moindre appel de leur supérieur.

— Je vais devoir *encore* me répéter. Vous finirez certainement en prison, et pour longtemps, mais au moins vous aurez la vie sauve. C'est toujours mieux que de se faire tirer dessus, non ? Alors obéissez. Maintenant.

Nathan, à la suite d'Hanek, commença à ramper vers le bout du lit. En voyant ses mains dépasser, exposées au regard de Vlad Ekaton, il eut la vive sensation qu'elles brûlaient.

« Reste au moins à quatre pattes. Qu'il ne voie pas ton visage. Pas tout de suite. Retarde de quelques secondes cette confrontation », se dit-il à lui-même.

— À présent, les héros, debout, que je voie à quoi vous ressemblez.

En tremblant, Nathan se redressa. Son visage fixait le sol. Hanek, à côté, faisait exactement la même chose. Lentement, il leva les yeux pour fixer Vlad Ekaton.

À ce moment précis, le policier fit un bref mouvement de côté et s'effondra en silence. Saisis de surprise, Nathan et Hanek regardèrent le corps immobile, sans comprendre.

Ils remarquèrent alors que l'intensité de la lumière avait changé. Sur la table de nuit, une main masquait désormais l'Opale du commissaire adjoint.

— Je viens de lui injecter quelques heures de sommeil, dit le professeur.

— Comment avez-vous fait ça ? s'étonna Nathan.

— De la même manière que je résiste à ses assauts mentaux depuis deux mois. Grâce à mon tatouage numérique. Je ne vais pas vous parler de ça ici. Il faut que vous sortiez d'ici.

Le professeur marqua un temps avant de terminer :

— Et vous allez m'emmener avec vous.

Chapitre 14

— On ne peut pas vous emmener avec nous, fit Nathan, sans vraiment réaliser ce qui venait de se passer. On devait venir ici puis repartir sans nous faire remarquer.

Le professeur jeta un coup d'œil au corps de Vlad Ekaton, toujours inconscient au sol.

— C'est un peu tard pour cela, tu ne penses pas ?

— Il a raison, Nathan, fit Hanek. Je ne pense pas qu'il nous ait reconnus mais, pour la discrétion, c'est raté. Maintenant, le professeur est en danger.

« Ça ne devait pas se passer comme ça », se dit Nathan avec nervosité.

Mais les choses avaient dérapé. Ils n'avaient plus le choix.

— D'accord, répondit-il. On doit trouver un moyen de sortir d'ici.

Il réfléchit, réfléchit… et soudain, s'élança afin de récupérer les Opales. Il rendit la sienne à Hanek.

— Retrouve la voix de Vlad Ekaton sur ton Opale ! Et prépare-toi à dire : « Vous, dehors, entrez voir deux minutes. »

— Tu fais quoi pendant ce temps ?

— Je mets en application ce que j'ai appris.

Nathan fit alors apparaître un clavier sur le sol et pianota rapidement dessus. Au bout de quelques minutes, il projeta l'exacte réplique du commissaire adjoint, debout. Il s'était attaché à rendre son sourire faussement gêné le plus réaliste possible.

— Je vais le positionner au-dessus du vrai Vlad Ekaton que je vais masquer. On attend que le premier policier fasse sa ronde et on attire le second. Il verra l'hologramme et ressentira Vlad Ekaton par Interfeel.

— Tu comptes faire rentrer le policier dans la chambre, lui donner l'illusion qu'Ekaton s'y trouve encore…

— Oui, mais il se rendra vite compte du subterfuge.

— Et comment tu comptes l'immobiliser, ce policier ? Tu as une autre technique secrète avec ton Opale ?

— Oui, dit Nathan en souriant. On l'assomme avec. Ensuite, on masque rapidement le premier policier assommé, on attend que le deuxième revienne de sa ronde et on fait la même chose.

Tandis que Nathan finalisait l'hologramme de Vlad Ekaton, Hanek terminait de configurer la phrase. Ils avaient amplifié le son venant de l'extérieur de la pièce et entendaient les deux policiers qui discutaient encore à voix basse. Au bout de plusieurs minutes interminables, l'un des deux s'éloigna et le décompte reprit. Il fallait attendre une minute avant que l'officier se soit suffisamment éloigné.

— Cinquante-huit, cinquante-sept…

Ils étaient immobiles, tendus, et le décompte vibrait dans leur tête. Le professeur avait à nouveau fermé les yeux.

— Trente-cinq, trente-quatre…

« Il nous faudra plus qu'une minute », pensa Nathan.

— Maintenant, fit-il.

— C'est trop tôt, répondit Hanek.

— Maintenant !

Nathan frappa à la porte, Hanek lança le son et la voix de Vlad Ekaton résonna dans la pièce.

— Vous, dehors, entrez.

La porte s'ouvrit et le policier fixa la représentation d'Ekaton.

— Vous avez fini, monsieur le…, commença-t-il avant de ressentir un choc, celui de l'Opale contre sa tête.

— Il faut qu'on se dépêche, murmura Nathan tout en contemplant le corps du policier au sol, l'autre sera là d'un moment à l'autre !

— NE BOUGEZ PAS ! fit aussitôt une voix.

Trop tard. Le policier était déjà là. Il avait dû entendre le bruit et revenir en courant. D'instinct, Nathan et Hanek baissèrent la tête.

« Pas maintenant, pensa Nathan. Pas après tout ça. »

Un nouveau choc lourd se fit entendre et le second policier s'effondra. Derrière lui, Livia se tenait debout, son Opale en main. Elle regardait son caillou sans vraiment réaliser ce qu'elle venait de faire.

— Vous allez bien ? parvint-elle à articuler.

— Oui. Il faut sortir d'ici. Et on embarque le professeur avec nous.

— C'est une blague ?

— Ce n'est vraiment pas le moment.

— C'est vrai, Livia, fit Hanek. Il vient avec nous.

Nathan courut vers le professeur.

— Levez-vous, vite…

— Je ne peux pas, répondit Claude Érat.

— Qu'est-ce que vous racontez ? Nous n'avons que quelques minutes, levez-vous !

— J'ai passé deux mois allongé, mes jambes sont devenues très faibles. Aidez-moi.

— Il va falloir qu'on vous traîne jusqu'à la voiture ?

— Je le crains. Maintenant cessons de perdre du temps à parler et aidez-moi, fit-il d'une voix ferme.

Ils s'approchèrent du lit du professeur et le soulevèrent. Lentement, ils le firent marcher jusqu'à la porte. Chaque pas semblait durer une éternité.

— Il va nous ralentir, lança froidement Livia.

— Livia, ne discute pas, trancha Nathan.

— On laisse tout comme ça ? Avec les trois policiers à l'intérieur de la chambre ? Tu ne veux pas recréer leur hologramme à l'entrée, au moins ?

— Je devrais laisser mon Opale pour ça, et il en est hors de question. On ferme la porte derrière nous en espérant qu'ils ne soient pas découverts tout de suite. Maintenant, allons-y.

Ils marchèrent encore, le cœur battant la chamade. Serrant continuellement les dents, le professeur demanda soudain :

— Comment allez-vous sortir de l'hôpital ?

— On devait attendre l'ouverture des visites demain matin pour quitter discrètement l'endroit. Là, ça se complique un peu.

Le professeur réfléchit rapidement.

— Prenez la puce d'Ekaton. Elle nous servira à sortir.

Nathan retira la puce de l'oreille gauche du commissaire adjoint avec appréhension. Malgré toute la rancœur qu'il éprouvait pour cet homme, il trouvait ce geste profanateur.

Ils gagnèrent le couloir puis descendirent les escaliers pour rejoindre Adila, qui fut aussi surprise que Livia de voir le professeur avec eux.

Le groupe se remit en marche. Claude Érat finit par retrouver l'usage de ses jambes et bientôt, transférant lentement son poids sur l'une, puis l'autre, il put avancer sans aide.

— Nous avons un autre souci, professeur, s'inquiéta Nathan. Il faut passer par l'entrée est mais cette fois nos mouvements seront enregistrés par les Opales de sécurité.

Hanek réfléchissait à toute vitesse et demanda à son ami :

— Tu sais si quelqu'un surveille les images de ces Opales ?

— Un vigile à chaque entrée. Je pense que notre cher Vlad a dû le voir en arrivant pour signaler sa présence.

— Ce serait donc logique qu'il repasse le voir lorsqu'il s'en va. C'est peut-être notre chance de sortie…

*

Vlad Ekaton s'avançait avec lenteur vers la sortie. Il frappa à la fenêtre du vigile et ce dernier s'arracha à ses hologrammes pour s'approcher.

— J'ai obtenu ce que je voulais savoir, fit-il avec un sourire gêné. Merci pour tout !

Le garde le regarda avec hésitation.

— Vous semblez étrange, monsieur le commissaire adjoint… enfin, si je peux me permettre.

Oui, c'était pour le moins étrange. Nathan, de loin, s'occupait de faire évoluer son visage holographique. À ses côtés, Hanek se chargeait de la voix. Derrière le masque holographique, le professeur s'était intégré la puce de Vlad Ekaton dans l'oreille, après l'avoir trafiquée pour retransmettre les émotions du policier.

Nathan et Hanek s'étaient toujours concurrencés en cours de codage. À présent, ils travaillaient ensemble. En symbiose, et sans Interfeel. S'ils voulaient réussir ce dernier tour de passe-passe, ils devaient mettre leur ego de côté et se faire confiance mutuellement. Rien d'autre ne comptait. À chaque question du vigile, Hanek écrivait la réponse, et Nathan modifiait le visage du policier en conséquence. Ils n'étaient jamais allés aussi vite, ils ne s'étaient jamais autant dépassés. Une connexion nouvelle venait de naître entre eux, bien plus forte que ce que le Réseau aurait jamais pu créer.

Le professeur, à travers les yeux holographiques de Vlad Ekaton, fixait le vigile. Derrière lui, sur les écrans, on voyait Livia et Adila ramper.

— On prépare une longue tirade d'au moins trente secondes et on en profite pour passer nous aussi de l'autre côté, chuchota Nathan.

— Parfait.

Vlad Ekaton reprit, coupant court aux hésitations du vigile :

— Mon cher. Avec tout le respect que je vous dois… Je suis commissaire adjoint des Forces Spéciales. Vous n'êtes… pas grand-chose, excusez-moi du terme. Vous travaillez à l'hôpital, c'est très bien, il en faut, mais est-ce que cela vous donne l'autorisation de me parler ainsi ?

Pendant ce temps, les deux adolescentes s'étaient glissées à l'extérieur du bâtiment, hors du champ des Opales de sécurité. Le vigile balbutia une réponse gênée et Nathan et Hanek fabriquèrent une ultime réponse.

— Très bien. Nous sommes d'accord sur ce point. Bonsoir.

Le faux Vlad Ekaton partit, d'un pas lent. Lorsqu'ils furent assez éloignés de l'entrée, ils purent faire disparaître l'hologramme du policier, en faisant bien attention d'être hors de vue. Nathan envoya un message à Nadem, qui les rejoignit. Ensemble, ils atteignirent leur voiture. Ils ne réalisaient pas encore qu'ils étaient parvenus à sortir indemnes de l'hôpital.

Le retour en uniroue fut encore plus silencieux que l'aller. Nadem non plus n'avait reçu aucune explication sur la présence du professeur. Livia, elle, jetait des regards furieux dans sa direction.

Ils s'arrêtèrent à quelques centaines de mètres de l'appartement et finirent à pied. M. Érat avait encore du mal à marcher. Ils durent prendre leur temps, bien qu'ils n'en aient guère. Ils craignaient encore d'être rattrapés par les Forces Spéciales.

Ils gagnèrent enfin le bon étage et frappèrent à la porte d'Élizabeth qui ouvrit. De l'entrée, on voyait le présentateur télé s'agiter au milieu du salon avec son sourire immuable, et donner des détails sur l'évasion de Claude Érat, l'ancien professeur de philosophie humaine accusé de cyrisme.

— Félicitations, fit Élizabeth. Vous êtes désormais recherchés par les Forces Spéciales de tout le pays.

Chapitre 15

— Il est hors de question qu'il reste ici, décréta fermement Élizabeth.

— On n'a pas le choix, répondit Nathan.

— *Tu* n'as pas le choix, parce que *tu* l'as ramené avec toi, Nathan. J'ai refusé de venir à l'hôpital pour ne pas mêler les sans-Réseau à votre opération. Maintenant, tu me demandes de cacher ici l'homme le plus recherché du pays.

Nathan soupira. Elle avait raison. Cependant, c'était la seule solution dont ils disposaient pour le moment. Il tenta de négocier :

— Élizabeth, je sais que ce n'est pas du tout ce qu'on avait prévu. Mais maintenant il faut faire avec. Soit il reste ici où on ne pourra pas le trouver, soit on devra le cacher ailleurs et ce sera forcément plus risqué.

Élizabeth le regarda avec sérieux.

— C'est la dernière concession que je fais dans cette histoire, répondit-elle froidement. Je te préviens : si ça tourne mal et qu'il y a des conséquences pour mon quartier… je ne te le pardonnerai jamais.

*

Le lendemain au lycée, tout le monde ne parlait que de l'évasion. Sur la route, la totalité des affiches publinfos projetaient le visage de Claude Érat avec la mention : *RECHERCHÉ, EXTRÊMEMENT DANGEREUX*.

Une fois au lycée, Nathan et ses camarades durent faire de gros efforts pour paraître aussi étonnés que les autres. Il suffisait d'un regard entre eux pour se rappeler le secret qu'ils partageaient et que, bien sûr, ils ne devaient jamais révéler. L'excitation était telle que leurs émotions se fondaient dans la masse. Seule Livia semblait moins enjouée que les autres.

*

— C'est incroyable. La veille de son transfert…

Sa mère, d'ordinaire calme, n'arrêtait pas de parler. Assis à table, le présentateur évoquait cette évasion et expliquait que Claude Érat avait forcément reçu de l'aide de l'extérieur. Les images de l'Opale de sécurité montraient un homme couvert d'un hologramme, distrayant le gardien tandis que quatre autres personnes s'échappaient. Nathan fit son possible pour rester impassible tandis qu'il se voyait lui-même en train de ramper aux informations nationales.

Le regard de son père était braqué sur lui et Nathan fixait son assiette de toute son attention pour ne pas avoir à l'affronter. Il ne pouvait pas avoir deviné. C'était impossible. Même si le Réseau de Nathan lui paraissait étrange ces derniers temps, ce n'était pas assez pour que son père imagine carrément son fils aidant un cyriste à s'échapper.

— Je vais le retrouver.

Nathan releva la tête.

— Pardon ?

— Je vais enquêter sur le passé du professeur et je vais le retrouver. C'est une occasion unique, je ne la laisserai pas passer.

— Et puis, ça pourra être l'occasion de recroiser la commissaire principale…, fit sa mère avec une moue dubitative.

— Ça n'a rien à voir ! Ce professeur est fascinant. Il se défenestre devant une classe entière d'élèves, il reste dans le coma pendant plusieurs semaines et, d'un coup, il se réveille et s'évade. Cela cache forcément quelque chose de plus gros.

— Pourquoi tu ne laisses pas les robots-journalistes faire des articles sur le sujet ? demanda Nathan.

— Les robots recueillent les informations et rédigent une synthèse. Je ne veux pas une synthèse. Je suis journaliste d'investigation. Je vais enquêter. Et je vais trouver.

*

Vlad Ekaton ne quittait plus son bureau. Des images holographiques se projetaient devant lui, mais il ne les voyait pas. Il avait les yeux perdus dans le vague. La douleur qu'il ressentait depuis la veille était à la fois physique et mentale. Lorsque le professeur avait posé la main sur son Opale, il avait clairement sentit une vague de chaleur lui brûler le cerveau. En temps normal il aurait pu résister à un tel assaut mais il avait été pris par surprise. Une seconde. Une seconde de plus et il voyait leur visage. Au lieu de cela, tout ce qu'il savait d'eux, c'est qu'ils étaient de taille moyenne et qu'ils portaient des perruques ridicules. C'était humiliant, bien sûr, mais un tel sentiment n'atteignait pas Vlad Ekaton. La douleur numérique qu'il avait ressentie, en revanche, lui avait appris beaucoup. C'était la première fois qu'il « goûtait » à l'une des œuvres du Tatoueur.

Il avait retrouvé sa puce à l'extérieur de l'hôpital, sur le parking près d'une benne à ordure. Il l'avait remise et avait aussitôt compris que quelque chose avait changé. Quelqu'un l'avait piratée, ce qu'il n'aurait pas imaginé possible.

Sur son bureau, son Opale criblée de dix-sept trous diffusait en continu des informations sur l'évasion de la veille. Il sentit une présence approcher de son bureau mais ne dit rien. Après une longue hésitation, un policier apparut dans l'entrebâillement de la porte et balbutia :

— La commissaire veut vous voir, monsieur Ekaton.

— J'arrive, dit-il, sans quitter des yeux ce qui était projeté devant lui.

Le policier hésita et, sans le regarder, Vlad Ekaton demanda :

— Quoi d'autre ?

— C'est que… la commissaire… elle a dit maintenant.

Les yeux de Vlad Ekaton se fixèrent soudain sur le policier qui eut la claire impression que ce regard le transperçait. Il ressentit une douleur aiguë, qui dura à peine une seconde, avant que le sourire gêné de Vlad Ekaton ne la fasse disparaître.

— Dans ce cas… Si la commissaire principale a dit maintenant, c'est maintenant !

D'un geste, il balaya les dizaines d'images et rangea son Opale. Il quitta son bureau, traversa le couloir jusqu'à la porte de sa responsable et ne prit pas la peine de frapper avant d'entrer.

La commissaire, sans un regard pour son adjoint qui s'assit face à elle, pianotait sur le clavier projeté sur son bureau.

— Quelles sont vos impressions quant à ce qui s'est passé hier soir, monsieur Ekaton ?

— Parlez-vous de l'évasion en général ou de mon échec en particulier ?

— L'évasion. Que vous inspire-t-elle ?

Le commissaire adjoint prit un air désolé :

— Eh bien…, fit-il en se grattant la tête. Vous savez tout comme moi que le professeur est une menace sérieuse pour la sécurité de ce pays.

— Nous sommes d'accord.

Elle déploya une feuille numérique devant elle.

— Je vais passer outre le fait que vous soyez allé en pleine nuit voir le professeur Claude Érat sans me prévenir. Nous dirons que cela fait partie des « prérogatives » qui vous sont octroyées par nos supérieurs. Dans votre description des individus, vous faites état de deux hommes de taille moyenne, déguisés grossièrement et ne possédant pas Interfeel.

— C'est exact.

— Pensez-vous qu'il s'agisse de personnes du quartier est ?

— Pas nécessairement. Pour une mission d'infiltration de ce type, on souhaite être le plus discret possible. Donc le mieux est de ne pas utiliser le Réseau.

— Nous sommes également d'accord.

Kassandra Kacem ne l'avait toujours pas regardé une seule fois et ne semblait pas disposée à parler davantage.

— De mon point de vue, je pense qu'il faut réagir d'urgence à ce nouvel événement.

— Encore une fois, nous sommes d'accord, répéta-t-elle.

L'adjoint savait exactement par où commencer à chercher. Calmement, il exposa son idée :

— Les anciens élèves de sa classe font partie des premiers suspects. Je compte retourner les interroger.

Pour la première fois depuis le début de leur conversation, Kassandra Kacem leva les yeux vers son second.

— Là, nous ne sommes plus d'accord.

Il eut un petit sourire et ajouta :

— Madame la commissaire. Il faut réagir. Et vite. Ne négliger aucune piste. Celle-ci est l'une des plus solides que nous ayons.

— Pourquoi ?

Avec un sourire appuyé, Vlad poursuivit, triomphant :

— Car je ne suis pas mort.

— Pardon ? fit Kassandra Kacem, surprise.

— Le professeur m'a paralysé pendant quelques heures. Un véritable cyriste n'aurait eu aucun scrupule à m'achever. Pourtant je suis toujours en vie. Ceux qui ont fait ce coup sont incapables de prendre des décisions aussi radicales.

— Ce sont des adolescents qui vous ont floués, vous et vos hommes ?

Sans paraître vexé par cette phrase, Ekaton confirma :

— C'est l'hypothèse la plus probable.

— Celle qui vous arrange.

— Je pense qu'il n'y en a pas d'autres. Si vous voulez des détails, en voici. Nathan Ethanin, par exemple…

— Oui, justement, parlons de lui.

— Vous êtes d'accord avec moi : il est suspect. C'est pour cette raison que vous l'avez fait venir au commissariat.

Kassandra Kacem soupira, l'air visiblement agacée.

— Faites-moi le plaisir de ne pas jouer à l'idiot avec moi. Que je suive la procédure, que j'amène M. Ethanin au commissariat et autorise vos méthodes est une chose. Que je les encourage en est une autre.

Vlad Ekaton paraissait réellement affecté par les remarques de sa supérieure.

— Madame Kacem… Je ne fais que suivre les ordres, vous savez ? Je sais que vous ne m'appréciez guère, pourtant je fais mon possible pour que nos concitoyens soient en sécurité. C'est aussi votre but.

— J'accepte vos méthodes car on me demande de le faire et que j'ai le respect de la hiérarchie. Il est hors de question pour autant que je vous donne le champ libre pour en abuser à votre guise. Je vous ordonne donc de ne plus enquêter sur cette classe.

Vlad Ekaton continua d'une voix tremblante :

— Il s'agit d'une question de sécurité nationale et…

— ET JE SUIS EN CHARGE DE LA SÉCURITÉ NATIONALE.

Kassandra Kacem s'était redressée. Elle ne semblait pas énervée mais sa voix s'était imposée. Elle contourna le bureau tout en fixant son adjoint de ses yeux bleus limpides.

— Je ne suis pas dupe, monsieur Ekaton. Derrière votre air naïf et enfantin, je sais que vous êtes redoutablement intelligent. Il vaut mieux vous avoir dans notre camp que dans l'autre, je l'admets aussi. C'est ce qui a poussé nos supérieurs à faire de vous mon second.

Elle laissa résonner ce dernier mot quelques secondes.

— Mon *second*, monsieur Ekaton. Vous comprenez ? La dernière chose que je sais à votre sujet, c'est qu'il faut que vous soyez canalisé. Que vous ayez des limites, que vous répondiez à des ordres. Car si vous avez les pleins pouvoirs, je ne donne pas cher de cette ville. Il est important que vous soyez subordonné. Mon subordonné. Pour cette raison, je ne vous donnerai jamais plus de liberté que celle qu'il me faut vous concéder.

Elle laissa passer un nouveau silence.

— Non, c'est non. Vous allez m'obéir. Est-ce que c'est clair ?

Durant tout le discours, Vlad Ekaton avait semblé vouloir se réfugier sous terre. À la dernière question, il balbutia un :

— Très clair, madame la commissaire principale.

— Bien. Je ne vous retiens pas plus, vous avez une enquête à mener.

Le commissaire adjoint retourna à son bureau. Il aurait pu se sentir vexé, humilié… mais son regard, à cet instant précis, ne révélait rien de tel. Il n'avait plus cette expression de peur, qui avait quitté son visage à la seconde même où il était sorti du bureau de Kassandra Kacem. Son visage était calme, *tellement* calme qu'il paraissait irréel. Ce même calme imprégnait ses gestes lorsqu'il s'assit à son bureau, enleva la puce de son oreille, la posa sur la table et la fixa intensément.

Sa puce avait été piratée. Ce qui était humainement impossible. Le professeur importait peu. La personne derrière tout ça était le Tatoueur. Durant cette intrusion dans un objet réputé inviolable, il avait forcément laissé une trace. Un indice de qui il était, d'où il se trouvait, le genre d'information que Vlad Ekaton ne pouvait négliger après deux mois d'enquête.

Toujours aussi calme, il ouvrit le second tiroir de son bureau et en tira une boîte en bois laqué, fermée par un loquet ancien. À l'intérieur, posées sur un tissu, se trouvaient seize puces alignées et numérotées ainsi qu'un dix-septième emplacement, vide. Il prit la troisième entre les doigts de sa main gauche. Récupérant la puce sur la table de la main droite, il en positionna une dans chaque oreille en même temps et, à cet instant précis, sa tête partit en arrière, comme traversée de convulsions.

Au bout de quelques instants, il parvint à se maîtriser sans parvenir à empêcher les crispations de son visage. Après une dizaine de minutes, il retira les deux puces et inspira longuement. Le sourire qu'il affichait désormais n'était plus dû aux convulsions.

Il avait effectivement trouvé quelque chose.

Chapitre 16

Depuis l'évasion du professeur, Nathan ne dormait presque plus. À peine la lumière éteinte, ses angoisses l'envahissaient.

« On a suivi les mouvements de notre voiture. On a remarqué qu'on a repris la voiture trop tard du bowling. La trace de mon Opale a été enregistrée… »

Ces phrases tournaient en boucle dans sa tête et il ne parvenait pas à s'en détacher. À force d'y réfléchir, Nathan oubliait la raison même de cette évasion : obtenir des réponses sur Interfeel. Il ne remarquait pas non plus que Livia semblait de plus en plus nerveuse et qu'Hanek paraissait à nouveau distant.

L'ancienne classe du professeur Érat était certainement encore plus surveillée qu'avant. Durant les quelques semaines qui suivirent l'évasion, les amis de Nathan agirent comme si de rien n'était. Ils abordaient toujours les mêmes sujets, Hanek parlait de vidéo-sport, Nadem lui rendait la réplique en rigolant.

Ils continuèrent de suivre des leçons d'histoire de l'Opale, de code et d'écriture manuscrite, où Nathan devenait de plus en plus doué. Même si pour eux tout avait changé, ils ne devaient rien laisser paraître.

Le professeur restait enfermé dans l'appartement d'Élizabeth et réapprenait à se déplacer normalement. Tous les cinq jours, la jeune fille lui apportait des provisions et s'assurait que tout allait bien. Au bout de deux semaines, Nathan reprit contact avec elle. Ils prirent soin de ne pas se voir dans le quartier est et de ne jamais utiliser les mots « professeur », « hôpital », et « Interfeel ».

Après lui avoir donné des nouvelles de son hôte par des allusions détournées, Élizabeth conclut leur entretien en demandant :

— Et maintenant ?

— On ne bouge pas. Bientôt on fera une réunion de famille pour jouer aux questions-réponses.

*

Trois semaines après l'évasion du professeur, l'engouement des médias retomba et Nathan, pour la première fois, se détendit. Si un élément avait pu les trahir, ils auraient déjà été arrêtés. Ils pouvaient désormais passer à l'étape suivante, celle pour laquelle ils avaient pris tous ces risques : obtenir des réponses.

Comme ils l'avaient déjà fait, tous se donnèrent rendez-vous dans l'appartement d'Élizabeth en prenant soin d'arriver par des entrées différentes. Le professeur semblait avoir repris du poids. Il passait ses journées à tourner en rond dans le grand salon de l'appartement en évitant de trop s'approcher des fenêtres.

À peine s'étaient-ils réunis que Nathan lui posa la question qui lui brûlait les lèvres depuis la nuit de l'évasion.

— Qu'est-ce que c'est, votre tatouage ?

Le professeur se tendit, instantanément sur la défensive.

— J'ai fait le serment de ne jamais en parler, même sous la torture. Mais je pense qu'après ce que vous avez accompli je peux faire une exception.

Il prit une grande inspiration.

— Depuis la nuit des temps les tatouages symbolisent un sentiment d'appartenance à une tribu, une patrie. Ils sont aussi réputés pour procurer des aptitudes particulières à leur propriétaire. Même à notre époque, le mien possède les mêmes ambitions. Le souhait de mon chef est de réconcilier l'homme avec son histoire à travers la technologie et…

Il se prit la tête un instant, comme s'il souffrait.

— Je m'égare… je vous parlerai du Tatoueur une autre fois. J'ai encore du mal à rassembler mes esprits. Une conséquence de ce que m'a fait subir Vlad Ekaton…

Nathan ne comprenait que trop bien ce qu'il voulait dire.

— Mon tatouage est une impression numérique. Il possède de nombreuses propriétés et il m'est impossible de le faire enlever, même par les Forces Spéciales. C'est l'une des raisons pour lesquelles Vlad Ekaton n'a jamais rien pu tirer de moi.

— C'est aussi ce qui vous a permis de neutraliser son Opale.

— Oui. La capacité d'action de mon tatouage couvre tout mon corps. En posant ma main sur l'Opale du commissaire adjoint, je l'ai court-circuitée.

— *Comment* avez-vous pu le faire ?

— Le Tatoueur a configuré mon tatouage. J'en ignore le fonctionnement, mais je sais l'utiliser. En posant la main sur l'Opale de Vlad Ekaton, je pouvais la désactiver. Il suffit de *ressentir* la bonne chose.

— Ressentir… comme Interfeel ?

Le professeur sourit.

— Nous utilisons aussi les émotions… à notre manière. C'est une sorte de réseau pirate. C'est ce qui m'a permis de cacher mes véritables émotions durant toutes les années où j'ai enseigné.

— Vous utilisez ce que vous critiquez le plus, affirma Nadem.

Après un silence, le professeur précisa :

— L'échange des émotions… les tatouages… Interfeel… à l'origine, il y a vingt ans, tout était lié.

— C'est-à-dire ? insista Nadem.

— J'en ai déjà trop dit, abrégea le professeur. Le Tatoueur ne souhaiterait pas que j'aille plus loin.

— Encore ce Tatoueur… mais c'est qui ? C'est lui votre chef ?

— C'est plus un ami qu'un chef. Mais oui, c'est le responsable de notre village de résistants. Il s'est battu. Il a subi des choses… Son expérience est unique. Un jour, il changera le monde.

Livia prit soudain la parole :

— C'est son but, de changer le monde ?

Le professeur la regarda quelques secondes en silence.

— En réalité, son but est de libérer le monde. Voilà pourquoi il s'est battu durant la guerre numérique.

— Mais par quel moyen espère-t-il y parvenir ? demanda Nathan, qui brûlait d'en savoir plus sur cette guerre.

Le professeur jaugea ses anciens élèves du regard :

— Nous recherchons les Forteresses inversées.

— Les Forteresses inversées ? Qui stockeraient les émotions de la planète ? Mais c'est une légende !

Le professeur secoua de nouveau la tête.

— Je ne peux pas vous en dire plus. Arrêtons d'en parler, s'il vous plaît.

Pour briser le silence qui s'installait, Nathan continua :

— Pourquoi n'avez-vous pas cherché à vous évader avant ?

Le professeur le regarda, réellement surpris, et répondit simplement :

— J'étais dans le coma.

— Vous n'étiez pas dans le coma lorsqu'on est arrivés.

— Il s'agissait d'un coma *numérique*. Je l'ai déclenché au moment de ma chute pour ne pas ressentir la douleur, je l'ai configuré pour ne me réveiller qu'en la présence de certaines personnes. En particulier vous, les élèves de mon ancienne classe.

Claude Érat reprit sa respiration.

— Encore une invention du Tatoueur, bien sûr. Sans cela, je n'aurais jamais pu résister aux assauts de

Vlad Ekaton. Lorsqu'il a tenté une dernière fois de me soutirer des informations alors que j'étais réveillé, j'ai à peine pu tenir quelques minutes. Même si Nathan ne nous avait pas trahis, j'aurais craqué juste après.

Piqué au vif, Nathan demanda :

— Pourquoi est-ce qu'aucune personne de votre organisation n'a essayé de vous libérer avant nous ?

Le regard du professeur se crispa. Il laissa passer un long silence avant de conclure brusquement :

— Je suis fatigué.

Il mentait, mais tout le monde comprit ce que cela signifiait.

— On va vous laisser.

Alors qu'ils partaient, Hanek fut retenu un instant par le professeur. Une fois dehors, Nathan remarqua que Livia l'attendait, l'air inquiète. Après quelques minutes, résignée, elle prit la direction de sa maison, seule. Prenant Adila par la main, Nathan partit également.

*

Avant de s'endormir, Nathan pensa a beaucoup de choses. À l'attitude étrange d'Hanek depuis qu'ils hébergeaient le professeur, mais aussi au Tatoueur. Un homme qui, à partir de *dessins* sur le corps, pouvait terrasser quelqu'un comme Vlad Ekaton. C'était vertigineux. Il s'agissait d'un potentiel technologique dont Nathan ignorait tout et dans lequel il venait d'être projeté, un peu à son insu. Il voulait en savoir plus.

Ils attendraient quelques jours puis retourneraient voir le professeur. Il restait encore plein de questions sans réponses.

*

La fois suivante, le professeur semblait plus reposé. À peine étaient-ils arrivés qu'il prit la parole.

— J'ai réfléchi à ce que vous m'avez demandé la dernière fois. Je pense que mon organisation n'est pas venue me sauver car ils savaient que je cherchais à vous faire réagir. Il fallait voir si ma démarche allait porter ses fruits, ce qui fut le cas. Je considère presque cela comme une marque de confiance à mon égard.

Le professeur semblait rassuré par son explication et affichait un sourire satisfait.

— Qu'est-ce que vous allez faire maintenant ? demanda Nathan.

— Il va falloir que je reprenne contact avec eux. Je ne peux pas rester plus longtemps ici, je vais finir par tous vous mettre en danger. Surtout notre amie sans-Réseau, qui s'occupe de moi depuis le début.

Élizabeth jeta un coup d'œil complice à Nathan qui se détendit. Au moins, ce problème allait être bientôt réglé. Livia aussi semblait soulagée.

— Vous allez partir ? l'interrogea Hanek.

— Il le faut.

— Qu'est-ce que vous comptez faire, étant donné que vous êtes recherché ?

— Continuer à me battre contre le Réseau mondial, mais dans l'ombre. Je vais rejoindre le quartier général de la Résistance.

Il se tut un instant et les regarda avec solennité.

— J'aurai besoin de monde à la surface. Est-ce que je peux compter sur vous ?

— Oui, dit instantanément Hanek.

Livia le regardait sans rien dire. Nathan, lui, se contenta de répondre par une nouvelle question :

— Qu'est-ce que vous reprochez *exactement* à Interfeel ? Avant de vous aider, j'ai besoin de comprendre.

— Exactement ce que je vous ai dit avant de sauter dans le vide, répondit le professeur. Interfeel vous empêche d'avoir vos propres émotions, votre propre *intimité émotionnelle*. Il vous fait accepter des choses que vous ne contrôlez pas. Et Interfeel est mondial. Personne – ou presque – ne conteste son autorité. Pour faire réagir toutes les consciences, il faudrait que des centaines de personnes comme moi fassent des actions d'éclat. Les gens ont, malheureusement, rarement le courage de leurs convictions.

Une voix claire et nette se fit soudain entendre.

— Sauter par une fenêtre pour prouver quelque chose, c'est courageux ?

Livia regardait le professeur d'un air furieux.

— Ce que je dis, mademoiselle, c'est qu'il faut parfois savoir prendre des risques.

— Comme se défenestrer ? insista-t-elle.

— Si c'est le seul moyen de réveiller les consciences, oui. C'était pour moi un engagement total dans ma cause, qui a porté ses fruits, puisque vous êtes là. Si d'autres suivent mon exemple, j'en serai fier.

Il conclut froidement :

— Si vous voulez rester dans votre petit confort aveugle, libre à vous.

Livia se leva soudain. Elle semblait sur le point de répondre mais rien ne sortit. Sans doute voulait-elle dire trop de choses en même temps. Elle regarda Hanek avec espoir, mais il baissa les yeux sans ouvrir la bouche. Livia essuya une larme d'un revers de la manche et sortit de l'appartement.

Dans un silence total, ils entendirent la sonnerie de l'ascenseur.

— Laissez-la partir, fit le professeur. Elle reviendra.

À ce moment-là, Nathan se décida à agir. Il se leva.

— Monsieur Ethanin. Laissez-la se changer les idées, dit Claude Érat, sûr de lui. Elle reviendra, je vous dis.

Nathan répliqua :

— Vous n'êtes plus mon professeur, vous êtes une personne que nous avons fait sortir de l'hôpital. Vous voulez qu'on décide par nous-mêmes, très bien, c'est ce que je vais faire.

Sans ajouter un mot, il sortit de l'appartement.

L'ascenseur glissa en silence et, en quelques secondes à peine, Nathan était au rez-de-chaussée. Il retrouva Livia sur le perron extérieur. Elle rangeait son Opale dans sa poche et paraissait très secouée.

— J'avais peur que tu sois partie, fit-il.

Livia eut un faible sourire.

— Merci d'être descendu. Même si j'aurais espéré que ce soit quelqu'un d'autre…

— Je sais, fit Nathan.

Après un léger silence, elle prit la parole.

— Je pense que, dans cette discussion, c'est l'attitude d'Hanek qui m'a le plus fait mal. Il aurait pu prendre ma défense, mais il s'est contenté de *baisser* les yeux.

— Je suis désolé.

— J'aime beaucoup Hanek, tu sais. Vraiment. Surtout lorsqu'on n'est que tous les deux et qu'il arrête de jouer les durs ou les comiques. Quand il me montre à quel point il est sensible.

— Il est comme ça, Hanek ?

Livia sourit.

— Tu es son meilleur ami, tu devrais le savoir.

Nathan laissa échapper un soupir.

— Je ne suis même pas sûr d'être seulement son ami.

— Bien sûr que si. Il t'admire, même s'il est trop fier pour te le dire.

— Il m'admire ? Il est sportif, il cartonne dans presque toutes les matières. Qu'est-ce qu'il pourrait bien admirer chez moi ?

— Tu ne cherches jamais à faire semblant. Lui veut que tout le monde voie à quel point il est fort. Pour se démarquer de ses frères, peut-être. Il joue toujours un rôle. Sauf quand on est que tous les deux. Là, il est différent…

Livia s'approcha soudain de Nathan.

— Promets-moi que tu ne le laisseras jamais tomber. Promets-moi que tu n'oublieras jamais qu'Hanek mérite qu'on se batte pour lui, même s'il donne l'impression d'être un cas désespéré. Promets-le-moi…

— Je te le promets.

Où était donc passée la Livia mystérieuse que Nathan avait toujours connue ? La fille qui le regardait fixement dans les yeux en cet instant semblait bien plus mature avec ses blessures. Son secret…

Alors, la question que Nathan voulait lui poser depuis des mois lui vint aux lèvres. Il n'y aurait jamais de meilleur moment.

— C'est quoi ton secret, Livia ?

Elle le regarda de son regard profond auquel il n'avait jamais vraiment prêté attention auparavant.

— Qu'est-ce qui s'est passé ? Pourquoi tu as quitté le lycée quand je t'ai provoquée ? Pourquoi est-ce que tu as eu tellement peur de rentrer dans l'hôpital central ? Pourquoi est-ce que cette histoire avec le professeur t'affecte autant ? Raconte-moi, Livia…

La jeune fille le fixa encore quelques secondes, consciente du nouveau rapport qui venait de s'établir entre eux.

— D'accord, Nathan, murmura-t-elle. Je vais tout te raconter.

Chapitre 17

Livia prit une grande inspiration et se lança :

— Pour commencer, je vais te parler un peu de ma famille. Mes deux papas, Karek et Plana, se sont rencontrés il y a dix-huit ans. Tout les opposait. À l'époque, Interfeel venait d'apparaître et provoquait beaucoup de débats au sein de la population : c'était avant sa généralisation et même si certains s'étaient empressés de l'adopter, d'autres se méfiaient. Mon papa Karek était passionné de nouvelles technologies. Quand l'Opale est apparue quelques années plus tôt, ça a changé sa vie. Imagine : un caillou presque transparent, qui tient dans la main, à partir duquel on pouvait faire tout ce que l'on voulait. Nous, on est nés avec, on ne se rend pas compte. À l'époque, le monde a été transformé. Auparavant, il y avait de la technologie partout : dans les téléphones, les montres, les lunettes, les vêtements. Des fils, des câbles, des circuits imprimés… désormais, il suffisait d'avoir une Opale. « Après tous ces gadgets qui ne servaient plus à grand-chose, me disait Karek, les gens ont besoin de simplicité, de quelque chose de plus naturel. » Un caillou, il n'y a rien de plus naturel. Même si ce caillou peut projeter des images ou orienter le son.

Perdue dans ses souvenirs, Livia sourit.

— Autant te dire que dès qu'Interfeel est apparu Karek l'a tout de suite adopté. Il n'aurait jamais cru possible de pouvoir partager ses émotions, même dans ses rêves les plus fous. Il aimait tellement ce nouveau Réseau qu'il se rendait à tous les débats où l'on en discutait pour le défendre corps et âme. C'est là qu'il a rencontré mon autre papa, Plana. Lui, il avait un avis complètement à l'opposé du sien. Il affirmait qu'Interfeel était une ingérence dans la vie privée, qui était une notion très importante à l'époque. Il disait que les émotions n'appartenaient qu'à soi et que, si on laissait faire, un jour, on ne pourrait plus choisir quelle émotion transmettre – comme tu vois, il avait raison. Karek a débattu avec lui pendant plus d'une heure pendant que les autres les regardaient sans oser intervenir. Ils étaient passionnés dans leurs échanges, mais ils se sont rendu compte que cette passion n'était pas uniquement due à Interfeel. Alors, lorsque cette discussion s'est terminée, ils se sont dit qu'ils avaient encore des choses à débattre et ils sont allés boire un verre.

« Dès le début, leur relation fut intense et, cet amour, je l'ai ressenti durant toute mon enfance : ils s'adoraient, même si l'un avait Interfeel et l'autre pas. Dans la famille, on passait certaines journées avec le Réseau, d'autres sans. Ils voulaient que l'on s'habitue aux deux, pour pouvoir faire notre choix plus tard. Aujourd'hui encore, j'aime débrancher mon Réseau durant de longues heures. Ça me fait du bien.

« Jusqu'à mes dix ans, on a vécu dans ce qui est désormais appelé le quartier est. À l'époque, on ne l'appelait pas ainsi. C'était simplement le quartier de la ville où se trouvait le plus grand mélange entre les adeptes d'Interfeel et les sans-Réseau.

— Je ne savais pas ça, fit Nathan.

— Parce que cette histoire ne t'affectait pas. Tu as Interfeel, toute ta famille possède Interfeel, donc vous n'étiez pas concernés par l'évolution de ce quartier. Maintenant, les gens pensent que cet endroit a toujours été ce qu'il est aujourd'hui.

Livia marqua un léger temps d'arrêt puis reprit, plus grave.

— Mais au fil des années, Interfeel s'est généralisé et les choses ont évolué. On s'est demandé où on allait pouvoir vivre. Karek, qui ne lâchait plus Interfeel, disait qu'il vaudrait mieux aller dans l'épicentre car être connecté au Réseau offrait de meilleures opportunités. Ce genre de raisonnement énervait mon autre papa, Plana, qui disait qu'il était hors de question de choisir un lieu de vie sur un critère aussi idiot. Pour lui, le quartier est offrait un équilibre entre les connectés et les sans-Réseau. Ça non plus, ce n'était plus tout à fait vrai. Le quartier est n'était plus aussi tolérant qu'avant. Dans l'épicentre, les gens regardaient avec suspicion les sans-Réseau et, dans le quartier ouest, certains refusaient de parler aux « connectés » sous prétexte qu'ils ne partageaient pas la même vision des choses. Des deux côtés, les opinions se radicalisaient et chaque groupe était mal à l'aise face à l'autre.

« Dans la famille, on était entre les deux. Jusqu'alors, ça nous allait très bien. On aimait cette idée d'être différents. Mais l'évolution des choses nous forçait petit à petit à faire un choix pour ne pas être rejetés des deux côtés. Cette tension qui déchirait toute la ville a commencé à affecter notre famille. Malgré tout l'amour que mes deux papas se portaient, ils devenaient de plus en plus intransigeants. Avant, Karek comprenait les excès que pouvait avoir Interfeel. Plana voyait bien les intérêts du Réseau. Un jour, il n'y a plus eu de nuances. Interfeel était soit fantastique, soit horrible.

« Malgré ces tensions, mes parents s'aimaient encore et c'était le plus important. On a trouvé un compromis entre le quartier ouest et le centre. Ils construisaient de nombreux immeubles modernes à l'époque pour accueillir les nouveaux habitants de la ville. On s'est donc trouvé quelque chose à un dernier étage, d'où on pouvait voir toute la ville, qu'il s'agisse du centre ou du quartier est. On était contents d'avoir retrouvé un semblant de paix.

— Et la situation s'est améliorée ? demanda Nathan.

— Oui. Jusqu'au jour où Plana est tombé malade, répondit Livia, le visage sombre. On n'a jamais su ce qu'il avait vraiment. Ça a commencé par des maux de tête sans importance et on ne s'en est pas occupé tout de suite car on mettait ça sur le compte des tensions qu'il y avait à la maison. Au fil des mois, les migraines se sont amplifiées jusqu'à devenir permanentes, et il a décidé d'aller consulter. On lui a fait subir des tests neurologiques, neurobiologiques, psychologiques, psychobiologiques, et plein d'autres noms compliqués, sans jamais rien trouver.

« Presque toutes les semaines, Plana retournait à l'hôpital central pour essayer un nouveau traitement. Comme il était sans-Réseau, il n'avait pas accès aux meilleurs soins. Cette discrimination l'a rendu encore plus critique envers Interfeel. Pour lui, c'était la preuve ultime des effets pervers du Réseau sur la société. Son état n'arrêtait pas d'empirer et, après des mois de tests « classiques » qui ne marchaient pas, on a dû se résoudre à lui faire passer des examens avec Interfeel. C'était la dernière chance de découvrir ce qu'il avait.

Le silence qui suivit dura près de trente secondes, et il était hors de question pour Nathan de le briser. Finalement, après une grande inspiration, Livia reprit d'une voix plus grave qu'avant, prononçant distinctement les quatre mots suivants :

— Mais il a refusé.

Nouveau silence.

— Il avait tiré un trait définitif sur tout ce qui avait un rapport avec le partage des émotions et Interfeel. Il était hors de question pour lui de passer par là. Il était devenu tendu, irascible, l'ambiance à la maison était insupportable. De mon côté, je ne parvenais plus à me concentrer et, au bout de quelques semaines, j'ai arrêté d'aller à l'école. Je sortais le matin et je marchais toute la journée, dans le centre-ville, dans le quartier est, je ne voyais pas tant de différences entre les gens et je ne comprenais pas pourquoi il était désormais impossible de vivre ensemble. Je me disais que c'était à cause de ces détails qu'il y avait tous ces problèmes dans ma famille, que c'était à cause de ça que mon père refusait de se soigner, et je m'énervais.

« L'état de Plana se détériorait et on ne savait pas si c'était à cause de sa maladie ou de l'ambiance à la maison… sans doute les deux. Quand le problème est psychologique, c'est toujours difficile de faire la part des choses. Mes frères et moi, on ne voyait que les conséquences : nos papas ne dormaient plus ensemble, se parlaient peu et, chaque fois qu'une conversation commençait, elle déviait sur le test par Interfeel que Karek voulait faire passer à Plana. Alors Plana rentrait dans une colère noire, et c'était reparti pour les cris. À la fin, Plana s'enfermait dans son bureau et ne ressortait dans le meilleur des cas que le lendemain.

« Plus il attendait, plus il avait mal et refusait avec violence de passer le test. C'était un cercle vicieux qui allait tellement loin qu'à un moment on a fini par se demander s'il n'était pas en train de perdre la tête. Ses réactions n'étaient plus normales. Plus rationnelles. Il paraissait de plus en plus déconnecté de la réalité. Comme Plana ne pouvait plus s'en sortir tout seul, Karek a voulu choisir à sa place et, pour ça, il n'y avait qu'une solution : le déclarer incapable de prendre une décision par lui-même. Déclarer que Plana était fou. C'était horrible, bien sûr, mais après avoir passé plus d'un an dans cette situation, c'est la seule solution qu'on avait trouvée pour enfin faire bouger les choses.

« Plana a été emmené de force à l'hôpital central. Le jour de son examen, on a décidé de tous s'y rendre pour lui souhaiter bon courage, même si on savait qu'il nous en voulait énormément. On l'a trouvé debout au milieu de sa chambre. Il nous attendait et il ne disait pas un mot. Il se contentait de nous fixer avec des yeux étranges. Comme s'il était en train d'exploser de l'intérieur mais que rien ne sortait, à part son regard. D'une voix très calme, trop calme, il nous a dit qu'il ne se ferait jamais avoir par Interfeel. Que sa « maladie » était un complot pour le connecter au Réseau. Que nous l'avions tous trahi. Selon lui, nous, sa propre famille, nous étions devenus des « moutons sans cervelle » et nous suivions Interfeel aveuglément. Il avait enfin trouvé une solution pour nous rendre la vue.

Livia releva la tête et fixa Nathan dans les yeux.

— Alors qu'on le regardait tous, il a ouvert la fenêtre de sa chambre d'hôpital et a sauté dans le vide. Ça ne te rappelle rien, Nathan ?

Il n'avait même pas besoin de répondre.

— Dans les deux cas, pour mon père ou le professeur, il s'agissait de trois étages. Mais tu vois, ce qui est curieux dans la vie, c'est qu'on ne peut jamais rien prévoir. Le professeur, lui, s'en est sorti…

À ce moment précis, Nathan n'éprouva plus aucune envie d'être un leader. Il voulait simplement être son ami. Sans dire un mot, il la prit dans ses bras. Puis, à son tour, elle serra les siens autour de son torse et s'effondra en larmes.

— Je suis vraiment désolé, murmura-t-il à son oreille.

— Merci, chuchota-t-elle en retour. C'est pour ça que je suis distante. Je ne veux plus être affectée par les choses. Il n'y a qu'avec Hanek que je m'ouvre un peu parce que lui aussi a des fragilités, même s'il fait tout pour les cacher. Quand je suis avec lui, je me retrouve un peu… alors quand il agit comme il l'a fait tout à l'heure, ça me fait faire des choses que je regrette immédiatement.

Nathan se serra un peu plus contre elle, rassuré d'avoir pu briser la glace. Il avait l'impression de comprendre enfin à quoi servait un groupe : à se soutenir les uns les autres.

— Quand une personne se défenestre, continua Livia, ce n'est pas pour nous prouver quelque chose. C'est parce qu'elle est folle. C'est ce que j'ai enfin accepté à propos de mon père. Je *veux* le croire pour aller de l'avant. Pour le professeur, c'est la même chose. Je ne peux pas accepter ce qu'il a fait. Je ne peux pas accepter ce qu'il dit. C'est dangereux. Il est dangereux et il faut faire quelque chose.

Elle conclut :

— Il m'a fallu du temps pour te parler de tout ça, et je pense que tu vas m'en vouloir.

— Mais non, voyons, protesta Nathan.

— C'est parce que tu ne sais pas ce que j'ai fait. J'avais besoin que tu comprennes mon état d'esprit et que tu comprennes pourquoi j'ai agi de la sorte.

— Tu veux dire : pourquoi tu es sortie aussi énervée de l'appartement ? demanda Nathan, intrigué.

— Non, fit Livia d'une voix grave. Pour que tu comprennes pourquoi, à peine dehors, j'ai contacté les Forces Spéciales.

Chapitre 18

— Qu'est-ce que tu viens de dire ? s'écria Nathan.

Livia répéta :

— Quand je suis sortie, j'ai connecté mon Opale pour dire aux Forces Spéciales ce que nous avons fait.

— Ils vont tracer ton appel, murmura Nathan. Il faut partir d'ici, sinon ils sauront qui nous sommes.

— C'est trop tard, Nathan. Je leur ai déjà dit qui nous sommes. Ils savent tout.

Pour lui, la réalité se déchirait aussi violemment que si Vlad Ekaton était de nouveau entré dans sa tête. Il avait recensé tous les détails techniques qui auraient pu les trahir.

Il avait négligé le facteur humain.

Livia le regardait. Elle ajouta dans un souffle :

— Enfuis-toi… maintenant…

Fuir. Il fallait partir. Il courut sur une centaine de mètres pour se cacher et garder en vue l'entrée principale de l'immeuble. Livia avait déjà disparu. Il pensa aux autres. Hors de question de les abandonner. Il saisit son Opale.

*

Dans le silence de l'appartement, Hanek se demandait ce que Nathan et Livia pouvaient bien se dire. Il s'en voulait, bien sûr. Il aurait dû empêcher son amie de partir et demander à Claude Érat de s'excuser. Par lâcheté, il n'avait pas osé s'opposer au professeur. Ça ne se reproduirait plus. Dès qu'il reverrait Livia, il ferait tout pour se faire pardonner.

Son Opale vibra. Nathan l'appelait.

— Qu'est-ce qu'il y a ?

— Les Forces Spéciales savent où on est. Sortez !

*

Déjà, les sirènes s'étaient mises à retentir. Elles approchaient. Alors que le son s'amplifiait, l'Opale de Nathan vibra à nouveau.

— Livia est avec toi ? demanda Hanek.

— Oui. Ne t'inquiète pas.

Nathan avait menti sans réfléchir. Sa puce était restée à l'étage, ce qui avait facilité son mensonge.

— Très bien, répondit Hanek.

*

Élizabeth avait déjà ouvert la porte d'entrée pour qu'ils sortent tous. Mais Claude Érat vit la puce de Nathan sur la table et les interpella :

— Donnez-moi vos puces. Je vais les griller pour les rendre intraçables.

Rapidement, tous s'exécutèrent. Dans une bouffée d'angoisse, Nadem demanda :

— On pourra les réutiliser après ?

— Il n'y a plus *d'après*, fit gravement le professeur.

Il récupéra toutes les puces dans sa paume et crispa sa main. En tentant de se lever rapidement, ses jambes cédèrent sous son poids et il retomba sur son siège.

— Partez sans moi, dit-il dans un souffle. Je vous retarderais.

— Hors de question, dit Hanek, fermement. Je vais vous aider.

— Hanek, écoute…

— VOUS, vous m'écoutez. Je ne vous ai pas demandé votre avis.

Il se tourna alors vers Nadem, Adila et Élizabeth.

— Partez devant. On se rejoint plus tard.

— Où ?

— On verra. Filez !

Après un ultime regard, Adila, Élizabeth et Nadem sortirent en courant de l'appartement. Hanek s'accroupit et souleva le professeur à la force de ses bras. Un message de Nathan arriva au même moment sur son Opale :

« Les policiers sont là. Ils bloquent l'entrée de l'immeuble. »

*

Le son des sirènes des Forces Spéciales s'était amplifié pour envahir les rues. Deux camions blindés, gris métallisé, se garèrent devant le bâtiment. Nathan compta au total vingt policiers qui sortirent et se regroupèrent autour d'un homme immense. Ce dernier était musclé et portait de longs cheveux blancs autour d'un visage jeune.

Sur son ordre, la majorité des policiers s'engouffra à l'intérieur. Il ne furent que deux à rester à l'extérieur, pour bloquer l'accès au cas où les fugitifs parviendraient malgré tout à s'échapper.

*

Élizabeth poussa la porte d'un violent coup d'épaule et ils s'engouffrèrent dans la cage d'escalier. Sous leurs pas, les marches transparentes disparaissaient dans une descente vertigineuse. D'un doigt sur son Opale, la jeune fille rendit les marches opaques.

— Les policiers sont déjà là. On descend jusqu'où comme ça ?

— Aussi bas qu'on peut.

— Tu ne préfères pas prendre l'ascenseur ?

— Pour qu'ils sachent exactement à quel étage nous cueillir ?

Ils dévalèrent les marches quatre à quatre. Si Élizabeth et Adila parvenaient à garder cette vitesse, Nadem commençait à trembler et Adila le remarqua. Sans réfléchir, elle lui prit la main. Nadem frémit à ce contact mais se calma un peu.

— Tu tiens le coup ? demanda-t-elle.

— Oui. Ça va aller.

Même sans Réseau, Adila savait que ce n'était pas vrai. Ils se remirent à courir dans les escaliers en direction de la sortie.

*

De son poste, Nathan vit les policiers se diviser en deux groupes. Une moitié prit position dans l'escalier et commença à grimper rapidement les marches. L'autre guetta les chiffres inscrits au-dessus des portes de l'ascenseur, indiquant à quel étage il serait pris, et jusqu'où. La main sur leur arme, ils se tenaient prêts.

*

S'appuyant sur Hanek, le professeur sortit difficilement de l'appartement.

— Je ne pourrai jamais prendre les escaliers. Pars sans moi, dit-il.

— Vous pouvez pirater un ascenseur ? demanda Hanek en ignorant ses propos.

— Je ne l'ai jamais fait. Pirater des Opales, oui. Détruire entièrement un système informatique, oui. Ici, ce n'est ni l'un ni l'autre puisqu'on devra encore utiliser l'ascenseur.

— On n'a pas le choix de toute façon. On essaye.

Le professeur céda puis ferma les yeux et posa sa main sur le panneau d'appel de l'ascenseur. Il se concentra quelques secondes, plaquant sa paume de plus en plus fort contre le métal. Enfin il déclara :

— Voilà. Maintenant, il n'y a plus qu'à espérer que, grâce à mon intervention, ils ne sachent pas qu'on utilise l'ascenseur.

Et il appela l'ascenseur.

*

Les policiers en faction s'agitèrent soudain. Un chiffre venait d'apparaître au-dessus de l'ascenseur. Ils se postèrent devant les portes, prêts à agir. Le numéro se stabilisa alors au niveau où il avait été appelé. Le vingt-cinquième étage.

*

Au fur et à mesure de la descente, le groupe ralentissait, attentif aux bruits. Élizabeth se tenait devant et Adila, derrière, saisissait régulièrement la main de Nadem qui contrôlait de moins en moins ses tremblements. Ils devaient être le plus silencieux possible. Lorsqu'ils entendirent des bruits de pas en dessous d'eux, ils s'immobilisèrent, cessant presque de respirer.

Tout d'un coup, les marches devinrent transparentes. Les trois policiers, quelques étages en dessous, les aperçurent.

— Ne bougez pas !

Sans hésiter, Élizabeth se précipita sur le côté. Entre l'ascenseur et les escaliers se trouvait une porte qui ne semblait pas exister aux autres étages. Elle s'ouvrit automatiquement à l'approche de son Opale et ils s'engouffrèrent dans un noir épais.

— C'est une salle d'antilumière, murmura Élizabeth, pour expérimenter de nouvelles situations sensorielles. Les gens de ce quartier sont friands de ce genre de choses. Il faut une Opale de l'immeuble pour entrer là-dedans. En principe, les policiers ne peuvent pas y accéder.

— En principe, les policiers n'auraient pas dû pouvoir rendre l'escalier transparent non plus, murmura Adila.

*

D'où ils étaient, Hanek et le professeur avaient une vue imprenable sur la ville. Près de l'immeuble, on apercevait les deux camions des Forces Spéciales, desquels ils se rapprochaient peu à peu.

L'Opale d'Hanek s'activa.

— Nathan ?

— Vous êtes dans l'ascenseur ?

— Comment tu le sais ?

— Je le vois de l'entrée ! Les policiers aussi et ils se préparent déjà à grimper à l'étage où vous vous arrêterez. Sortez de là le plus vite possible !

*

La pièce était plongée dans le noir complet. Il ne s'agissait pas juste d'une absence de lumière mais plutôt d'une *matière épaisse*. Alors que l'endroit paraissait infini, la main d'Élizabeth rencontra une paroi. Ils s'accroupirent tous les trois contre elle et attendirent.

— Maintenant, chuchota Adila, il faut trouver un moyen de sortir d'ici.

Un bruit l'interrompit. Les policiers se trouvaient devant la porte, ils entendirent parfaitement ce qu'ils se disaient.

— Tu es sûr qu'ils sont sortis à cet étage ?

— Non, mais on va faire les appartements un par un. Qu'est-ce que c'est que cette porte, là ? Trouve un moyen de l'ouvrir.

À l'intérieur de la remise, Adila et Élizabeth sentirent Nadem s'agiter à nouveau. Il n'avait pas menti. L'absence d'Interfeel avait vraiment des effets dévastateurs sur lui. Par réflexe, Adila lui prit à nouveau la main pour l'apaiser.

*

Le professeur plaqua sa main contre l'ascenseur qui stoppa net.

— Désactiver tout le système, en revanche, je peux le faire.

À la force des bras, Hanek ouvrit les portes et l'image de la ville disparut pour faire apparaître un étage intermédiaire.

Ils émergèrent au huitième. Hanek ouvrit la porte du couloir avec discrétion et vit les policiers monter le long des escaliers transparents.

— Ils sont déjà là. Il faut qu'on trouve un endroit où se cacher. Vous pouvez ouvrir cette porte ? fit-il en montrant l'appartement le plus éloigné.

— Oui.

*

La porte de la pièce obscure s'ouvrit. Ils ne voyaient que les silhouettes des agents dans un halo de lumière.

— Ils ont sorti leur arme, chuchota Adila. Ils sont prêts à tirer.

Même s'ils avaient fait quelque chose de grave, est-ce que cela nécessitait une telle réaction ? Pourquoi utiliser des moyens si radicaux ?

Les policiers activèrent la lampe d'une petite Opale, située à l'avant de leur arme. Le noir était tellement intense que la lumière n'éclairait qu'à un mètre devant eux. L'obscurité, dense comme un brouillard, l'empêchait de se projeter au-delà.

Alors qu'un policier restait debout à l'entrée, bloquant l'accès, les deux autres commencèrent à fouiller la pièce.

*

— Qu'est-ce que vous faites là ?

Il y avait quelqu'un dans l'appartement. Un homme d'une quarantaine d'années en train de s'essuyer distraitement les mains avec un chiffon qu'il jeta pour saisir son Opale.

— Comment êtes-vous entrés ? Vous n'êtes même pas de l'épicentre ! Je vais prévenir les autorités.

Hanek avança, les deux mains en l'air en signe de paix.

— Calmez-vous monsieur, on va vous expliquer.

— Je préviens les autorités, insista-t-il.

L'homme ne semblait pas être effrayé, simplement énervé. Cela autorisa Hanek à continuer d'avancer jusqu'à ce qu'il soit assez proche pour le frapper d'un coup de poing dans le nez. Crac. L'homme s'effondra par terre, du sang coulant de ses narines.

« Dis-toi que c'est comme une partie de vidéo-sport. »

Le professeur s'écria soudain :

— Les policiers sont à l'étage.

Ils refermèrent la porte de l'appartement.

*

« Comment est-ce que je peux les aider ? » pensa Nathan.

Il se sentait terriblement impuissant. Il voyait les policiers envahir l'immeuble, traquer ses amis, et il ne pouvait rien faire. Il fallait qu'il agisse. Il fallait éviter de penser à tout le reste, à tout ce qui s'effondrait autour de lui. Il devait se concentrer. Se tenir prêt à aider ses amis si la situation l'exigeait. Il sortit son Opale, fit apparaître un clavier. Il était prêt.

*

Deux autres appartements se situaient sur ce palier. Les policiers commencèrent par le plus proche de l'ascenseur. Hanek entendit une personne ouvrir, se présenter. Les policiers parlementèrent quelques secondes puis ils pénétrèrent dans l'appartement.

Hanek devait trouver un moyen de se sortir de là. Il y avait forcément, au fond de sa tête, un détail. Élizabeth. Que lui avait dit Élizabeth à propos de cet immeuble ? Il tentait de calmer sa panique et son manque d'Interfeel.

Soudain, il se rappela.

« Les appartements du bas sont tellement grands qu'ils possèdent plusieurs étages. »

Il s'approcha de la porte d'entrée pour vérifier où étaient les policiers. Ceux-ci frappaient à la porte du second appartement, mais personne ne répondait. Ils n'allaient pas tarder à arriver. Ils ouvrirent néanmoins la porte et s'y engouffrèrent.

Il regarda autour de lui et détailla le balcon, au sol et aux rebords aussi transparents que les escaliers. Quelles étaient les armes à sa disposition, à part ses poings ? Il appela Nathan.

— Tu es en face de l'entrée, c'est ça ? On est au huitième étage, appartement ouest. Il faut que tu nous aides à sortir d'ici. De combien est la portée de ton Opale ?

Du pied, il fit glisser la pierre du locataire de l'appartement jusqu'au professeur.

— Si vous pouviez aussi pirater ça…

*

— Ici les Forces Spéciales, dit le chef de la police d'une voix ferme. S'il y a quelqu'un, signalez-vous.

La réponse ne venait toujours pas mais il entendit très clairement des bruits à l'intérieur. L'immense policier aux cheveux blancs se crispa.

— Je sais que vous êtes là, dit-il. Je vous entends. Rendez-vous ou nous ouvrirons la porte par nos propres moyens.

Finalement, une voix désincarnée lui répondit :

— Qui est là ?

— Police. Nous sommes à la recherche de cyristes. Nous avons le droit de rentrer chez vous, avec ou sans votre accord. Présentez-vous ou nous forçons l'ouverture de la porte.

— Vous ne ferez pas cela.

— Si. Surtout que je n'aime pas que l'on me parle par l'intermédiaire d'une voix numérique.

*

Le professeur regardait fixement la porte d'entrée. Il savait que, derrière, une dizaine de policiers l'attendait. Il gonfla ses poumons d'air et cria, aussi fort que possible :

— Dans ce cas, venez me chercher si vous l'osez !

Les policiers s'organisèrent rapidement. En quelques secondes à peine, la porte fut déverrouillée mais ne s'ouvrit pas. Ils poussèrent plus fort. La porte bougea à peine. Ils continuèrent à coups de pied et d'épaule.

Le chef des Forces Spéciales s'approcha d'un agent qui pianotait sur un clavier virtuel et lui demanda :

— Combien sont-ils là-dedans ?

L'expert écarta les mains, créant un écran dans le vide qui révéla cinq points lumineux. Au-dessus de chacun d'entre eux un visage apparut : la propriétaire, Nathan, Hanek, Nadem, Adila.

— Ce sont bien les terroristes que nous recherchons, dit le scientifique en lisant les informations qui apparaissaient devant lui. Si vous devez parlementer avec quelqu'un, je vous conseille Adila. D'après ses émotions, c'est la personne la plus influençable.

Le chef acquiesça.

— Quoi d'autre ? demanda-t-il.

— La voix du professeur est authentique. Il est vraiment derrière cette porte.

— Parfait.

Il saisit son Opale et lança :

— À toutes les unités : laissez quatre personnes au rez-de-chaussée pour bloquer l'issue. Tous les autres me rejoignent au huitième étage. Les terroristes se trouvent ici.

*

Dans la salle obscure, les policiers avançaient, avec pour seule lumière celle projetée par l'Opale dans la masse obscure.

Les trois adolescents tentèrent de coordonner leurs mouvements pour reculer légèrement mais, voulant aller un peu plus vite, Adila posa son pied de travers et fit du bruit.

Le policier qui était en tête se figea et, alors qu'Élizabeth se préparait à courir vers la sortie, estimant que c'était leur meilleure chance, il se mit à parler.

— Au huitième étage ? Très bien.

En quelques secondes, tous les policiers sortirent de la pièce. Avec précaution, les adolescents firent de même et Adila connecta son Opale.

— Nathan ? Nous sommes au dixième étage. Les policiers nous cherchaient mais viennent de partir au huitième.

— D'après ce que m'a dit Hanek, ils pensent que nous sommes tous à l'intérieur d'un même appartement.

— Comment est-ce possible ?

— Le professeur possède nos puces. Il a dû les trafiquer pour les activer et concentrer les Forces Spéciales à cet étage.

— On peut sortir, alors ?

— Il reste des policiers à l'entrée. Attendez et, au moment où je vous le dirai, descendez les escaliers aussi vite que vous le pourrez.

*

Nathan raccrocha et continua à préparer ce qui allait être leur prochain mouvement. Il n'aurait droit qu'à un essai ; vu la distance de projection, sa création avait intérêt à être d'une précision absolue. Il restait quatre policiers, deux en faction à l'intérieur près des escaliers et de l'ascenseur transparent, deux à l'extérieur.

*

La porte cédait peu à peu, centimètre après centimètre.

Le professeur, quant à lui, continuait son discours :

— Vous ne m'aurez jamais. Même si vous arrêtez mon corps, mon esprit survivra. La révolution viendra.

Tandis que les policiers redoublaient d'effort, il continua :

— Je ne suis pas seul. Au moment où je vous parle, des jeunes gens ont rejoint ma cause et sont avec moi. N'essayez pas d'entrer, vous serez accueillis par des coups de feu.

— Il bluffe, murmura un policier.

— Comment le savoir ?

— On continue, ordonna le chef.

Les policiers se remirent à forcer le passage tandis que le professeur parlait toujours, imperturbable.

— Vous ne nous aurez jamais vivants. Si vous entrez, c'est une lutte à mort qui s'engagera. Du corps et des esprits. Ma volonté est plus forte que la vôtre. Ma foi est plus forte que la vôtre. Je vaincrai.

— Cet homme est un fou et il a embrigadé des gamins, murmura un policier. Il sait qu'une troupe de Forces Spéciales est sur le point de l'atteindre et il parle comme si de rien n'était.

Après une ultime ruade dans la porte, celle-ci se fendit en deux. Arme au poing, prêts à tirer au moindre événement suspect, les policiers pénétrèrent dans l'appartement. Le professeur se trouvait toujours là, en face d'eux, à continuer son discours. Il n'avait même pas réagi à l'arrivée des policiers.

*

— Ils viennent d'entrer dans l'appartement, murmura Hanek à Nathan. Il n'y a plus personne dans les couloirs.

Il raccrocha. Il se trouvait un étage au-dessus. Le professeur et lui étaient montés au deuxième niveau de l'appartement, qui donnait sur le palier du neuvième étage. Lentement, ils descendirent les escaliers, tandis que l'hologramme de Claude Érat continuait son monologue face aux policiers. Hanek aperçut ses amis trois étages en dessous.

*

Ils se rejoignirent en silence. Le mur, transparent, pouvait les révéler à tout moment. Le plus silencieusement possible, ils atteignirent le septième étage, puis accélérèrent.

— On est tous ensemble, dit Hanek à Nathan, on arrive au rez-de-chaussée. Les Forces Spéciales sont toujours en poste à l'entrée ?

— Oui. Ils surveillent la cage d'escalier. Si on descend encore, ils nous verront.

— Dernière étape ?

— Ça marche.

*

Alors que les policiers fouillaient l'appartement, certains d'entre eux, arme au poing, tenaient en joue le professeur qui les narguait du regard et commençait à reculer.

— Ne bougez plus ! ordonna le policier.

Mais le professeur ne l'écoutait pas et parvint jusqu'au rebord du balcon.

— Plus un geste !

Avec un ultime sourire, le corps du professeur se projeta en arrière dans le vide. Instantanément, le chef des policiers enclencha son Opale.

— Appelez immédiatement une ambulance et allez voir si ce fou est encore vivant.

*

Les deux policiers situés à l'extérieur de l'immeuble se mirent à courir jusqu'au point de chute du professeur. Mais les deux autres restaient en position, bloquant toujours l'entrée principale.

*

Hanek décrocha.

— Il y a encore deux policiers à l'entrée, dit Nathan, mais ils ne regardent plus la cage d'escalier dans le coin. Vous ne pouvez pas sortir par l'entrée, avertit Nathan.

Le professeur se tourna soudain vers Élizabeth.

— Il y a un sous-sol ? demanda-t-il.

— Oui.

— OK. On descend au plus bas. Le plus discrètement possible.

*

Cela dura à peine une minute. Nadem, Adila, Élizabeth, Hanek et le professeur descendirent les escaliers, passèrent devant l'entrée, à quelques mètres à peine des Forces Spéciales qui regardaient au loin l'hologramme de Claude Érat venant de tomber. Nadem contrôlait ses tremblements autant qu'il le pouvait et Hanek, clôturant la marche, portait presque entièrement le professeur. Nathan les vit passer dans la cage d'escalier transparente.

*

L'Opale du chef de police s'activa.

— Est-ce qu'il est encore vivant ?

— Eh bien, c'est… c'est…

— C'est un hologramme, chef. Ce n'est pas le vrai professeur.

Le chef des Forces Spéciales se retourna vers son équipe.

— Aucune trace des fugitifs ?

— Seulement une personne assommée, le locataire de l'appartement. Nous avons retrouvé cinq puces d'Interfeel.

— Je croyais qu'elles étaient activées ! aboya le chef.

— Elles l'étaient. Elles ont dû être trafiquées.

— Et pour la voix de Claude Érat ? Vous m'avez certifié qu'elle était authentique.

— C'est le cas. C'est vraiment lui qui a commencé à parler. Ensuite, ils ont dû la faire relayer par une voix informatique.

— Ce qui veut dire qu'ils étaient dans l'appartement quelques minutes à peine avant que nous entrions. Ils nous ont filé entre les doigts.

Il se tourna vers son équipe.

— Ils ne sont pas loin. Fouillez l'immeuble du toit au sous-sol. Empêchez-les de sortir.

*

— Qu'est-ce qu'on va faire au sous-sol ? Se cacher ?

— Pas forcément. Ton immeuble a été créé il y a dix-huit ans, en même temps que les Grandes Réformes, c'est bien cela ? fit le professeur en se tournant vers

Élizabeth. Alors on trouvera certainement un moyen de rejoindre les égouts de la ville.

— Comment le savez-vous ? fit Élizabeth.

— Je vous expliquerai plus tard. On descend.

*

— Chef, le cadavre vient de disparaître.

— La personne qui a généré l'hologramme doit prendre la fuite ! Bouclez le secteur, partez immédiatement à sa poursuite !

— Nous ne sommes pas assez nombreux pour tout couvrir, chef…

Il raccrocha, exaspéré.

— On ne nous a attribué que vingt hommes pour une opération de cette envergure, murmura-t-il en grognant. Parfois je me demande ce qui se passe dans la tête de nos responsables.

*

— Nathan, ici Claude Érat. On a pu dégager l'accès qui reliait le sous-sol de l'immeuble aux canalisations souterraines. On se retrouve dans les égouts. Il faut que tu prennes la rue sur trois cents mètres. Il y aura une entrée désaffectée qui mène directement aux égouts. Tu descends, on se retrouve là. Ne te fais pas suivre.

Nathan partit le plus discrètement possible, puis il se mit à courir. Il avait l'impression que tout le monde le regardait. Son regard s'arrêta sur une affiche publinfo.

En temps normal, elle présentait des publicités animées ou des petites annonces. Cette fois, elle montrait son visage et son nom, Nathan Ethanin, accolé d'une phrase : *Cyriste recherché, extrêmement dangereux*. Puis apparaissaient les visages du professeur, d'Adila, Nadem, Hanek et Élizabeth.

Durant la seconde qui suivit, Nathan pensa à beaucoup de choses. Ce genre d'annonce diffusée par les autorités était directement envoyée à tous les journalistes du pays. Son père avait dû la recevoir, sa mère l'apprendrait bientôt. Ils étaient des cyristes, et les Forces Spéciales du monde entier étaient à leurs trousses, avec ordre de tirer à vue. Il pensa à ses amis, qui l'attendaient dans les sous-sols puants de la ville et ne savaient pas encore que leur vie était condamnée. Hanek, Adila et Nadem devaient dire adieu à leur famille, au lycée, au vidéo-sport, aux études d'archéologie, à une vie normale. Il pensa enfin à Élizabeth, embarquée malgré elle dans cette histoire, et aux conséquences désastreuses à venir pour le quartier est. La jeune fille ne lui pardonnerait jamais.

Nathan s'engouffra dans les égouts.

PARTIE 2

LES FORTERESSES INVERSÉES

Chapitre 19

Livia observait un point fixe devant elle, en se triturant les doigts, comme si elle cherchait à se prouver qu'elle ne rêvait pas. Assise sur une chaise, elle semblait ne pas avoir conscience d'où elle se trouvait. Pourtant cela faisait plus d'une heure qu'elle était dans ce bureau, sans avoir prononcé le moindre mot. Face à elle se projetaient les informations de la journée.

— Alerte à la population, disait le présentateur dont l'hologramme était assis sur un recoin du bureau. Les Forces Spéciales sont toujours à la recherche des cyristes responsables de l'évasion de Claude Érat. Nathan Ethanin, Hanek Ethel, Adila Vonal, Nadem Kijian et Élizabeth Saana, tous âgés de seize ans. Ne vous fiez pas à leur jeune âge, ils sont armés et dangereux. Prévenez immédiatement les autorités si vous avez la moindre information.

Via Interfeel, le présentateur diffusait en même temps que leur portrait des émotions de stress très désagréables que Livia sentait grésiller dans sa tête. Quelques secondes plus tard, le présentateur se redressa et recommença son discours :

— Alerte à la population…

Elle avait déjà entendu cette annonce une trentaine de fois. Assis au bureau en face d'elle, l'homme diffusa de nouveau l'information, pressant un doigt sur son Opale percée de dix-sept trous. Elle savait qu'il l'observait, raison pour laquelle elle préférait ne rien voir. Ne pas prendre conscience de ce qu'elle avait fait.

— Regardez-moi, dit le policier d'une voix calme. Je ne vais pas vous manger.

Elle restait immobile.

— Regardez-moi, insista-t-il.

Elle ne bougeait toujours pas. La voix devint alors cassante.

— Re-gar-de-moi.

Sans avoir l'impression de le décider, Livia leva la tête et ses yeux se posèrent sur Vlad Ekaton, le commissaire adjoint des Forces Spéciales. Le visage du policier était calme et avenant, à mille lieux de ce que la froideur de sa voix venait de suggérer. Il avait un sourire apaisant, le même qu'il portait la première fois qu'il l'avait reçue au commissariat, deux mois plus tôt.

— Qu'est-ce que vous me voulez ? demanda Livia d'une voix faible.

— Nous allons reprendre depuis le début. Il est toujours important d'avoir une vue d'ensemble. Votre professeur de philosophie humaine s'est retrouvé dans le coma à l'hôpital central après avoir sauté par la fenêtre pour « réveiller vos consciences », afin que vous vous opposiez à Interfeel. Nous sommes d'accord ?

— Oui, murmura Livia.

— Nathan et son équipe... « Résistance », comme tu m'as dit, ont décidé de faire évader votre professeur.

— Ils voulaient juste lui poser des questions...

— Peu importe. Ils sont allés à l'hôpital, l'ont fait évader, et je garde un assez mauvais souvenir de cette expérience. Vous l'avez caché dans un appartement de l'épicentre durant trois semaines, jusqu'à ce que tu m'avertisses par Opale et que les Forces Spéciales interviennent. Nous sommes toujours d'accord ?

— Oui..., murmura Livia.

— Très bien, fit l'adjoint avec un léger sourire. Avant de te décider à enfin les trahir, tu as dû apprendre des choses importantes auprès du professeur. De quoi s'agissait-il ?

— Je... ne sais plus...

Le sourire de Vlad Ekaton s'élargit.

— Je vais t'aider à séparer ce qui est « important » et ce qui ne l'est pas. Par exemple : est-ce que le professeur vous a parlé du Tatoueur ?

Livia hésita avant de répondre.

— Oui...

— Vous a-t-il dit où il se trouvait ?

— Non.

— Quel est le but du Tatoueur ? repartit de plus belle le policier.

« Trouver les Forteresses inversées », pensa Livia.

— Je ne sais pas..., répondit-elle en tremblant.

Le regard de Vlad Ekaton s'intensifia davantage.

— Tu en es certaine ?

« Trouver les Forteresses inversées », ne put s'empêcher de penser à nouveau Livia. Vlad Ekaton la fixait. Son regard semblait disséquer son esprit.

— Oui…, murmura-t-elle avec difficulté.

Le commissaire adjoint la quitta des yeux et se mit à rire, comme pour s'excuser de la tension qu'il venait de provoquer.

— Il y a une question à laquelle tu peux certainement répondre. Il y a cinq heures, tu m'as appellé par Opale pour me dire que tes amis étaient responsables de l'évasion de Claude Érat. Et puis tu as alerté tes amis, juste avant notre arrivée. Tu as saboté notre plan quelques minutes seulement après l'avoir accepté.

Un long silence s'installa. Le policier ajouta d'une voix doucereuse :

— Qu'est-ce qui s'est passé durant ces quelques minutes ? Tu as discuté avec Nathan ?

— Comment est-ce que vous… ?

— Que vous êtes-vous dit ?

— Nous avons parlé de ce que j'ai vécu. Il m'a écoutée.

— Tu as sabordé notre plan parce que Nathan a été *gentil* avec toi ? fit Vlad Ekaton avec un nouveau petit rire. C'est une blague ?

Elle ne répondit pas tout de suite et il laissa volontairement se prolonger le silence.

— C'est d'autant plus drôle, reprit-il, que c'est précisément à cause de lui que tu es venue me voir la première fois.

Livia baissa les yeux. Elle s'en rappelait très bien. Juste après l'acte de leur professeur de philosophie humaine, Nathan l'avait poussée à bout. Ivre de colère, elle s'était rendue au commissariat. Le lendemain, elle avait séché les cours pour déambuler au hasard des rues, regrettant déjà sa décision.

Vlad Ekaton continua de sa voix ironique :

— À cette époque, Nathan avait été *méchant* avec toi.

— Sur le moment, je voulais voir Kassandra Kacem…

— Et je t'ai répondu que Mme Kacem était occupée et que j'allais la remplacer.

— Je peux la voir, maintenant ?

Une expression désolée apparut sur le visage du policier.

— Mme Kacem a eu la mauvaise idée de défendre tes camarades de classe. Alors que tout les accusait, elle m'a demandé de vous tenir à l'écart. Au vu des derniers rebondissements, il vaut mieux qu'elle ne s'investisse pas trop dans cette affaire pour le moment.

Il eut un léger éclat de rire.

— Tu n'auras affaire qu'à moi désormais. À moi seul.

Il fixa de nouveau Livia dans les yeux.

— Qu'est-ce que nous avions décidé, lors de cette première rencontre ?

— Je devais vous contacter personnellement si j'entendais parler d'agissements suspects.

— Exactement. Tu penses que vouloir entrer par effraction dans un hôpital pour parler à un criminel présumé n'est pas un agissement suspect ? Tu as préféré protéger tes amis au détriment de notre accord. Et lorsque tu as *finalement* décidé de les trahir – encore une fois, sur un coup de tête – et de me contacter par Opale, de quoi avons-nous convenu ?

Livia marmonna quelque chose que Vlad Ekaton comprit. Il insista néanmoins :

— Plus fort, Livia. Articule.

Alors elle releva la tête et répéta :

— Je devais les contacter par Opale pour leur dire que j'avais entendu les Forces Spéciales arriver et m'enfuir avec eux.

— C'est pour cela que j'ai mis autant de temps à dépêcher une patrouille vers l'immeuble et qu'il n'y avait *que* vingt policiers – crois-moi, pour arrêter des cyristes, nous pouvons utiliser des moyens bien plus importants. On *voulait* qu'ils nous échappent et que tu partes avec eux. Le professeur les aurait certainement emmenés directement chez le Tatoueur. Tu imagines le coup de filet si tu nous avais prévenus à ce moment-là ? On aurait détruit tout le mouvement de résistance.

Vlad Ekaton soupira à nouveau.

— Au lieu de ça, nous n'avons attrapé personne, à part la seule personne qui travaillait pour nous, c'est-à-dire toi.

Il laissa passer un long silence, que Livia ne chercha pas à rompre.

— Je te le demande encore : pourquoi ?

Livia ne répondit pas. Vlad Ekaton eut un sourire forcé :

— Tu comptes vraiment me faire répéter chacune de mes questions avant d'y répondre ?

— Je ne pouvais pas trahir mes amis une fois de plus, marmonna Livia.

— Tu es lâche. Tu es entièrement soumise à tes émotions. Nathan t'énerve, tu viens me voir. Lorsque ton groupe d'amis se ressoude, tu me caches votre projet à l'hôpital et l'hébergement d'un cyriste. Le professeur t'énerve, tu les trahis à nouveau. Et il suffit à Nathan de te parler quelques minutes pour que tu sabotes notre plan.

Vlad Ekaton regarda fixement Livia.

— J'ai appris une leçon fondamentale de ma supérieure, Kassandra Kacem : lorsqu'on fait quelque chose, on le fait jusqu'au bout. Si tu décides de marcher, tu marches. Si tu décides de courir, tu cours.

Après un silence volontairement appuyé, il conclut :

— Si tu décides de trahir, tu trahis. Si tu décides de tuer, tu tues. C'est simple.

Il la désigna soudain du doigt.

— Toi, tu es fragile et indécise, pas même capable de rester fidèle à tes propres choix. Pourtant, tu devras choisir ton camp un jour ou l'autre, gamine.

— Mais j'ai seize ans ! cria presque Livia. Vous vous attendiez à quoi ? À ce que je sois aussi froide et insensible que vous ?

Elle regretta ses paroles devant le visage soudain glacial du commissaire adjoint.

« Je n'aurais jamais dû dire ça, se dit-elle, saisie d'une crainte irrationnelle. Il va me tuer. »

Vlad Ekaton la fixait sans laisser paraître une seule expression sur son visage.

— La suite est très simple, Livia. Tu ne seras pas arrêtée car tu as partiellement rempli ta mission. En revanche, te voilà fichée à vie. Interdiction formelle de quitter la ville, à jamais. Toutes les semaines, tu devras venir au commissariat signaler ta présence. Si tu manques une fois à l'appel, nous arrêterons toute personne susceptible de t'héberger, qu'il s'agisse de ta famille ou de tes amis. Pour une telle situation, nous n'avons besoin d'aucune procédure.

— Je dois revenir au commissariat… vous voir vous ?

— Je ne veux plus voir ta face de gamine, siffla Vlad Ekaton. Tu iras à l'accueil, comme tout le monde.

D'un geste, il signala que l'entretien était terminé. Livide, Livia se leva. Au moment de franchir la porte, elle entendit une dernière fois sa voix.

— Un dernier conseil, gamine…

Tremblante, elle se retourna.

— Grandis.

*

Ils n'avaient dû marcher qu'une heure mais cela leur avait semblé terriblement plus long. Le sous-sol de la ville était perforé d'un nombre incalculable de tunnels, à se demander comment les immeubles pouvaient encore tenir debout. Certains passages n'étaient que des crevasses de charpentes métalliques suintant d'humidité. À l'odeur, ils savaient que les égouts n'étaient jamais très loin.

Nathan avait mal aux jambes, il avait faim et, surtout, il était perdu. Pas dans ce labyrinthe dans lequel le professeur les guidait avec une certitude absolue, mais dans sa tête. Il revoyait ce qui venait de se passer. Le visage de Livia en larmes. Sa trahison. La course-poursuite pour échapper aux Forces Spéciales. Leur portrait diffusé dans tout le pays.

— On va où ? demanda Adila, qui soutenait le professeur d'un côté pendant qu'Hanek se chargeait de l'autre.

— On rejoint le village, répondit Claude Érat.

— Là où se trouve le Tatoueur ? demanda-t-elle.

— Oui. C'est le seul endroit sûr où nous pouvons nous rendre pour le moment. Il nous faudra encore plusieurs heures de marche.

— Tant que ça ?

— Il faut du temps pour retrouver son chemin parmi ces centaines de crevasses. Durant la guerre numérique, les autorités ne savaient qu'une chose à propos de notre campement : qu'il était sous-terrain. Ils ont percé le sous-sol comme un gruyère dans l'espoir de trouver notre base en prétextant la construction d'un métro à grande vitesse, celui-là même qu'on utilise aujourd'hui. Ces travaux étaient la meilleure excuse pour justifier que des milliers de personnes perforent et analysent le sous-sol.

Le professeur sourit.

— Ils n'ont jamais rien trouvé.

— C'est pour cela que vous saviez que l'immeuble était relié aux égouts ?

— Tout l'épicentre a été construit durant la guerre numérique. À l'origine, le MGV devait être en mesure de déposer les gens directement dans leur immeuble. Ils ont fini par abandonner l'idée, mais de nombreuses installations existent encore.

Nathan écoutait à peine. À part Adila, personne ne semblait avoir la force de prononcer un mot. Lorsque Hanek avait vu Nathan arriver sans Livia, son regard s'était empreint d'inquiétude. Nathan lui avait alors tout expliqué. Sans un mot, son ami était parti épauler le professeur. Nadem, lui, tentait de contrôler ses tremblements de plus en plus intenses. Depuis l'abandon du Réseau, il semblait avoir besoin de toute sa concentration pour chasser ses angoisses. Élizabeth aussi marchait en silence, le visage fermé. Elle était désormais traquée comme les autres, son visage brocardé sur tous les panneaux du pays.

Nathan, lui, pensait à ses parents. Et en particulier à sa mère. Elle avait sûrement compris la raison de toutes ces questions sur son travail à l'hôpital central. Il pensa aussi à ses amis, à leurs familles qui allaient être interrogées et montrées du doigt. Au-delà du stress et de la fatigue, c'était la culpabilité qui lui alourdissait les jambes.

À cause de ce désir d'en savoir plus sur Interfeel, il avait brisé le destin de cinq personnes auxquelles il tenait.

Au bout de quelques heures, alors que l'odeur devenait pestilentielle, ils arrivèrent en face d'un monceau d'immondices qui bloquait le passage.

— Il faut faire demi-tour ? demanda Adila.

— Sûrement pas.

Le professeur retroussa sa manche et enfonça son bras à travers cet empilement. Rien ne se produisit, pourtant, confiant, il agrippa une barre métallique qui dépassait et tira dessus. D'un geste, il décala le tas avec facilité, comme s'il s'agissait d'une porte coulissante qui se referma après leur passage. Rien ne semblait avoir changé de l'autre côté. Le tunnel dans lequel ils s'étaient engagés depuis des kilomètres était toujours aussi sombre, sale, humide, interminable. Seule leur Opale permettait d'y voir quelque chose.

Au bout d'une nouvelle heure de marche, alors qu'ils avaient l'impression que les ordures s'accumulaient davantage et que l'odeur devenait insupportable, le professeur s'arrêta soudain.

— Nous sommes arrivés, dit-il.

— Où ça ? fit Hanek. Il n'y a rien ici.

Le professeur sourit.

— Tu as beau être doué Hanek, tu as encore quelques détails à apprendre sur les hologrammes.

Le professeur leva la main, serra les doigts et soudain le tunnel disparut, comme happé par ce poing fermé. La lumière les aveugla et ils fermèrent les yeux, réalisant au passage que l'odeur et la sensation d'humidité avaient également disparu. Lorsqu'ils purent à nouveau voir, ils se découvrirent en pleine campagne. Des champs s'étalaient à perte de vue et tout autour d'eux fleurissaient de nombreuses habitations de métal.

« C'est impossible, pensa Nathan. On ne peut pas être en pleine nature. Le professeur nous a dit qu'on était dans les sous-sols. »

Malgré cette certitude, un coup d'œil vers le ciel et les champs à perte de vue perturbaient ses perceptions. Adila se retourna. Il n'y avait ni tunnel, ni sorties d'égouts derrière eux.

— À partir de quel moment est-ce que l'on a quitté les vrais égouts pour marcher dans un hologramme ?

Le professeur sourit à nouveau.

— Qui te dit que nous ne sommes pas encore dans les égouts ? Restez ici, je vais aller voir directement le Tatoueur pour lui signaler notre présence. Il nous dira où nous installer.

Le professeur refusa l'aide d'Hanek et partit lentement en direction d'une des demeures gris métallisé, que rien ne semblait différencier des autres. Malgré la fatigue, Nathan était curieux. Il allait enfin rencontrer le Tatoueur, cette personne qui s'était battue lors de la guerre numérique et que les Forces Spéciales du monde entier recherchaient. Celui qui pouvait dessiner des tatouages capables de désamorcer des robots et tromper des personnes aussi puissantes que Vlad Ekaton.

Il regarda ses amis et constata qu'ils semblaient tous soulagés d'être dans un endroit aussi accueillant. Ils allaient enfin pouvoir se détendre. Après ces longues heures de marche entre les immondices, un tel espace leur donnait envie de respirer l'air à pleins poumons. Ils pourraient dormir à l'abri et réfléchir, enfin, à tout ce qui venait de se passer.

Puis, Nathan réalisa que c'était la première fois qu'il se déconnectait aussi longtemps du Réseau. Se couper d'Interfeel quelques minutes était déjà difficile, mais voilà plusieurs heures qu'il était seul dans son esprit, secoué par les événements. Ses émotions semblaient incontrôlables. Il tenta de se calmer en inspirant profondément, rassuré de voir que même Nadem semblait un peu plus serein depuis leur arrivée.

Le professeur revint lentement vers eux. Sans Réseau, ils n'interprétèrent pas tout de suite l'expression ambiguë qu'il avait sur le visage, à part Élizabeth qui fronça subitement les sourcils.

— Je suis désolé.

— De quoi ?

Le professeur annonça abruptement :

— Le Tatoueur ne veut pas nous voir ici. Il ne veut même pas que nous restions pour la nuit. Il nous renvoie dans les égouts.

Chapitre 20

Kassandra Kacem ne disait rien et se contentait de regarder l'homme et la femme assis face à elle. Lui, le teint sombre, les cheveux noirs, la fixait d'un air à la fois sévère et, semblait-il, admiratif. Elle, plutôt belle, était décomposée par les événements et paraissait dix ans de plus. Clad Conin et Ellia Etharel. Les parents de Nathan Ethanin.

— Je vous rappelle que je ne suis pas supposée m'occuper de cet interrogatoire, précisa Kassandra Kacem. Mon adjoint, Vlad Ekaton, est en charge de cette affaire.

— Je ne souhaite pas parler à votre second, répondit l'homme. Vous êtes sa supérieure et j'ai le droit de m'entretenir directement avec vous si vous l'acceptez.

— Vous en avez effectivement le droit et je l'accepte. Puis-je connaître la raison ?

— Si la personne officiellement en charge est Vlad Ekaton, je préfère entendre une voix moins officielle.

Kassandra Kacem posa sur lui son regard métallique. Le flux d'émotion du père de Nathan varia sensiblement, sentiment aussitôt masqué.

— Mon adjoint et moi-même dépendons de la même autorité, dit la commissaire. Nous aurons donc le même discours. Je vous déconseille de chercher à nous monter l'un contre l'autre.

— Ce n'est pas mon intention. Je préfère simplement vous parler.

Kassandra Kacem nota le regard furtif d'Ellia Etharel à son mari, avec pour écho sur le Réseau un léger sentiment d'irritation.

— Êtes-vous d'accord, madame Etharel ?

— Peu importe…, répondit cette dernière.

Son réseau Interfeel était aussi confus que sa réponse.

— Votre fils est accusé d'avoir aidé un cyber-terroriste à s'évader de l'hôpital central, continua Kassandra Kacem, puis de l'avoir hébergé dans un appartement du quartier nord appartenant à Mme Élizabeth Saana. Selon la législation, toute personne aidant un cyriste est considérée comme tel.

— Je suis sûre que mon fils n'était pas au courant de ça ! dit soudainement la femme.

— Là n'est pas la question, madame Etharel, c'est la loi. Je dois voir de manière plus claire les événements qui ont entraîné la situation actuelle pour que, le jour où votre fils se fera arrêter, nous puissions comprendre ce qui s'est passé.

— Et savoir si nous sommes complices, compléta froidement le père.

— Ce n'est pas ce que j'ai dit, monsieur Conin, dit posément Kassandra Kacem. Reprenons depuis le début. La défenestration du professeur Claude Érat semble être l'élément fondateur de toute cette histoire. Avant cet incident, Nathan vous avait-il déjà semblé critique par rapport à Interfeel ?

— C'est de cela dont il s'agit ? demanda le père.

— Je vous demande pardon ?

— Personne n'est obligé, officiellement, d'utiliser Interfeel. Pourquoi associez-vous son acte à une critique du Réseau ou à une envie de se déconnecter ? Avec vos origines, je suis très étonné.

Kassandra Kacem joignit les mains et regarda fixement Clad Conin.

— Monsieur Conin. Vous m'avez interviewée il y a dix-sept ans et vous étiez très renseigné sur moi. Vous savez très bien que le port ou non du Réseau m'indiffère. Ce qui est grave, au contraire, c'est l'embrigadement de la jeunesse dans une idéologie destructrice pour notre société. Je répète donc ma question : est-ce que votre enfant avait un regard critique sur Interfeel ?

— Non, répondit Ellia. Il le portait sans arrêt.

— Comment a-t-il réagi à la chute de son professeur ?

— Il semblait perdu. Il a mis quelque temps à se rappeler quel jour nous étions et il paraissait frappé d'amnésie. C'était le lendemain de l'incident.

— Et de votre passage dans sa classe, compléta le père.

— Comment se comportait-il ?

— Rien n'avait changé. Il se passionnait toujours autant pour les films numériques qu'il mettait en scène dans sa chambre.

Ellia Etharel s'arrêta, semblant réfléchir.

— Il y a un mois pourtant, il s'est passé quelque chose d'étrange.

— Quoi donc ?

— Il n'était pas critique d'Interfeel, précisa rapidement sa mère. Il était simplement… déphasé. Un peu comme après l'incident du professeur, mais en pire. Il confondait les jours et ne savait plus vraiment où il se trouvait… il avait une coupe de cheveux bizarre…

— Ses cheveux ?

— C'est le moment où il a commencé à se mettre du gel numérique. C'est sûrement un détail insignifiant mais…

Le regard de Kassandra Kacem lui montra que ça ne l'était pas. Calmement, elle précisa :

— Il y a un mois, M. Ethanin a été amené au commissariat.

— Quoi ? Il ne nous a rien dit ! fit Ellia, blême.

— Pourquoi a-t-il été convoqué ? demanda son père.

— Il s'était rendu dans le quartier est, répondit posément la commissaire.

— C'est tout ?

— C'est la procédure habituelle. Lorsqu'une personne a été en contact avec un cyriste, ici Claude Érat, toute activité suspecte donne lieu à une convocation au commissariat.

Après un regard glacial, Clad Conin lâcha :

— Vous l'avez convoqué ici car il s'est tout simplement rendu dans le quartier est, où vous êtes née ?

— À l'époque, on ne l'appelait pas encore « quartier est », mais oui, vous avez raison, j'y suis née.

— Tout ça pour une histoire de *procédure* ? Qui vous dit qu'il n'a pas fait évader le professeur car vous l'avez malmené au commissariat ? Est-ce qu'au moins vous pensez parfois *au-delà* de la procédure ?

— Je pense souvent au-delà, monsieur Conin, mais j'agis selon.

Les émotions de Clad Conin se contractèrent.

— Vous me dégoûtez.

— C'est votre droit.

Kassandra Kacem ne baissa pas ses yeux bleus et calmes face au regard cinglant du père de Nathan.

— Pourquoi suivez-vous des procédures que vous n'approuvez pas ?

— Monsieur Conin, il y a dix-sept ans, j'ai fait quelques recherches sur vous également. Durant votre jeunesse, vous étiez un sympathisant des hackers, dont certains groupes furent qualifiés de « cyristes » après la guerre numérique. Je n'ai jamais utilisé cet élément pour vous discréditer. Aussi, je vous prie de ne pas me considérer uniquement par rapport à mes racines.

Après quelques secondes, et d'un ton beaucoup plus réfléchi, Clad Conin demanda soudain :

— Pourquoi nous avoir dit que Nathan était venu au commissariat, alors ? Nous n'aurions eu aucun moyen de le savoir. Vous discréditez les Forces Spéciales et votre fameuse procédure.

— Je vous l'ai dit, monsieur Conin, j'ai une idée bien précise de la justice. Je considère que les citoyens ont le droit de connaître les actions des Forces Spéciales.

Après une courte interruption, elle continua :

— Je n'ai pas d'autres questions pour l'instant. En temps normal, il vous faudrait terminer l'entretien avec monsieur Ekaton.

— Je refuse, dit catégoriquement le père de Nathan.

— C'est votre droit, répondit Kassandra Kacem. Madame ?

— Je…

Son mari la regarda. Le Réseau venait de lui dévoiler sa décision.

*

— C'est impossible ! s'exclamèrent-ils, incrédules.

— Où va-t-on aller ?

— Il faut retourner dans les égouts ?

Autour d'eux, des gens commençaient à s'approcher. Le professeur leva la main, soit pour les saluer, soit pour leur dire de rester à distance. Sans Interfeel, ce n'était pas évident de savoir. Il tenta de temporiser :

— Calmez-vous, nous allons simplement retourner dans les égouts, puis nous trouverons bien un endroit où nous installer. Ce n'est qu'une question de temps.

Nathan ne réagissait pas. Cette décision du Tatoueur avait été prise quelques secondes à peine après qu'il avait décidé de libérer ses sentiments, et une émotion neuve venait de naître en lui, provoquée par les paroles du professeur : la rage. Elle le poussa à se diriger vers l'habitation du Tatoueur.

— Où vas-tu, Nathan ? fit le professeur. Arrête-toi.

Il ne s'arrêta pas. Personne, dans l'équipe, ne bougea et il s'approcha de la vaste demeure. Les paroles du professeur n'étaient qu'un fond sonore, inaudible dans le vacarme de ses émotions intérieures.

Il poussa la porte. L'appréhension et la curiosité vinrent se mêler à la rage. La vaste habitation était composée d'objets d'un autre temps, noyés dans un enchevêtrement de fils. Tout au fond, sur un siège épais, un jeune homme le regardait de ses yeux perçants. S'il s'agissait du fameux Tatoueur, il aurait dû avoir au moins quarante ans de plus. Le regard de ce jeune semblait bien plus mûr que le visage qui l'encadrait.

— Je veux parler au Tatoueur, déclara Nathan d'une voix déterminée.

— Parle.

La voix aussi était bien plus âgée. Elle portait le poids de dizaines d'années d'existence. Le jeune homme se leva. Curieusement, il paraissait maintenant plus mature. Son regard, seulement, restait inchangé. Il transperça Nathan d'une manière qui lui rappelait Kassandra Kacem.

— Vous êtes le Tatoueur ?

— Parle, répéta l'homme.

La voix était parfaitement calme, mais ne semblait pas souffrir la moindre contestation. La rage palpitait encore en Nathan.

— Mes amis et moi avons fait évader un de vos membres de l'hôpital central. Nous sommes maintenant recherchés comme cyristes. Un policier m'a paralysé, torturé mentalement, avant d'effacer mes souvenirs. On est dans le même camp. Si vous nous renvoyez dans les égouts, la moindre des choses serait de nous dire pourquoi, et de nous le dire en face.

L'homme le scrutait. Des dizaines d'information semblaient transiter dans ses yeux, mais Nathan était incapable de les interpréter.

— Des gens sont capables de faire ça parmi les Forces Spéciales ?

— De faire quoi ?

— Paralyser, torturer mentalement puis effacer le cerveau ?

— Oui.

Alors, il s'avança. Chaque pas qu'il faisait semblait le vieillir d'un an. Au bout de quelques mètres, il s'arrêta. Il avait désormais la constitution d'un homme d'une quarantaine d'années.

— Comment t'appelles-tu ?

— Nathan Ethanin.

— Sais-tu ce que cela signifie qu'être traqué, Nathan ?

— Nous *sommes* traqués.

— Oui, mais sais-tu ce que cela signifie ? Connais-tu les conséquences et les choix que cela implique, lorsque tu dois protéger des gens qui te font confiance ?

L'homme s'approcha encore de Nathan et vieillit d'avantage. Nathan voyait les rides se creuser sur son visage. La seule chose qui ne s'altérait pas était ce regard, pénétrant, et cette présence. En face de lui se tenait un homme d'une soixantaine d'années, et Nathan comprit que, désormais, il avait le vrai visage du Tatoueur devant lui.

— C'était un holo-visage, n'est-ce pas ?

Dans ce village, la loi à ce sujet ne devait pas être exactement la même qu'à la surface. L'homme ne répondit pas et demanda, d'un ton à la fois posé et puissant :

— Laisse-moi te poser une question, Nathan. Imagine que tu sois responsable d'une communauté depuis près de vingt ans. Un groupe arrive, constitué principalement de personnes que tu ne connais pas, avec des Opales encore actives, donc traçables. Ce groupe est pourchassé par les Forces Spéciales, soit l'autorité la plus puissante du pays. La personne qui les amène ici, avec qui tu n'as pas été en contact depuis des années, ne t'a pas prévenu de son arrivée et *t'ordonne* de l'héberger. Comment réagirais-tu, jeune homme ?

Nathan réfléchit, hésita, puis répondit sincèrement :

— Probablement comme vous.

Après un silence, le Tatoueur dit :

— Tu comprends donc mon geste ?

— Oui. Mais je vous demande maintenant de comprendre le mien. C'est *moi* qui ai entraîné mes amis dans cette histoire. Quand j'ai retrouvé la mémoire, j'ai voulu comprendre ce qui se cachait derrière tout ça. J'ai embarqué les autres. Je leur ai demandé d'aller voir le professeur à l'hôpital. Moi aussi, des gens m'ont fait confiance. Maintenant, je me sens responsable d'eux. Je dois les défendre.

— Est-ce toi qui as décidé de faire sortir Érat de l'hôpital ?

— Non. C'est le professeur lui-même.

— Il t'a imposé cette décision ?

— … plus ou moins…

Après une longue hésitation, le Tatoueur demanda :

— Qu'es-tu prêt à faire pour protéger ton équipe ?

Nathan leva les yeux.

— Autant que vous. S'il faut que je reparte dans les égouts pour que vous laissiez les autres vivre ici, je l'accepterai. Non pas parce que je le *souhaite*, mais parce que je dois le faire.

Le Tatoueur s'arrêta un instant, puis reprit :

— Qu'as-tu ressenti lorsque le policier a effacé ta mémoire ?

« Ça semble vraiment l'intéresser », pensa Nathan, qui préféra être honnête.

— J'avais le sentiment de brûler de l'intérieur. Pas mon corps, mais mon esprit. La réalité, ce que je ressentais, tout a disparu dans une sorte de… fournaise d'émotions.

Le Tatoueur paraissait extrêmement attentif. Avec lenteur, il demanda :

— Pourquoi t'a-t-il fait cela ?

— Pour me conditionner. Que je ne remette pas Interfeel en cause. Et aussi…

La douleur de Nathan revint. Il pensait en avoir fait abstraction depuis longtemps, pourtant, elle était encore présente, ancrée en lui. Une fois de plus, il devait l'affronter pour en parler.

— Pour me faire oublier une information qu'il venait de me révéler concernant ses capacités. Je me souviens de tout, sauf de ces dernières secondes avant l'explosion.

Le Tatoueur demanda :

— Qu'est-ce que tu avais fait pour te retrouver au commissariat ?

— J'étais allé dans le quartier est.

— Et ?

— C'est tout.

Le Tatoueur soupira.

— C'est de pire en pire…

— Le policier en question s'appelle Vlad Ekaton. C'est l'assistant de Kassandra Kacem, précisa Nathan.

À l'évocation de ce nom, le visage du Tatoueur se durcit encore un peu plus.

— As-tu rencontré Kassandra Kacem ? Que penses-tu d'elle ?

Nathan avait noté la différence sur son visage.

— Je me méfie d'elle. Vous la connaissez ?

— Oui. Très bien.

Le ton de sa voix, soudain, était devenu très sombre. Il semblait plongé dans des souvenirs lointains. Puis il refit soudain surface :

— Tu veux être responsable. Parfait. Voilà ce que je te propose : vous pouvez rester ici *pour l'instant*. C'est une décision temporaire. Si, à un moment donné, toi ou un membre de ton équipe mettez en danger cette communauté, je vous renverrai dans les égouts sans sommation. Est-ce que cela te convient ?

— Oui.

— Es-tu prêt à accepter les règles que chacun suit dans cette communauté ?

— Oui.

— Tu acceptes les conditions sans même les connaître ?

— Vous prenez un risque en nous laissant ici. J'en prends un aussi, répliqua Nathan.

— Il n'y a que deux règles, reprit le Tatoueur après un silence de réflexion. La première est de participer aux tâches de la communauté.

— Porter un tatouage en fait partie ?

— Non. Le tatouage est une opération définitive. Il se fait pour des raisons particulières, à des conditions particulières et uniquement à des personnes de confiance. Ce qui est obligatoire, en revanche, c'est de cultiver la nourriture, trier les objets, participer au nettoyage, construire les nouveaux bâtiments et entretenir la défense numérique du village. La seconde règle est encore plus importante : ne jamais, jamais se faire repérer.

— Très bien.

— Cela va avoir une conséquence pour votre équipe. Une condition indispensable pour que vous viviez ici.

Après un silence, le Tatoueur précisa :

— Tu sais de quoi je parle, Nathan. N'est-ce pas ?

— C'est… obligatoire ?

— Obligatoire et immédiat.

Le Tatoueur jeta un coup d'œil par la fenêtre donnant sur le centre du village. Nathan fit de même. La foule avait encore grossi autour de son groupe d'amis et faisait des gestes étranges que Nathan ne comprenait pas.

Le Tatoueur reprit :

— Décidez-vous vite. Tu vas sortir d'ici, aller voir tes amis et leur dire mes conditions. Est-ce que c'est clair ?

Le garçon mit la main dans sa poche. Le contact chaud et rassurant de l'Opale lui fit du bien et, déjà, il ressentit une pointe de mélancolie. Un sentiment nouveau, lui aussi.

— Vous les stockerez quelque part ?

— Il faut faire bien plus. Il y a un risque infime que vous vous fassiez repérer à cause d'elles. Je ne le prendrai pas. Nous allons effacer leur traçabilité dans le présent et le passé. Vos Opales vont redevenir de simples cailloux.

Chapitre 21

Nathan revint auprès de son équipe l'air encore plus mitigé que le professeur. Durant son absence, quelques villageois s'étaient approchés. Vêtus d'habits incroyablement bariolés, comme si l'on avait simplement cousu des bouts de tissu entre eux, ils les regardaient d'une manière étrange, effectuant des gestes qu'il ne comprenait pas. Chaque expression était différente et il y avait tellement d'émotions à saisir que Nathan eut du mal à toutes les identifier. Il demanderait à Élizabeth, s'il trouvait le courage de lui parler de nouveau.

— Je suppose que rien n'a changé, fit le professeur.

— Si, on peut rester, annonça Nathan.

Le visage de Claude Érat se contracta.

— Pourquoi est-ce qu'il m'a dit le contraire ?

— Je ne sais pas, répondit Nathan sans prêter attention au ton sec du professeur. Par contre, il a posé une condition : on lui remet nos Opales maintenant et il les détruit.

Sa phrase fut entendue des villageois et leurs expressions changèrent.

— Une Opale est incassable, souligna Adila.

— Mais on peut détruire tout ce qu'elle contient.

— Il n'a pas le droit de faire ça ! cria presque Nadem.

— Il se prend pour qui ? fit Hanek.

— Je ne comprends pas, dit le professeur, visiblement agacé. Il y a un écran de protection tout autour du village et dans les canalisations que nous avons utilisées jusqu'ici. Abandonner l'Opale est une sécurité supplémentaire mais elle n'est pas impérative et ce n'est pas nécessairement la première chose à faire. Je ne sais pas ce que le Tatoueur a en tête, mais…

— Il veut montrer qui est le chef, fit Hanek d'un air aigri. Il nous humilie.

Nathan jeta un rapide coup d'œil autour de lui. Il espérait que les villageois n'avaient pas entendu les paroles de son ami.

— Tu en penses quoi, Nathan ? demanda Adila.

— Je pense qu'il faut accepter, parce que…

— NON !

Nadem venait de pousser un cri qui mit fin à la discussion. Le village entier le regardait. Ses pupilles étaient dilatées, il tremblait, et même si Nathan ne maîtrisait pas encore toutes les subtilités de l'émotion corporelle, il savait que cette expression traduisait la terreur la plus absolue. Les villageois se chuchotaient des choses, Nathan savait que cela ne présageait rien de bon. Il devait absolument arranger la situation.

— Nadem, dit Nathan, chuchotant presque. C'est Interfeel qui te manque, pas l'Opale. C'est dans ta tête.

— Interfeel est aussi dans ma tête. *Tout* est dans ma tête. Ça me manque quand même !

— Je ne sais pas pourquoi le Tatoueur veut qu'on se débarrasse aussi rapidement de nos Opales, fit Nathan. Il nous teste, il veut savoir si on va lui obéir… peut-être même que ça l'amuse… Mais on n'a pas le choix : soit on les lui donne et on a un endroit où dormir, soit on les garde, on retourne dans les égouts, et on se fait attraper par les Forces Spéciales.

— Justement, fit Nadem. Pourquoi on ne se ferait pas arrêter ? Au moins on pourrait expliquer aux autorités que tout cela est un malentendu et…

— Et ?

Au bord des larmes, Nadem murmura :

— Et ils nous rebrancheraient au Réseau…

Nathan frémit. Si cette phrase arrivait aux oreilles du Tatoueur ou des villageois, ils seraient renvoyés à coup sûr. Nadem tremblait. Ses traits se contractaient, il paraissait faible. Nathan s'approcha de lui, posa la main sur son épaule, et son ami sursauta à ce contact. D'une voix qu'il espérait apaisante, il chuchota :

— Vlad Ekaton m'a cramé le cerveau uniquement parce que je suis allé dans le quartier est. Imagine ce qu'on va subir maintenant qu'on a hébergé le professeur et qu'on est recherchés comme cyristes. Ils ne vont pas nous reconnecter comme si de rien n'était. Ils vont *beaucoup* nous faire souffrir. On doit trouver un moyen de s'en sortir sans se faire arrêter, sinon on est cuits.

Il reprit, plus fort :

— Voilà ce que je propose. On abandonne les Opales et on reste ici. Ensuite, on cherchera un moyen pour se sortir de cette situation. Qui est d'accord ?

Élizabeth et Adila acceptèrent immédiatement. Hanek jeta un coup d'œil au professeur qui hocha la tête, puis acquiesça. Nadem tremblait toujours. Il savait que tout le monde l'observait. D'une voix faible, il murmura :

— Oui.

— Très bien. Le Tatoueur veut qu'on le fasse tout de suite, dit Nathan. Tant mieux, plus on attend, plus ce sera difficile.

En silence, ils retournèrent ensemble vers la demeure du Tatoueur.

*

Lorsqu'ils la prirent dans leur main pour la dernière fois, leur Opale leur sembla encore plus chaleureuse que d'habitude. Nathan fut soudain persuadé que la sienne était vivante, qu'elle réalisait ce qui se passait. Il venait de comprendre brutalement à quel point il tenait à ce caillou qui avait toujours fait partie de sa vie. C'était une extension de sa main, aux capacités très particulières… dont on allait l'amputer.

Ils furent amenés dans une nouvelle habitation de métal, remplie de câbles, d'ordinateurs et d'objets mécaniques de l'ancienne époque. Une table incurvée trônait au milieu de la pièce, sur laquelle on leur demanda d'abandonner leurs Opales. Deux villageois posèrent un épais couvercle, rattaché au plafond par de nombreux câbles, et les pierres disparurent de leur champ de vision. Plus loin, le Tatoueur pianotait sur un ordinateur sans leur adresser un regard.

Presque tout le village les avait suivis jusqu'à cet entrepôt. Les expressions avaient changé, une fois de plus.

— On pourra récupérer nos pierres, une fois que ce sera fini ? demanda Hanek d'un ton sec.

— Si vous voulez, dit le Tatoueur. Mais ce ne sera plus qu'un vulgaire caillou, vous serez déçu.

— Je la reprendrai quand même, insista Hanek.

Le Tatoueur ne répondit pas et continua de taper sur son clavier. Un lourd grésillement se fit entendre et ils entendirent les Opales se plaquer au couvercle. Nathan sentit au fond de lui que la procédure commençait et il eut l'impression qu'une partie de lui disparaissait.

Il éprouva une émotion étrange et violente. Ses poings se contractaient, il tremblait, ses muscles se tendaient. Il ne connaissait pas cette émotion mais elle n'était pas positive et s'adressait au Tatoueur, qui leur imposait cette épreuve alors qu'ils venaient à peine de se remettre de leurs émotions. Cette personne qu'il avait admirée avant même de la connaître était en réalité un être odieux. Il profitait de leur faiblesse pour leur imposer cette humiliation.

— Relax, respire…

Cette voix… Il tourna la tête. Élizabeth regardait aussi la plaque descendre, pourtant il était persuadé qu'elle avait parlé. Il ferma les yeux, respira lentement et, malgré tout, se détendit.

Le Tatoueur appuya sur un dernier bouton et, le temps d'un éclair de lumière aveuglant, ce fut réglé. Le couvercle se releva. Les Opales n'avaient pas changé, pourtant tout était différent. Tandis qu'Hanek récupérait son caillou avec suspicion, Nathan posa un doigt sur sa pierre et sursauta à son contact froid. C'était fini.

Le Tatoueur interpella un jeune homme qui les observait avec curiosité :

— Vécole ?

Celui-ci, sourire aux lèvres, demanda :

— Oui, chef ?

— Ne m'appelle pas chef, dit calmement le Tatoueur. Occupe-toi des nouveaux.

— Bien, chef !

Sans un mot ni un regard, le Tatoueur rentra chez lui. En le voyant partir, le sentiment violent qu'éprouvait Nathan s'amplifia encore, comme un animal sauvage, prêt à le dévorer de l'intérieur. Il crispait ses muscles, brouillait sa vision de larmes de rage ; son corps était tétanisé, ce qu'il éprouvait lui faisait perdre la raison…

— Nathan ?

Une main lui tapota l'épaule. Vécole le regardait avec un grand sourire. À son visage juvénile, Nathan devina qu'il devait avoir à peine un ou deux ans de moins que lui.

— Tu es Nathan, n'est-ce pas ?

— Oui.

Le sourire s'agrandit.

— Enchanté ! dit-il en lui tendant la main.

Nathan se souvint qu'il s'agissait d'une manière de se présenter de l'ancienne époque. Il avança sa main et serra celle de Vécole qui, aussitôt, les invita tous à le suivre.

— Je vous emmène à votre habitation ! Alors comme ça, vous venez de l'extérieur ? Je suis né ici il y a quinze ans et je ne suis *jamais* allé à la surface ! Jamais, tu te rends compte ? C'est mon rêve ! C'est comment ? Vous mangez quoi ? C'est comment un « immeuble » ? Et vous connaissez…

Durant tout le trajet, il les submergea de questions auxquels ils tentèrent de répondre tant bien que mal. La foule de villageois commençait à se disperser. Les gens repartaient à leurs occupations habituelles.

— On était dans la partie « atelier », fit savoir Vécole. C'est là qu'on stocke le matériel, notamment tout ce qu'on trouve dans les mines d'objets, et qu'on a installé notre machine qui récupère l'eau de l'atmosphère. On fera une visite plus complète une fois que vous vous serez installés.

Estimant qu'il en avait assez dit, Vécole repartit d'un ton enjoué sur une nouvelle série de questions au sujet de la surface. Au-dessus d'eux, le ciel numérique prenait une teinte de plus en plus rougeoyante.

— On arrive ici dans la partie « habitation »…, poursuivit Vécole.

Là, les gros hangars de la partie « atelier » faisaient place à des constructions en métal beaucoup plus modestes, aux formes étranges.

Alors qu'ils avançaient, le professeur s'arrêta soudain. Un homme d'à peu près son âge, aux cheveux légèrement grisonnants, le regardait avec insistance.

— Talak ? murmura le professeur. C'est bien toi ?

Pour toute réponse, l'homme en question sourit. Après quelques secondes d'un silence lourd, Claude Érat se tourna vers les adolescents.

— Je vous laisse. J'ai beaucoup de temps à rattraper, dit-il.

Vécole le salua et le groupe reprit sa route. Quinze nouvelles questions sur l'extérieur plus tard, Vécole s'arrêta à nouveau :

— Et voilà ! On vient juste de finir cette maison. C'est la vôtre.

Une fois posté devant l'une d'entre elles, Nathan comprit de quoi la structure était constituée : de carrosseries de « voitures », ce que lui confirma Adila, qui avait toujours été passionnée par les objets anciens.

Il n'était pas au bout de ses surprises. À l'intérieur, il y avait bien des meubles mais ils ne ressemblaient en rien à ce qu'il connaissait : il s'agissait d'une accumulation d'objets métalliques soudés les uns aux autres avec, parfois, sur les lits par exemple, un peu de tissu. Tout cela lui semblait étrangement familier.

— Ce sont aussi des objets de l'ancienne époque, lui murmura Adila. Mais ils ne les utilisent pas de la manière traditionnelle.

Elle lui décrivit ce qu'elle reconnaissait. Ici, un « chaudron » avait été retourné pour devenir une table. Là, des câbles tressés tenaient lieu de sommier. En s'approchant du lit, Nathan remarqua que les quatre pieds étaient une accumulation de petits cercles plats, solidement collés les uns aux autres.

— C'est quoi, ça ?

— Des « disques », fit Vécole. Ça servait de support à de la musique, même si je ne comprends pas vraiment comme on peut mettre de la musique sur un objet… en tout cas, c'est très pratique pour la construction ! Prenez le temps de vous installer, on ira ensuite visiter le village !

La maison qu'ils allaient désormais habiter était constituée de deux grandes pièces à coucher. Nathan pensa un instant s'installer avec Adila mais préféra finalement rejoindre Hanek et Nadem. Hanek était de plus en plus renfermé tandis que Nadem paraissait sur le point de craquer. Il préférait rester avec eux en cas de problème car il savait qu'au moindre dérapage, ils seraient tous réexpédiés dans les égouts.

— Pour les toilettes, c'est au bout de chaque rangée d'habitations, expliqua Vécole. On recycle tous nos déchets.

— Comment vous faites pour avoir de l'eau ? demanda Adila, intéressée.

— On récupère l'humidité des canalisations tout autour. En plus, ça permet de garder l'endroit au sec.

Nathan ne s'était jamais posé la question de savoir d'où venait l'eau. Chez lui, elle tombait du robinet dès qu'il claquait des doigts. Il comprit qu'ici, des choses aussi évidentes que l'eau, la nourriture ou les vêtements demandaient une sérieuse organisation.

Ils choisirent chacun un lit. Quand Nathan s'assit, il se sentit soudain très lourd.

— On part visiter le village ? proposa gaiement Vécole.

Alors qu'ils allaient ressortir, Nathan comprit qu'à cause de ce poids imaginaire, il était dans l'incapacité de se relever. Son corps semblait paralysé.

— Je vous rejoins plus tard, parvint-il à murmurer.

— Pas de souci !

Vécole sortit, bientôt suivi des autres. Au passage, Adila glissa sa main contre la sienne, qu'il serra.

Pour la première fois de sa vie, Nathan se retrouva seul, sans Interfeel, sans Opale, débordant de sentiments contradictoires. Il était assis sur ce matelas étrange, et, comme il semblait incapable de se relever, il s'allongea. Sa respiration se fit profonde. Depuis la révélation de Livia, il ne s'était jamais relâché, jamais entièrement, et une fatigue violente le saisit, comme si elle voulait rattraper le temps perdu. Son corps se contracta devant ces sensations nouvelles. Normalement, lorsqu'un tel sentiment apparaissait, il le compensait automatiquement par une émotion apaisante. Ici, il n'avait aucun moyen de lutter contre et son trop-plein d'émotions se matérialisa. Il le vit prendre forme dans ses yeux, rouler le long de ses joues. Pour la première fois de sa vie, son corps se débarrassait physiquement d'émotions qu'il ne pouvait plus contenir. Pour la première fois de sa vie, Nathan pleurait.

Il pleura à l'intérieur de cette habitation faite de véhicules d'un autre temps, cette habitation souterraine qui serait désormais la leur alors que, la veille encore, il dormait dans le confort de son lit synthétique dans la maison de ses parents. Il pleura pour tout ce qu'il avait vécu ces derniers mois, ces dernières heures. Il pleura enfin sans raison, et ça lui sembla être le plus important.

*

Après ce moment étrange, curieusement, il se sentit plus léger, comme si ces quelques larmes lui avaient fait perdre plusieurs kilos. Il se leva pour rejoindre son groupe et découvrir leur nouveau lieu de vie.

Le ciel numérique avait évolué, prenant des teintes argentées. Il ne put s'empêcher une nouvelle fois d'admirer ce travail qui avait certainement été effectué sans l'aide d'Opales. Autour de lui, des villageois marchaient, certains le regardaient, et il eut la désagréable sensation d'être comme un sans-Réseau en centre-ville.

Au bout de quelques minutes, il retrouva ses amis. Ils étaient retournés aux ateliers, à l'entrée d'une grande bâtisse qui surplombait l'endroit. Quelques personnes se mêlaient au groupe, curieuses, et Nathan commença à identifier certains visages. Ils entrèrent dans le bâtiment, et y découvrirent une montagne d'objets accumulés. Vécole expliqua :

— Il y a un peu moins de vingt ans, avec l'arrivée des nouvelles technologies, de nombreux objets sont devenus inutilisables. Il y avait des voitures qu'on conduisait soi-même, des bus, des livres, et plein d'autres choses. Et puis les ordinateurs ! Avant, c'est simple, il y en avait partout ! Quand l'Opale est apparue, ces objets sont si rapidement devenus obsolètes que les gens n'ont pas eu le temps de tout détruire. Ils les ont enfouis dans de grandes décharges souterraines hermétiques, profitant de la construction du métro à grande vitesse. Ils pensaient s'en occuper un jour mais le temps est passé et ils n'y ont plus jamais touché. Alors, dès qu'on trouve une décharge, on se sert. Pour notre protection informatique, on utilise aussi des objets anciens qui ne sont pas repérables sur le Réseau. Et tout ce qu'on peut, on le recycle. On consolide nos habitations, on solidifie le toit du village. Tout ce qui est organique, on le transforme en terreau pour notre nourriture.

Après avoir fait le tour de l'entrepôt, ils sortirent. Élizabeth demanda à Vécole :

— Comment fonctionne la vie en communauté ?

— Avec vous, on est cinquante-huit personnes ici. Bientôt cinquante-neuf, d'ailleurs. Il y a trois groupes. Les plus nombreux s'occupent de la maintenance. Ils gardent le village en bon état, trient les objets qu'on reçoit, s'occupent des déchets, préparent à manger, réparent… Ensuite, on a les explorateurs. Ils partent à la recherche de nouvelles mines d'objets. Enfin, il y a les défenseurs qui assurent la protection du village.

— La protection ? Vous avez des armes ?

— La protection informatique, précisa Vécole. On renforce notre système de brouillage en permanence, on exploite de nouvelles failles dans le système des autorités. Rien de *physique*. De toute façon, si les Forces Spéciales nous localisent, on a déjà perdu. Leur force de frappe est bien plus importante que la nôtre.

Toujours aussi motivé, le garçon continuait d'arpenter le village en décrivant chaque endroit.

— Ici, c'est la salle à manger, dit-il en désignant une quinzaine de grandes tables. Plus loin, on a une aire de jeu.

— Du vidéo-sport ? demanda Hanek, avec intérêt.

— Du vidéo-sport ? répéta Vercole, intrigué.

— Oui ! On se connecte à une interface et…

— Alors non, le coupa Vercole. Ça doit demander pas mal d'électricité. Et comme on la génère à partir des vibrations du sol, on l'utilise avec parcimonie.

Il fallut quelques secondes à Nathan et son équipe pour se rappeler que l'électricité pouvait ne pas être *illimitée*.

— Ce qu'on a, reprit Vécole, ce sont des jeux physiques avec des objets de l'ancienne époque, principalement des *ballons*. Je vous montrerai.

Devant eux s'étendaient maintenant de gigantesques planches de métal sur lesquelles poussaient une fine mousse marron et verte.

— Ça sert à quoi ce truc ? demanda Nathan.

— Mais c'est notre nourriture ! s'exclama Vécole. Le marron, c'est de la levure, le vert, du lichen.

Ne remarquant pas le regard incrédule de son groupe, Vécole continua la visite. Toute la partie qu'ils exploraient maintenant était composée de gigantesques bacs contenant de la terre odorante.

— Et ça, ce sont nos composts.

Ils étaient arrivés à la bordure. Devant eux, les champs qui s'étendaient n'étaient qu'une partie de l'hologramme qui couvrait le village. Au-dessus d'eux, des étoiles numériques apparaissaient les unes après les autres, mais le jour était encore clair. Les gens qui les accompagnaient commençaient à se disperser.

— Vous devez être fatigués ! On va rentrer !

— Attendez, demanda Hanek. Qu'est-ce qu'il y a plus loin ?

Vécole le regarda, l'air interrogatif.

— Plus loin ? Qu'est-ce que tu veux dire ?

— Les champs, la campagne.

Vécole rigola.

— Il n'y a rien d'autre. C'est juste l'hologramme.

— D'accord.

Hanek avança sa main vers l'image numérique.

— Tu ne devrais pas faire ça. Une fois que tu as conscience que le paysage est faux, tu ne le vois plus de la même manière.

— Justement. (Sa main traversa et disparut derrière l'image.) C'est bien ce que je pensais. Ici, tout a l'air doux et sans limite. Mais en réalité on est entourés d'un mur en métal froid.

Il soupira.

— Je veux rentrer.

Avant que Nathan se demande s'il parlait de sa maison à la surface, Hanek se dirigea vers les habitations qu'on leur avait désignées. Ils le suivirent et Vécole, tout sourire, continua :

— Vous avez raison, allez vous reposer. Demain, on commencera à travailler. Vous allez voir, ce sera très intéressant !

En silence, ils regagnèrent leur nouvelle habitation. Nathan aurait bien poursuivi son exploration mais une envie, plus intense, le saisit alors : s'effondrer sur son matelas, ce qu'il fit dès qu'il fut rentré. Après un ultime regard vers Nadem qui tremblait dans son lit et Hanek qui fixait le plafond, il ferma les yeux.

Chapitre 22

Nathan ouvrit les yeux avec difficulté. Il se sentait lourd. Il n'avait pas eu ses rêves habituels où la vue et les sons se mélangeaient. *Rien.* Un bloc de sommeil lui était tombé dessus et l'avait assommé durant quelques heures.

Au petit déjeuner, pas de céréales à la sauterelle. Il dut se contenter d'une espèce de bouillie marron au goût de terre. À cette occasion, Nathan découvrit une nouvelle série d'émotions, allant du dégoût à l'écœurement.

« Encore plus mauvais que du poulet », pensa-t-il.

Ses amis mangeaient en silence. Il constata avec satisfaction que Nadem semblait s'être apaisé. À part ce qu'ils éprouvaient pour la nourriture, Hanek, Adila et Élizabeth ne laissaient rien paraître. Comme lui, pourtant, ils devaient découvrir de nouvelles sensations qui ne pouvaient pas les laisser indifférents. Cette fois, Nathan ne pouvait pas *ressentir* ce qu'ils vivaient. Il ne pouvait que *supposer*.

Le professeur les salua de loin. Il était resté avec l'homme qu'il avait retrouvé la veille. Alors qu'ils luttaient contre les dernières bouchées de bouillie, Vécole arriva avec son éternel sourire aux lèvres et remarqua leur assiette.

— Vous finissez pas votre repas ?

Sans attendre leur réponse, il saisit les assiettes qu'il termina goulûment :

— Ex-cel-lent ! On a droit à levure *et* lichen aujourd'hui ! Vous avez remarqué, ils ont rajouté quelques larves pour adoucir le goût.

— On ne mange que ça ici ?

— Bien sûr que non ! Des fois, on a aussi droit à de la moisissure qu'on récolte du compost mais, honnêtement, c'est moins bon.

Après avoir tout mangé jusqu'à la dernière miette, Vécole les entraîna en direction des ateliers du village. Sur la route, il expliqua :

— Il y a quelques jours, on a trouvé une nouvelle décharge souterraine ! Les explorateurs se chargent de tout ramener au village. On a déjà extrait des poutres de métal, sans doute des « rails ». Aujourd'hui, on les nettoie. Ensuite, on les utilisera pour consolider le plafond, derrière l'hologramme du ciel.

— On fait partie du groupe de la maintenance ? demanda Adila.

— C'est le plus simple, expliqua Vécole. Il faut pouvoir se retrouver dans le labyrinthe des canalisations pour faire partie des explorateurs. Pour être défenseur, vous devez connaître tout notre système de défense. Allez, direction le chantier !

Une fois sur place, le garçon les présenta à celui qui dirigeait les opérations. Il s'agissait d'un homme épais, d'une cinquantaine d'années, pourvu d'une large moustache et qui, sans même dire son nom, ordonna :

— Décapez la poutre !

Il leur tendit des éponges, des gants, quelques seaux remplis d'un liquide jaunâtre, puis s'en alla.

Ils se regardèrent sans comprendre, avant de voir Vécole se préparer et se mettre à nettoyer avec ardeur un premier côté de la poutre. Avec hésitation, ils l'imitèrent.

— Il y avait plein de maladies, avant, fit Vécole, ravi de pouvoir reprendre ses explications. Comme on ne possède pas autant de vaccins qu'à la surface, il faut désinfecter tous les nouveaux objets qui arrivent au village. Au début de l'installation, on avait quelques chiens, qui s'occupaient de chasser les rats pour éviter qu'on soit mordus. Mais ils se sont perdus dans les canalisations.

Le chef de chantier, que Nathan et son équipe avaient fini par appeler « Moustachu », à défaut de savoir son nom, ne leur adressa plus la parole de la journée, se référant uniquement à Vécole pour transmettre des informations. Nathan comprit qu'il ressentait pour eux une émotion qu'il n'avait jamais inspirée auparavant : la méfiance. Avec Interfeel, lorsque deux personnes nouvelles se rencontraient, elles étaient naturellement le plus avenantes possible puisque les émotions se partageaient instantanément. Ici, Nathan ne voyait rien derrière le silence et l'épaisse moustache du chef de chantier, ce qui l'angoissait. Il retourna aux solutions que lui avait confiées Élizabeth : respirer lentement et se concentrer sur son travail.

— Une machine ferait ça bien mieux que moi, grogna-t-il.

Il venait de découvrir une chose nouvelle : le travail physique. Habituellement, son effort le plus intense consistait à frapper sur un clavier virtuel pour créer des programmes. Ici, il avait physiquement mal. Il sentait ses muscles s'activer. Il devinait l'humidité de l'éponge à travers son gant. Il sentait l'odeur âcre du liquide jaunâtre. À un moment, par inattention, il se coupa sur le bord de la poutre et vit quelques gouttes de son sang avec horreur. Sans un mot, le chef de chantier lui donna de l'alcool et un tissu blanc à mettre sur la plaie.

À la fin de la journée, ses mains étaient dans un tel état qu'il était persuadé qu'il ne pourrait plus jamais taper sur un clavier de sa vie. Après le repas du soir, fourbu, il n'eut pas la force de demander à ses amis comment ils se sentaient. Il s'effondra sur son lit et remarqua à peine qu'Hanek n'était pas rentré avec eux. Il l'entendit se coucher quelques instants plus tard, alors qu'il somnolait déjà.

Le lendemain, son corps était encore douloureux de la veille. Il se leva quand même, ingurgita une bouillie effectivement plus mauvaise que le matin précédent et partit nettoyer une nouvelle barre de métal.

Les jours passèrent, et leurs tâches évoluèrent. Moustachu ne leur adressait toujours pas un mot, mais son regard paraissait moins fermé. Après avoir lavé les poutres, ils durent les placer sur l'un des coins du village, soulevant l'un des côtés par un complexe système de cordes et de poulies, tandis qu'une autre équipe les soudaient au toit. Enfin, les poutres furent masquées par le gigantesque hologramme central, qui les transforma en arbres dont les feuilles volaient au vent.

Nathan fut ensuite chargé de la culture de la nourriture. Sur de grandes plaques, il récoltait à l'aide d'une spatule la levure qui s'était suffisamment développée. Il en mettait la majorité en réserve pour l'alimentation et mélangeait le reste avec les minéraux qui provenaient des grands bacs à composts. Enfin, il étalait l'ensemble sur de nouvelles plaques. Lui qui avait toujours eu ses sauterelles instantanément, il fut sidéré d'apprendre qu'il fallait plusieurs semaines pour que la levure pousse assez pour être récoltée.

Après avoir installé les poutres, Hanek avait pris goût aux travaux en hauteur, et demanda à être affecté aux missions qui nécessitaient d'être câblé et d'aller de l'autre côté de l'hologramme. Il s'occupait de vérifier la structure générale de la poche souterraine dans laquelle ils se trouvaient.

Nadem, quant à lui, demanda à rester au nettoyage des poutres. Il s'acharnait en silence sur chaque tige de métal avec application.

Adila trouva une place tout indiquée en aidant à identifier tous les nouveaux objets qui arrivaient des mines usagées. Elle ne pouvait s'empêcher de toucher tout ce qu'elle voyait, comme pour mettre de la matière sur ces choses qu'elle n'avait jamais connues qu'en hologrammes. Elle s'amusait, jour après jour, à expliquer à Nathan l'usage de ces objets d'un autre temps.

Élizabeth, pour sa part, s'occupait des réparations au niveau du sol. En quelques jours, elle apprit à souder, et pu aider à l'agrandissement d'une habitation pour le couple qui allait avoir un nouvel enfant. Avec un filet de pêche et quelques barreaux, elle confectionna un landau.

Au fil des jours, Nathan chercha plusieurs fois à savoir comment ses amis se sentaient mais n'avait que des réponses évasives. Alors que Nadem se contentait de sourire pour masquer son angoisse, Hanek et Élizabeth restaient muets et Adila lui serrait délicatement la main, émerveillée de voir autant d'objets anciens. Ses amis se parlaient aussi peu entre eux, comme s'ils expérimentaient pour la première fois le fait d'être *vraiment* seuls. Les villageois, de leur côté, ne leur adressaient toujours pas la parole, en dehors de rares formules de politesse.

Les jeux « physiques » dont avait parlé Vécole n'étaient pas très passionnants. En général il s'agissait de se passer une balle d'une personne à l'autre, avec les mains ou avec les pieds. Malgré tout, Nathan et ses amis finirent par y prendre goût. Quelquefois, les enfants du village, qui les regardaient avec curiosité depuis leur arrivée, se joignaient à eux.

Tous les soirs, Hanek disparaissait pendant au moins une heure. Nathan n'osait pas lui demander où il se rendait. Voulait-il être seul pour penser à Livia ? Le professeur, lui, les saluait lorsqu'ils se croisaient, mais restait généralement avec son ami.

Alors qu'il pensait qu'il ne tiendrait jamais le coup, Nathan réalisa au bout de quelques jours que son corps devenait plus résistant. Il n'avait plus de difficulté à se lever. Même si son travail lui semblait toujours aussi absurde, il avait le sentiment qu'il devenait *bon.* Il était désormais plus facile de canaliser ses nouvelles émotions, comme si son corps s'équilibrait enfin avec son esprit. S'il avait toujours des accès de violence à l'égard du Tatoueur, ces émotions ne l'envahissaient plus totalement. Elles faisaient maintenant partie de lui. Il pouvait les maîtriser.

*

— Allez, au boulot ! fit Vécole d'un air enthousiaste.

Aujourd'hui, Nathan et lui devaient s'occuper de trier tout ce qui revenait des mines d'objets.

— Trois catégories, dit Vécole. À gauche, ce qui est assez solide pour être réutilisé. Tu verras, il n'y aura pas grand-chose : tout était fragile, à l'époque, à croire qu'ils le faisaient exprès ! À droite tout ce qu'on peut donner à manger aux larves pour faire de l'engrais. Et au milieu, ce qui ne sert à rien.

Avec l'aide d'Adila, Nathan pouvait maintenant nommer presque tous les objets de l'ancienne époque. Il en montra un à Vécole.

— Un « portefeuille » ?

— Hmm… Si le cuir n'est pas trop abîmé, on en fera un bout de vêtement. Sinon, aux larves !

— Et ça ? fit Nathan désignant un objet qu'ils trouvaient à foison dans ces mines.

— Téléphone portable ? Trop fragile et on ne peut même pas le transformer en terre, dit Vécole sans hésiter. Ça ne sert à rien. Au milieu.

Nathan le jeta sur la pile centrale qui, contrairement aux deux autres, grossissait à vue d'œil. C'était dans les moments où son activité était simple et répétitive qu'il se perdait dans ses pensées. Souvent, il se revoyait dans sa chambre, à manger ses sauterelles grillées et faire ses films. Il avait désormais de la corne aux pieds, aux mains, triait des objets d'un autre temps et rêvait que quelques larves agrémentent sa prochaine bouillie afin d'en adoucir le goût. Ces deux vies lui semblaient si différentes qu'il se demandait parfois si l'une d'entre elles n'était pas en réalité un film qu'il imaginait.

À la fin de la journée, alors qu'ils rejoignaient le centre du village, Nathan demanda à Vécole :

— Qu'est-ce qui te fait autant rêver, au-dehors ?

— Je n'y suis jamais allé, répondit-il simplement.

— Tu pourrais être déçu.

— Peut-être. Mais, au moins, je saurais.

Alors que le ciel numérique déclinait déjà, ils se saluèrent et chacun partit vers son habitation. Au bout de la route, Nathan aperçut Élizabeth, qui revenait de sa propre journée de travail. Depuis leur fuite dans les égouts, ils n'avaient pas échangé un mot et il n'en pouvait plus. Il devait briser ce silence. Du bout des lèvres, il osa l'appeler :

— Élizabeth…

La jeune fille se tourna. Ses yeux paraissaient éteints.

— Oui ?

Sa réponse était courte, son ton était neutre.

— J'ai une question à te poser…

— Ne parle pas du quartier est, lâcha-t-elle froidement.

— C'est une question technique sur les émotions. Tu m'avais dit de venir te voir si j'avais des interrogations. Chaque fois que je pense au Tatoueur, mes poings se ferment, je me crispe, je serre les dents…

— Tu éprouves de la haine, Nathan, le coupa la jeune fille.

C'était bien ce qu'il pensait. Il connaissait cette émotion théoriquement mais ne l'avait jamais ressentie. Et soudain, elle prenait corps. *Son* corps.

— La haine…

— Oui. C'est aussi ce qu'ont éprouvé certains villageois la première fois qu'ils nous ont vus, continua Élizabeth.

— Qu'est-ce que tu veux dire ?

— Quand ils se sont approchés de nous, le premier jour. Il y avait de la peur et de la haine. Les deux émotions sont généralement mêlées, d'ailleurs.

Un sourire se dessina sur le visage de Nathan.

— Je ne suis vraiment pas doué pour comprendre les émotions, alors. Tu devrais me donner des cours. Je pourrai te poser d'autres questions à l'occasion ?

— Peut-être.

Soulagé de cette réponse qui promettait qu'ils se reparleraient, Nathan marcha quelques secondes en silence aux côtés de son amie, en songeant :

« Si les gens nous haïssaient, heureusement que le Tatoueur nous a attribué Vécole comme guide. Au moins, il est tout le temps de bonne humeur… »

Et soudain, Nathan comprit. Élizabeth venait d'apporter l'ultime pièce qui lui manquait pour saisir l'attitude du chef du village. Il la remercia une nouvelle fois et courut vers la demeure du chef du village. Il frappa, ouvrit la porte et lança :

— Il faut que je vous parle !

Sans quitter du regard l'ordinateur sur lequel il travaillait, le Tatoueur répondit :

— Parle.

— Je voulais vous remercier.

Surpris, le Tatoueur le regarda.

— Me remercier de quoi ? De vous avoir fait abandonner vos Opales ou de ne même pas vous adresser la parole ?

— Maintenant, je sais *pourquoi* vous le faites. Les autres villageois ne veulent pas qu'on reste parce qu'ils ont peur d'être découverts. Livia nous a trahis *par l'Opale*. Les villageois l'auraient forcément appris et ils n'auraient jamais accepté qu'on les garde. On devait s'en débarrasser tout de suite, devant tout le monde, pour montrer qu'on ne mettait personne en danger en restant ici. Après cela, vous avez demandé à Vécole et non à un autre de s'occuper de nous parce qu'il est toujours de bonne humeur.

Après un silence, Nathan continua :

— Il en va de même pour votre attitude. En tant que chef, vous ne nous parlez pas pour que les autres n'aient pas l'impression que vous nous réservez un traitement de faveur. Mais en nous gardant ici, vous avez pris le risque que votre cachette soit découverte et que les villageois nous rejettent. Alors je voulais vous remercier.

Le Tatoueur ne répondit pas mais Nathan vit clairement un demi-sourire apparaître sur son visage.

— Je refuse qu'on m'appelle « chef », tu sais. Depuis vingt ans que nous vivons sous terre, je ne suis pas leur chef mais leur responsable, c'est très différent. Les villageois ont peur, et quand on a peur, on n'aime pas ce qui est nouveau. Ils vous accepteront un jour, mais il faudra du temps. Ici, tout prend du temps. Je sais que ce n'est pas quelque chose d'habituel pour les gens de l'extérieur.

Nathan réfléchit à ces paroles, avant d'ajouter :

— Je voulais aussi vous dire autre chose. Tout a commencé parce que je voulais trouver des réponses sur Interfeel. Malgré ce qui s'est passé, je n'ai pas changé. Je veux savoir pour quoi *vous* vous battez.

Après un silence, le Tatoueur répondit d'une voix grave :

— Tu as raison sur tous les points, Nathan. J'ai joué ce petit jeu avec les Opales dans l'unique but de rassurer ma communauté. Je vous ai affecté Vécole pour vous aider. Mais n'oublie pas qui je suis. Voir la totalité de ses alliés et amis se faire arrêter, mourir ou trahir m'a changé, et ne m'a pas rendu meilleur. Je ne fais désormais que très rarement confiance. Pour ça aussi, il faudra du temps. Vous aurez des réponses à vos questions, mais il faudra être patients.

— D'accord, dit Nathan en hochant la tête.

Semblant satisfait, le Tatoueur reprit :

— J'ai une question pour toi, Nathan Ethanin. Durant toute cette semaine, qu'as-tu ressenti à mon égard ?

Nathan hésita. Parler de ses émotions semblait plus difficile que les partager avec Interfeel. Finalement, il avoua :

— Élizabeth m'a dit que je ressentais de la « haine ». C'est un sentiment que je n'avais jamais éprouvé. Jamais à ce point, en tout cas. Mais tout au long de la semaine, il a explosé en moi comme un animal sauvage et je ne pouvais pas le contrôler.

— Lorsqu'on quitte Interfeel, on perd de nombreuses barrières émotionnelles mises en place par le Réseau. L'esprit se « reconfigure », en quelque sorte. Les sentiments les plus réprimés auparavant prennent soudain toute leur place au point de devenir incontrôlables. Ce n'est que le début. Tu vas découvrir des émotions que tu n'aurais jamais imaginées et crois-moi, tu regretteras d'en connaître certaines. Pour tes amis, c'est pareil. Leur personnalité va changer.

— C'est… dangereux… ?

Nathan pensait à Nadem. Il avait cette image de son ami, se grattant les bras, suppliant presque de se faire attraper par les autorités pour se reconnecter. Il n'était plus le garçon avec l'éternel sourire en coin qu'il connaissait.

— Dans tout ce qui est imprévisible, il y a du danger. Tu dis que tu es responsable de tes amis, Nathan Ethanin. Très bien. Prépare-toi alors, car sans Interfeel, tu risques de ne plus les reconnaître.

*

La ressemblance était frappante. Les mêmes cheveux flamboyants, le visage constellé des mêmes taches de rousseur et, malgré son âge, elle semblait très jeune. C'était sans doute l'œuvre de technologies régénératrices que seule une personne de sa condition pouvait se permettre de payer. L'une des différences principales, au contraire, était son attitude froide et hautaine. Typique des habitants de l'épicentre. Elle regardait avec dédain le bureau où elle se trouvait. Son regard s'arrêta une seconde sur la statue du jeune homme sur le bureau de Vlad Ekaton. Elle connaissait l'histoire, comme tout le monde. Elle savait qu'il s'agissait du frère du commissaire adjoint. Son regard froid remonta ensuite sur ce dernier.

Remonter sa piste n'avait pas été difficile : elle était la propriétaire légale de l'appartement dans lequel le cyriste Claude Érat s'était caché avec le groupe « Résistance ». La faire venir au commissariat, en revanche, avait nécessité plusieurs jours. Ce n'est qu'avec la promesse d'un entretien non enregistré, non médiatisé, que Vlad Ekaton avait pu avoir quelqu'un de l'envergure politique de Malga Retu dans son bureau.

Elle était arrivée avec ce sentiment d'autosatisfaction propre aux personnes de son milieu. Même assise et lui debout, elle semblait le regarder de haut.

— J'exige d'être interrogée par Kassandra Kacem, et non par un de ses assistants, commença-t-elle d'un ton péremptoire.

Ekaton souriait calmement.

— Ses propres supérieurs préfèrent que, momentanément, je m'occupe de cette affaire.

— Je souhaite lui parler à elle. Je connais mes droits.

— Vous connaissez vos droits, effectivement. Néanmoins, je vous le déconseille.

Le Réseau de la femme se contracta.

— C'est une menace ?

Le commissaire adjoint répondit avec douceur :

— Vous m'avez mal compris, madame Retu. Je vous le déconseille *vraiment*. Je sais que je ne suis *que* l'assistant de Kassandra Kacem, mais je pense être le plus apte à m'occuper de votre cas pour qu'au final nous soyons tous gagnants.

Son regard se perdit dans le vague quelques secondes.

— Voyez-vous, Kassandra Kacem provient de l'armée. C'est sûrement de cette expérience qu'elle tire ses plus grandes qualités, mais c'est un soldat avant tout. Elle obéit aux ordres, et refuse généralement les compromis. Or, votre situation exige des compromis. De mon côté, j'ai fait toute ma carrière dans les forces de l'ordre et je connais le lien fort qui unit les Forces Spéciales et la politique.

Malga Retu ne répondit pas, ce qui sembla satisfaire Vlad Ekaton qui précisa d'un air détendu :

— Laissez-moi cinq minutes pour vous expliquer la situation. Vous verrez que nous avons chacun un problème, mais qu'ils peuvent se résoudre par une même solution.

— Allez-y.

Souriant de nouveau, Vlad Ekaton se lança :

— Lorsque Claude Érat a disparu de l'hôpital, nos soupçons se sont directement portés sur le quartier est. Un professeur critique envers Interfeel, un quartier vivant sans Interfeel, le raccourci était facile. Sauf que ce n'était pas le cas. Toutes les personnes impliquées dans cette affaire étaient originaires de la ville. À l'exception de votre fille biologique, Élizabeth Saana.

Malga Retu eut une pensée furtive à l'égard de sa fille. Elle vit que le commissaire la regardait fixement et ne comprit pas pourquoi.

— Élizabeth Saana est plutôt en retrait dans le groupe. Nous savons désormais qu'elle n'était pas présente physiquement durant l'infiltration de l'hôpital. Elle a par contre permis au terroriste de résider dans votre appartement.

Malga Retu allait réagir mais Vlad Ekaton la précéda :

— Il ne s'agit pas de diffamation, madame Retu. Malgré toutes vos relations politiques, vous ne pourrez pas changer ce fait.

Surprise par sa fermeté, Malga Retu se mit à considérer différemment le policier en face d'elle qui, quelques minutes auparavant, semblait simplement gentillet.

— Il y a deux manières de voir les choses, reprit Ekaton en pointant un index en l'air. La première, c'est que ces jeunes gens ont agi de leur propre chef, en décidant par eux-mêmes de rendre visite au professeur et de le libérer. Cela ne met pas en cause le quartier est et vous devenez la complice involontaire de ce crime. Malgré vos relations, vous ne pourrez pas cacher votre lien de filiation biologique avec l'une des cyristes, les médias indépendants s'en donneront à cœur joie. L'épicentre de la ville étant votre cible électorale, vous essuierez un sérieux revers.

Il leva un second doigt.

— Deuxième solution : ces jeunes gens n'ont *pas* agi de leur propre chef. Ils étaient sous l'influence, forcément malsaine, de personnes travaillant dans le quartier est. Ces personnes veulent « libérer » le monde d'Interfeel, ils ont voulu prendre le professeur comme exemple.

— Mais…, l'interrompit Malga Retu, les habitants du quartier est n'ont rien à voir avec les cyber-terroristes.

— Je sais, répondit Ekaton avec un grand sourire. Il y a bien quelques contestations violentes, mais très isolées. Mais même s'il ne s'agit pas de la réalité, c'est une manière de voir les choses. Le professeur critique Interfeel, les habitants du quartier est ne portent pas Interfeel… Vous et moi savons que la situation est plus compliquée mais il faut toujours simplifier pour que les gens comprennent. Vous suivez mon raisonnement ?

— Mais si vous accusez le quartier est, ma fille sera l'une des premières victimes…

Le visage du commissaire, auparavant avenant, se referma soudain. Très calmement, il demanda :

— Et alors ?

— Qu'est-ce… qu'est-ce qui vous fait croire que je permettrai cela ?

Le visage de Vlad Ekaton se durcit davantage. D'une voix étrangement calme, il ajouta :

— Vous avez déjà abandonné votre fille, il y a longtemps. Vous lui avez trouvé une famille d'adoption pour vous en débarrasser. Puis, lorsque votre enfant est revenue dans l'épicentre pour vous retrouver, vous avez acheté son silence en échange d'un appartement. Je ne connais pas toute votre histoire, madame Retu, mais j'en sais assez. Ne jouez pas sur le registre du repentir familial, ça ne prend pas avec moi.

Malga Retu frissonna. En quelques minutes, elle avait pris la mesure de la puissance farouche qui émanait du policier pour s'installer dans chacun de ses mots.

Le visage d'Ekaton redevint calme et souriant :

— De toute façon, votre fille est accusée d'un des plus grands crimes possibles. Si nous prouvons qu'elle était sous l'influence d'un mentor du quartier est, cela jouera en sa faveur le jour où elle se fera arrêter. Nous trouverons bien, dans son entourage, une personne assez suspecte pour devenir le bouc émissaire idéal. Dans tous les cas, l'attention des médias se portera uniquement sur le quartier. Ainsi, dans votre quartier nord, vous ne risquez rien. Ironiquement, nous allons donc aider votre fille, dans cette démarche.

— J'ai une question, fit Malga Retu. Vous avez parlé de *mon* problème. Mais quel est le vôtre ?

Vlad Ekaton sourit :

— Voyez-vous, Kassandra Kacem n'autorisera jamais une telle opération dans le quartier est, surtout sur la base d'éléments aussi minces. Tant qu'elle est responsable principale des Forces Spéciales, nous resterons bloqués sur le premier scénario, celui qui vous pose problème. Et malheureusement, malgré toutes les qualités de Mme Kacem, elle est *aussi* commissaire en raison de ses origines. Elle est avant tout un symbole. Pensez-vous que nous allons laisser à ce poste un tel symbole, si des violences s'amplifient dans le quartier ? Stratégiquement, c'est pertinent. Politiquement… c'est un suicide. Les gens ne l'accepteront jamais, voyez-vous. Ils voudront quelqu'un de confiance.

Malga Retu comprenait parfaitement.

— Si elles ne trouvent rien dans le quartier est, les Forces Spéciales risquent de reporter leurs soupçons sur l'épicentre, compléta-t-elle.

— Ne vous inquiétez pas. Elles trouveront. Il y a bien quelqu'un dans l'entourage de Mme Saana qui aura quelque chose à cacher.

— Et… les citoyens ?

— Les citoyens seront ravis de savoir que les Forces Spéciales prennent les choses en main. Et comme les projecteurs seront braqués sur le quartier est, ils oublieront votre implication dans cette histoire.

Après une hésitation, la femme demanda :

— Et les conséquences pour la ville…

Le commissaire adjoint balaya d'un revers de la main cet argument.

— Il faut voir les choses de manière plus *réaliste,* madame Retu. D'un côté, votre carrière politique peut être mise à mal. De l'autre, nous ne faisons qu'exploiter des tensions préexistantes. Les citoyens de la ville contre le quartier est, c'est une rengaine que l'on entend depuis quinze ans. Nous ne faisons rien de mal, nous synthétisons les choses. Les gens préfèrent les choses simples à comprendre. Les cyristes s'opposent à Interfeel, le quartier est s'oppose à Interfeel. Ça, c'est simple. C'est tout ce que je vous demande, madame Retu. Aidez-moi à simplifier la réalité. Je m'occupe du reste et vous n'entendrez plus jamais parler ni de cette histoire, ni de moi.

Chapitre 23

Encore quelques semaines auparavant, Hanek était premier de sa classe. Il avait une petite amie et était sur le point de devenir le meilleur joueur de son club de vidéo-sport. Mais désormais son objectif était réduit à néant. La vie était violente, dangereuse, imprévisible, et vouloir être le meilleur ne le protégerait plus car il ne s'agissait que d'illusion. Hanek avait compris que comme le reste, ce sentiment, pourtant si fort, était faux. Courir dans une salle remplie d'hologrammes pour finir premier, ce n'était pas la réalité. La réalité, c'était la souffrance. C'était Livia les trahissant. Dorénavant la réalité correspondait à cette décharge souterraine dans laquelle ils vivaient, mangeaient de la bouillie insipide et travaillaient jour après jour. Tout ce qu'il avait vécu avant, les personnes qu'il pensait aimer, les victoires qu'il pensait avoir remportées, tout n'était qu'une grande illusion dont il devait se débarrasser.

Hanek se doutait que l'absence d'Interfeel y était pour quelque chose, mais ce n'était pas tout : il se sentait aussi vide de l'intérieur. Nathan était venu le voir à plusieurs reprises pour savoir comment il se sentait. « Ça va », disait-il à chaque fois. Il ne savait pas quoi répondre d'autre. Son amitié avec Nathan faisait, elle aussi, partie de sa vie d'avant.

Cependant, quelques jours auparavant, Nathan était venu le voir pour lui parler à nouveau. Il paraissait alors plus volontaire. Et d'un coup, Hanek s'était rappelé le lien qui les unissait. Trois mots avaient émergé de lui, semblant provenir du plus profond de son être :

« Livia me manque. »

Ces trois simples mots lui firent un effet considérable : Hanek eut l'impression qu'une partie de lui était morte. Il savait qu'il ne s'agissait pas uniquement de Livia, bien sûr. Au-delà d'elle, c'était toute leur relation et les projets qu'ils avaient ensemble. Sa vie d'avant, remplie d'illusions, lui manquait.

Cet instant de faiblesse l'avait tellement secoué qu'il s'était soudain refermé, refusant de parler davantage. Nathan n'avait pas insisté. Pour se changer rapidement les idées après ce moment pénible, Hanek était parti courir. Chaque matin, il se levait plus tôt et faisait quatre fois le tour du village. Il prenait soin de longer l'hologramme extérieur pour que ce trajet soit le plus long possible. À chaque foulée, il avait l'impression que ses pensées se tassaient et retrouvaient leur cohérence. Chaque fois qu'une émotion désagréable surgissait, il accélérait comme pour y échapper. Il accélérait souvent.

Aujourd'hui, les villageois ne travaillaient pas et chacun vaquait à ses occupations personnelles. Son programme à lui était de courir encore plus longtemps que les autres jours et de jouer à quelques jeux physiques. Alors qu'il faisait son tour, il aperçut soudain un chien massif, gris et sauvage, lui barrant la route et ne semblant pas vouloir le laisser passer. Certainement le rejeton des quelques animaux amenés là il y a vingt ans. L'animal montrait les dents.

Comme tous les adolescents de son âge, Hanek avait vu très peu d'animaux dans sa vie. Avec Interfeel, les gens avaient commencé à se méfier des êtres vivants qui n'étaient pas connectés au Réseau. Peu à peu, les animaux de compagnie avaient été remplacés par des robots chargés d'émotions préprogrammées que les humains pouvaient ressentir.

Ici, le chien était de chair, de poils et de dents. Il aboya une première fois à l'adresse d'Hanek, qui aurait certainement pu le contourner pour continuer son footing. Au lieu de cela, il s'avança en direction de l'animal qui aboya une nouvelle fois. Gueule ouverte, le chien bondit. Ses crocs s'enfoncèrent dans son avant-bras.

Il resta immobile. Il ressentait la souffrance, voyait le sang couler le long de son bras, sans bouger. Hanek n'aurait jamais imaginé que le chien le mordrait.

« C'est donc ça l'imprévu ? » pensa-t-il.

L'imprévu faisait mal, mais il ne tuait pas. Si on dépassait la douleur, on pouvait continuer à avancer malgré la souffrance.

Calmement, il regarda le chien qui le mordait toujours en grognant.

— Tu es imprévisible, lui dit-il, et tu fais mal. Tu es tout ce que je crains dans la vie, mais je vais finir par te dompter. Tu vas devenir redoutable, mais tu m'obéiras. On ne va plus se quitter, toi et moi.

Le chien le fixa quelques secondes avant de relâcher son étreinte et partir en courant. Hanek entendit alors des villageois qui s'approchaient.

— Tu saignes ! s'écria l'un d'entre eux.

— Ce n'est rien, fit Hanek, évasif.

— On passe par l'infirmerie, ensuite on se rend à la place centrale. Il s'est passé quelque chose d'important.

*

Nadem se concentrait. Depuis qu'ils étaient arrivés il y avait trois semaines, il ne faisait que ça. Ne jamais se laisser aller, toujours sourire. Donner l'impression que tout allait bien, même si ce n'était jamais le cas.

Depuis le moment où il avait enlevé la puce de son oreille gauche, dans l'appartement d'Élizabeth, une petite voix lui murmurait sans cesse de tout abandonner. Depuis, il luttait contre elle. Lorsqu'ils avaient fui dans les égouts, elle lui sifflait à l'oreille de rejoindre les autorités. S'il n'y avait pas eu la main d'Adila pour le guider jusqu'au sous-sol, il n'y serait jamais arrivé. Une fois au village, il avait craqué. Il avait supplié Nathan de se laisser prendre par les Forces Spéciales pour se reconnecter au Réseau et mettre fin à ce cauchemar.

Quand il était seul, il pensait parfois à ce qu'il ressentirait s'il se reconnectait, ne serait-ce qu'une minute.

La douceur d'un lit chaud après une journée glaciale, une crème apaisante sur une plaie à vif…

Heureusement, il y avait le travail. Il était physiquement difficile et on n'avait pas le temps de penser. C'était le principal.

Nathan avait tenté plusieurs fois de lui parler. Chaque fois, Nadem répondait de manière évasive, pour ne pas révéler ses pensées tortueuses. Une fois, pourtant, Nathan avait tenté de le raisonner :

— Tu dois arrêter de travailler autant.

— Surtout pas ! avait répondu Nadem. Si j'arrête, c'est encore pire.

Il avait soudain réalisé en avoir trop dit et s'était tu. Il s'était contenté d'ajouter une phrase à laquelle il croyait profondément :

— On est une équipe. Si l'un d'entre nous tombe, tout le monde tombe.

Nathan semblait avoir été convaincu.

Aujourd'hui, jour de congé, c'était encore plus difficile de maintenir une apparence calme. Il rêvait de pouvoir se projeter dans un océan, comme il le faisait chez lui lors de ses crises. Mais le seul hologramme ici se trouvait au-dessus d'eux et la véritable eau était scrupuleusement rationnée. Alors il jouait à la balle avec les autres jeunes du village qui, peu à peu, avaient commencé à l'accepter. Aujourd'hui, le principe était de faire rebondir un ballon sur le sol puis de le faire passer dans des cercles accrochés en hauteur. Peut-être que, s'il donnait l'illusion que tout allait pour le mieux, il finirait par se sentir *vraiment* bien…

Alors que son équipe se précipitait vers l'un des cercles au bout du terrain, on vint soudain les interrompre.

— Venez tout de suite à la place centrale ! Quelque chose vient d'arriver !

*

Adila avait toujours eu trois convictions qui jalonnaient sa vie. Elle savait que demain serait encore mieux qu'aujourd'hui, que plus tard elle serait archéologue et, surtout, elle savait qu'elle aimait Nathan.

Depuis qu'elle était dans le village, après avoir été pourchassée par les Forces Spéciales, elle savait très bien que demain ne serait pas forcément mieux. Pourtant, elle éprouvait toujours une joie sans bornes à découvrir chaque jour les vestiges de cette ancienne époque qui la fascinait tant. Dès qu'elle se levait, elle était ravie de plonger dans ces indicateurs du passé. Et si elle avait dû tout abandonner de l'extérieur, elle n'avait pas perdu Nathan. Bien au contraire. Elle était devenue moins timide, lui prenait la main, l'embrassait sans hésitation. Elle voulait même plus, pour concrétiser tout ce qu'elle ressentait.

Durant son temps libre, elle aimait se promener avec lui dans le village. Elle imaginait que l'hologramme qui s'étendait devant eux était un vrai paysage et qu'ils étaient réellement en pleine nature. Croire à une illusion ne la dérangeait pas, tant que ça la rendait heureuse.

C'est pourquoi, lorsque Nathan était venu lui demander comment elle se sentait, quelques jours auparavant, elle avait tout naturellement répondu :

— Je me sens très bien.

— Tu es sûre ? Avec ce qu'on a vécu…

— Je sais. C'est peut-être égoïste mais… je suis avec toi, je fais ce qui me plaît…. Le monde peut bien s'écrouler, je n'ai pas peur.

Elle l'avait embrassé pour le convaincre.

Ce jour-là, Nathan devait parler au Tatoueur et la rejoindre plus tard. Ce n'était pas grave. Elle aimait bien simplement penser à lui. Ses rêveries s'interrompirent lorsque quelqu'un l'interpella.

— Adila ! Viens vite sur la place centrale !

*

En se promenant près des ateliers, Élizabeth avait été surprise par une immense pile de papiers qui n'avait pas été jetée au compost. Il s'agissait de « livres ». Elle en avait pris un entre ses mains, l'avait ouvert : à sa grande surprise, on ne continuait pas le texte en pressant du doigt le papier, on *tournait* les pages car elles étaient toutes imprimées les unes après les autres. Elle avait pris goût à cette manière « physique » de lire et chaque jour de congé elle entamait un nouveau livre pour se vider la tête.

Elle pensait tout le temps au quartier est et elle avait peur. Là-bas se trouvait sa véritable famille, celle qui l'avait recueillie, à la différence de sa mère biologique qui s'était débarrassée d'elle pour poursuivre sa carrière politique. Depuis toujours, son grand frère Kami l'avait aidée. C'était grâce à lui qu'elle reprenait confiance quand, sans même le savoir, elle avait peur d'être encore abandonnée.

Elle avait développé d'autres types de liens, depuis. Avant qu'elle ne les trahisse, elle aimait bien Livia, car elle sentait qu'elle aussi avait traversé des épreuves. Et puis il y avait Nathan, bien sûr… Il l'avait énervée dès les premières secondes de leur rencontre.

Depuis qu'ils étaient arrivés dans ce village, il redoublait d'efforts pour tenter de lui parler. Mais la jeune fille lui en voulait encore et n'était pas prête à lui pardonner si facilement. Têtu, il insistait. Il était venu la voir, quelques jours auparavant :

« J'ai… une nouvelle question technique sur les émotions, avait-il dit.

C'était devenu un jeu auquel elle se pliait car, même si elle ne se l'avouait pas, elle aimait retrouver ces instants de complicité avec lui.

— Je pense à Nadem qui veut se rebrancher au Réseau parce qu'il souffre, à Hanek qui pense à Livia, à toi qui t'inquiètes pour le quartier est… je pense à vous et j'ai comme un poids dans la poitrine… j'ai envie de disparaître au fond de la terre, car je sais que c'est ma faute et que je ne peux rien y faire…

— C'est la culpabilité, Nathan, avait-elle simplement répondu.

— Tu connais le meilleur moyen pour que ça passe ?

— Bien sûr, avait-elle dit dans un souffle. Il faut que ces personnes te pardonnent.

— Dans ce cas, avait fait Nathan, je vais continuer à aller les voir, même si elles ne veulent pas forcément me parler. Je ne les laisserai jamais tomber. Peut-être qu'elles finiront par me pardonner et que cette sensation disparaîtra.

— Peut être…, avait conclu Élizabeth, évasive.

Elle savait que Nathan s'en voulait, qu'il n'avait jamais planifié la trahison de Livia ou leur fuite. Mais elle ne pouvait pas lui pardonner. Pas tout de suite. À cause du quartier est, bien sûr. À cause d'Adila, un peu aussi…

Une personne frappa à la porte de leur habitation, perturbant ses pensées.

— Élizabeth, il faut absolument que tu viennes à la place centrale.

*

Nathan était chez le Tatoueur. Il devait choisir ses mots et, sans Interfeel, c'était encore quelque chose qu'il avait du mal à faire.

— Tu voulais me parler ? demanda le Tatoueur.

Nathan hésita. Il avait l'impression de prendre un risque absolument inconsidéré. Finalement, il se lança :

— C'est à propos de Nadem. Il est sur le point d'exploser, même s'il essaye de faire comme si tout allait bien. Il va très mal, il se sent nul, il pense qu'il est dangereux. Lorsqu'il ne travaille pas, c'est encore pire.

Nathan regardait le Tatoueur avec appréhension. Il ne savait pas s'il avait bien fait de faire une telle confidence. Après un silence qui lui sembla interminable, le Tatoueur demanda :

— Pourquoi me dis-tu tout cela ?

— Vous trouverez peut-être une solution. Est-ce qu'on peut le tatouer comme le professeur ? Comme le tatouage utilise un réseau qui ressemble à Interfeel, ça pourrait le soulager…

— Hors de question. Le tatouage n'est pas un palliatif à Interfeel, c'est une arme. Une fois qu'on l'a, impossible de l'enlever. Autre chose ?

— Je veux des réponses concernant Interfeel, insista Nathan, une nouvelle fois.

— Pas tout de suite.

— Quand ?

— Quand je le déciderai et…

— Chef ! fit une voix.

Vécole venait d'entrer, sans frapper, dans la demeure du Tatoueur.

— Qu'y a-t-il ?

— Venez sur la place centrale ! C'est urgent !

Le Tatoueur sortit aussitôt. Nathan les suivit et tomba sur Hanek dont la main gauche était bandée :

— Tu t'es blessé ?

— Oui.

Adila avait quitté sa promenade, Nadem son jeu, Élizabeth son livre, tous étaient présent sur la place centrale. Au milieu, le présentateur du Journal holographique, avec son sourire éclatant, annonçait les nouvelles du jour.

— C'est pour voir les informations de la surface que vous m'avez fait venir ? s'agaça le Tatoueur.

— Revenons sur l'information du moment, reprit le présentateur. Même si l'intéressé précise que ce changement est avant tout administratif, l'arrivée de M. Vlad Ekaton à la tête des Forces Spéciales constitue un événement de taille. Reste à savoir quelles seront les modifications dans la manière d'agir de nos forces de l'ordre…

Nathan se figea. Kassandra Kacem n'est plus à la tête des Forces Spéciales.

La tête du nouveau commissaire apparut. Il avait son habituel sourire apaisant et se caressa les cheveux, comme s'il réfléchissait. En voyant ces gestes qu'il connaissait tant, un frisson parcourut le garçon de la tête aux pieds.

— Je reste en étroite collaboration avec Kassandra Kacem qui devient mon adjointe, fit le nouveau commissaire. Je ferai tout pour honorer le chemin qu'elle nous a ouvert à tous. Nous partageons les mêmes valeurs de maintien de l'ordre, de respect de l'autorité. Notre première action sera de redoubler d'efforts dans la traque du cyriste Claude Érat.

Nathan jeta un coup d'œil sur le professeur, qui demeurait impassible. Le visage de Vlad Ekaton, auparavant timide et réservé, s'affirma soudain.

— Ce qu'a fait cet homme est grave. Il a entraîné dans sa folie des jeunes gens. Le futur de notre nation.

Les portraits de Nathan, Hanek, Adila et Nadem apparurent à nouveau. La voix du commissaire en chef des Forces Spéciales devint encore plus sérieuse et son regard, auparavant légèrement fuyant, se concentra davantage.

— Ces pauvres enfants que vous venez de voir n'étaient que des pions. Ils n'étaient pas responsables. Jeunes gens, si vous m'écoutez, revenez. Nous savons que vous avez été manipulés par le cyriste Claude Érat. Nous tiendrons compte de cette circonstance.

Les yeux de Vlad Ekaton étaient perçants. Il continua cependant à parler de sa voix douce :

— Mais les véritables coupables ne sont pas là. Les investigateurs de toute cette opération se trouvent au-dessus même du professeur.

Le visage d'Élizabeth apparut durant quelques interminables secondes de silence.

— Voici Élizabeth Saana. Cette jeune femme est originaire de la banlieue est. C'est dans son appartement que le groupe s'est réuni à plusieurs reprises. Dans son appartement, répéta-t-il, le terroriste Claude Érat a été hébergé durant plusieurs jours, alors qu'il était activement recherché par les Forces Spéciales. Comme tous les autres, cette jeune femme n'était pas le cerveau de cette opération. Mme Élizabeth Saana a agi sous l'influence de milieux extrémistes actifs dans la banlieue est. Ces groupuscules prônent l'abolition d'Interfeel et une rupture complète avec la société. Le plan d'évasion du professeur était prévu de longue date. Plutôt que d'effectuer eux-mêmes l'opération, ils ont préféré laisser agir des enfants à leur place. Des enfants.

Un silence s'installa alors. Puis, Vlad Ekaton reprit :

— Ces groupuscules font tout pour rester opaques, mais nos équipes d'investigation sont à même de révéler le nom d'un de leurs dirigeants.

Remplaçant celui de Vlad Ekaton, le visage de Kami Saana apparut. Ses traits semblaient crispés d'une fureur farouche, comme s'il criait sa haine à la face du monde.

— Voici la personne qui a secrètement orchestré l'évasion de l'hôpital, et la fuite du terroriste de l'appartement. Le propre frère d'Élizabeth Saana est l'instigateur de cette opération. Il a joué sur leur lien pour la convaincre d'agir. À partir de maintenant, Kami Saana a le devoir moral de se présenter aux autorités pour répondre de ses actions. S'il s'y refuse, ce sera un aveu de culpabilité.

Le visage sévère, Vlad Ekaton conclut :

— Toute personne pouvant aider à sa localisation se doit de rapporter l'information aux autorités. Toute personne aidant ce cyriste sera considérée comme cyriste à son tour, et traquée en conséquence.

Chapitre 24

Lorsque sa sœur Élizabeth avait été déclarée cyriste quelques semaines auparavant, les choses avaient changé pour Kami. Leurs parents s'étaient murés dans un silence étouffant et il ne pouvait s'empêcher de leur en vouloir. Leur malheur paraissait tellement dense qu'il n'y avait plus d'espace pour le sien. Ils avaient perdu leur fille, mais lui avait perdu sa sœur.

Chaque jour, Kami déjouait la surveillance policière mise en place au cas où Élizabeth chercherait à les contacter, grâce à sa connaissance aiguë du quartier. Il rejoignait ses deux meilleurs amis, Patel et K'pata. Ensemble, ils essayaient de localiser Élizabeth, sans succès.

Il était avec ses amis lorsqu'il apprit qu'il était en état d'arrestation. Sa première pensée fut pour ses parents qui allaient être définitivement anéantis. Les Forces Spéciales devaient déjà être en train de les presser de questions.

Sans aucun jugement, il était coupable. Pour prouver son innocence, il devait se rendre.

— C'est dégueulasse, s'emporta K'pata. Les Forces Spéciales t'ont accusé parce que ça les arrange. Tu vas faire quoi ?

Kami fixait l'hologramme de Vlad Ekaton. Il se demandait si, à cet instant précis, Élizabeth avait accès aux informations et si elle regardait aussi le visage de cette personne en train de détruire leur famille.

— Je vais réfléchir, finit-il par répondre.

— À quoi ?

— Pourquoi est-ce que les Forces Spéciales n'ont pas attendu que je rentre chez moi ce soir pour me cueillir ? Ils surveillent notre maison depuis un mois. Au lieu de ça, ils font une déclaration publique que j'allais forcément entendre.

— Où tu veux en venir ? demanda Patel.

— Ils veulent que je m'échappe pour me déclarer coupable. Les Forces Spéciales souhaitent me pourchasser, pas m'arrêter. Pas tout de suite, en tout cas.

— Pas tout de suite ?

— Ce Vlad Ekaton poursuit un autre but. Il veut créer du grabuge dans le quartier est, affirma Kami. Mais s'ils attendent trop avant de me cueillir, on leur reprochera de ne pas être efficaces.

— Il faudrait donc que tu te fasses arrêter pour ne pas suivre leur plan, fit Patel, songeur.

— C'est hors de question, réagit brusquement K'pata.

— Je ne me rendrai pas, répondit Kami. Je vais rester à l'air libre le plus longtemps possible pour que les Forces Spéciales soient complètement décrédibilisées.

On finira bien par prouver que cette histoire est absurde.

— Il faut entrer en confrontation avec eux, grogna K'pata.

— Non, dit fermement Kami. Sinon, c'est le quartier qui en paiera le prix.

Kami pensait aussi à Élizabeth. Malgré plus d'un mois de recherches, il ne savait pas où se trouvait sa petite sœur. S'il se faisait arrêter, s'il se rendait, elle ne resterait pas impassible. Elle chercherait à l'aider et risquerait de se faire coincer. Tant qu'il était en liberté, même traqué, elle ne tenterait rien.

— Il faut se trouver un QG, dans lequel je resterai. Puis on établira notre stratégie.

Il se tourna vers ses amis.

— Enfin… vous n'êtes pas obligés de m'aider, vous savez.

— Tu rigoles ? fit Patel en souriant. On ne va quand même pas te laisser le plaisir de t'opposer seul aux Forces Spéciales !

Kassandra Kacem pénétra dans le bureau, d'une démarche rigoureusement calme.

— Bonjour, monsieur le commissaire, dit-elle simplement.

Vlad Ekaton eut un léger sourire amusé.

— Vous pouvez toujours m'appeler Vlad, vous savez ? Ce changement hiérarchique n'est qu'une simple formalité. Nous étions un duo solide auparavant, nous le sommes toujours et vous aurez autant de liberté d'action que celle que vous m'avez accordée.

— Je continuerai de vous appeler commissaire, répondit-elle avec froideur.

Il la regarda en silence. L'air plus sérieux, il reprit enfin :

— Votre réaction m'amène à une question que je n'aurais pas pensé avoir à vous poser… Auriez-vous un souci avec ce changement décidé par nos supérieurs ?

— Vous connaissez mon respect pour l'autorité, répondit simplement Kassandra Kacem.

— En effet, et je connais votre professionnalisme. Je n'oublierai pas ces valeurs que vous m'avez enseignées, maintenant que je suis temporairement à ce poste.

— Temporairement ?

— Vous n'imaginez tout de même pas que je vais rester à votre place indéfiniment ! fit Vlad Ekaton d'un air outré. Je n'aurai jamais votre stature, madame Kacem. Une fois toute cette affaire terminée, je suis persuadé que nos supérieurs vous réintégreront au niveau qui est le vôtre.

— Nous verrons cela.

Le nouveau commissaire en chef reprit un visage sérieux et la regarda, comme s'il paraissait ne pas comprendre :

— Vous savez pourquoi vous avez été écartée de ce poste… n'est-ce pas ?

— J'ai pris la défense des adolescents de la classe de Claude Érat alors qu'il s'est avéré qu'ils étaient complices de son évasion.

Vlad Ekaton prit un air désolé.

— Il n'y a pas que ça, malheureusement… Comme vous le savez, l'enquête va désormais se concentrer sur le quartier est puisque nous avons la preuve de l'implication d'activistes dans cette opération.

Comme Kassandra Kacem ne répondait pas, le jeune commissaire poursuivit avec précautions :

— Nos supérieurs ont pensé qu'avec vos origines…

— Monsieur Ekaton, je respecte votre intelligence, je vous prie de faire de même avec la mienne. Je n'aurais eu aucun problème à enquêter sur le quartier est si les faits le nécessitaient.

Vlad Ekaton secoua la tête d'un air navré.

— Il n'y a pas que vous et votre manière d'agir dans cette histoire, vous savez ? Les tensions avec le quartier est risquent de s'amplifier, votre métissage pourrait être mal perçu par l'opinion publique.

Kassandra Kacem le regarda avec sérieux, puis lâcha froidement :

— Ces tensions vont s'amplifier, c'est sûr. Uniquement à cause du discours que vous venez d'énoncer. Elles augmenteront avec vos actions. Ce cercle vicieux nous mènera à la catastrophe. Par vos petits calculs, vous allez générer une situation incontrôlable, même pour vous. J'étais le symbole de l'union entre les pro-Réseau et les sans-Réseau. Je me fiche du pouvoir, mais pas des habitants de cette ville, quartier est ou non. Il est là, mon idéal de justice.

D'une voix désormais assurée, Vlad Ekaton lui demanda :

— Est-ce que cela veut dire que vous allez contrevenir à l'autorité ? *Mon* autorité ?

— Je serai toujours fidèle à l'autorité, monsieur le commissaire, quel que soit son représentant. Mais je n'oublie jamais *pourquoi* cette autorité a été mise en place : pour la sécurité de nos citoyens.

Kassandra Kacem s'avançait mais son ancien adjoint ne recula pas. Il n'y avait plus la moindre nuance d'hésitation dans le regard de l'un et de l'autre.

— C'est la raison d'être même des Forces Spéciales, monsieur Ekaton. Tant que vous respecterez cette autorité, je ne vous tiendrai pas rigueur de mon éviction et je serai votre meilleure alliée.

Kassandra Kacem ne termina pas sa phrase à haute voix. Néanmoins le nouveau commissaire en chef l'entendit très clairement dans son esprit :

« Le jour où vous nierez complètement le rôle des Forces Spéciales, je deviendrai votre pire ennemie. »

*

L'allocution s'était terminée depuis près d'une minute. Le présentateur enchaînait sur un nouveau dentifrice numérique permettant de choisir la couleur de ses dents, mais personne n'y prêtait attention.

Tous les regards étaient tournés vers Élizabeth, qui restait pétrifiée. Elle sentait monter autour d'elle de la méfiance, la même qu'aux premiers jours, méfiance qui se concrétisa par un cri :

— Elle va nous trahir !

— Elle ne peut pas rester ici. C'est trop dangereux.

— On ne peut pas la laisser partir non plus !

— Il faut l'enfermer !

Comme une traînée de poudre, les injonctions crépitèrent, bientôt tellement nombreuses qu'on ne pouvait plus les distinguer les unes des autres. Un brouhaha ponctué de gestes violents adressés à la jeune fille qui ne bougeait toujours pas mais dont la mâchoire commençait à trembler. Une respiration saccadée soulevait sa poitrine et les villageois, sans même s'en rendre compte, s'approchèrent d'elle. La haine. Une haine gratuite envers Élizabeth, car son frère venait d'être déclaré ennemi public numéro un par le nouveau chef des Forces Spéciales, Vlad Ekaton. Car les gens avaient peur.

Tout le monde s'écarta soudain. Le Tatoueur s'avança. Il paraissait différent, plus imposant. Dans le silence absolu qui venait de se créer, il demanda :

— Est-ce que ton frère possède un moyen de te contacter ?

— Non, répondit Élizabeth.

— Elle ment, cria quelqu'un dans la foule. Elle…

D'un regard, le Tatoueur fit taire la personne qui venait de prendre la parole.

— Est-ce qu'il va se rendre ?

— Même… même s'il n'est pas réellement impliqué dans cette histoire, il ne se rendra jamais. Par fierté, et parce que certains de ses amis ont pris part à des actions plus ou moins légales pour défendre le quartier est. Il ne partage pas leurs idées mais, s'il est interrogé par les Forces Spéciales, ils auront certainement les moyens de lui faire avouer tout ce qu'il sait. Il ne les trahira pas.

— Sais-tu où il va se cacher ? demanda encore le Tatoueur.

— Il y a une maison désaffectée près du musée de l'informatique, dit-elle en réfléchissant. Les policiers vont fouiller les sous-sols mais ils ne penseront jamais à s'occuper de la surface.

— Vas-tu chercher à le rejoindre ?

— Non.

— Souhaites-tu le contacter ?

Élizabeth parut hésiter, une seconde à peine, avant de répondre « Non », mais cette seconde avait suffi.

— Elle ment ! cria une nouvelle personne dans la foule.

— Elle est dangereuse ! explosa quelqu'un d'autre.

— Il faut l'arrêter !

— SILENCE ! ordonna le Tatoueur.

Tout le monde se tut.

— Regardez-vous, dit-il. Regardez-nous. Nous nous sommes battus des années pour un idéal de société et maintenant nous avons peur d'une jeune fille ? Un représentant des Forces Spéciales décide de faire de son frère le coupable idéal pour asseoir son autorité, et nous la rejetons ? Nous voulons une société plus libre, plus humaine. Voyez comment nous avons accueilli ces jeunes gens il y a un mois.

Il dévisagea longuement les villageois.

— Si nous ne valons pas mieux que les Forces Spéciales, alors elles ont déjà gagné. Autant se rendre.

Par nos années d'isolement, nous sommes devenus pires que ceux que nous combattons.

Il abattit son poing dans la paume de son autre main.

— Cette manière d'agir cesse maintenant. Ces jeunes gens ont provoqué un électrochoc. Ils nous ont montré ce que nous étions devenus. Nous avons baissé les bras. Relevons-les. Les choses changent à la surface, il est temps d'agir de notre côté aussi. Nous allons sortir de cette grotte qui est devenue notre prison.

Les villageois semblaient avoir attendu ce discours depuis des années. Même Nathan, qui connaissait à peine le Tatoueur, semblait fasciné.

— Durant la guerre, nous nous battions pour rendre le pouvoir aux citoyens. Nous allons le faire à nouveau. Nous allons leur offrir la capacité de choisir par eux-mêmes. Notre cible est Interfeel.

Il avait lâché ce mot comme une bombe.

— Nous allons nous préparer, nous entraîner et accomplir l'impossible : nous allons infiltrer une Forteresse inversée et arrêter Interfeel une bonne fois pour toutes.

Il désigna un à un Nathan, Hanek, Nadem, Adila, puis s'arrêta sur Élizabeth.

— Cette nouvelle génération va se battre à nos côtés. Il y a un mois, ils avaient besoin de nous. Cette fois, c'est nous qui avons besoin d'eux.

Le Tatoueur fixa de nouveau chaque membre du village avant de demander :

— Qui me suit ?

Une rumeur enthousiaste se répandit. Ils étaient tous avec lui. Le Tatoueur n'était pas le seul à avoir changé durant ces quelques minutes. Les villageois aussi semblaient différents. Ils criaient leur engagement comme s'ils prenaient leur revanche sur ces vingt dernières années.

— Rendez-vous dès demain pour élaborer notre plan d'attaque, conclut le Tatoueur.

Chacun partit de son côté, porté par cette effervescence nouvelle. Élizabeth s'approcha :

— Merci, dit-elle sobrement.

— Merci à vous, répondit le Tatoueur. J'ai retrouvé la force de me battre à nouveau pour mon idéal. Même si ce sera ma dernière bataille, elle n'a pas de prix.

Nathan sentit qu'il était temps d'avoir une réponse à sa question.

— Je veux tout savoir sur Interfeel, dit-il d'une voix assurée. Je veux tout connaître.

— Rejoignez-moi ce soir, tes amis et toi, reprit le Tatoueur.

— Vous nous parlerez de la guerre numérique ? de votre combat ? d'Interfeel ? des Forteresses inversées et des Forces Spéciales ?

— Tout. Il est temps de vous faire confiance.

Chapitre 25

Nathan, Nadem, Hanek, Adila et Élizabeth arrivèrent chez le Tatoueur à la tombée de la nuit. Il travaillait sur son ordinateur lorsqu'ils entrèrent. D'un geste, il les invita à s'asseoir et s'approcha.

— Pour comprendre les racines de cette histoire, commença-t-il, il faut remonter plus loin que l'Opale et la naissance d'Interfeel. Il faut parler de l'époque où il n'y avait pas qu'un réseau, mais *plusieurs*... Le réseau Internet, le réseau téléphonique...

— Téléphonique ?

D'un mouvement de la main, le Tatoueur fit apparaître en hologramme des objets de l'ancienne époque, avec des claviers minuscules composés uniquement de chiffres.

— Les téléphones étaient utilisés uniquement pour des conversations sans image. Au début du réseau informatique, il est devenu possible d'échanger aussi des informations visuelles. Maintenant, bien sûr, le Réseau se transmet sur les cinq sens naturels et le sixième, artificiel : la vue, l'ouïe, le goût, le toucher, l'odorat, l'émotion.

— Pourquoi faites-vous commencer l'histoire d'Interfeel *avant* Interfeel ? demanda Adila.

— Parce que l'Opale, le MGV, Interfeel, le gouvernement mondial, les Forces Spéciales, tout est lié par un seul événement qui a changé la face du monde. Aujourd'hui, bien sûr, tout est fait pour réduire son influence car l'on craint par-dessus tout qu'il se reproduise : la révolution numérique. Si je dois commencer par quelque chose, ce sont les origines de cette révolution.

Il prit une grande inspiration.

— Au début, l'ambition d'Internet était que le monde entier puisse partager un maximum d'informations, sans distinction d'origine ou de richesse. Les gens apprenaient et se formaient par eux-mêmes. Cet idéal a disparu au bout de quelques dizaines d'années. Le réseau n'était alors plus contrôlé que par quelques grandes entreprises qui, peu à peu, se sont mises à décider de ce qu'il fallait lire, voir ou aimer. Il y avait tellement d'informations qu'il était très facile pour elles de choisir celles qui vous convenaient. Ces puissances sont vite devenues plus importantes que les pays eux-mêmes. Puis elles ont décidé de s'allier.

Au fur et à mesure de son récit, le Tatoueur faisait défiler des hologrammes qui illustraient chacune de ses phrases.

— Pourquoi s'allier ? demanda Hanek.

— Elles partageaient le même objectif : diriger la population pour servir leurs propres intérêts. Dans les quatre coins du monde, cependant, des personnes ont refusé que leurs faits et gestes soient contrôlés et se sont révoltées. Elles ont décidé de reprendre le contrôle du réseau pour l'offrir aux citoyens avant d'être mises hors la loi et qualifiées de cyber-terroristes. Ce mot existe encore aujourd'hui sous sa forme réduite : cyristes.

— Vous faisiez partie de ces personnes, n'est-ce pas ?

— Oui. J'étais jeune, et prêt à me sacrifier pour mon idéal. Je me suis effacé du réseau pour œuvrer dans la clandestinité. J'ai pris le nom de code de Tatoueur car déjà, à l'époque, j'expérimentais les premiers tatouages numériques.

— Pourquoi les tatouages ? demanda Nathan.

— Le tatouage est l'une des plus vieilles traditions de l'humanité. Les hommes leurs prêtent depuis toujours des vertus magiques. C'est exactement ce que je fais par la technologie. Je trouvais intéressant de réunir un symbole si ancien et la technologie la plus moderne.

— À quoi servent-ils ?

— Mes tatouages sont des armes. Vous avez vu Claude Érat utiliser le sien. Son modèle est efficace, mais il commence à dater. Il est possible de faire bien mieux, aujourd'hui. Or tout le monde ne peut pas en supporter un. Il faut un corps solide et un esprit d'acier. Une fois le tatouage posé, il n'y a aucun moyen de l'enlever. C'est son principal défaut et sa plus grande force. Ses capacités sont les vôtres à jamais. Les tatouages sont des armes invisibles, indétectables. Aucun scanner ne peut les révéler.

Nathan posa la question qui le tourmentait depuis qu'il avait vu le tatouage du professeur.

— Est-ce que vous contrôlez le tatouage des autres ?

Le Tatoueur le regarda avec intensité.

— Je ne peux pas influencer l'esprit des gens à travers le tatouage et même si c'était possible, je ne le ferais pas. Mon but est de rendre aux gens le droit de réfléchir par eux-mêmes, pas de devenir un marionnettiste de l'esprit humain. Pour répondre à la vraie question que tu souhaitais me poser, Nathan, non, je n'ai pas incité Claude Érat à se défenestrer.

Hanek les interrompit :

— Alors c'était ça, la guerre numérique ?

— Oui. Les grandes puissances contre des milliers de citoyens, aux quatre coins du monde. On luttait de chez nous, avec nos maigres moyens et nos propres outils pour déverrouiller le réseau. Nous communiquions ensemble sur des réseaux cachés. Au bout de quelques mois, notre mouvement s'est organisé autour d'une équipe de huit personnes anonymes aux compétences particulières qui mettaient à mal les plus grandes puissances du monde. Nous avions chacun une spécialité et un nom de code. Le Fabuliste, l'Alchimiste, le Navigateur, le Tatoueur, l'Organique, le Mathématicien et l'Émotionnel. Nous étions alors connus sous le nom d'organisation fantôme.

— Il y a sept noms. Vous aviez dit huit…

— Il manque la personne qui nous dirigeait et qui était un *véritable* fantôme. Elle nous donnait toutes les indications dont nous avions besoin mais nous n'avons jamais su de qui il s'agissait réellement. Aujourd'hui encore, je l'ignore. Ensemble, nous avons piraté un à un les sites Internet les plus importants du monde et proposé une nouvelle vision de la société. Nous étions tous complémentaires. L'un détruisait, l'autre construisait. L'un définissait quelque chose dans le monde virtuel, l'autre le déployait dans le monde réel.

— Comment une guerre numérique peut-elle avoir des conséquences physiques ? demanda Nathan.

Il se rappela soudain avoir posé exactement la même question à son père, quelques mois auparavant. Contrairement à ce dernier, le Tatoueur répondit :

— Des lieux de stockage étaient encore indispensables pour répertorier toute les informations du réseau. C'est pareil avec Interfeel. Toutes les émotions sont répertoriées dans les Forteresses inversées. À l'époque, il s'agissait d'entrepôts disséminés dans le monde entier. Pour certaines de nos actions, il fallait y avoir accès. Puisque ma spécialisation concernait le corps et la manière de l'optimiser, j'étais souvent envoyé sur le champ de bataille en compagnie de l'Organique.

— À quoi ressemblait-il ?

— L'Organique n'est pas genré. Il ou elle se spécialisait dans la transformation du corps humain à travers la technologie et la fusion des genres. C'était une personne… fascinante. (Il laissa encore passer un silence.) Bien entendu, les autorités savaient que nous prévoyions d'attaquer ces lieux et elles les ont protégés grâce à des soldats « spéciaux ». Des femmes et des hommes, durement sélectionnés, « compatibles » avec les toutes dernières technologies. Les Forces Spéciales.

D'un geste du doigt, le Tatoueur lança un nouvel hologramme et Kassandra Kacem apparut.

— Voici le membre le plus célèbre. J'ai affronté Kassandra Kacem à plusieurs reprises. Je suis le responsable de la perte de sa jambe.

Avant qu'ils ne puissent poser la moindre question, il enchaîna :

— Cet affrontement ne concerne qu'elle et moi. Nous avons chacun perdu quelque chose de très important dans ce combat. Je n'en dirai pas plus.

— Vlad Ekaton aussi faisait partie des Forces Spéciales…

— Kassandra Kacem était un soldat. Malgré tout ce qui m'oppose à elle, elle possède des valeurs qui offrent une certaine stabilité aux Forces Spéciales. Vlad Ekaton n'est pas de la même génération. Il n'a jamais connu le champ de bataille. Ses combats se font dans un bureau. À l'heure actuelle, il est incroyablement plus dangereux que Kacem.

D'un geste, le Tatoueur fit disparaître l'hologramme.

— Bien sûr, les Forces Spéciales ne se contentaient pas d'attendre patiemment que nous les attaquions. Elles nous traquaient. Elles savaient qu'elles ne pourraient mettre fin à nos actions qu'en nous arrêtant physiquement. Au bout de deux ans, elles ont coincé l'Alchimiste et l'Émotionnel. Les cinq autres ont continué de se battre… des centaines de gens nous ont suivis. Des personnes qui nous avaient aidés durant ces deux premières années de guerre et qui refusaient de baisser les bras. Chaque membre de l'organisation a créé sa poche de résistance à l'endroit où il se trouvait. Après des mois à se restructurer, nous avons repris le combat.

Le Tatoueur fit encore une pause.

— Les affrontements ont recommencé. Nous mettions à mal leur réseau, ils fouillaient les sous-sols pour nous retrouver. Nous avons encore résisté des années entières car nous y croyions. (Il baissa les yeux.) Mais si nous avions la foi, ils avaient les ressources. Sur le long terme, c'est ce qui a été déterminant. Une à une, les bases secrètes de mes compagnons ont été découvertes. Certains croupissent désormais dans des prisons-alvéoles, d'autres ont été lâchement exécutés. À part quelques agents restés à la surface, comme le professeur Claude Érat, nous ne pouvons plus nous montrer ou très difficilement.

Le Tatoueur conclut d'une phrase sèche :

— Nous avons perdu la guerre. En guise de « maigre » consolation, nous avions instauré la crainte parmi les membres des différents gouvernements. Au sein de la population à l'apparence obéissante, certains pouvaient se lever contre leur autorité à tout moment. Pour empêcher tout nouveau risque de révolte, de nombreuses décisions ont été prises. C'est ce que vous connaissez sous le nom des Grandes Réformes. L'une des premières conséquences fut l'interdiction totale de se greffer du matériel informatique dans le corps, sauf pour raisons médicales. N'importe quel objet technologique pouvait être un moyen pour les F.A.N.T.O.M.E. de prendre le contrôle. C'est pour cette raison que vos puces Interfeel ne peuvent pas être introduites sous la peau, même si beaucoup le souhaiteraient. Les Forces Spéciales sont devenues l'instance de défense la plus importante. Bien sûr, pour diriger une force mondiale, il fallait un gouvernement mondial. Voilà pourquoi les Forces Spéciales sont très liées à la politique… Kassandra Kacem, considérée comme un soldat de légende durant cette guerre, a ainsi été promue à la tête de ces Forces Spéciales dans notre pays. J'ai, en quelque sorte, contribué à sa popularité.

Il sourit à l'évocation de cette idée.

— Les Forces Spéciales et le gouvernement mondial étaient les réponses politiques à cette guerre. Il a ensuite fallu prendre une décision pour contrôler la population. Deux armes ultimes ont alors été créées : l'Opale et Interfeel.

Flottant dans les airs, une Opale apparut.

— L'Opale est une pierre ressemblant au diamant, faite de cristaux de carbone, incassable, au potentiel quasi illimité. Elle a été créée par le gouvernement mondial afin d'empêcher une nouvelle guerre numérique.

— En quoi l'Opale aide les gouvernements à garder le pouvoir ?

Le Tatoueur désigna toute la pièce.

— Regarde autour de toi, Nathan. La technologie d'avant, c'était des fils, des câbles, des circuits électroniques. Ces choses-là étaient *physiques*. On pouvait les modifier, les pirater, les transformer, en faire ce qu'on voulait. C'est de cette manière que nous avons pu créer un réseau pirate aussi puissant et que nous avons pu lutter aussi longtemps avec des moyens limités. Nous comprenions le fonctionnement des armes de nos adversaires et dès lors, nous pouvions le retourner contre eux. Mais je te le demande...(Il désigna l'Opale.) Est-il possible de comprendre le fonctionnement d'un caillou ?

Devant le silence du groupe, il continua :

— La véritable révolution de l'Opale, ce n'est pas sa taille ou sa solidité. C'est que son fonctionnement est inconnu. Tout le monde l'utilise, mais personne ne sait comment elle marche réellement. Seuls quelques experts peuvent la programmer et, bien sûr, ils travaillent pour le gouvernement mondial.

— Pourtant, vous savez comment les désactiver...

— Il m'a fallu des années pour y parvenir. Et des années, encore, pour apprendre à les pirater. Même après tout ce temps, ma connaissance de cette pierre est rudimentaire. Les experts du gouvernement mondial n'en savent guère plus, d'ailleurs. Personne au monde n'est capable d'expliquer pourquoi elle allège la gravité, par exemple.

Après un instant de pause, le Tatoueur reprit, sourire aux lèvres :

— Ce caillou alimente les spéculations les plus folles. Certains parlent même d'accès à des mondes parallèles. Mais pour le gouvernement mondial, l'Opale est une arme. Un moyen de contrôle. Les ordinateurs, les téléphones, tous ces objets ont disparu. Désormais, tout passe par cette pierre et personne, pas même moi, n'est capable d'en prendre le contrôle total. Je peux la pirater, je peux la désactiver, or ce n'est pas assez pour démarrer une nouvelle révolution. Ce n'est donc pas un hasard si un tel objet est devenu le support d'Interfeel.

Nathan redoubla d'attention. Il sentait que le Tatoueur allait leur donner les réponses qu'ils attendaient tant…

— Interfeel est un moyen d'échanger ses émotions, continua-t-il. Karl Certal a pu décoder le langage des émotions. C'est lui qui, aussi, a aidé à mettre en place le réseau émotionnel.

Le visage de Karl Certal apparut alors. D'une voix soudain glaciale, le Tatoueur déclara :

— Il y a une première chose que vous devez savoir sur cet homme. Je le connais sous un autre nom. Un nom que je vous ai déjà donné, d'ailleurs.

Après un silence, il prononça ces mots, lentement :

— C'est lui, l'Émotionnel.

Nouveau silence.

— Karl Certal est l'un des anciens membres de F.A.N.T.O.M.E. Un traître. Une fois arrêté par les Forces Spéciales, il a accepté de travailler pour elles à la conception de ce réseau social basé sur sa découverte des émotions, en échange d'une nouvelle vie. Nul ne sait où se trouve l'Émotionnel désormais, à part peut-être quelques hauts membres des Forces Spéciales.

— C'est pour ça que vous pouvez aussi contrôler les émotions ?

— Oui, confirma le Tatoueur. Karl Certal nous avait appris les rudiments du langage des émotions. J'ai pu les appliquer à mes tatouages.

Les poings du Tatoueur tremblaient.

— Au-delà de son arrestation, c'est sa trahison qui nous a porté un coup fatal. Nous ne pensions pas que quelqu'un du noyau même de notre organisation pourrait… changer aussi facilement de camp.

— Mais… pourquoi êtes-vous contre Interfeel ? demanda Nathan.

— Il y a deux étapes à Interfeel. La première est l'échange d'émotions. Le problème vient des conséquences de cet échange. Lorsque vous éprouvez une chose, vous *savez* que les autres la ressentent aussi, donc automatiquement, vous vous conditionnez pour n'avoir que des émotions positives ou qui vous mettent en valeur. C'est pour ça qu'ici, vous avez ressenti pour la première fois la rage, la jalousie ou le dégoût. Ces émotions n'ont pas disparu, elles sont simplement beaucoup plus légères que ce qu'elles étaient à l'origine.

— Si ce sont des émotions négatives, c'est plutôt bien qu'elles aient disparu, non ?

Le Tatoueur balaya cet argument d'un revers de la main.

— Elles font partie de l'humanité et lui offrent de nouvelles manières d'appréhender le réel. On peut être dégoûté du monde tel qu'il est, et avoir envie de le changer. On peut défendre ses valeurs avec rage… Il n'y a rien de mieux qu'Interfeel pour contrôler la population. Comme vous n'éprouvez plus rien, vous ne ressentez plus de colère à l'égard du système. Plus question de se rebeller. Cette avancée technique a permis l'asservissement de l'humanité tout entière. La plus grande force de ce système, c'est que le gouvernement n'a rien imposé. Les gens ont choisi eux-mêmes de se passer ces chaînes immatérielles.

— La servitude volontaire…, murmura Hanek.

— La deuxième étape d'Interfeel, continua le Tatoueur, est pire encore. Au début, le Réseau se « contentait » de diffuser les émotions. Peu à peu, toutes ces émotions ont été stockées dans sept gigantesques serveurs appelés les Forteresses inversées, répartis dans le monde.

— Pourquoi gardent-ils nos émotions ? demanda Hanek.

— Afin de les analyser, de voir comment elles évoluent. Malgré cet autocontrôle, certaines personnalités peuvent diffuser des émotions jugées « néfastes » au bon fonctionnement de la société. Nadem en est l'exemple type, mais il est l'exception de votre génération. Généralement, cela concerne des personnes plus âgées, qui ont déjà connu des émotions « brutes ».

Nathan pensa à son père.

— Interfeel est plus « doux » avec eux pour éviter que le changement soit trop brutal. Ce que le gouvernement mondial attend, c'est que toutes les générations existantes n'aient connu qu'Interfeel. Plus personne ne cherchera alors à le contester. En fonction de ces résultats, les autorités pourront ajuster l'état émotionnel d'un pays, d'une population donnée, orienter les tendances, les opinions de la population dans la direction souhaitée. Mais bien sûr, diriger les émotions de dix milliards de personnes n'est pas humainement possible.

Le ton du Tatoueur se fit soudain plus grave.

— C'est donc désormais un programme informatique qui régule les émotions. Ce gigantesque algorithme a pour mission d'influencer les émotions de la planète entière et d'anticiper qui décide des bonnes émotions à éprouver au bon moment. En fonction des tendances, des personnalités, ce programme choisit les émotions à diffuser. Il n'y a même plus de contrôle humain. Juste une machine qui sélectionne ce que vous devez ressentir. Notre mission est d'atteindre le centre d'une Forteresse inversée pour arrêter Interfeel. Il faut un choc pour que les gens redécouvrent l'authenticité. C'est l'unique solution pour qu'ils puissent éprouver à nouveau des émotions par eux-mêmes.

Une question surgit soudain dans l'esprit de Nathan. Tremblant presque, il demanda :

— Vous avez des exemples de ce conditionnement ?

— L'exemple le plus parlant est le suivant : lorsque vous êtes énervé, avez-vous un geste que vous effectuez de manière systématique pour vous calmer et qui marche à chaque fois ?

Nathan blêmit :

— Regarder le ciel…

— Regarder le ciel est l'un des plus courants. Le ciel est associé au bleu, à la paix, au calme. Ici, Interfeel n'a eu qu'à développer une sensation déjà existante pour qu'elle s'applique dans toutes les situations. Même si le ciel est sombre et agité, l'esprit va automatiquement se calmer, recevant des émotions douces. C'est du conditionnement « doux ».

— Moi c'est pire, fit Nadem. Ma personnalité a changé du tout au tout. Si c'est comme ça que je suis dans la réalité, je ne veux pas. Je veux être comme j'étais avec Interfeel.

— Ce n'est pas possible, dit calmement le Tatoueur. Ce que tu dois comprendre, c'est qu'Interfeel ne t'offre pas une nouvelle personnalité. Il anticipe les émotions que tu vas éprouver et les contrebalance par les siennes. Il te permet d'atteindre un certain équilibre artificiel. Maintenant que cet équilibre est rompu, il faut que tu en trouves un autre, même s'il est radicalement différent de celui que tu connaissais.

Après un silence, le Tatoueur poursuivit :

— Ce qu'a subi Nadem s'appelle le conditionnement « dur ». Ce n'est pas toujours aussi extrême. Parfois, Interfeel se contente simplement de modifier les relations entre deux personnes, jugées « compatibles ». Après avoir recueilli toutes les émotions, Interfeel calcule les « meilleures » amitiés ou les meilleurs couples. N'avez-vous jamais vécu la sensation de vous sentir proche d'une personne même si vous ne lui avez jamais parlé car en la voyant, vous éprouviez un déferlement d'émotions, mais un déferlement trop… calculé ?

Nathan n'écoutait déjà plus. Il fixait Adila qui le regardait en retour. Même sans Interfeel, ils comprirent instantanément ce que ressentait l'autre à ce moment-là.

*

Adila sortit en courant de l'habitation. Elle partit à travers les rues du village souterrain. En face d'elle se prolongeait la campagne en hologramme, vers laquelle elle s'était si souvent promenée avec Nathan. Elle entendit quelqu'un courir derrière elle mais ne ralentit pas. Elle savait que c'était lui. Elle ne voulait pas lui parler. Pas encore. Nathan ne la rattrapa pas. Il attendait qu'elle ralentisse d'elle-même. D'abord, elle voulait fuir. Rester dans l'illusion encore quelques secondes. Finalement, elle se résolut à marcher, de moins en moins vite, et se retourna. Elle avait les larmes aux yeux. Les premières larmes de sa vie.

— Je sais, Nathan. Tu vas me dire que ce que l'on éprouve l'un pour l'autre est conditionné par Interfeel. Que c'était trop *beau*, trop parfait pour être vrai. Maintenant qu'on n'est plus connectés, on n'a plus que le *souvenir* des sentiments qu'on a éprouvés avec le Réseau.

Nathan ne répondit pas et regarda Adila. Il ne l'avait jamais vue dans cet état.

— Dis-moi que ce n'est pas ce que tu allais me dire, Nathan. Dis-le-moi ! supplia-t-elle.

Chapitre 26

Le Tatoueur s'avança au milieu de la place. D'une voix ferme, il déclara :

— La localisation des Forteresses Inversées fait partie des secrets les mieux gardés au monde, uniquement connue des plus hautes autorités dont le directeur des Forces Spéciales. Voilà pourquoi Vlad Ekaton est réellement dangereux. Il n'a pas simplement plus de pouvoirs. Il a aussi accès à ce genre d'informations.

Profitant du silence qui s'installait, Nathan demanda :

— Pourquoi on les appelle Forteresses inversées ?

— Il y a plusieurs théories. La première voudrait qu'elles soient physiquement inversées : au lieu de s'élever dans le ciel, les Forteresses s'enfonceraient dans le sol. Une autre, plus audacieuse, part de l'idée qu'une telle accumulation d'émotions provoquerait une inversion des perceptions quand on se trouve à proximité. Nous n'aurions plus aucun repère.

Devant le silence qui suivit, le Tatoueur continua :

— Nous sommes cinquante-neuf personnes, dont quarante-cinq en âge d'agir. Vingt-cinq personnes se chargeront de la maintenance du village. Les autres travailleront sur les Forteresses inversées. Des volontaires ?

Nathan, Nadem, Élizabeth, Hanek et Adila levèrent la main, ainsi qu'une grande partie des villageois présents.

— Parmi ce groupe, certains devront localiser la Forteresse la plus proche. Cette équipe n'ira pas sur le terrain.

Nadem leva la main :

— Je veux faire partie de cette équipe. Il vaut mieux que je ne m'approche pas trop des Forteresses.

— Je suis d'accord. Tu seras le seul de votre équipe « Résistance » à faire partie de ce groupe.

Avant que Nathan ne demande pourquoi il isolait Nadem, le Tatoueur reprit :

— La deuxième équipe se concentrera sur l'ouverture de la Forteresse inversée, réputée imprenable… Adila et Élizabeth, je souhaiterais que vous fassiez partie de cette équipe.

À nouveau, Nathan se demanda pourquoi le Tatoueur les mettait toutes les deux dans la même équipe.

— La troisième équipe, elle, devra s'infiltrer dans la Forteresse pour atteindre son centre névralgique.

Quelques mains se levèrent en hésitant dont celle de Vécole, qui trépignait sur place.

— Vécole, fit le Tatoueur avec un léger sourire. Tu es plein de bonne volonté, mais tu es un peu jeune pour une telle aventure. Je préfère que tu restes ici, on a besoin de gens de valeur pour s'occuper du village.

Visiblement déçu, le garçon acquiesça mollement tandis que le Tatoueur repartait de nouveau :

— Hanek, Nathan… Claude Érat m'a dit que vous aviez formé un duo solide lors de l'évasion. Je veux ce duo sur le terrain, à mes côtés, pour infiltrer la Forteresse inversée.

Nathan débordait d'appréhension à l'idée d'entrer dans une Forteresse, mais il n'aurait voulu rater cela pour rien au monde. Lui et Hanek se regardèrent et acquiescèrent en silence.

— Je ne vais pas vous le cacher, reprit le Tatoueur. L'entraînement que vous allez subir sera la chose la plus éprouvante de votre vie. Il durera des semaines, voire des mois. Nous ne connaissons pas les effets de la Forteresse sur l'être humain. On raconte qu'elle affecte le corps, la mémoire et la vie. Il faudra être prêt à tout pour résister à ses assauts.

— Ses assauts ? Vous en parlez comme d'un être vivant…

— La Forteresse inversée déborde d'émotions tout en possédant l'intelligence rationnelle d'un algorithme. De là à devenir vivante… (Il marqua une pause avant d'enchaîner.) Allez ! Au travail !

*

Première semaine.

Nadem était dévoré par l'appréhension, plus encore que d'habitude. Il était effrayé à l'idée de collaborer avec des personnes qu'il ne connaissait presque pas.

Son équipe l'accueillit pourtant très naturellement. Ils lui demandèrent s'il avait déjà travaillé sur un ordinateur puis lui expliquèrent les rudiments de son utilisation.

Après trois jours de formation, Nadem était prêt à pénétrer le réseau officiel. Le moindre faux pas pouvait faire révéler tout le village, et soudain, il comprit. Durant de longues semaines, le jeune homme s'était dit qu'il pouvait trahir le village d'un moment à l'autre. Une fois sur le réseau, pourtant, il n'en fit rien : ses convictions pouvaient l'emporter sur ses angoisses.

— Nous avons commencé les recherches, annonça-t-il devant le village, à la réunion de la semaine suivante. Nous n'avons que peu de pistes pour le moment, mais quelque chose nous a étonnés. On pense qu'il existe des « radiations émotives » qui émanent de la Forteresse inversée à cause de son activité. On devrait les repérer, même faiblement, mais on ne trouve absolument rien. C'est presque trop parfait. Dans les semaines qui viennent, on va tenter de comprendre pourquoi on ne trouve aucun indice.

Nadem était le centre de l'attention, et on l'écoutait. Il avait à présent un rôle important et se sentait tellement bien que, pour la première fois, il envisagea de réellement pouvoir vivre sans Interfeel.

*

Deuxième semaine.

Adila se concentrait sur son travail. Elle devait répertorier tous les dispositifs de verrouillage jamais créés et sélectionner les plus difficiles. Pour chacun, il fallait trouver un moyen de les ouvrir. Le système de protection des Forteresses inversées, aussi unique et performant qu'il soit, devait forcément s'inspirer de quelque chose d'existant.

Tout ce qui comptait désormais pour la jeune fille était son travail. Elle n'avait plus rien d'autre. Sa relation avec Nathan, ce repère qui la constituait depuis si longtemps, avait volé en éclats suite aux révélations du Tatoueur. Elle leur en voulait tellement à tous les deux…

Et par-dessus tout, elle en voulait à Élizabeth. Il ne s'agissait pas d'une simple émotion mais plutôt d'un sentiment d'une telle violence qu'elle était incapable de réfléchir. Pourquoi le Tatoueur l'avait-il mise dans la même équipe qu'*elle* ? Pour la première fois, elle comprit ce que vivre sans Interfeel signifiait : elle n'avait plus aucun contrôle sur elle-même.

Un soir, alors qu'Élizabeth arrivait dans leur chambre, elle n'y tint plus. D'une voix faible, elle articula :

— Élizabeth… Je… j'ai un souci… avec toi…

Elle songea tout d'abord à s'excuser mais elle n'y parvint pas. Son corps refusait.

— Je… je te déteste.

— Pourquoi ?

Le calme surprenant d'Élizabeth l'incita à continuer.

— Parce que tu as rencontré Nathan alors que tu n'étais pas sur le Réseau et lui non plus. Parce que tout ce que vous avez éprouvé était vrai. Ce n'était pas Interfeel. Maintenant, je suis perdue. Alors… Pourquoi est-ce que *tes* sentiments sont vrais, et les miens sont faux ? dit-elle en étouffant un sanglot. Je te hais, parce que ça me fait du bien. Mais je réalise que tu n'y es pour rien et que tu dois passer des moments terribles à penser à ton frère. Donc je m'en veux.

Elle regarda Élizabeth dans les yeux.

— Je voulais t'en parler parce que… c'est ma manière à moi de te dire que je suis désolée… Je sais qu'un jour ça ira mieux… mais pas pour l'instant.

— Je sais à quel point ça peut faire mal, répondit simplement Élizabeth.

Elles s'arrêtèrent de parler mais cette simple conversation permit à Adila de comprendre qu'elle n'était pas vraiment énervée contre Élizabeth, mais contre elle-même. Démunie, elle se plongea corps et âme dans le travail, et c'est ce qui la poussa, lors de la réunion suivante, à prendre la parole.

— Les recherches sont difficiles pour le moment, annonça-t-elle. Nous avons répertorié tous les types d'ouverture : pour chacun d'eux, il existe une combinaison, même si elle est parfois incroyablement compliquée. Ce que l'on a compris sur les Forteresses inversées, c'est qu'il ne s'agit pas seulement de découvrir la combinaison en question. La nature même de l'ouverture est inconnue. Mais nous allons la trouver.

*

Troisième semaine.

Élizabeth surveillait constamment les informations. Beaucoup de choses avaient changé depuis que Kami était devenu hors la loi il y avait presque un mois.

Le mouvement de contestation s'était développé avec une rapidité stupéfiante. Aucun affrontement direct n'avait eu lieu. Il s'agissait plutôt d'une résistance passive. De plus en plus de personnes du quartier refusaient de collaborer avec les autorités pour rechercher le fugitif et arboraient des slogans contestataires.

Au-delà des Forces Spéciales, l'autorité même de Vlad Ekaton était ébranlée. Élizabeth ne pouvait s'empêcher de sourire à cette pensée. Elle vouait une haine farouche au nouveau commissaire en chef, certaine que chaque geste, chaque sourire de cet homme était calculé et qu'il cachait une personnalité radicalement différente de ce qu'il laissait paraître.

Elle avait toujours peur pour son frère, bien sûr. Elle avait également peur de sa propre réaction s'il se faisait arrêter un jour. Pour ne plus y penser, elle se concentrait sur sa vie au quotidien. Ici, les choses allaient mieux. Depuis sa discussion avec Adila, elles se parlaient à nouveau. Trois fois rien, un mot échangé par-ci par-là mais au fil des jours, les phrases devenaient plus longues et amicales. Le sentiment qui dévorait Adila s'appelait la jalousie. Elle le connaissait bien.

Quelques jours plus tôt, Nathan était venu la voir pour continuer ce petit jeu sur les émotions qu'ils avaient instauré entre eux. Il lui avait expliqué que, lorsqu'il pensait à Adila et à ce qu'elle devait ressentir, il avait des picotements dans les yeux et son cœur se serrait.

« Ton corps exprime de la tristesse, Nathan. Tu sais qu'elle souffre.

— Qu'est-ce que je peux faire pour que la tristesse diminue ?

— Pas grand-chose, malheureusement. Il faut attendre, encore. »

Ce jeu, peu à peu, la rapprochait à nouveau de Nathan. Elle ne se pressait pas, profitant de cette complicité enfin retrouvée. Les choses se développaient à leur rythme. Ils avaient le temps.

En attendant, elle travaillait à écumer le réseau de long en large pour trouver des indices sur l'ouverture des Forteresses. Son groupe confrontait ensuite ces recherches avec les différents dispositifs déjà existants trouvés par l'autre partie de l'équipe. Pour le moment, les indices étaient très faibles mais, durant cette nouvelle semaine, ils récoltèrent une information capitale :

— Il y a en réalité *deux* types d'ouverture sur la Forteresse inversée, dit-elle à la réunion de la semaine suivante. La première est « classique » et nécessite un code très compliqué. La *deuxième* barrière, en revanche, est de nature inconnue. Nous n'avons toujours pas plus d'informations à ce sujet.

Ce serait son travail pour les semaines à venir.

*

Quatrième semaine.

Tous les matins, Hanek partait courir. Il s'arrêtait dans le coin le plus reculé du village et, à l'aide d'un morceau de nourriture récupéré la veille, il attirait le chien qu'il avait baptisé Leven. L'animal devait passer sa nuit à courir les canalisations mais, tous les matins, il le retrouvait. Il restait à distance, pourtant Hanek ne désespérait pas. Jour après jour, ils se rapprochaient. Au bout de quatre semaines, Hanek fut assez près pour poser la main sur la tête du chien qui la saisit aussitôt entre ses dents. Sa morsure fut moins forte que celle de leur première rencontre. C'était un ultime vestige de méfiance. Le chien desserra immédiatement son étreinte et partit en courant. Hanek savait qu'il le reverrait le lendemain.

Après sa promenade, il retrouvait ensuite Nathan et, ensemble, ils partaient s'entraîner. Exercices sportifs, cérébraux, travaux de programmation, Hanek avait retrouvé l'ancienne complicité qu'il avait avec son meilleur ami. Ils formaient tous deux un duo solide.

Avant de partir à l'assaut de la Forteresse, ils obtiendraient certainement un tatouage. Depuis qu'il avait vu le professeur utiliser le sien à l'hôpital, le jeune homme en désirait un. Peut-être qu'avec cette nouvelle arme, il oublierait enfin complètement Livia…

*

Cinquième semaine.

Chaque jour, Nathan essayait de se dépasser. Ce qui semblait naturel pour Hanek ne l'était pas pour lui. Le soir, il avait le sentiment que son corps avait été poussé jusqu'à sa plus extrême limite. Mais le lendemain, il se surpassait encore plus. Au bout de cinq semaines, il se sentait plus résistant, plus fort. Il était bien.

Cette sérénité semblait avoir gagné chaque membre de son ancienne équipe Résistance. Nadem était clairement passionné par son travail. Élizabeth et Adila se parlaient de nouveau. Hanek et lui avaient retrouvé leur complicité. Nathan n'avait jamais éprouvé de tels liens d'amitié à l'époque d'Interfeel.

Les informations du dehors, aussi, lui faisaient plaisir. Après plus de cinq semaines, non seulement Kami demeurait introuvable, mais les contestations du quartier est s'amplifiaient sans qu'aucun débordement ne soit à déplorer. De sa cachette, Kami était parvenu à organiser ce mouvement pour en faire une révolte pacifique et efficace. En un mois et demi, le frère d'Élizabeth était passé du statut de fugitif à celui de leader, admiré au-delà même des limites du quartier. La popularité de Vlad Ekaton, par contre, était au plus bas, et même l'algorithme d'Interfeel ne pouvait rien y changer.

Avec Élizabeth, les choses semblaient aussi se clarifier. Ils étaient occupés par leurs missions et se parlaient à peine, mais il y avait des gestes, des regards… quelques secondes à peine, pourtant Nathan *sentait* quelque chose. Sans Interfeel, l'incertitude décuplait ces sentiments, et il adorait ce flou qui laissait libre cours à son imagination. Il se sentait bien, et c'est ainsi qu'il conclut son discours, la semaine suivante, lors de la réunion :

— Le travail est difficile. Mais nous sommes motivés et solidaires. C'est le plus important. Et même si on a l'impression de ne faire que des pas minuscules, il ne faut pas s'arrêter. Si nous restons soudés, nous y parviendrons.

*

Sixième semaine.

Les Forces Spéciales effectuaient régulièrement une ronde à proximité de sa cachette. Alors, Kami ne bougeait plus, il cessait presque de respirer. Ces quelques minutes d'immobilité forcée étaient pour lui l'occasion de faire le point sur la situation.

À l'instant même où sa prétendue culpabilité avait été déclarée, Patel, K'pata et lui s'étaient chargés d'équiper cette habitation abandonnée de brouilleurs trafiqués qui donnaient l'impression qu'elle était continuellement vide. Il fallait simplement que Kami soit parfaitement immobile dès qu'une équipe des Forces Spéciales passait, au cas où la pièce serait scannée.

Les autorités l'avaient volontairement laissé filer les premiers jours, persuadées de pouvoir le capturer facilement par la suite. Elles s'étaient trompées. Même avec les technologies les plus récentes, elles n'y parvenaient pas. Le quartier s'était soudé derrière Kami et, tous les jours, de nombreuses fausses déclarations attestaient l'avoir trouvé, dans l'unique but de détourner l'attention. Kami était devenu le symbole de la résistance. Des gens se ralliaient à sa cause, même s'il n'en avait proclamé aucune.

Sa priorité était d'éviter le moindre débordement. C'était la directive qu'il avait donnée à Patel et K'pata.

Malgré leur caractère opposé – Patel était souriant et calme, K'pata avait envie de cogner sur tout ce qui bougeait – ils avaient juré de lui obéir et Kami savait qu'ils ne le trahiraient pas. Beaucoup rêvaient d'en découdre avec la police et Kami était là pour les en empêcher car il craignait d'entraîner le quartier dans une spirale de violence. Voilà pourquoi il avait endossé ce rôle de leader : pour contrôler la colère du quartier.

Tout à ses pensées, il réalisa que les Forces Spéciales étaient toujours à proximité. Ce n'était pas normal. Leur passage durait normalement moins de deux minutes, or ce temps était écoulé depuis longtemps. Par sécurité, il décida d'attendre encore un peu. Cinq minutes plus tard, les policiers étaient toujours présents et il entendit un grouillement de pas. Leur nombre augmentait. Il devait agir mais, s'il bougeait, il se ferait repérer.

Il entendit les pas tambouriner l'escalier et réalisa qu'il était déjà trop tard. Il se relevait à peine lorsque la porte vola en éclats. Une quinzaine de membres des Forces Spéciales le mirent en joue.

— Kami Saana ! cria une voix ferme et nette. Vous êtes en état d'arrestation !

Chapitre 27

La nouvelle parvint le matin même au village. Le présentateur du Journal holographique annonça que Kami Saana, chef de file des contestataires du quartier est, responsable de l'évasion du professeur, venait d'être arrêté par les Forces Spéciales après une traque d'un mois et demi. Il allait être interrogé dans l'espoir de retrouver Claude Érat et ses complices.

— C'est absurde, s'insurgea Nathan. Kami n'a aucune information sur nous.

— C'est justement ce qui est inquiétant, répondit le professeur. Comme il n'a rien, il ne peut pas marchander avec eux. Ils vont continuer à prétendre que nous nous cachons dans le quartier est.

— Mais pourquoi les Forces Spéciales mentiraient ? demanda Hanek.

— Vlad Ekaton en a besoin, Hanek. Maintenant que Kami a été arrêté, il doit trouver une autre raison de rester dans le quartier est, puisque c'est sa méthode pour conserver son autorité.

Avec hésitation, Nathan se tourna vers Élizabeth et lui demanda :

— Tu en penses quoi ?

Élizabeth n'avait toujours pas dit un mot. Elle se contentait de sourire poliment chaque fois qu'on la sollicitait. Nathan regretta de ne pas avoir Interfeel pour comprendre clairement ce qui se passait dans sa tête.

Le silence d'Élizabeth dura toute la journée. Elle faisait machinalement son travail et répondait d'un sourire aux personnes qui lui parlaient.

Peu de temps après, le premier attentat contre les Forces Spéciales fut commis. Cette agression était accompagnée d'un message exigeant la libération sans condition de Kami Saana, sans quoi de nouvelles attaques auraient lieu. D'après les rumeurs, l'instigateur de cette action était un certain K'pata, ami de Kami. Vlad Ekaton intervint dans la journée pour préciser que les Forces Spéciales ne plieraient jamais face aux menaces et que leur présence dans la banlieue est serait renforcée pour préserver la sécurité. Mais après un nouvel incident, une procédure de recherche fut lancée contre K'pata.

Élizabeth semblait ne pas faire attention à ces informations projetées dans le village, tout à ses recherches sur l'infiltration de la Forteresse inversée.

En début de soirée, elle décida de se rendre chez le Tatoueur.

— Je pars.

Il la regarda avec sérieux avant de répondre :

— Je te le déconseille, surtout après ce qui vient d'arriver. Nous avons besoin de toi.

— D'autres personnes pourront me remplacer dans l'équipe, fit Élizabeth d'une voix inébranlable. J'espère de tout cœur que vous parviendrez à atteindre votre objectif, mais il faudra encore des mois de recherches avant de pouvoir infiltrer une Forteresse inversée. Quand mon frère était libre, j'étais d'accord pour lutter avec vous. Maintenant, je veux me battre pour lui comme il l'a toujours fait pour moi. Merci de m'avoir hébergée tout ce temps, vraiment, mais il est temps que je parte.

Le Tatoueur regarda en silence Élizabeth, qui le fixait en retour.

— Qu'est-ce qui me prouve que tu ne nous trahiras pas ? rétorqua le Tatoueur.

— Je n'ai aucune idée de l'endroit où l'on se trouve et je ne me rappelle plus du chemin que l'on a suivi pour venir.

— En fonction de l'endroit où tu sortiras à la surface, tu pourras déduire la localisation du village.

— Vous pensez vraiment que je pourrais vous trahir ?

— Non, mais ma conviction ne sera pas suffisante pour certains villageois. Même si nous sommes désormais soudés, ton départ provoquerait de nouvelles suspicions et je m'y refuse. Il leur faudra une preuve absolue que tu seras dans l'incapacité de retrouver notre trace.

— Qu'est-ce que vous me proposez ?

— De t'offrir quelque chose.

Il s'éclipsa un instant et revint avec un objet noir et ovale, attaché à une ceinture.

— Tu ne connais sûrement pas cet objet. Il y a vingt ans, avant l'arrivée des Opales, c'était l'un des outils les plus perfectionnés. Il permet de diffracter la lumière, si bien que la personne qui le possède devient invisible. En faisant attention, on peut simplement observer un léger décalage dans l'espace et repérer celui qui l'utilise.

— En quoi cet objet m'empêchera de retrouver mon chemin ?

— Car nous l'avons trafiqué. Sur cet exemplaire, la diffraction de la lumière se fait également pour la personne qui porte l'objet.

— Ce qui veut dire…, commença Élizabeth.

— La personne devient invisible, mais elle non plus ne voit rien, à part des contours flous. Seul le sol n'est pas dissimulé pour éviter les chutes. On peut garder son équilibre mais on n'a aucune idée de la direction dans laquelle on se dirige. Des indications sonores te guideront jusqu'à la surface. Bien sûr, si tu essayes de désactiver le brouillage, l'objet cessera de fonctionner et tu seras perdue dans les canalisations. Mais je sais que tu ne le feras pas.

Élizabeth hocha la tête.

— Une fois que tu seras assez loin, continua le Tatoueur, le brouillage s'estompera. Tu pourras continuer d'utiliser l'objet pour te rendre invisible. Méfie-toi cependant : il ne résistera certainement pas aux antibrouillages modernes des Forces Spéciales.

Élizabeth regarda l'objet.

— Merci, murmura-t-elle.

— Ne me remercie pas trop vite. Si cet outil t'empêche de retrouver la base, il signifie aussi autre chose.

Élizabeth, lentement, acquiesça :

— Je ne pourrai plus jamais revenir…

— Ton départ est définitif, confirma le Tatoueur. Une fois partie, tu ne pourras plus contacter aucun membre du village, et aucun membre ne pourra te contacter. Aucun. C'est bien compris ?

Elle acquiesça.

— Une période de ta vie s'achève, reprit le Tatoueur. Une autre, complètement vierge, s'ouvre. Ces deux périodes sont incompatibles. Voilà mes conditions pour ton départ. Es-tu d'accord ?

Consciente des conséquences de son prochain mot, Élizabeth dit, solennellement :

— Oui.

Le Tatoueur laissa cette affirmation résonner dans le silence de sa maison.

— Quand comptes-tu partir ?

— Le plus tôt possible.

— Dans ce cas, tu devras au moins attendre jusqu'à demain midi, le temps de préparer les indications sonores. D'ici là, je t'invite à faire correctement tes adieux aux personnes auxquelles tu tiens.

*

Élizabeth rejoignit Nathan, Adila, Nadem et Hanek, qui jouaient ensemble au ballon. Elle ne leur dit rien. Pas tout de suite. Elle voulait garder le souvenir de cette soirée comme étant son dernier bon souvenir ici. Elle se contenta de jouer avec eux en s'efforçant d'être agréable, de rire et d'envoyer la balle de l'autre côté du filet. Elle profitait de chaque moment, heureuse de les avoir connus.

Il y avait Hanek et son côté bougon, néanmoins touchant. Mais aussi Nadem, qui luttait jour après jour contre lui-même avec une force qui forçait l'admiration. Adila, également, pour qui elle avait ressenti mille émotions différentes, de la jalousie brute à la complicité. Livia, qui n'était plus là, mais à qui elle s'était attachée, aussi. Et enfin, il y avait Nathan. Elle ne voulut pas trop penser à ce qu'elle éprouvait pour lui maintenant que sa décision était prise. Ce serait trop dur.

Elle fit son annonce le lendemain au petit déjeuner, alors que tout le monde avait la tête plongée dans sa bouillie. D'une voix qu'elle espérait détendue, elle dit :

— Je vous quitte aujourd'hui. Je ne reviendrai pas sur ma décision.

Elle aurait pu dire bien d'autres choses. Qu'elle avait aimé vivre ici, malgré tout. Qu'elle espérait qu'ils parviendraient à leur but. Mais elle se tut et se rassit. Une fois de plus, tous les regards convergeaient vers elle. Elle ne voulait pas croiser celui de Nathan. Abasourdis par la nouvelle, aucun de ses amis n'osa lui poser la moindre question. Elle espérait que ce silence durerait jusqu'à son départ.

En fin de matinée, elle était prête. Elle avait pris de la nourriture séchée pour tenir plusieurs jours, un filtre à eau, des vêtements de rechange, et le Tatoueur lui avait remis la boîte d'invisibilité avec les indications sonores. Elle n'avait bien sûr pas pu refuser que Nathan, Nadem, Hanek et Adila la rejoignent pour d'ultimes adieux.

Ils furent brefs et silencieux. Elle les prit chacun dans ses bras, nota au passage qu'ils s'étaient tous accoutumés à ce genre de contact physique. Elle termina par Nathan, évitant toujours son regard, et lui fit une accolade plus légère qu'aux autres. Sans un mot, elle se retourna et partit, traversée d'émotions. Il lui fallait s'éloigner d'eux, de lui. Dans une centaine de mètres à peine, elle enclencherait le brouillard d'invisibilité et elle ne reverrait plus jamais ni le village, ni ses habitants.

Elle entendit alors quelqu'un marcher derrière elle. Elle savait qu'il le ferait. Elle le haïssait pour cela mais ne put s'empêcher, en même temps, d'être touchée.

— Ça ne sert à rien, Nathan. Je suis déjà partie.

Il ne fallait plus qu'elle parle à personne. Surtout pas à lui. Elle ne pouvait plus faire demi-tour, quoi qu'il dise.

— Je sais, dit Nathan. J'ai simplement une dernière question technique sur les émotions.

Elle fut tellement surprise et furieuse qu'elle s'arrêta net.

— Tu rigoles ? C'est sûrement la dernière fois de notre vie qu'on se voit et tu veux me poser une question *technique* ?

— Oui. Elle est importante.

D'une voix résignée, elle murmura :

— Vas-y. Pose-moi ta question technique.

Nathan prit alors une grande inspiration et se lança.

— C'est quelque chose que je ressens chaque fois que je te vois. J'ai le sentiment que mon cœur bat plus vite, comme lorsque je fais un effort physique, mais encore plus fort. J'ai l'impression qu'il va sortir de mon corps, c'est presque inquiétant mais en même temps c'est une sensation fantastique et même si j'ai peur je n'ai pas du tout envie qu'elle s'arrête. Quand je te vois, j'ai aussi des crépitements dans le corps et j'ai l'impression que si je te regarde une seconde de plus je vais exploser… et pourtant je te regarde, car j'ai envie d'exploser. Quand je te vois, j'ai un grand vertige, comme si j'allais tomber de très haut… mais je veux tomber, même si je risque de me faire mal. Qu'est-ce que ça veut dire ? C'est quoi, cette émotion qui provoque tellement de choses ?

Élizabeth s'était mise à trembler.

— Pourquoi tu me dis tout ça maintenant, hein ? fit-elle. Alors que j'ai décidé de partir ?

Sans lui répondre, Nathan approcha sa main de celle d'Élizabeth. Encore. Encore un peu plus, jusqu'à l'effleurer. Elle sursauta, étouffa un sanglot, mais ne retira pas sa main.

— Tu vois, quand je te touche, là, même pas beaucoup, c'est encore pire, c'est comme si je brûlais de l'intérieur. Comme si en frottant ma peau contre la tienne, j'allais m'enflammer…

Le visage de la jeune fille était noyé de larmes à présent.

— Pas maintenant, Nathan, murmura-t-elle. S'il te plaît, arrête.

— Mais je ne peux plus m'arrêter. Maintenant que je touche ta peau, j'ai envie de prendre ta main tout entière et j'ai l'impression d'exploser. Et j'ai peur parce que je ne pourrai jamais redevenir comme avant, quand je ne te connaissais pas. Comme si cette fameuse émotion m'avait changé à tout jamais.

Nathan serra un peu plus la main d'Élizabeth.

— Avant, j'avais peur de te parler de cette émotion. Maintenant, je me rends compte que ce qui me fait vraiment peur, c'est de te voir partir.

Il s'approcha un peu plus de son visage. Il sentait les lèvres d'Élizabeth, proches, toutes proches, mais il n'osait pas bouger. Au fond de lui, tout était en train de changer, un changement bien plus fort que tout ce qu'il avait jamais éprouvé à travers Interfeel. Il savait que les quelques centimètres qui le séparaient des lèvres d'Élizabeth le transformeraient à jamais.

Mais la jeune fille décala sa tête et les lèvres de Nathan plongèrent dans le vide. Il sentit simplement sa joue, couverte de larmes, contre la sienne. Elle releva la tête.

— Si on se revoit un jour, je te dirai quelle est cette émotion, Nathan, murmura-t-elle à son oreille. Je te le promets.

Elle s'écarta, ses pleurs ayant doublé d'intensité.

Et, au moment où Nathan allait lui répondre, elle disparut soudain. Il ne subsista qu'un léger halo autour de sa silhouette. Nathan ne savait pas si elle était réelle ou s'il s'agissait, déjà, de son imagination.

Il eut l'impression que ce halo s'approchait. Il eut l'impression de sentir des lèvres se poser sur le coin de sa bouche. Il savait qu'Élizabeth, aussi, ne voyait plus grand-chose désormais. Peut-être que ses lèvres étaient tombées ici par hasard, peut-être pas. Peut-être avait-il rêvé. Il ne voulait pas savoir. Il voulait simplement rester ainsi, encore un peu, avec cette sensation sur les lèvres.

*

Il resta plusieurs minutes, sans rien faire, sans rien dire. Peu à peu, un calme étouffant prit place autour de lui tandis qu'à l'intérieur, un véritable tumulte avait lieu. Il n'y avait plus aucun équilibre entre ce qu'il éprouvait au fond de lui et ce qu'il ressentait de l'extérieur. Il comprit qu'il n'y avait qu'un seul moyen de retrouver un semblant d'équilibre. Il partit en courant chez le Tatoueur.

— Je suis prêt à recevoir un tatouage, déclara-t-il sans préambule.

Le Tatoueur le considéra quelques instants.

— Ce n'est pas une décision à prendre sur un coup de tête, Nathan, et certainement pas à cause de circonstances extérieures. L'opération est douloureuse et surtout irréversible.

— Ce n'est pas un coup de tête. Vous savez bien que pour résister aux assauts de la Forteresse, il faudra que j'en porte un. Vous ne l'avez jamais dit directement mais je m'en doutais. Est-ce que vous pensez que je suis prêt à en recevoir un ?

Le Tatoueur réfléchit :

— Oui. Je pense que tu es prêt. Mais…

Comme il semblait hésiter, Nathan insista :

— Je suis sûr de moi. Je veux un tatouage. Quand est-ce qu'on peut m'opérer ?

Finalement, le Tatoueur se décida :

— Nous commencerons dès demain.

*

Comme tous les soirs, Hanek avait attendu près d'une heure dans son lit, sans bouger. Discrètement, il s'était rhabillé et était sorti dans le village. À pas de loup, il avait déambulé dans les rues. Ces réunions lui rappelaient son ancienne vie. Celle où il avait l'impression d'être important et où le professeur ne cessait de le mettre en avant.

Il frappa discrètement à la porte et Claude Érat lui ouvrit. La pièce principale de l'habitation était parfaitement vide.

— Où est Talak ? demanda Hanek.

— En bas, répondit laconiquement le professeur. Sans ajouter un mot, il souleva la trappe cachée dans un des coins de la pièce et commença à descendre à l'échelle. Hanek le suivit.

Les murs de cette pièce souterraine étaient entièrement composés d'objets technologiques de l'ancienne époque. La première fois qu'il était venu ici, Hanek était resté perplexe face aux goûts décoratifs de Talak, avant de comprendre que chaque objet ici faisait partie intégrante de la machine qu'il utilisait. Ils étaient, littéralement, *dans* un ordinateur géant.

Talak s'acharnait sur son gigantesque clavier, composé de centaines de touches, dont Hanek ne connaissait pas le quart. Réalisant qu'il portait les mêmes vêtements que la veille, il lui demanda :

— Vous n'avez quand même pas passé la journée ici ?

— Pourquoi pas ?

— Tu commences à le connaître, Hanek, dit le professeur.

Claude Érat et Hanek continuèrent d'observer le scientifique en silence quand soudain, ce dernier lâcha d'une voix triomphante :

— C'est le grand soir !

— Vous en êtes sûr, cette fois-ci ? dit Hanek. Ça fait deux semaines que c'est supposé être le grand soir.

— Tu l'as rapportée ? demanda Talak, ignorant sa remarque.

— Bien sûr.

— Pose-la sur le réceptacle.

Hanek sortit sa pierre. Depuis qu'elle avait perdu toutes ses propriétés numériques, il refusait de l'appeler Opale. C'est donc un simple caillou qu'il posa sur la surface évasée, copie conforme de celle que le Tatoueur avait utilisée deux mois plus tôt. Cela faisait quinze jours qu'Hanek effectuait cette opération. Chaque soir, il ne se passait rien et ses espoirs s'amenuisaient.

— C'est ta pierre, Hanek, dit Talak. Elle est encore liée à toi. Si tu n'y crois pas toi-même, ça ne risque pas de marcher.

— Je ne crois plus que ce que je vois.

— Dans ce cas, il est peut-être temps de croire à nouveau ! Retournez-vous !

Il actionna un dernier bouton et un éclair vif, brûlant, traversa la pierre.

« C'est la même chose tous les soirs, pensa Hanek. Il n'y a aucune raison que ça marche cette fois-ci. »

Il se retourna en soupirant. C'est alors qu'il vit sa pierre. Ou plutôt…

— Mon Opale !

Le souffle coupé, il s'avança un peu plus, pour être sûr de ce qu'il voyait. Son Opale était de nouveau activée, mais elle n'était plus la même. À la place des habituels reflets rouges, elle arborait une couleur bleu nuit.

— Alors, lâcha Talak en souriant. Tu crois ce que tu vois, désormais ?

— Il faut que je la touche…

— Fais attention, l'avertit le professeur. Nous ignorons les nouvelles propriétés de ta pierre…

— L'imprévu, c'est la vie, fit Hanek en s'avançant.

Il tendit la main, l'index en avant. Alors qu'il était à quelques centimètres de l'Opale, il savait que quelque chose avait changé. Une vibration traversa sa main. Lentement, il posa le doigt sur le caillou.

Il était froid. Mais cette température n'était pas naturelle. Son caillou avait repris vie. Une vie différente, à l'opposé de son ancienne chaleur. En le prenant en main, il constata autre chose.

— Elle est plus lourde…

— Un autre mystère à résoudre, affirma Talak, enthousiaste. Quoi d'autre ?

— Elle fonctionne, répondit Hanek. Le caillou est à nouveau connecté, mais ce n'est plus le même.

Les yeux du scientifique s'illuminèrent.

— C'est extraordinaire ! Ton Opale est devenue le réceptacle d'un nouveau réseau ! Ce n'est ni l'officiel, ni celui du Tatoueur.

— Vous pensez..., commença Hanek. Vous pensez que d'autres gens sur Terre communiquent à travers celui-là ?

— Encore une chose à découvrir, dit Talak.

— Mais désormais, nous avons un coup d'avance sur tout le monde. Même sur le Tatoueur, fit le professeur.

Hanek le regarda sans comprendre.

— Maintenant que vos recherches ont abouti, vous n'allez pas lui en parler ?

Le professeur regardait l'Opale bleutée avec un plaisir féroce.

— Pourquoi penses-tu que nous faisons ces expériences en secret ? Nous allons enfin avoir l'attention que l'on mérite. Qui sait, peut-être pourra-t-on prendre la tête du village.

Hanek sursauta.

— Vous n'êtes pas sérieux !

— Et pourquoi pas ? Je suis l'un des plus vieux compagnons du Tatoueur. On se connaît depuis vingt ans et il m'a laissé pourrir à l'hôpital. Sans toi, je serais déjà dans une prison-alvéole à me faire torturer par les Forces

Spéciales. Lorsqu'on est arrivés ici, il m'a refusé l'hospitalité. Nathan va le voir et, une minute plus tard, il a changé d'avis. En deux mois, il ne m'a presque pas adressé la parole et je ne peux même pas l'aider à la confection du tatouage de ton ami. Tu crois que c'est une attitude que je peux tolérer ?

Désorienté, Hanek se tourna vers Talak.

— Vous en pensez quoi ?

— Oh, fit Talak en souriant. Moi, je suis le scientifique du duo. Je me contente de faire mes recherches.

— Et toi, Hanek, regarde-toi, reprit le professeur. Tu as un potentiel immense. J'ai pu m'évader de l'hôpital grâce à toi, tandis que Nathan a tout juste été bon à nous faire repérer par Vlad Ekaton. Bon sang, ce garçon va avoir droit à un tatouage *avant toi*, alors que tu es meilleur en tout ! Le Tatoueur n'est pas juste. Il faut changer les choses.

Hanek luttait intérieurement. Oui, il avait reçu comme un coup de poignard la nouvelle que Nathan allait avoir un tatouage avant lui… Voir son Opale se ranimer lui avait refait prendre conscience de son ancienne vie. Celle où il était toujours le premier. Où Nathan l'admirait, où Livia était à ses côtés. Par ses mots, le professeur ne faisait qu'attiser ce désir. Hanek avait la sensation désagréable de jouer avec le feu. Il voulut prononcer une phrase neutre pour montrer son hésitation. Au lieu de ça, il demanda :

— Quelle est la prochaine étape ?

— On passe la nuit à analyser ce nouveau réseau. Ensuite, on agit.

— Pas trop vite, fit Talak. Il faut prendre le temps d'évaluer toutes les possibilités de ce réseau. Ne sois pas trop impatient, Claude.

— Bien, murmura le professeur. Mais on se dépêche. Il est temps de montrer au Tatoueur qu'il n'est plus le seul maître à bord.

Chapitre 28

— Le tatouage commencera au bout de ton index gauche, expliqua le Tatoueur. Il montera sur ton bras, passera partiellement sur ton torse et ton épaule pour se terminer au niveau de ta tempe. Je vais effectuer l'opération en trois étapes. Tout d'abord, il faut préparer ta peau à recevoir les informations numériques. Ensuite, je procéderai à la pose en tant que telle. C'est l'étape la plus difficile, pour celui qui reçoit le tatouage comme pour celui qui l'effectue. La dernière, enfin, est un travail de finition. Elle consiste à « figer » ces informations pour les protéger.

Il s'interrompit avant de reprendre, grave.

— Je préfère te prévenir tout de suite, Nathan. Le processus est lent et douloureux.

Torse nu, Nathan était allongé sur le dos. La partie gauche de son corps était attachée sur ce qu'il imaginait être une table de torture du siècle dernier. Le Tatoueur maintenait sanglé son index de la main gauche, son bras, ainsi que sa tête. Une espèce de stylet géant le surplombait, relié à un mécanisme de pistons et d'engrenages qui semblait lui permettre de se déplacer dans toutes les directions.

— Vous n'allez quand même pas m'enfoncer cette chose sous la peau ? interrogea Nathan.

— Non, mais tu n'échapperas pas à la sensation de piqûre. Cette « chose », comme tu dis, va silencieusement bombarder des informations numériques sur ta peau.

— À quoi sert exactement la première étape ?

— À rendre possible la connexion entre l'énergie biomécanique de ton corps et le tatouage. Trois heures sont nécessaires pour préparer ta peau à recevoir les informations numériques. Ce sera plutôt désagréable.

— Et… les étapes suivantes seront plus rapides ou moins désagréables ?

— Elles seront pires, avoua le Tatoueur. La seconde étape est la pose du tatouage. Elle dure douze heures et elle est non seulement douloureuse, mais elle va aussi énormément perturber ton esprit. Je t'en reparlerai en temps voulu. L'ultime étape, la « fixation », dure cinq heures. Elle, en revanche, t'apaisera. Elle agira comme un baume et fera en sorte que toutes tes perceptions se remettent dans l'ordre.

— J'aurai le temps de souffler entre les étapes ?

— Dix heures à chaque fois. Pour continuer dans les mauvaises nouvelles, sache que ces temps d'attente ne seront pas de tout repos pour autant. Tu vas certainement sombrer dans un sommeil paradoxal qui permettra à ton esprit d'accepter les nouvelles informations de ton corps. Ce sommeil sera agité. Tu ne sauras plus vraiment où tu te trouves.

Après un temps nécessaire pour digérer ces nouvelles, Nathan demanda :

— Et vous ? Vous allez programmer le tatouage et partir ?

— Non. Ton corps peut réagir à tout moment à l'opération et je dois être présent pour adapter la pose du tatouage.

— Il y a d'autres choses que je devrais savoir ?

— Oui. Le tatouage n'est pas qu'une nouvelle couche de peau, il va devenir une partie de toi. Mon travail consiste à ce que ton corps ne le rejette pas durant l'opération. Ensuite, cela ne dépend que de toi. Un rééquilibrage va s'effectuer, qui peut durer plus ou moins longtemps. Durant un temps, tu risques d'avoir du mal à contrôler ton corps.

Comme s'il se souvenait d'un détail insignifiant, le Tatoueur ajouta :

— Tu risques également d'avoir des hallucinations.

— Super…, fit Nathan en déglutissant. On commence quand ?

Le Tatoueur sourit.

— Quand tu veux.

Nathan acquiesça et le Tatoueur se mit à pianoter sur son clavier. Le stylet s'approcha mécaniquement de la main gauche du garçon, qui frémit.

— Détends-toi, dit simplement le Tatoueur.

Le stylet s'arrêta à un centimètre de son index. Il tourna autour, comme s'il analysait sa forme et toutes les pliures de sa peau.

— Je commence.

Le stylet entra en action et Nathan entendit un léger bourdonnement.

— C'est censé être silencieux, non ?

— Oui.

— Ah bon ? Pourtant, j'entends…

Nathan se concentra sur le bourdonnement.

— Ne fais pas qu'écouter ce bruit, Nathan. Ressens-le.

— Comment voulez-vous que je *ressente* un bruit ?

— À toi de trouver.

« Super. »

Il ferma les yeux. Comment *ressentir* un bruit ? Il essaya de se détendre et de se laisser envahir par le son, et soudain il comprit.

— Ce n'est pas un bruit. C'est… une démangeaison.

— Exactement, confirma le Tatoueur. Ce que tu pensais être un son est en réalité une sensation. Ton corps commence déjà à associer différents sens.

— C'est normal ?

— Chaque pose de tatouage est unique. Dis-toi que c'est un prolongement de ton entraînement. Ce que tu ressens là n'est qu'un infime avant-goût de ce que tu ressentiras dans la Forteresse inversée. C'est comme si je te vaccinais, en quelque sorte : ton corps va s'habituer à ces inversions de sens à petites doses, ce qui le rendra plus résistant lorsque de gros changements surviendront.

Alors que les minutes passaient, interminables, la démangeaison devenait de plus en plus forte à ses oreilles.

— Ça vous dérange si on parle en même temps ? demanda Nathan. Ça m'aiderait.

— Si tu veux.

— À propos du professeur…

Au silence du Tatoueur, il devina que le sujet était sensible.

— Que souhaites-tu savoir sur Claude Érat ?

— Eh bien… Je commence à comprendre des choses, sans Interfeel, et j'ai l'impression… qu'entre vous… il y a des tensions.

Le long silence qui suivit le conforta dans son idée.

— Ma relation avec Claude Érat est très ancienne et très compliquée…

— C'est-à-dire ?

Le Tatoueur sembla hésiter quelques secondes, puis il se décida :

— Ce que je vais te dire ici ne doit pas sortir d'entre ces murs, Nathan. Claude Érat a été l'un des premiers à rejoindre la résistance à mes côtés, il y a plus de vingt ans. Son souhait a toujours été de faire partie des huit dirigeants de l'organisation F.A.N.T.O.M.E.

— Comment est-ce qu'ils étaient choisis ?

— Par notre chef, qui les sélectionnait pour leurs talents particuliers. C'est ce que Claude Érat n'a jamais compris. Il était persuadé que je bloquais volontairement son ascension dans l'organisation rebelle. Claude Érat a un gros problème d'ego. C'est ce qui l'a poussé à se défenestrer.

— Qu'est-ce que vous voulez dire ?

— Je n'ai jamais donné l'ordre à Claude Érat de commettre cet acte en mon nom. Cela faisait même des années que je n'avais plus aucun contact avec lui. Je pense qu'il a fait ce « coup d'éclat » dans le but de nous faire réagir. Mais je ne pouvais pas cautionner un tel acte. Surtout commis devant des adolescents.

— C'est pour cela que personne de votre organisation n'est venu le chercher à l'hôpital…

— Exactement. Il a agi seul, il s'est débrouillé seul. Il était hors de question de mettre en danger le village.

— C'est assez… « ironique » de voir que vous êtes contre ce geste alors que c'est pourtant lui qui nous a menés à vous.

— Effectivement… C'est aussi pour cela que j'ai tout d'abord refusé que vous vous installiez ici. Il n'avait rien à m'imposer. Ensuite, tu es venu me voir et les choses ont changé…

— C'est aussi pour ça que presque personne ne lui parle…

— Claude Érat est quelqu'un de brillant, mais c'est un électron libre. La seule personne qui l'apprécie ici est Talak, car Talak aime les personnes intelligentes et ne retient aucun autre critère.

Après un nouveau silence, le Tatoueur ajouta :

— Ce que je vais te dire va peut-être te sembler difficile à admettre, vu qu'il s'agit de votre ancien professeur, mais méfie-toi de lui. Fais attention à tes amis aussi, et en particulier à Hanek qui semble le vénérer. Il est très facile de se laisser séduire par les propos de Claude Érat.

Nathan ne répondit rien. Il réfléchissait. Soudain son esprit commença à partir. Le Tatoueur avait raison, la pose du tatouage avait des conséquences physiques et mentales.

— Cesse de parler maintenant, Nathan, je m'attaque au visage. Détends-toi… mais rappelle-toi : lorsque toutes tes perceptions te lâchent, que tous les repères qui t'identifiaient auparavant te lâchent, une seule chose peut rester, la conscience de soi. N'oublie pas qui tu es. Si tu as tout perdu, retrouve-toi.

L'heure suivante s'écoula dans le silence. Nathan, perturbé, sentait peu à peu son esprit s'éloigner de la réalité…

— Je ne peux pas me retrouver, je ne sais pas qui je suis…

— Arrête de parler, dit le Tatoueur d'un ton ferme.

Il se rappela les sensations qu'il avait éprouvées. Il pensa à la main qu'il avait saisie, hier. À l'entraînement avec Hanek. Tandis que ses sens commençaient à se mélanger, comme dans les rêves qu'il faisait avant. Il essaya de se raccrocher à ces moments où, même pendant quelques secondes, il avait eu l'impression d'être à sa place.

Nathan avait perdu la notion du temps. Lorsque le Tatoueur éloigna le stylet, il savait *rationnellement* que les trois heures de l'opération venaient de se passer, mais il aurait été incapable d'en être sûr.

— C'est… fini ? demanda-t-il, épuisé.

— Pour cette étape. En théorie, tu vas certainement t'endormir maintenant. C'est une réaction naturelle du corps pour accepter l'élément étranger, alors n'essaye pas de résister. Je vais te laisser.

Le Tatoueur n'avait pas encore quitté la pièce que l'esprit de Nathan divaguait déjà. Il se perdit dans une zone d'ombre qui l'engloutissait. Il n'était plus sûr de ce qu'il ressentait, ni de ce qu'il voyait… ni de qui il était…

Elle était arrivée. Le flou qui l'entourait depuis une éternité disparut soudain et Élizabeth retrouva ses repères. Elle avait marché pendant des heures dans les égouts. Elle était fatiguée, sale, mais elle ne s'était pas arrêtée. Une ultime indication sonore lui désigna une échelle située à proximité et quelques secondes plus tard, elle se retrouva à la lumière.

Elle reconnut le quartier nord au premier coup d'œil. Elle maintint son camouflage enclenché. Les Forces Spéciales arriveraient certainement à la repérer, mais elle pouvait tout de même avancer sur le trottoir. Mis à part l'odeur, elle n'avait que peu de risques d'attirer l'attention de quelqu'un.

Elle trouva une impasse dans laquelle elle put s'assoir et reprendre son souffle. Elle n'avait pas une seconde à perdre. Elle devait mettre immédiatement son plan à exécution pour libérer Kami.

Ce qui impliquait de pouvoir situer très exactement l'emplacement du village dans les souterrains.

Au moment même où elle avait appris l'arrestation de son frère, elle avait réalisé qu'elle était prête à tout sacrifier pour lui. C'est pour cela que, en regardant le Tatoueur dans les yeux, elle avait menti en affirmant qu'elle ne chercherait pas à les retrouver. Elle sortit de sa poche un papier couvert de son écriture serrée. Elle avait noté chacune des indications sonores et le temps entre elles.

Elle devait se concentrer pour retrouver la position exacte des rebelles. Cette information serait essentielle pour libérer Kami.

Elles étaient revenues. Nadem avait pensé que ses pulsions violentes avaient disparu. Mais comme une maladie, elles s'étaient tapies dans l'ombre et adaptées à ses nouvelles conditions de vie pour revenir de manière imprévisible, encore plus résistantes. Il avait beau travailler sans relâche, se tuer à la tâche, ses angoisses colonisaient son esprit. Il était à bout. Il eut la conviction que quoi qu'il fasse, il ne parviendrait jamais à y échapper. Il devait agir.

— Nathan. Réveille-toi.

Nathan ouvrit les yeux avec la sensation désagréable que la zone d'ombre dans laquelle il avait erré dans son sommeil n'avait pas complétement disparu. Comme si la réalité avait pris une teinte plus sombre en son absence.

— Comment te sens-tu ? demanda le Tatoueur.

Nathan voulut parler, mais sa bouche semblait paralysée. Après quelques secondes d'effort, il parvint néanmoins à articuler un mot :

— Étrange…

— Tu m'aurais dit « bien », je ne t'aurais pas cru, dit le Tatoueur en souriant. Ton corps et ton esprit ont l'air de parfaitement bien réagir. Essaye de bouger.

Avec lenteur, le garçon leva la tête pour regarder son pied gauche. Il le voyait, il savait qu'il était accroché à lui, mais il ne pouvait pas le contrôler.

— J'ai l'impression que cette jambe n'est pas à moi. On pourrait la couper, je ne sentirais rien.

— C'est une illusion de ton esprit.

« Cette jambe m'appartient », se dit Nathan, même si cette phrase lui semblait absolument ridicule.

— Concentre-toi sur un point en particulier, et ne pense qu'à ça.

Il lui fallut plus d'un quart d'heure pour parvenir à bouger un orteil. Un autre quart d'heure plus tard, il agitait tous ses doigts. Enfin, il réussit à bouger l'ensemble de son corps. Épaulé par le Tatoueur, il se mit debout.

— Prends le temps de marcher. Mange, lave-toi, essaye de te détendre. Profites-en, tu n'auras plus l'occasion de le faire jusqu'à la fin. Le tatouage sera posé mais pas encore figé. Idéalement, il ne faudrait même pas faire de pause car le moindre choc pourrait causer des dommages irréversibles.

— Vous avez le don de rassurer les gens, vous.

— Mon but n'est pas de te rassurer mais de dire ce qui t'attend. Cette étape va être bien plus difficile que ce que tu viens de subir. En ce moment, tes problèmes sont uniquement physiques. Bientôt, tu seras pris d'hallucinations. Elles ne seront pas que visuelles. Tu vas entendre, ressentir des choses…

Alors que, même immobile, Nathan se décomposait a vu d'œil, le Tatoueur essaya de sourire et dit :

— Je peux quand même te rassurer en disant que la troisième étape sera bien moins difficile et remettra tout en place. Le mauvais moment que tu passeras avec la deuxième opération ne sera que temporaire.

Durant une heure, Nathan se força à manger et à ne surtout pas penser à la suite de la journée. Il tourna en rond dans la pièce, comme s'il essayait de se réapproprier son propre corps.

Le Tatoueur revint bien trop vite à son goût.

— Tu es prêt ?

— Pas du tout. Mais je pense que je ne le serai jamais, alors autant y aller.

— Très bien. Je vais te rattacher à la table car, cette fois, tu risques de vouloir bouger. Je vais effectuer le même parcours que la première fois, en commençant par ton index, puis ton bras, ton torse, et enfin ta tempe.

À la première seconde de l'opération, Nathan sut que les choses ne seraient plus les mêmes. Cette fois, il ne fit pas qu'entendre la douleur. Il la goûtait, la voyait. Il l'éprouvait de tous ses sens, comme s'il n'y avait plus aucune barrière entre eux.

« Dans ta tête, se dit-il. C'est uniquement dans ta tête. »

— On… on peut parler comme la dernière fois ?

— Si tu y arrives. Attends-toi à des silences. C'est une étape très importante et je dois me concentrer. De quoi veux-tu parler ?

— Je pourrai faire quoi avec ce tatouage ?

— Beaucoup de choses, mais je ne vais pas te les expliquer maintenant. Si je te raconte toutes ses possibilités, tu risques de ne plus être assez calme pour l'opération. D'ici deux, trois jours, quand tu auras récupéré, je te les montrerai. Pas avant.

Il cherchait un nouveau sujet de conversation mais la douleur l'empêchait de se concentrer. Il demanda donc la première chose qui lui passa par la tête.

— Et vous ? Si on parlait de vous ?

Durant près d'une minute, ce fut le silence total.

— Que veux-tu savoir ? dit enfin le Tatoueur.

— Je ne sais pas… qui vous étiez avant, pourquoi vous avez intégré la résistance et…

— Arrête de parler.

Surpris, Nathan ne put s'empêcher d'insister.

— Vous ne voulez pas ?

— Non, arrête de parler. Je suis au niveau de ton torse et il faut que tu sois le plus calme possible pour ne pas altérer ta respiration.

Nathan ne bougea plus. Au bout d'interminables minutes, peut-être même d'heures, il ne savait plus, il commença à frémir de douleur. Il voulait parler, mais déjà il ne le pouvait plus. À peine parvint-il à balbutier :

— Je… je…

— Reste concentré, Nathan. Pense à autre chose.

Après une hésitation, le Tatoueur ajouta :

— Repère-toi à ma voix, si tu veux. Écoute-moi. Pour répondre à ta question, je n'ai pas uniquement perdu mon identité en entrant dans la rébellion. J'ai aussi perdu ma famille. À cause de Kassandra Kacem. Aujourd'hui il ne me reste que mon objectif. Voilà ce qui me constitue, maintenant. Je suis prêt à tout pour le réaliser. C'est ce qui m'aide, moi, lorsque j'ai le sentiment de n'avoir plus aucun repère. J'ai retrouvé une famille avec ce village. Par moment, j'ai aussi l'impression de retrouver un fils.

— Qu'est-ce que vous…

— Reste immobile, fit le Tatoueur d'une voix soudain plus ferme. Essaye de rester toi-même…

Mais Nathan ne parvenait plus à se concentrer. Sa pensée rationnelle explosa et la voix du Tatoueur se mêla aux ombres qui, de plus en plus, semblaient obscurcir la réalité. La seconde d'avant, il rencontrait Élizabeth dans le quartier est et les quatre mois qui s'étaient écoulés depuis tenaient en une seconde. Ce qu'il subissait maintenant semblait durer une éternité. Le temps était altéré. Plus rien ne bougeait autour de lui, même la voix du Tatoueur s'était figée sur une note unique et continue.

Soudain cette éternité se brisa et le Tatoueur se leva. Il était près de lui. Il lui parlait.

— C'est fini.

Avait-il vraiment dit cela ? Il n'en avait aucune idée. Il ne savait pas. Il ne savait plus rien.

— Repose-toi.

Il avait mieux saisi cette phrase-là. Il semblait l'avoir attendue depuis toujours. La deuxième étape était enfin terminée.

*

La jalousie.

Ce sentiment avait toujours fait partie d'Hanek. C'est ce qui l'avait toujours poussé à vouloir être le premier mais, avec Interfeel, il n'en avait jamais eu réellement conscience. Lorsqu'il était arrivé dans ce village, il avait abandonné toutes ses illusions et la jalousie était partie avec.

Mais dernièrement… Les choses avaient changé. Le professeur avait aussi fait revenir ce sentiment mais, cette fois, il n'était plus apaisé par le Réseau. Lorsque Hanek pensait à Nathan qui, en ce moment même, se faisait poser un tatouage, cette jalousie obstruait son esprit. Pour se calmer, il n'avait trouvé qu'un seul moyen : suivre le professeur, le seul qui le considérait vraiment.

Il fallait agir le plus tôt possible.

*

La jalousie.

Adila aussi avait pu la contenir durant plusieurs semaines. Mais elle les avait vus. Lorsque Nathan était parti rattraper Élizabeth, elle l'avait suivi et les avait observés. Elle savait ce qu'Élizabeth partageait avec Nathan, et surtout ce qu'il éprouvait, lui. Une haine viscérale avait refait surface. En l'absence d'Élizabeth, Adila n'avait plus personne sur qui concentrer les sentiments qui restaient en elle, s'amplifiant jusqu'à la rendre folle. Elle n'avait plus aucun repère. Elle avait l'impression de pouvoir exploser à tout moment.

Elle n'en pouvait plus. Elle devait agir vite pour que tout s'arrête.

*

Nathan ouvrit les yeux mais rien ne se remit en place. La zone d'ombre était encore présente, bien plus qu'avant. Il était dans une semi-réalité. Complètement figé, il avait l'impression d'être enfermé dans son propre corps. Il entendait des cris. Des bruits. Des coups de feu. Ses perceptions devaient encore être faussées. Heureusement, la troisième étape, celle qui fixait les différents éléments du tatouage, allait bientôt arriver. Enfin, il se sentirait bien.

La porte s'ouvrit. Le Tatoueur s'approcha du jeune homme qui parvint à articuler, comme une libération :

— Trois… ième étape ?

— Non.

Nathan ne comprenait pas. Il y avait ces angoisses. Il y avait ce bruit. Il y avait cette réponse du Tatoueur qui ne le regardait même pas et le détachait de la table.

— Il faut partir…

Ce qui se passait n'était pas normal, et cela ne faisait qu'amplifier son malaise. Le Tatoueur paraissait tout faire très vite, comme s'il était extrêmement nerveux. Il dit d'une voix ferme :

— Nathan, tu vas devoir te lever. Tout de suite.

Le Tatoueur effleura son épaule : un éclair de souffrance le traversa, brouillant à nouveau tous ses repères sensoriels, comme si le tatouage se défendait. Nathan cria de l'intérieur mais rien ne sortit. Il fallait qu'il parle. Un mot, rien qu'un mot, et, lacéré de douleur, il parvint à articuler dans un souffle faible :

— Pour… quoi ?

Le Tatoueur l'empoigna et une nouvelle douleur le traversa, mais Nathan entendit très distinctement la réponse.

— Les Forces Spéciales, Nathan. Elles ont envahi le village. Quelqu'un nous a trahi. Il faut fuir. Maintenant.

Chapitre 29

— Lève-toi.

Assis sur la table d'opération, Nathan voyait pendre ses jambes dans le vide comme de la matière morte. Il n'y avait plus aucune connexion entre lui et ses pieds.

— Ce n'est que ton esprit, dit fermement le Tatoueur. Il faut que tu te lèves, Nathan. Je sais que c'est dur, mais chaque seconde compte.

Malgré son calme apparent, derrière chaque mot, Nathan devinait l'urgence de la situation. Les Forces Spéciales venaient d'attaquer le village. L'ultime vestige de résistance de la guerre numérique.

« Ce n'est pas possible. Qui nous a trahis ? »

Le Tatoueur le toucha. Un éclair de lucidité le traversa et il grimaça de douleur.

— Je ne peux pas te porter Nathan, tu ne le supporterais pas. En revanche, je vais pouvoir te soutenir pour le début. Il faut que tu domines ton esprit.

— Co… comment ? articula Nathan avec peine.

— Retrouve-toi, lui ordonna le Tatoueur.

Il devait oublier ses questions. Il lui fallait se concentrer. Se retrouver.

Forçant difficilement sur ses mains, il se poussa en avant et se laissa tomber dans le vide. Il atterrit violemment sur ses pieds et une vague de douleur remonta jusqu'à son cerveau. Le Tatoueur glissa son bras sous son épaule.

— Je vais t'aider. Je peux supporter la majeure partie de ton poids mais il faut que tu fasses le mouvement. À présent, marche.

Ses jambes ne réagissaient pas. Il voulait partir loin de ce corps dévoré de souffrance qu'il semblait incapable de contrôler. Loin de cette réalité…

— MARCHE !

Lentement, il parvint à faire bouger un premier pied. Puis l'autre. Il réitéra le mouvement. Un pas, puis l'autre.

— Vous… Partez…, articula-t-il.

— Je vais le faire, assura le Tatoueur. Crois-moi, ils vont me le payer. Mais d'abord, je dois t'aider à retrouver ta motricité. Ensuite, tu te cacheras dans un endroit où ils ne pourront pas te trouver.

Ils arrivèrent à la porte d'entrée que le Tatoueur poussa d'un geste. Alors, Nathan vit enfin ce qui se passait au-dehors.

Le ciel bleu azur était d'un calme incroyable. Immobile, pas un nuage numérique ne venait le perturber. En dessous, une maison explosa dans une gerbe de flammes et de métal. Les autres bâtiments n'étaient déjà plus qu'un amas de débris fumants. Les gens couraient dans tous les sens, criaient. Des coups de feu retentissaient. Et soudain, Nathan comprit. Les Forces Spéciales n'utilisaient pas les armes d'immobilisation électromagnétiques, comme à la surface. C'était la guerre, elles avaient recours à la vieille technologie. La poudre. Les balles qui traversaient les corps.

Les Forces Spéciales et le village souterrain, deux réalités qui lui semblaient à jamais incompatibles, se télescopaient soudain. Le choc était brutal.

« Il faut faire quelque chose », pensa-t-il.

Il voulait agir. Courir. Défendre le village. Mais son corps restait pitoyablement faible, il tenait à peine debout.

— Avance, ordonna de nouveau le Tatoueur.

Il le poussa vers l'avant et la douleur reprit, moins violente, comme si le tatouage comprenait que ce contact n'était pas hostile. Il devait marcher.

— Il faut aller dans cette direction. Tu longes les maisons, tu traverses la place principale du village. En face, tu trouveras l'hologramme d'une cascade. Derrière se trouve une grotte électronique dans laquelle tu pourras te cacher.

Ils continuèrent d'avancer à une lenteur désespérante. Nathan ne pouvait pas voir ce qui se passait. Il devait continuer de regarder devant lui. Le sol était jonché de débris qu'il ne parvenait pas à identifier.

— Plus vite, Nathan.

— Mes amis…, gémit le jeune homme.

— N'y pense même pas. Vu ton état, tu serais un poids pour eux.

— Mais…

— TAIS-TOI ! aboya le Tatoueur. Tu dois t'en sortir. C'est primordial. Je te mets à l'abri, tu y RESTES et je pars me battre. Fin de la discussion.

Deux membres des Forces Spéciales apparurent soudain à quelques mètres d'eux. Ils étaient couverts de protections, masqués, imposants, et tenaient à la main des mitraillettes d'un noir brillant. Ils étaient prêts à tuer.

Le Tatoueur bondissait déjà sur eux. Sans support, Nathan tomba et heurta violemment le sol de son côté gauche. Le tatouage. Un éclair de douleur le traversa et les mots du Tatoueur ressurgirent : « moindre choc », « dommages irréversibles ».

— Nathan !

Le Tatoueur le releva. La réalité lui revint peu à peu quand il vit les corps des agents spéciaux à terre. Avec difficulté, il articula :

— Vous les avez…

— Ils ne nous embêteront plus. D'autres ne tarderont pas à arriver. Ils se déplacent toujours par équipes de sept.

Nathan voyait bien que le Tatoueur hésitait à l'abandonner.

Il devait trouver son équilibre par lui-même. C'était la première étape. Il n'avait jamais réalisé à quel point un appui sur deux jambes pouvait être précaire. Il devait se reconnecter à ses membres.

« Pense à l'entraînement. »

Il eut aussi une pensée pour ses amis. Il devait survivre, ne serait-ce que pour eux. Il sentit à nouveau le sang circuler dans ses veines et la souffrance de ses pieds nus sur le sol. Pour reprendre contact avec la réalité, il devait accepter la douleur.

Il lâcha l'appui du Tatoueur et se tint debout seul.

— Je peux… marcher…, prononça Nathan avec difficulté.

— Tu tiens à peine debout.

— Je tiens…

Il essaya de lever le bras, en vain. Il désigna la direction en hochant la tête.

— C'est… par là, c'est ça ?

— Oui. Les habitations, la place à traverser, puis derrière la cascade numérique.

— Je peux y aller. Allez… vous battre.

— Nathan…, hésita le Tatoueur.

— Partez.

Malgré sa difficulté à articuler, Nathan sut qu'il avait réussi à le convaincre. Le Tatoueur lui donna des instructions :

— Va le plus vite possible. Ne touche rien. Ne rejoins pas tes amis et ne cherche pas à les sauver. Cache-toi et attends. N'essaye pas d'utiliser ton tatouage, tu ne sais pas le contrôler et il n'est pas achevé. Il pourrait y avoir des conséquences pour ton corps et ton esprit.

Il tourna soudain la tête :

— Ils arrivent. Je te couvre. Cours. Maintenant. Ne te fais pas prendre. S'il te plaît.

Le Tatoueur partit à une vitesse incroyable. À présent, Nathan était seul et il devait agir vite. Pour commencer, il devait marcher.

Il se pencha, perdit l'équilibre mais se rattrapa de justesse. Malgré les difficultés, il avait réussi à faire un pas. Il essaya de nouveau. Il fallait continuer, puis accélérer. Droit devant lui. Vers la cascade qui se dessinait, au loin. Les habitations défilaient à côté de lui, éventrées, fumantes. Il entendait au loin des bruits de tôle, des coups de feu, des gens crier. Il ne devait pas y penser. Avancer. Courir. Un agent des Forces Spéciales surgit devant lui et pointa son arme. Nathan frémit et prit conscience qu'il allait mourir. L'agent poussa soudain un cri violent : un chien lui mordait la main jusqu'au sang, traversant son gant de protection. Il le repoussa et fit feu, touchant l'animal. Une pulsion incontrôlable poussa Nathan en avant et, de sa main gauche, il atteignit le policier qui s'effondra, projeté en arrière. Une vive douleur le traversa. Comme s'il avait *lui aussi* ressenti cette douleur.

Le tatouage.

Le chien blessé avait disparu. Nathan regarda autour de lui. Personne. Le policier devait être seul. Il arriva à la place centrale. De sa position, il voyait presque tout le village. Partout, les agents des Forces Spéciales arrêtaient des villageois, les regroupaient et les tenaient en joue. Nathan entendit des coups de feu. Il craignait le pire et ne voyait ses amis nulle part…

— Nathan ! fit une voix derrière lui.

Il se retourna. Vécole se tenait sur le rebord d'une habitation, la jambe ensanglantée.

— Ils ne peuvent pas détruire mon village, Nathan. C'est tout ce que j'ai. Je me suis battu. On m'a tiré dessus.

Son air désolé se transforma soudain en un grand sourire.

— Mais j'en ai eu trois !

À ces mots, prononcés par le jeune homme, Nathan frissonna. Ils étaient vraiment en pleine guerre. Une phrase lui revint en tête :

« Comment une guerre numérique peut-elle avoir des conséquences physiques ? »

Désormais il le savait au plus profond de sa chair.

— Tu peux marcher ? demanda-t-il à Vécole.

— Difficilement. Et toi, qu'est-ce que t'as ? Tu as reçu un coup ?

— Tatouage.

Le visage de Vécole s'éclaira et, un bref instant, Nathan retrouva l'expression de joie qu'il avait toujours connue chez son jeune ami.

— Il t'a installé le tatouage ? Trop bien ! Tu vas pouvoir te battre !

— Pas achevé…, dit Nathan.

La joie de Vécole disparut et fit place à l'abattement le plus total. Il lâcha le mur pour tenter d'avancer mais sa jambe était trop fragile et il tomba dans les bras de Nathan qui serra les dents de douleur.

— Je ne peux rien faire, dit Vécole en grognant. C'est horrible.

— Je… sais…, dit-il encore avec effort.

Nathan éprouvait le même sentiment d'impuissance. Vécole aussi devait se cacher. S'il ne pouvait pas retrouver ses amis, il pouvait au moins l'aider, lui.

— Viens… Cachette…

— Hors de question que je me planque ! s'écria Vécole.

— Tatoueur… il le souhaite…, mentit Nathan en montrant sa jambe. C'est mieux… pour le moment… viens.

Résigné, Vécole hocha la tête.

Ils s'appuyèrent l'un contre l'autre. Nathan désigna la cascade numérique située en face d'eux, de l'autre côté de la place.

— Là-bas… Prêt ?

Vécole hocha la tête. Ils ne pouvaient pas courir vite. Durant une vingtaine de secondes, au moins, ils seraient exposés de toute part.

— C'est… parti…

Ils se lancèrent, tentant d'aller le plus vite possible malgré leur état. Le soleil numérique les rendait très visibles.

Un gigantesque bruit de torsion métallique retentit soudain, masquant tout le reste. Alors qu'ils couraient toujours, Nathan sentit clairement le ciel s'assombrir.

Il se força à tourner la tête et comprit. Derrière lui, le gigantesque hologramme du ciel s'éteignait progressivement. À la place, le véritable plafond se révéla et d'énormes morceaux de métal tordus et rouillés apparurent. La campagne disparaissait. Toutes les illusions du village s'éteignaient. Ils avançaient toujours, luttant à chaque pas, jusqu'à atteindre la limite du village.

La cascade qui devait les protéger avait disparu. Il ne s'agissait désormais plus que d'un mur de déchets numériques… Ils aperçurent l'orifice béant de la crevasse électronique et s'y engouffrèrent.

De leur cachette, ils virent que le village n'existait plus. Il était redevenu une simple et gigantesque décharge souterraine abandonnée. Les habitations qu'ils avaient construites de leurs mains étaient anéanties. Les Forces Spéciales prenaient l'avantage qu'importe l'endroit où les yeux des deux garçons se posaient.

Impuissants, ils assistèrent à ce spectacle pendant ce qui leur sembla une éternité. Soudain, les bruits s'atténuèrent. Un silence oppressant s'installa. Les Forces Spéciales avaient gagné. Les policiers commencèrent à rassembler tout le monde sur la place centrale.

Nathan sentait Vécole trépigner de rage.

— On ne peut rien faire, lui murmura Nathan. Pour le moment… ils ne savent pas qu'on est là. Attends qu'ils partent… Ensuite on trouvera un moyen… De les sauver tous.

Heureusement, Vécole écouta Nathan avec attention, comme il l'avait toujours fait. Il contint sa rage.

Les villageois étaient désormais tous regroupés sur l'ancienne place. Nathan était trop loin pour les distinguer. Il ne savait pas qui avait été arrêté et si certains avaient pu s'enfuir. Avec soulagement, il ne reconnut le Tatoueur nulle part. Leur première mission serait de le retrouver. Lentement, l'imposant groupe de captifs commença à se déplacer sous haute surveillance vers la sortie visible de ce qui avait été leur village.

— On attend…, murmura Nathan. Dès qu'ils seront partis, on cherche un moyen de sortir…

— Regarde, fit Vécole. Ils en laissent quelques-uns en faction…

Les quelques agents restés passaient un faisceau de lumière rouge sur les décombres des habitations.

— On trouvera un moyen de les éviter le moment venu.Cachons-nous… on sait jamais…

Ils s'accroupirent. Au bout d'une dizaine de secondes le rayon rouge s'arrêta pile sur eux et ils entendirent des bruits de pas venir dans leur direction.

— Recule…, ordonna Nathan à Vécole.

Ils se tassèrent au fond de la crevasse. Nathan essayait d'ignorer la douleur que lui infligeait encore son tatouage.

— On sait que vous êtes là ! Sortez !

Nathan regarda Vécole et porta son index à ses lèvres.

— On vous a repérés avec le laser. Si vous ne sortez pas dans les dix secondes, on vous blaste. Tout ce qui est organique explosera, je vous laisse imaginer les dégâts.

Le choix était simple : se rendre ou mourir.

— On sort, lança-t-il, devant le regard horrifié de Vécole.

— Nathan ! murmura ce dernier d'une voix suppliante.

— Ça sert à rien de mourir, dit Nathan.

« Morts, on ne trouvera pas de solution pour s'en sortir. »

La crevasse n'avait pas d'autre issue et Nathan se doutait bien que les Forces Spéciales ne bluffaient pas. Lentement, ils déblayèrent l'entrée et Nathan fut accueilli par le canon d'une arme qui lui percuta le crâne.

— Tu fais UN geste louche et je te bute !

— Calme-toi, fit son collègue. C'est des gosses.

— Des gosses qui ont tué la moitié de mon équipe tout à l'heure, répliqua le premier. Ce sont des cyristes, pas des êtres humains.

Nathan essaya de ne pas penser à la douleur. Il se retourna vers Vécole qui venait de sortir aussi, le visage déformé par la haine.

— C'est tout ce que j'avais, ce village. Vous avez tout détruit ! J'ai plus rien !

— Tu la fermes et tu lèves les mains, cria l'agent en pointant son arme vers lui.

L'autre agent toucha le torse de Nathan, qui se crispa de douleur.

— Toi aussi, aboya-t-il. Les mains en l'air.

— Je… peux… pas…

Il pouvait à peine tenir debout et lever les mains au-dessus de sa tête lui était encore impossible. Mais comment l'expliquer à ces gens armés, saturés d'adrénaline ?

— Physiquement… pas possible…

— Lève les bras ! aboya l'agent qui se rapprocha encore, menaçant. Lève tes putain de bras !

Nathan voyait l'orifice de son arme pointer à quelques centimètres de son visage. Il se força à lever les bras.

Plus haut. Un peu plus haut. Il ne dépassa pas les épaules. L'arme s'avança.

— Laissez-le tranquille ! cria Vécole.

— Ta gueule ! cria l'agent en pointant l'arme dans sa direction, puis il revint nerveusement vers Nathan : Toi aussi, tu lèves les bras. Maintenant !

— Je ne…, commença Nathan.

À ce simple mot, le policier retourna son arme et le frappa violemment de sa crosse à la tempe gauche. Nathan poussa un cri de douleur et s'effondra sur le sol. Du côté gauche. Sur le tatouage.

— Enfoiré ! s'écria Vécole.

Nathan eut à peine le temps de l'entendre se ruer en avant. De relever la tête. De voir Vécole se faire tirer dessus dans un bruit qui lui déchira le crâne.

— Nooooon ! hurla-t-il.

Il ne s'était pas senti crier. Il avait simplement entendu un gémissement inhumain, sorti du fond de ses entrailles. Vécole tomba à côté de lui, vomissant du sang. Puis il cessa de bouger. De respirer. Ses grands yeux fixaient le vide.

— Et lui, fit l'agent en le désignant de la pointe de son canon. Je le descends aussi ?

— Non. Le commissaire Ekaton était clair, pas plus de morts que nécessaire.

Du pied, il tapa sur le dos de Nathan. Choc.

— Allez, debout.

Mais Nathan ne bougeait pas. Il entendait à peine les paroles de l'agent.

— Je ne vais pas t'aider à te relever. Je vous connais, vous, les cyristes, tu vas me faire un mauvais coup comme ton petit copain. Tu veux finir comme lui ? Alors tu te lèves. Compris ?

Nathan finit par obeir. Il n'avait pas le choix. Il jeta un ultime regard sur le corps de Vécole et, poussé par le canon de l'agent, il avança docilement pour rejoindre le groupe de villageois. Son corps hurlait de douleur, mais il ne ressentait plus rien.

Ils étaient tous là. Ceux avec qui il s'était entraîné. Avec qui il avait joué. Ils étaient là, regroupés, au milieu des décombres de ce qui avait été leur village pendant vingt ans. Il y avait Adila aussi, menottée, dont le regard paraissait éteint. Nadem était à côté d'elle, avec la même expression vide. Et l'unique vestige d'espoir qu'il avait encore disparut en voyant qui se trouvait juste à côté. Il ne l'avait pas reconnu de loin, car son visage était trop tuméfié et ses vêtements ensanglantés. Mais c'était bien lui. Le Tatoueur s'était fait arrêter par les Forces Spéciales. C'est en le voyant ainsi, menotté, maltraité, qu'il réalisa que rien ne pourrait jamais aller plus mal.

Il prit alors conscience qu'Hanek ne se trouvait pas parmi les prisonniers. Ni le professeur, ni l'ami de son professeur, Talak. Dans ce qui lui restait de conscience, tout devint clair. Livia aussi avait pu s'échapper facilement lors de la venue des Forces Spéciales. Hanek et Livia. C'était tellement limpide qu'il eut envie d'en finir.

Mais ce n'était pas la peine. Nathan était déjà mort à l'intérieur.

PARTIE 3

DANS LA FORTERESSE

Chapitre 30

Du sol au plafond, la pièce était couverte d'un bleu si lisse qu'on ne pouvait distinguer ni les angles, ni les coins, et qu'il était impossible de définir la forme exacte de cette salle d'interrogatoire.

Au milieu de ce bleu se trouvaient deux personnes. L'une d'entre elles était Vlad Ekaton. Il se tenait debout et gardait les mains dans son dos. Il observait d'un air incroyablement calme l'homme assis face à lui, comme s'il sondait son esprit. Puis il commença son interrogatoire :

— Les indices trouvés dans les décombres du village rebelle attestent que vous êtes le Tatoueur. Malheureusement, rien ne nous permet de le prouver : ni empreinte digitale, ni ADN, ni empreinte émotionnelle. En réalité, seul un aveu permettrait de dire que vous êtes bien le Tatoueur. Alors…

L'homme leva soudain la tête et le commissaire s'arrêta de parler. Durant de longues secondes, ils se dévisagèrent.

— C'est intéressant…, murmura Vlad Ekaton en s'approchant, comme pour observer de plus près son visage tuméfié. Est-ce que par le plus grand des hasards vous n'auriez pas envie de m'avouer que vous êtes le Tatoueur ?

En face, l'homme ne répondait toujours rien. Entre les ecchymoses et les boursouflures de son visage, il fixait Vlad Ekaton. Pendant près de trente secondes, aucun d'eux ne bougea, puis le commissaire brisa de nouveau le silence :

— Quel est votre objectif ?

Le Tatoueur restait muet. Son regard défiait celui de Vlad Ekaton dans un duel immobile et silencieux.

— Quelle est votre prochaine étape ? insista ce dernier.

Un léger sourire se dessina sur le visage du Tatoueur avant qu'il ne détourne le regard. Vlad Ekaton se crispa soudain et la tonalité de la pièce refroidit, passant du bleu vaporeux à un vert plus froid.

Le commissaire en chef jeta un coup d'œil vers l'endroit où se trouvait l'Opale de captation de l'interrogatoire et se radoucit. Le bleu envahit de nouveau la pièce. D'une voix calme, il continua :

— Il y a plusieurs manières de voir les choses, vous savez ? Notre collaboration pourrait nous être mutuellement bénéfique. Pour cela, il faut de la confiance. Puis-je vous faire confiance ?

Le Tatoueur restait silencieux et Vlad Ekaton jeta un nouveau coup d'œil du côté des captations. Son sourire se durcit, et d'un ton plus sec, il lança :

— Je suis joueur. Nous allons nous amuser vous et moi, et ne plus nous quitter. Quel que soit votre prochain mouvement, votre prochaine réflexion, vous me trouverez sur votre chemin.

Vlad Ekaton sortit son Opale et pianota rapidement quelque chose sur un clavier. Puis il se leva. Le vert froid était revenu. Il se dirigea d'un mouvement vif vers l'un des murs. Il frappa, une porte se dessina. Au moment où il allait sortir, une voix retentit.

— Attendez…

Vlad Ekaton s'arrêta et la couleur de la pièce se radoucit. Il semblait réfléchir. Il posa la main sur la porte qui disparut de nouveau. Calmement, il se remit face au Tatoueur.

— Dernière chance, dit-il.

— Je sais.

— N'oubliez pas que vous êtes connecté à Interfeel. Toutes vos paroles seront recoupées avec vos émotions pour vérifier si vous nous mentez.

— Pas la peine de me le rappeler, je ne compte vous dire que l'absolue vérité.

*

Vlad Ekaton sortit de la pièce une demi-heure plus tard, l'air à la fois songeur et satisfait. L'homme présent dans la salle d'interrogatoire avait parlé sans s'arrêter, le policier ne l'interrompant que pour demander des précisions sur certains détails. Après de telles déclarations, beaucoup de choses allaient être remises en question.

Le commissaire fut interrompu dans ses pensées par Kassandra Kacem qui n'avait pas quitté des yeux la retransmission holographique de l'interrogatoire depuis l'extérieur.

— Qu'en pensez-vous ? demanda-t-il.

— De la manière dont vous avez conduit cet entretien ?

— Non, fit Vlad Ekaton avec un sourire. Pensez-vous qu'il s'agisse de la personne que vous avez combattue il y a plus de vingt ans lors de cette fameuse guerre ?

Kassandra Kacem fixa la projection holographique du Tatoueur durant de longues secondes.

— A priori, oui.

— Il a pourtant assuré le contraire.

— Il y a autre chose, murmura Kassandra Kacem. Celui que j'ai affronté il y a vingt ans ne se serait jamais fait attraper par une équipe des Forces Spéciales.

Vlad Ekaton sourit à nouveau.

— L'âge, madame Kacem. En vingt ans, les gens ne changent pas à leur avantage. Vous en savez quelque chose.

— Qu'allez-vous faire désormais ? demanda-t-elle, ignorant la réflexion de son ancien adjoint.

— Une confrontation. Je suis curieux de voir comment Nathan Ethanin réagit aux accusations qui lui sont portées. Il sera filmé, connecté, nous allons disséquer la moindre de ses réactions pour faire émerger la vérité. Ce sera un moyen rapide et radical de confirmer ce qui vient d'être dit.

— Non, il y a un truc, persista Kassandra Kacem. Ses aveux étaient *trop* spontanés.

Vlad Ekaton sourit.

— Madame Kacem, vous savez tout le respect que j'ai pour vous et pour vos intuitions, mais les résultats de ses fluctuations émotionnelles sont clairs : il n'a dit que l'absolue vérité. Faites donc confiance à la technologie. Elle est plus précise que l'instinct humain, même si c'est difficile à accepter.

*

Nathan était seul dans sa cellule. Autour de lui, il ne voyait rien. Il était vidé de son énergie. Plus de motivation, aucune raison de bouger, si ce n'est pour répondre docilement aux ordres des policiers. Il avait suivi les villageois menottés jusqu'aux canalisations où les policiers avaient garé les véhicules qui leur permettaient de se déplacer sous terre.

Une seule chose rappelait à Nathan qu'il était en vie : la vision de Vécole, mort. Il aurait tellement aimé pouvoir ignorer ce souvenir comme tout le reste. Il se surprit même à espérer que Vlad Ekaton lui brûle à nouveau le cerveau pour provoquer cette amnésie. Une douleur physique serait bien plus supportable que ce qu'il éprouvait à ce moment-là.

Durant le trajet, mis en joue, surveillé, il n'avait pas eu le droit de prononcer un seul mot, ce qui lui convenait tout à fait. Il avait simplement regardé devant lui, marché, s'était assis, relevé, avait avancé, tendu les mains pour se faire enlever ses menottes, s'était posé sur le banc de sa cellule et, comme il n'avait plus reçu d'ordres depuis, il n'avait plus bougé.

Il avait à peine pris conscience que les villageois n'étaient pas restés au commissariat. Ils étaient trop nombreux et les mandats d'arrêt dataient de plus de vingt ans. Seuls le Tatoueur, Adila, Nadem et lui étaient restés. Sa fameuse équipe « Résistance » était toujours activement recherchée par Vlad Ekaton.

Vlad Ekaton… il y avait toujours cette information capitale que Nathan avait oubliée et dont il devait se souvenir. La douleur était encore présente dès qu'il essayait de repenser à ce moment. Depuis, tellement de choses s'étaient accumulées qu'il ne pouvait aller plus loin.

Ce n'était plus si important, au final. Il allait se faire interroger, juger, jeter en prison-alvéole pour le restant de ses jours. Qu'il se souvienne de cette information ou pas ne changerait rien à son avenir. En moins d'une heure, il avait vu un lieu dans lequel il avait vécu, auquel il tenait, se faire totalement détruire, l'un de ses amis mourir sous ses yeux d'une rafale de balles qui résonnait encore à ses oreilles, et le dernier membre de l'organisation F.A.N.T.O.M.E. tomber entre les griffes des Forces Spéciales après vingt ans de résistance, sans doute trahi par celui qu'il considérait comme l'un de ses anciens amis. Il était en outre couvert d'un tatouage inachevé, qui avait subi des dommages certainement irrémédiables…

— HÉ !

Nathan sursauta. Un garde se trouvait en face de lui, derrière la barrière magnétique qui limitait sa cellule.

— Le commissaire te demande.

« Vlad Ekaton. » Nathan savait qu'à un moment ou un autre, il devrait le revoir. Cette perspective l'aurait pétrifié d'angoisse en temps normal. Pourtant il accueillit cette nouvelle avec la même indifférence que tout le reste. Il ne pourrait jamais être plus mal que maintenant et cette conviction, curieusement, l'aida à se lever et à s'approcher des barreaux magnétiques.

— Tends les bras, lui ordonna le garde.

Nathan leva passivement les mains. Il pouvait désormais bouger son corps malgré la douleur.

Le garde jeta en l'air des menottes défaites qui se refermèrent automatiquement autour de ses poignets, reliées par un lien magnétique.

— Tu peux passer.

Nathan traversa les barreaux qui l'auraient électrocuté l'instant d'avant.

— Tu sais ce qui va se passer si tu essayes de t'enfuir, n'est-ce pas ?

— Oui.

— Tu seras instantanément paralysé par tes menottes, précisa quand même l'agent.

— Oui.

Il avança. Dans les autres cellules, certains prisonniers lui jetaient des regards en coin. En quelques mois, il était devenu une véritable célébrité. C'était donc lui, l'adolescent qui était parvenu à échapper aux Forces Spéciales et à disparaître du Réseau ? Nathan se fichait de ce qu'ils pouvaient penser. Il ne voulait voir personne. À un moment, le policier s'arrêta et Nathan releva la tête.

Kassandra Kacem le fixait d'un regard glacial. Elle ne dit qu'une phrase, courte et aussi sèche que son regard.

— Je t'avais prévenu, Nathan.

— Madame Kacem, commença le policier. Il ne faut pas parler avec le détenu avant…

Elle le fit taire d'un regard. Ils reprirent leur marche jusqu'à une porte qui s'ouvrit d'une pression de la main. Derrière, Nathan découvrit la salle d'interrogatoire d'un bleu éclatant. Au milieu, Vlad Ekaton l'attendait avec son éternel sourire apaisant. À côté, le Tatoueur gardait la tête baissée.

— Heureux de vous revoir, monsieur Ethanin.

Comme une piqûre de rappel, le jeune homme pensa : « Il faut que je me souvienne de son secret. MAINTENANT. »

Mais rien ne se produisit. Les événements se mêlaient dans sa tête et il ne réussissait pas à se concentrer. Il s'assit sur la chaise que Vlad Ekaton venait de lui présenter. Le policier qui l'avait accompagné s'approcha de lui, tenant à la main un objet que Nathan reconnut avec dégoût.

— Tu te doutes, commença Vlad Ekaton, que nous avons besoin de cela pour l'interrogatoire.

Bien sûr qu'il s'en doutait. Il n'aurait simplement jamais imaginé avoir autant d'appréhension à voir la puce électronique qu'on lui enfonça brutalement dans l'oreille gauche.

Interfeel.

Il eut l'impression que le Réseau s'infiltrait dans son cerveau comme un ver. Cette sensation, si naturelle auparavant, lui semblait aujourd'hui intolérable, comme une intrusion dans ce qu'il avait de plus précieux, son propre esprit.

— Alors, monsieur Ethanin, lança le commissaire, vous retrouvez vos repères ? Normalement, nous connectons les prisonniers dès leur cellule, vos petits amis Adila et Nadem en portent une en ce moment même. Mais comme nous savons que vous possédez un tatouage, nous nous méfions. Enfin… vous ne risquez pas de faire grand-chose dans cette salle !

Vlad Ekaton le regardait avec amusement.

— Vous savez pourquoi vous êtes au commissariat, aujourd'hui, n'est-ce pas ?

Nathan n'arrivait pas à s'exprimer. Ce n'était pas à cause de son tatouage, cette fois. Il n'avait simplement pas la force de parler et encore moins à cet homme-là.

— Nathan, fit Vlad Ekaton, une touche d'irritation dans sa voix feutrée, tu ne vas pas jouer au silencieux toi aussi ? On commence à bien se connaître toi et moi. Tu peux au moins me faire le plaisir de me répondre ?

Mais les yeux du garçon erraient toujours dans le vague. Ils se perdaient dans le bleu sans fond de la pièce.

— Très bien. Puisque tu ne veux pas parler, je vais le faire pour toi. Nous savons que tu as suivi le professeur jusqu'au village. Tu es resté là-bas pendant près de deux mois, à t'entraîner. Nous savons aussi que tu t'es fait poser un tatouage, c'est la raison pour laquelle tu es dans une cellule de haute sécurité.

Ekaton éclata de rire :

— Bien sûr, tu es au courant de tout ça puisque tu l'as vécu ! Mais j'ai aussi des informations que tu ne connais pas encore.

Il laissa passer un sourire rêveur.

— Par exemple, tes parents se sont séparés.

Pour la première fois depuis le début de l'interrogatoire, Nathan releva la tête et fixa le commissaire dans les yeux. Le sourire de celui-ci s'élargit.

— J'imagine que tes petites actions rebelles ont provoqué des tensions irréparables au sein de leur couple. Je suis vraiment navré d'être celui qui t'apprend une telle tragédie. Si cela peut t'apporter un peu de réconfort, sache que tu n'es pas le premier enfant dont les égarements brisent l'union de ses parents. Sache également que ta mère est une femme remarquable !

Il lui lança un clin d'œil :

— Nous sommes amenés à nous revoir.

Un sentiment apparut au plus profond de Nathan, une émotion qu'il pensait ne plus jamais devoir éprouver. La rage. Elle était désormais analysée, disséquée, canalisée par Interfeel. Elle n'était plus que l'ombre de ce qu'il avait pu éprouver au village et il savait surtout qu'elle était perçue par toutes les personnes présentes dans cette pièce et répercutée sur les murs de la salle d'interrogatoire qui devinrent instantanément rouges.

— Ton père est plus… caractériel ! On voit bien qu'il n'a pas toujours connu Interfeel. Il ressent encore des émotions brutes, bestiales, bien loin des conventions sociales de notre génération.

Le commissaire prit un air songeur :

— Il a par ailleurs un comportement de plus en plus suspect. Nous le surveillons de près et il risque rapidement de se trouver, lui aussi, dans cette pièce. Qui sait ? Peut-être assisterons-nous à une réunion de famille !

Vlad Ekaton écarta le sujet d'un geste de la main.

— Mais je ne t'ai pas fait venir ici pour ces histoires qui ne t'intéressent peut-être pas. Après tout, tu as dit adieu à tes parents le jour où tu as décidé de disparaître dans les égouts. Je le faisais par simple courtoisie. Parlons maintenant de la véritable raison de ta présence ici et du rôle que tu étais censé jouer. Je voulais simplement voir ta réaction à ce que notre ami commun, ici présent, m'a raconté sur toi.

Vlad Ekaton sourit à nouveau et ramena en arrière une mèche de cheveux qui s'égarait sur son front.

— Je vais le laisser tout nous expliquer lui-même, ce sera plus simple.

Pour la première fois, le Tatoueur leva la tête. Les hématomes avaient enflé au point que son visage était devenu méconnaissable. Il lança un regard haineux et déclara d'une voix cassante :

— Je lui ai tout révélé, Nathan. Je lui ai dit que le véritable Tatoueur était en réalité le professeur Claude Érat.

Nathan fut tellement surpris qu'il en oublia tous ses autres sentiments. Il réalisa que cette émotion avait dû être captée sur le Réseau, mais Vlad Ekaton ne réagit pas. Le Tatoueur enchaîna :

— Voilà pourquoi les Forces Spéciales n'ont rien pu en tirer lorsqu'il était dans le coma, à l'hôpital. C'est pour cette raison qu'il fait partie des seules personnes à avoir pu s'enfuir lors de l'attaque du village.

Abasourdi, Nathan restait muet.

— Je lui ai aussi dit, continua-t-il d'une voix plus sombre, que tu étais très proche du Tatoueur et que tu avais participé à l'élaboration de son plan. Tu es celui qui détient toutes les informations. Moi, je ne suis qu'un villageois ! C'est sur toi que la police devrait passer ses nerfs. Je n'ai rien fait !

— Après ces déclarations, intervint le commissaire avec un grand sourire, il me semblait intéressant d'organiser une petite confrontation pour faire émerger la vérité !

Les éléments s'agencèrent enfin dans l'esprit de Nathan. Le Tatoueur cherchait à sauver sa peau, voilà tout. Comme ni Hanek ni le professeur n'avaient été arrêtés, il rejetait tout sur Nathan, le suspect idéal. C'était un excellent moyen de se venger de la destruction du village.

Le visage du Tatoueur se déforma soudain de rage et, même menotté, il parvint à saisir la main du garçon, qu'il serra férocement. Le policier qui avait amené Nathan s'avança pour les séparer mais Vlad Ekaton le retint du bras.

Un sentiment d'amusement émanait du commissaire, aux antipodes de ce qu'éprouvait Nathan. Ce contraste était insupportable. Le rouge de la pièce devint écarlate, d'une intensité jamais vue. Sifflant entre ses dents, le Tatoueur dit d'une voix froide :

— Maintenant, petit merdeux, je te conseille de tout avouer, car il est hors de question que *je* paye pour *vos* conneries. Je ne suis qu'un habitant du village, enfermé depuis vingt ans sous terre à cause de la folie du Tatoueur, et je refuse de payer pour vous…

Nathan en était désormais persuadé : le Tatoueur le haïssait profondément, et cette révélation l'acheva. Il devait en avoir l'ultime confirmation. Alors, malgré la douleur, au bord des larmes, il parvint à demander :

— Pourquoi ?

Le visage tuméfié du Tatoueur se contracta encore plus, sa main se crispa, le sentiment violent se décupla soudain. La couleur rouge sang débordait presque des murs et envahissait tout. Elle parasitait ses perceptions. Brouillait le Réseau. Brûlait sa puce. Enflait toujours…

Flash.

Tout explosa.

Une fraction de seconde.

Interfeel satura, Vlad Ekaton et le policier furent projetés en arrière, la main contre leur oreille gauche. Les lumières s'éteignirent et dans l'obscurité Nathan sentit la pression des menottes se relâcher.

Il ne comprenait rien. Il voyait flou. Il aperçut simplement le Tatoueur qui se levait et jetait ses menottes à terre. Tandis qu'il enlevait sa puce Interfeel, il répondit enfin d'une voix puissante à la question posée :

— Parce que c'était le meilleur moyen.

Nathan regarda ses menottes tomber au sol. Il leva à nouveau des yeux incrédules vers le Tatoueur.

— Qu'est-ce qui vient de se passer ? Le meilleur moyen de quoi ?

Le Tatoueur fouilla le costume de Vlad Ekaton, prit son Opale et jeta celle du policier à Nathan qui l'attrapa par réflexe.

— De s'évader. Lève-toi.

Chapitre 31

Le Tatoueur était debout et scrutait Nathan. Sa silhouette imposante se découpait dans l'ombre. D'une voix calme et forte, il répéta :

— Lève-toi.

Vlad Ekaton et l'autre policier gisaient à terre. Nathan avait aussi senti une décharge traverser son esprit, mais apparemment bien moins importante qu'eux.

— Qu'est-ce que…

— Le tatouage. Lève-toi, insista-t-il.

Le garçon s'exécuta. Ses muscles semblaient revenir à la vie. Et la souffrance accompagnait cette nouvelle liberté. Le Tatoueur était déjà à la porte. Au passage, Nathan ne put s'empêcher d'apprécier l'expression de douleur sur le visage du commissaire des Forces Spéciales.

Le Tatoueur poussa la porte et Nathan s'engouffra dehors le premier. Les plafonds n'éclairaient plus rien et ils avançaient dans une quasi-obscurité. Il arriva à l'angle du couloir et fut soudain violemment tiré en arrière par le Tatoueur. Un poing frappa l'endroit exact où se trouvait son visage une fraction de seconde auparavant.

Même dans l'ombre, il la reconnut parfaitement. Une fenêtre lointaine éclairait le visage de Kassandra Kacem qui marquait la même souffrance que tous les autres. Mais elle était consciente, debout, prête à se battre. Dans son regard brûlait une haine qui la maintenait éveillée. Avec rage et difficulté, elle murmura :

— Je… savais… que tu étais le Tatoueur.

— Tu as résisté à la saturation du Réseau, Kassandra. Même vingt ans plus tard, je suis toujours autant impressionné par tes capacités.

La voix du Tatoueur s'était crispée. La haine qui débordait du regard de Kassandra Kacem était partagée.

— Je… ne vous… laisserai pas… sortir…, murmura-t-elle avec difficulté, mais de manière résolue.

— Ton arme de fonction est paralysée et c'est un miracle que tu tiennes encore debout, Kassandra. Qu'est-ce que tu comptes faire dans cet état ?

— Je… ne…

Elle baissa soudain les yeux, comme prise d'une douleur intense. Nathan eut la bêtise d'imaginer qu'il pouvait en profiter et passa en courant.

Il ne vit rien. Il sentit seulement le genou de Kassandra Kacem projeté dans son ventre. Sa jambe artificielle. L'onde de choc le fit tomber à terre, plié en deux, le souffle coupé.

Elle ne le regardait même pas. Elle savait qu'il était hors d'état de faire quoi que ce soit. Toute son attention se reporta désormais sur le Tatoueur.

— Kassandra, nous étions presque à égalité il y a vingt ans. Aujourd'hui, j'ai un tatouage qui augmente mes capacités physiques et nerveuses, et tu viens de subir une électrocution émotive. Tu n'as aucune chance.

Pour toute réponse, le pied de la policière prit appui sur le sol. La puissance se transmit à ses hanches, son torse, son poing et fut dirigée vers le Tatoueur qui pivota et évita le coup. Dans le même temps, le poing de celui-ci partit et percuta de plein fouet le visage de l'ancienne commissaire en chef.

— Laisse tomber, Kassandra. Ça va très mal finir.

Elle reprit sa position. Le visage toujours crispé, elle essuya de sa manche le sang qui lui coulait sur le visage.

— Je ne te laisserai jamais passer. Je me battrai jusqu'au bout.

— Tu es à bout de force. Tu…

Elle ne le laissa pas finir sa phrase et attaqua de nouveau. Le Tatoueur esquiva, lança une contre-attaque qu'elle évita d'une rotation du corps. Son pied partit, percutant le Tatoueur au torse. Le combat s'accéléra. Chaque coup porté ou esquivé devenait plus violent et sauvage. Nathan sentait cette bestialité.

« Il s'est passé quelque chose entre eux. Quelque chose de très grave », se dit-il en lui-même.

— Je t'ai dit de penser par toi-même, Nathan, cria Kassandra Kacem. Comment oses-tu t'associer à lui ?

Le Tatoueur lui assena un nouveau coup de poing qui l'atteignit à l'arcade. Il se battait avec la même rage qu'elle. Il faisait pleuvoir les coups et Kassandra Kacem esquivait, esquivait encore, mais un violent coup de pied dans les côtes la projeta contre le mur.

— Doucement, murmura Nathan. Ne la tuez pas.

— C'est entre elle et moi, le coupa le Tatoueur. Ne t'en mêle pas !

Kassandra Kacem décolla du mur et, d'un coup de pied, atteignit le Tatoueur au visage. Il recula le temps de retrouver ses appuis.

— Heureusement que ta jambe n'est pas électronique, Kassandra. Je l'aurais paralysée, comme le reste.

— C'est volontaire, reprit Kassandra Kacem. J'ai toujours été convaincue que l'organisation F.A.N.T.O.M.E. n'était pas morte et qu'un jour je t'affronterais à nouveau. Je ne devais avoir aucun point faible.

— Tu *es* faible, Kassandra.

Elle tenta un autre coup que le Tatoueur esquiva.

— Regarde-toi. Tu es à bout. Laisse-moi passer.

Elle était toujours debout, mais son dos se voûtait et elle respirait avec difficulté. D'un geste nerveux, elle sortit son arme pulsar.

— À quoi tu joues ? Tu sais très bien que cette arme ne fonctionne pas sans le Ré…

Kassandra Kacem n'attendit pas la fin de sa phrase et bondit en avant, la main serrée sur l'arme. Spontanément, le Tatoueur évita son poing. Une lame courbée émergea soudain de la crosse et Kassandra Kacem, d'une torsion du poignet, atteignit son rival sur le côté gauche du visage.

Du sang : sur sa joue gauche, une balafre sanglante venait de s'ajouter aux ecchymoses.

— Tu as attendu que je sois en confiance pour utiliser cette arme, hein ? Pour être sûr que je recule juste ce qu'il faut…

Il prononçait chacun de ses mots avec une telle rage que Nathan frissonna.

— Je ne vais plus reculer.

Le premier poing partit avec une telle vitesse que le garçon ne vit rien venir. Il atteignit Kassandra Kacem à l'autre arcade. Au même moment, le deuxième bras du Tatoueur frappa le biceps opposé et l'arme tomba à terre.

Il ramena son poing et, d'une torsion des hanches, le projeta dans les côtes flottantes de Kassandra avec une telle force qu'elle fut soulevée du sol. Les deux mains du Tatoueur se joignirent sur la nuque de son adversaire et il projeta sa tête contre son genou. Le visage en sang, la policière tomba à terre, évanouie.

Le Tatoueur regarda un instant son corps immobile, prêt à continuer à en découdre. Puis il se tourna vers Nathan.

— On a perdu trop de temps, dit-il froidement. Allons-y.

Nathan, encore sonné, se releva. Il savait qu'il devait garder ses questions pour plus tard. Il y en avait une, par contre, qui ne pouvait pas attendre.

— On se rend invisibles pour s'enfuir ?

— Impossible. Il y aura beaucoup trop de gens à l'extérieur. Ils se feraient percuter par quelque chose qu'ils ne verraient pas.

— Comment faire alors ? Vous saignez, vous êtes couvert de bleus, et je dois pas être beau à voir non plus…

Le Tatoueur sortit la pierre de Vlad Ekaton.

— On va utiliser les Opales.

— Ce n'est pas la mienne, fit Nathan en regardant la pierre du policier qu'il tenait dans sa main. Je ne sais pas comment l'activer…

— Ton tatouage. Bien qu'inachevé, il doit pouvoir effectuer une opération aussi simple que pirater une Opale. Tiens-la dans ta main gauche et concentre-toi.

Nathan regarda son caillou.

— Je fais quoi ?

— Tu te concentres, tu fais le vide dans ton esprit et tu fais confiance à ton tatouage.

Nathan fixa l'Opale avec attention. Son esprit était occupé par des milliers de pensées.

— Même dans une situation comme celle-ci, il faut te détendre, Nathan, insista le Tatoueur. C'est indispensable. C'est la première règle pour maîtriser son tatouage.

Lui-même observait l'Opale de Vlad Ekaton qui se mit soudain à briller d'un éclat rouge.

Nathan fixa son propre caillou. Lentement, il se laissa happer par sa surface immaculée et son unique encoche. Soudain, une chaleur traversa son bras gauche pour atteindre le bout de ses doigts et se transmettre à l'Opale qui s'activa. Nathan retrouvait une sensation habituelle, mais il ne s'agissait pas de sa pierre. Il avait l'impression de s'introduire par effraction chez quelqu'un.

— Les Opales des Forces Spéciales possèdent des programmes interdits aux autres citoyens, dit le Tatoueur.

Il fixa la pierre et déclara :

— Miroir holographique.

Nathan fit de même et son propre visage apparut face à lui, dans le vide. Il avait une tête fatiguée, les joues creusées… et surtout, il avait l'impression d'avoir pris plusieurs années en quelques mois.

— Transforme ce visage jusqu'à le rendre méconnaissable et, surtout, parfaitement banal, ordonna le Tatoueur.

D'un geste de la main, il fit disparaître de son reflet la balafre sanglante.

D'une pression de la paume, Nathan empâta son nez, tira ses oreilles, boucla ses cheveux, assombrit ses yeux et éclaircit sa peau. Il remplaça son vêtement sale par une chemise à fleurs.

— Assez banal ? demanda-t-il.

— Parfait.

Le visage holographique du Tatoueur avait rajeuni de trente ans. Des cheveux longs et blonds encadraient son visage. Nathan reconnut le visage qu'il avait vu en entrant pour la première fois dans sa demeure au village. Le Tatoueur ordonna :

— Symbiose.

L'hologramme s'inversa et fondit sur son propre visage. Nathan en fit de même. Il avait l'impression que rien n'avait changé, pourtant le reflet d'une vitre lui confirma qu'il n'était plus la même personne. Chaque mouvement de son visage était instantanément répercuté sur l'hologramme, projeté à un millimètre de sa peau.

— On y va, fit le Tatoueur.

Brusquement, Nathan sursauta :

— Nadem et Adila ! Il faut les récupérer.

— Impossible.

Sa réponse le stoppa net.

— On *doit* aller les chercher. On peut les sauver ! Avec le tatouage, vous pouvez ouvrir les portes et…

— Ce n'est pas une histoire de porte. Ils étaient connectés à Interfeel, comme les policiers. Ils ont aussi subi la décharge et ils sont inconscients.

— On peut les porter… un chacun…, insista encore Nathan.

— Tu tiens à peine debout, Nathan.

Le Tatoueur releva soudain la tête et fit un signe de la main.

— Écoute…

Nathan se tut. Au loin retentissait une première sirène. Puis une seconde. Et encore une autre.

— Nous avons déconnecté un commissariat entier du Réseau. Les renforts arrivent. Ils ont de gros moyens. La priorité, c'est de se mettre en sécurité et de finir ton tatouage le plus rapidement possible avant que les conséquences deviennent dramatiques.

— Mais…, tenta encore le garçon.

— Nathan, fit le Tatoueur en haussant le ton. On les sauvera. On sauvera mes compagnons du village, aussi, je te le promets. Mais plus tard. Si on reste quinze secondes de plus ici, on se fera de nouveau arrêter et on ne pourra plus sauver personne. Même pas nous-mêmes. Alors ? Qu'est-ce que tu décides ?

Nathan s'interrompit un instant, secoué. Il comprenait parfaitement l'argument du Tatoueur, mais il lui fallut un moment pour l'admettre. Finalement, il acquiesça.

— On part, conclut-il faiblement.

— On reviendra, c'est promis. Pour l'instant, il faut se mettre à l'abri. Le commissariat possède une sortie de secours qui ne doit pas encore être couverte par les renforts. Suis-moi.

Nathan jeta un dernier regard vers l'entrée des cellules. Le Tatoueur avait raison, bien sûr, et la sirène des Forces Spéciales résonnait de plus en plus fort à ses oreilles. Il fit une promesse intérieure à ses amis et se mit à courir.

La porte donnait sur une ruelle qui rejoignait l'artère principale où, déjà, une foule compacte s'était amassée. Avec beaucoup d'appréhension, Nathan se mêla aux gens, mais personne ne faisait attention à lui. Ils n'étaient pas connectés à Interfeel et pourtant personne ne les regardait. Encore une fois, le tatouage devait y être pour quelque chose. En traversant la foule, Nathan entendit les questions fuser :

— Qu'est-ce qui s'est passé ?

— Vous n'avez rien senti sur Interfeel ?

— C'est dans ce poste que se trouvaient les cyristes, non ?

Au bout de quelques minutes, le flux humain se réduisit. Ils marchèrent près d'une heure en changeant régulièrement de visage.

— Où est-ce qu'on va ? demanda Nathan, dont la douleur était de nouveau vive.

— Là où je vivais avant de fonder le village.

— Votre ancienne maison ?

— Presque, fit le Tatoueur avec une inflexion particulière dans la voix. Ma première poche de résistance.

— Et j'imagine qu'elle se trouve…

— Dans les égouts. Tu as tout compris.

*

Ils progressaient dans les canalisations depuis quelques minutes lorsque le Tatoueur s'arrêta. Il fit apparaître un clavier depuis l'Opale de Vlad Ekaton, sur lequel il pianota longuement. Puis il se redressa et dit à Nathan :

— Maintenant qu'on n'a plus besoin d'un faux visage, il faut se débarrasser des Opales. Normalement, notre tatouage a détruit leur système de localisation, mais on ne sait jamais.

— On fait comment ?

— Concentre-toi.

— Je fais le vide, comme la première fois ?

— Au contraire. Développe un sentiment de haine profond, que tu communiques à la pierre.

Nathan regarda le Tatoueur.

— Le sentiment de haine… correspond à la destruction des objets ?

— Exactement. Une fois les réparations de ton tatouage effectuées, tu seras capable de bien plus.

D'un mouvement de la tête, le Tatoueur désigna la pierre qu'il tenait à la main.

— Commence déjà à t'entraîner sur quelque chose de modeste. Nous verrons ensuite pour les commissariats entiers.

Nathan se concentra. Déclencher un sentiment de haine n'était pas aussi facile que de faire le vide. Il repensa à tout ce qu'il avait vécu. La destruction du village. La mort de Vécole. Il devait transformer ses sentiments négatifs en quelque chose d'utile. Une émotion qui désactiverait cette Opale.

Les Forces Spéciales, qui avaient détruit le village et tué son ami. Son corps se mit à frissonner de haine. Ce tremblement s'amplifia dans son bras gauche… gagna l'Opale qui étincela violemment, avant de s'éteindre complètement.

— Parfait, fit le Tatoueur. Tu es doué.

Ils jetèrent les pierres au plus profond d'une canalisation et reprirent leur marche.

— J'imagine que, maintenant, on va faire plein de circonvolutions dans les égouts pour qu'ils ne retrouvent pas notre trace…

— Mes stratégies n'ont plus de secrets pour toi, Nathan, fit le Tatoueur d'un ton plus léger.

Lui qui s'était presque battu à mort quelques heures plus tôt arrivait maintenant à plaisanter. Nathan était fasciné de constater à quel point sa personnalité était complexe.

— Ce combat à mains nues était… impressionnant…, murmura-t-il.

— Ce n'était rien comparé à nos anciens affrontements, fit le Tatoueur, soudain sérieux. Kassandra Kacem était au pire de sa condition physique.

— Que… que s'est-il passé entre vous ?

— Disons que nous avons chacun perdu quelque chose à cause de l'autre. Kassandra Kacem a perdu sa jambe… moi, j'ai perdu mon fils.

— Perdu… vous voulez dire…

— C'était la guerre. Il avait seize ans. Comme toi.

Le garçon n'osa rien ajouter. Sans pouvoir se l'expliquer, il se sentit soudain plus proche du Tatoueur. Après une nouvelle demi-heure de marche silencieuse, il demanda :

— Pourquoi je n'ai pas subi de choc au commissariat ?

— J'ai inventé cette histoire avec le professeur pour qu'on t'amène en salle d'interrogatoire. Comme mes nouveaux tatouages sont complètement indétectables, ils ne se sont pas méfiés. Quand je t'ai empoigné, j'ai utilisé ma main gauche pour saisir la tienne. Nos tatouages étaient reliés et tu n'as pas été atteint.

Nathan se remémora cet instant. Il se rappelait les yeux du Tatoueur…

— J'ai vraiment cru que vous me haïssiez, murmura-t-il.

— Tu l'as vu avec l'Opale tout à l'heure, Nathan. La colère est un outil. Il me fallait plusieurs secondes pour atteindre ma pleine puissance, d'où cette petite mise en scène. Je suis en colère pour la destruction du village, mais je ne t'en veux pas personnellement.

Cette réponse soulagea Nathan qui demanda :

— Quand est-ce que vous avez prévu votre évasion ?

— À la seconde où je me suis fait arrêter. (Il regarda le garçon dans les yeux.) Ne jamais abandonner son objectif, Nathan. Quel que soient les sacrifices.

— Même maintenant, vous n'avez toujours pas abandonné votre objectif d'atteindre la Forteresse ?

— Absolument pas.

— Mais... comment comptez-vous faire ? On n'est que deux à être encore en liberté et on n'a plus aucun moyen d'effectuer des recherches...

— Ne jamais abandonner, Nathan, répéta le Tatoueur. Il faut toujours avoir un coup d'avance...

Il s'arrêta de nouveau.

— Pourquoi penses-tu que j'ai pris l'Opale du commissaire tout à l'heure ?

— Pour nous permettre de sortir.

— Pas uniquement. Mon tatouage possède la propriété d'absorber les informations contenues dans n'importe quel objet que je touche.

— Vous avez donc soutiré les informations de l'Opale de Vlad Ekaton ?

— Tout ce que mon tatouage pouvait contenir.

— Dans quel but ?

— Rappelle-toi les informations auxquelles le commissaire des Forces Spéciales est le seul à pouvoir accéder.

Dans les méandres de sa mémoire, Nathan se souvint soudain et sursauta :

— La localisation de…

La Tatoueur acquiesça.

— Quelque part sur mon corps, parmi ces milliards d'informations, se trouve la localisation de la Forteresse inversée.

Chapitre 32

Il s'agissait d'une cave de quelques mètres carrés remplie de matériel. Curieusement, elle ne sentait pas le renfermé. Alors que personne n'avait occupé cet endroit depuis deux décennies, Nathan ne sentit aucun effluve d'humidité ou de moisissure.

— La pièce est autonome, expliqua le Tatoueur. Comme pour le village, l'électricité est générée à partir des vibrations des canalisations environnantes et sert à alimenter une ventilation permanente.

Il souleva une première bâche et Nathan aperçut de nombreux éléments de matériel informatique de l'ancienne époque. Il reconnaissait des câbles, des écrans, un curieux gant métallique, mais d'autres choses restaient mystérieuses. Sous une seconde bâche, le Tatoueur fit apparaître trois écrans d'ordinateur et deux claviers noyés dans un enchevêtrement de fils. Levant une toile, enfin, Nathan aperçut un tas impressionnant de nourriture séchée.

— Au tout début de la révolution numérique, je me rendais ici tous les soirs…, dit le Tatoueur d'un air pensif. Ma femme et mon fils se posaient des questions, je ne pouvais rien leur dire… ce qui nous a été fatal…

Il laissa passer un lourd silence et regarda la pièce d'un air distrait. Au bout de quelques secondes il s'arrêta sur les écrans posés sur la table :

— Je vais rebrancher mon matériel informatique. En théorie, tout a été prévu pour qu'il ne tombe jamais en panne.

Après avoir vérifié les connexions, il démarra chacun des ordinateurs.

— Je vais extraire le contenu de mon tatouage. Le système va ensuite trier les informations, ce qui prendra plusieurs heures.

Il ramassa le gant métallique que Nathan avait aperçu et le brancha aux câbles d'une de ses machines. Couvrant sa main gauche, il pianota sur l'un des claviers situés à sa droite.

— Cet objet est ancien, mais il n'y a aucune raison pour qu'il ne puisse pas effectuer le transfert. À l'époque, on avait l'habitude de fabriquer des objets solides.

Le Tatoueur enclencha une dernière touche et son gant s'alluma. Une expression de crispation traversa son visage.

— C'est douloureux ? demanda Nathan.

— Surprenant. Je n'avais plus l'habitude.

L'ordinateur émettait un curieux bruit, un ronronnement permanent qui donnait l'impression qu'il était en vie. Cette ancienne technologie avait toujours semblé terriblement bruyante à Nathan. Du texte intelligible défila soudain à l'écran. Les lignes s'ajoutaient les unes aux autres à une vitesse folle.

— Il y a tant d'informations que ça ? demanda Nathan.

— J'ai pris tout ce que je pouvais.

Au bout de plusieurs minutes, après peut-être des milliers de lignes, le texte s'arrêta. Le Tatoueur enleva son gant et pianota sur les deux claviers à la fois. Les lignes d'écriture commencèrent alors à se modifier.

— Le système va maintenant travailler tout seul pour sélectionner ce qui nous intéresse.

Il se tourna vers Nathan avec un sourire entendu.

— Et en attendant, on va s'occuper de ton tatouage.

*

Le Tatoueur sortit une table qu'il déplia et posa au sol.

— Ma toute première planche de tatouage, fit-il avec un sourire nostalgique. Le matériel est plus rudimentaire que celui du village, mais il fonctionne.

Il prit un stylet pointu qu'il brancha à l'un des câbles de sa table. Un écran s'activa.

— Je te préviens, Nathan, ma méthode ici sera bien différente de ce que tu as connu.

— Pourquoi ? Cet objet ressemble beaucoup à celui du village.

— Le stylet, oui. La manière de l'utiliser, non. Je ne peux pas programmer les mouvements, cette fois. Je vais appliquer le tatouage à l'ancienne. À la main.

« Super », se dit Nathan avec ironie, tout en ôtant son tee-shirt. Pendant qu'il s'installait, le Tatoueur désinfecta le stylet.

— Je vais déjà réparer au maximum les dégâts subis depuis la dernière fois, en espérant qu'il n'y ait pas de séquelles. Ensuite, nous attendrons une dizaine d'heures pour la stabilisation définitive du tatouage.

Nathan demanda, peu rassuré :

— Si ça fait des années que vous n'avez pas utilisé cette technique… ce n'est pas risqué ?

— Bien sûr que si. Tu es prêt ?

« Toujours aussi diplomate », pensa Nathan.

— Allons-y, répondit-il.

Le grésillement du stylet commença. Au bout de quelques minutes, Nathan grinçait déjà des dents et il demanda, crispé :

— On peut parler comme la dernière fois ?

— Si tu veux.

— Je n'aurai plus aucune douleur à la fin de l'opération ? Je ne souffrirai plus ?

Nathan ne savait pas si le silence qui suivit était le simple effet de la concentration.

— Je peux réparer les chocs physiques, Nathan, dit-il d'un ton grave. Les chocs émotionnels sont plus compliqués. Même avec Interfeel et le tatouage, toi seul peux agir.

Brièvement, Nathan repensa à Vécole, mitraillé de balles, à terre, vomissant du sang. La douleur revint et il se crispa.

— Comment je m'y prends ? demanda-t-il.

— Penser au passé est important, Nathan. *Trop* y penser est dangereux. Il faut accepter les échecs, en tirer des résolutions. Après ce qui s'est passé et tout ce que tu as vécu, que souhaites-tu faire ? Comment comptes-tu répondre à ces attaques ?

Le garçon réfléchit un instant. Il se rappela alors ce qu'il avait ressenti en détruisant l'Opale du policier. La rage. Il répondit :

— Me venger des Forces Spéciales.

— Alors il ne faut pas abandonner notre objectif, sinon nos amis seront morts en vain.

— Comment vous voulez qu'on fasse à deux ?

— La réponse se trouve peut-être en ce moment même dans mon ordinateur…

Le grésillement du stylet emplit la pièce. Nathan hésita. Il voulait parler d'autre chose.

— Je pense à mes amis. Adila, Nadem… Je me dis… qu'on aurait quand même pu les sauver.

— C'est la même erreur qui m'a fait disparaître dans les égouts il y a vingt ans, souffla le Tatoueur. J'ai voulu sauver tout le monde et au final… je n'ai sauvé personne.

— Peut-être…

Il le coupa :

— Il y a une autre raison dont je voulais te parler.

Le Tatoueur laissa grésiller son stylet quelques secondes, puis ajouta :

— Qui nous a trahis, selon toi ?

— Hanek…, fit Nathan avec gravité.

— Comment peux-tu en être si sûr ?

— C'est évident ! Il ne s'est pas fait arrêter par les Forces Spéciales alors qu'elles ont pu nous repérer à travers les murs. Il ne pouvait pas se cacher. Il n'y a qu'une explication : il était avec eux. Livia aussi nous avait trahis avant lui…

— Beaucoup d'éléments jouent contre lui, c'est vrai… mais il y a d'autres suspects.

— Comme ?

— Élizabeth.

— C'est impossible ! réagit Nathan aussitôt.

— Calme-toi, je suis en train de réparer ton tatouage. Canalise tes émotions.

— C'est impossible, répéta le garçon plus bas. Élizabeth n'aurait jamais fait ça.

— Mets tes sentiments de côté et réfléchis, Nathan : quel était le meilleur moyen pour elle de négocier la libération de son frère ? Malgré mes précautions, il est possible qu'elle ait trouvé un moyen de retrouver les coordonnées du village.

— Et… Adila et Nadem ?

— Ils pensent tous les deux que leur vie serait bien plus agréable avec Interfeel. Nadem pourrait retrouver son ancienne personnalité et Adila son ancienne vie et ses sentiments pour toi. Ils n'avaient plus grand-chose à perdre…

— Ça pourrait être n'importe qui au village.

— Si quelqu'un d'autre avait voulu nous trahir, il l'aurait fait depuis bien longtemps. Je suis désolé pour toi, Nathan, mais le coupable se trouve parmi tes amis. C'est pour cela que je ne voulais prendre aucun risque.

— Et moi ? Pourquoi est-ce que vous m'avez libéré ? Pourquoi est-ce que vous réparez mon tatouage ?

— Parce que je te fais confiance.

Un silence s'installa, que le Tatoueur abrégea d'une voix ferme :

— À présent, plus un mot. Je m'attaque à l'étape la plus difficile.

Ce fut également la plus douloureuse. Nathan eut l'impression de revivre l'ensemble de la phase deux, mais en condensé. Enfin le grésillement s'arrêta et le Tatoueur débrancha le stylet.

— Je pense avoir réparé les dégâts de tes différentes chutes. On va laisser ton tatouage se reposer et d'ici une dizaine d'heures j'y apporterai la touche finale. (Il détacha Nathan.) Pendant ce temps, je vais analyser les premiers résultats.

Nathan avait du mal à croire que son tatouage allait enfin être achevé. C'était impossible. Les Forces Spéciales allaient à nouveau débarquer, un tremblement de terre aurait lieu, n'importe quoi.

Alors que le Tatoueur était devant son ordinateur, Nathan resta plongé dans ses pensées. Il ne s'était jamais senti aussi seul. Avant, il avait encore l'espoir de compter sur ses amis, même dispersés, même en prison. Dorénavant, il prenait cruellement conscience qu'il ne pouvait se fier à personne. Le poids de cette révélation l'assomma tellement qu'il dériva plusieurs heures dans un demi-sommeil, sans doute également provoqué par le tatouage.

Le Tatoueur aussi avait tout perdu, et bien plus que lui. Il continuait pourtant à se battre. C'était peut-être ça, l'expérience, finalement. Continuer pour atteindre son but, même si toutes les illusions s'étaient effondrées. Il n'avait pas encore cette force. Il n'avait…

— Nathan, réveille-toi.

Il ouvrit les yeux et vit dans le regard du Tatoueur que quelque chose d'important venait de se passer, quelque chose qui l'avait ébranlé au plus profond de lui-même.

— Qu'est-ce qu'il… y a ? demanda-t-il.

— J'ai trouvé !

— Vous savez où se trouve la Forteresse inversée ?

Le Tatoueur hocha la tête. Pour la première fois depuis une éternité, Nathan reprit espoir et son regard s'illumina.

— C'est génial !

Mais son interlocuteur ne semblait pas aussi euphorique.

— C'est génial, non ?

— On fait fausse route depuis le début, Nathan. C'est quelque chose qu'on n'aurait jamais pu imaginer… je ne sais pas si on pourra…

— Que voulez-vous dire ? Il y a un problème avec la Forteresse ? Elle est trop loin d'ici ?

— Au contraire.

— Au contraire ? fit Nathan en sursautant ? Elle est proche ? Elle est dans notre ville ?

— En quelque sorte.

— Comment ça ?

Le Tatoueur prit une grande inspiration avant de déclarer :

— La Forteresse inversée n'est pas en ville, Nathan. La Forteresse inversée EST la ville.

*

— Qu'est-ce que vous voulez dire ? demanda Nathan, légèrement sonné.

— Ce n'est pas une tour perdue dans le désert. Ce n'est pas un bâtiment enterré. Ce n'est même pas un bâtiment. C'est une ville. Notre ville.

— Vous pouvez être plus précis ?

Il tapa sur la paroi, à côté de lui.

— Vous voulez dire que ce mur-*là*, fait partie de la Forteresse inversée ?

— Les murs, les routes, toute la ville. Mais aussi les habitants, leurs Opales, tout. Rappelle-toi : comment est-ce qu'on comptait repérer la Forteresse inversée ?

— En se basant sur les radiations émotives qu'elle diffuse, mais on n'a jamais rien trouvé.

Le Tatoueur pianota quelques secondes sur un clavier et un bruit se fit entendre, comme si de nouvelles machines se mettaient en marche. Nathan ne remarqua pourtant aucune différence. Le Tatoueur enfila à nouveau le gant et fit un léger mouvement de rotation avec le doigt. Le cercle ainsi dessiné apparut dans le vide, comme flottant sur un tableau invisible.

— Imagine que cette première petite zone soit le cœur de la Forteresse. Elle est constituée de matériaux qui l'empêchent d'être repérée mais elle ne peut pas bloquer *toutes* les radiations émotives. Certaines s'échappent et se diffusent de manière concentrique…

Autour du premier cercle, il en traça un second.

— Au dehors du noyau, la puissance est encore très forte et affecte directement les êtres humains. Ce sont ces émanations non protégées par les parois du cœur de la Forteresse que nous aurions dû pouvoir repérer depuis longtemps à partir du village.

Son doigt dessina un troisième cercle encore plus large.

— Au-delà d'une quinzaine de kilomètres, l'influence des radiations diminue mais reste non négligeable. Elle affecte toujours les individus de manière importante.

Enfin, son bras décrivit dans une large courbe, un dernier cercle, éloigné du reste.

— À une soixantaine de kilomètres du centre, enfin, les radiations sont vraiment affaiblies.

Nathan regarda ces quatre cercles concentriques flottant dans le vide.

— Je ne vois toujours pas où vous voulez en venir.

— Tu as devant toi les différentes zones d'influence des radiations émotives, tu vois ?

— Oui.

— Maintenant, je vais rajouter quelques indications…

Du bout des doigts, le Tatoueur inscrivit plusieurs mots entre chacun des cercles tracés dans le vide, du centre vers l'extérieur : *Épicentre / Ville / Périphérie.*

— Les zones de radiation coïncident avec la structure de la ville, Nathan. Réfléchis : qu'est-ce qui différencie concrètement les habitants des différentes zones ? La classe sociale, la qualité de leurs logements, d'accord, mais quelle est la différence majeure ?

— Interfeel…, murmura Nathan.

Le Tatoueur acquiesça.

— Les habitants de l'épicentre ne peuvent pas s'en passer. Les habitants du centre-ville, comme toi, peuvent l'enlever de temps en temps, même si ce n'est pas facile. Comme par hasard, c'est dans la périphérie qu'un grand nombre de personnes vivent sans le Réseau. Plus précisément… ici.

À gauche du dernier cercle, il inscrivit : *Quartier Est.*

— Vous pensez que notre attitude par rapport à Interfeel est conditionnée par les radiations ?

— Pas uniquement. Il y a aussi des gens à la périphérie qui utilisent le Réseau. Mais l'influence est indéniable. Si tu faisais vivre les gens du quartier est dans l'épicentre, je ne suis pas certain qu'ils seraient aussi réfractaires au Réseau.

— Parce qu'à cet endroit…

— On a *besoin* du réseau pour contrer les radiations émotives. Sans quoi on peut devenir fou.

Le Tatoueur continua sa démonstration :

— C'est là que la situation devient perverse, Nathan… Il faut un maximum de personnes au centre, connectées à Interfeel, pour absorber les radiations qui s'échappent du cœur de la Forteresse afin qu'elles ne soient pas repérables. Plus on s'éloigne du centre, plus les radiations s'affaiblissent et la densité d'habitants diminue.

— Il y a quelque chose que je ne comprends pas. Pourquoi les gens se sont-ils précipités au centre ?

— Les plus hautes autorités de la ville étaient au courant de l'emplacement de la Forteresse. Tout a été fait pour permettre une telle configuration. Pour trouver les meilleures opportunités professionnelles, les meilleurs postes, il faut se rendre à l'épicentre. Ces emplois impliquent d'être constamment branché sur Interfeel. C'est également pour cela que les immeubles de l'épicentre font des « expérimentations » : ils cherchent de nouveaux moyens d'absorber les radiations, car celles-ci s'amplifient d'année en année.

Sous le choc des révélations, Nathan ne savait pas quoi dire.

— La structure entière de la ville a été modifiée lors des Grandes Réformes pour devenir une Forteresse et supporter la pression de son noyau central, conclut le Tatoueur. Nous pensions qu'Interfeel était dangereux. C'est encore pire que ça. Il a façonné la ville. Si nous parvenons au cœur de la Forteresse, nous pourrons contrôler les réseaux de la ville et nous pourrons même libérer les habitants.

— Vous pensez qu'on va y arriver à deux ?

— Il est impératif de mener notre mission à son terme. J'ai appris d'autres choses concernant les radiations émotives. Pour qu'une ville entière soit nécessaire pour effacer simplement les « fuites » de ces radiations, il faut qu'elles soient bien plus puissantes que ce que nous avions prévu. Tu te rappelles la phrase que nous avions trouvée à plusieurs reprises lors de nos recherches ?

— Le corps, la mémoire, la vie…

— C'est ce que nous risquons de perdre dans la Forteresse. Un être humain, même entraîné, même avec mon tatouage, ne pourra jamais résister à ces radiations. Il deviendrait instantanément fou. Nous étions dix à nous préparer pour entrer, mais pas un de nous ne pourra résister seul aux assauts de la Forteresse. Nous avons fait une grave erreur sur l'interprétation de ces radiations émotives.

L'espoir qui avait saisi Nathan quelques instants plus tôt retomba soudainement.

— Vous voulez dire que, quoi qu'on fasse, quel que soit notre entraînement, il est impossible de se rendre au cœur de la Forteresse ?

Le Tatoueur prit son temps avant de répondre :

— Il existe une solution.

Il s'assit et regarda Nathan, comme s'il le jaugeait.

— Il y a une procédure, encore théorique, qui permettrait à deux personnes de résister aux assauts de la Forteresse.

— Deux personnes ? Pourtant, vous avez dit que dix personnes ne le pourraient pas.

— Dix personnes *séparées*, c'est impossible. Mais il existe un moyen pour que deux personnes résistent *ensemble* aux assauts. Nos tatouages peuvent être reliés psychiquement. Un peu comme si nous étions connectés par Interfeel, mais en beaucoup plus fort. C'est aussi risqué, car en plus des émotions, il est possible que des bribes de mémoire, de souvenirs soient aussi partagées de manière incontrôlée. C'est une partie de l'esprit humain que je ne maîtrise pas pour l'instant. Il faut donc que les deux personnes aient une confiance totale l'une envers l'autre.

— Qu'est-ce que cela nous apporterait ?

— On serait bien plus forts que si nous attaquions séparément. Nous pourrions lutter ensemble face aux assauts de la Forteresse… et réussir notre mission.

— C'est réversible ?

— Un tatouage achevé est difficilement modifiable. Ici, nous avons de la chance car le tien n'est pas encore *figé*.

— Et vous… Vous le feriez.

Le Tatoueur considéra Nathan un instant :

— J'ai dit que j'avais confiance en toi. Je n'affirme pas ces choses à la légère. Réfléchis bien aux conséquences d'un tel choix. Tu risques de recevoir des fragments de ma vie d'avant… De ce que j'ai vécu. Et tout ce que j'ai vécu n'est pas forcément agréable.

Nathan demanda encore :

— Si je dis oui, que se passera-t-il ?

— Avant la troisième étape, j'effectuerai une dernière modification sur ton tatouage. Ensuite, je débuterai l'étape finale.

— On sera connectés en permanence ?

— Non. Nous devrons accepter d'*ouvrir* la connexion, mais on pourra la fermer à tout moment.

Le Tatoueur s'éloigna.

— Je te laisse le temps d'y réfléchir. Dès que tu te sens prêt, tu peux me donner ta réponse. Moi, c'est décidé. Je suis prêt à tout pour atteindre mon objectif.

Sans un mot de plus, le Tatoueur s'éloigna et retourna analyser ce qu'il avait extrait de son tatouage, laissant Nathan plusieurs minutes seul face à ses pensées. Tout se mêlait dans sa tête. L'abandon de ses amis. L'idée de se venger. Venger le Tatoueur et son fils. Pour la première fois, il avait un objectif, lui aussi. Un véritable choix à faire.

Il avait pris sa décision.

— Je suis d'accord, déclara-t-il enfin sans l'ombre d'une hésitation.

Le Tatoueur se leva à son tour.

— Il est temps de terminer ce tatouage.

Chapitre 33

Nathan ouvrit les yeux et sut immédiatement que quelque chose avait changé. Une sensation étrange le traversait. Au bout de quelques secondes, il comprit : il n'avait plus mal. Il avait fini par s'habituer à la douleur mais, maintenant qu'elle avait disparu, il réalisait à quel point il avait souffert.

Sans cette douleur, il redécouvrait les perceptions de son corps. Il sentait battre son cœur dans sa poitrine. Il percevait chaque parcelle de sa peau en contact avec l'extérieur. Autour de lui, chaque détail de la pièce apparaissait plus distinct, plus clair. Son tatouage était achevé.

Le Tatoueur était toujours sur son ordinateur. Nathan l'interrogea :

— Qu'est-ce que vous faites ?

— Je suis en train de finaliser le programme à injecter dans le cœur de la Forteresse pour arrêter Interfeel.

« Le fameux programme », pensa Nathan.

La raison pour laquelle ils risquaient de tout perdre… Le corps, la mémoire, la vie. Le jeune homme ne put s'empêcher de demander :

— Vous avez trouvé autre chose sur la Forteresse ?

— Je connais désormais précisément la nature des radiations émotives. Je peux percevoir leur variation d'un endroit à l'autre. Ce qui veut dire…

— … que vous pouvez trouver le cœur de la Forteresse en fonction de l'intensité des variations, acheva Nathan.

Le Tatoueur sourit :

— Exact. Je vais intégrer un radar à notre tatouage.

— Une nouvelle opération ? fit Nathan en frissonnant.

— Non. Après la troisième étape, il est très difficile de modifier le tatouage. Il s'agit plutôt d'un ajout d'information. Mets ça, ajouta-t-il en lui tendant le gant métallique.

Nathan l'enfila à sa main gauche. Le Tatoueur pianota quelque chose sur l'ordinateur et il sentit une légère piqûre. L'espace d'une seconde, un frisson glacé parcourut ses doigts, son bras, son corps.

— Qu'est-ce que tu ressens ?

— Une démangeaison… je ne sais pas si elle est physique ou mentale…

— C'est ton radar. La sensation est assez légère pour qu'on ne la remarque pas lorsqu'on n'est pas concentré sur elle. Plus on s'approchera du cœur de la Forteresse, plus elle s'amplifiera. Elle sera automatiquement régulée par le tatouage pour ne pas devenir trop perturbante.

Nathan enleva le gant et regarda sa main gauche. Rien n'avait physiquement changé, pourtant elle possédait désormais une propriété supplémentaire.

— Vous avez d'autres choses à me faire savoir ?

— En combinant nos recherches précédentes et les informations de l'Opale, j'ai trouvé la combinaison de l'entrée.

— Génial ! s'exclama Nathan.

Une nouvelle fois, la tête du Tatoueur semblait signifier le contraire.

— Bon, rectifia Nathan. Pourquoi ce n'est pas génial ?

— Rappelle-toi ce que l'on a dit. Même en connaissant la combinaison de la porte du cœur de la Forteresse, on ne peut pas l'ouvrir. Il existe un autre mystère que l'on ne découvrira qu'une fois devant.

— D'accord, mais c'est quand même pas mal, non ? Vous pouvez déjà être content de ce que vous avez trouvé.

— Tu as raison, fit le Tatoueur avec un léger sourire. Il faut croire que si je ne suis plus abattu par mes échecs, mes réussites ne me rendent pas enthousiaste pour autant… J'ai besoin de toi pour ça, Nathan. Pour me rappeler qu'il est aussi important d'apprécier les victoires.

Le visage avenant du Tatoueur se fit de nouveau sérieux.

— Il faut à présent que tu apprennes à utiliser ton tatouage. Cela fait déjà vingt-quatre heures que nous nous sommes évadés. Les Forces Spéciales doivent être dans tous leurs états. Elles vont tout tenter pour nous retrouver et j'ai peur que la population en subisse les conséquences.

— Quel est le plan ?

— On se donne vingt-quatre heures pour un entraînement intensif, pas plus. Ensuite, nous partons.

Le Tatoueur fixa Nathan.

— Que sais-tu déjà sur le tatouage ?

— On peut pirater des Opales et faire sauter des systèmes de sécurité avec, répondit Nathan.

— Exactement. Il s'agit de ses compétences dites « informatiques ». Pour activer ces propriétés, il faut utiliser un langage émotionnel dont tu connais déjà certaines notions : la haine pour la destruction, le vide pour le contrôle. Je ne te donne que des sensations « brutes » que tu pourras affiner par la suite.

— Le tatouage utilise Interfeel aussi ? Lors de l'assaut du village, j'ai posé mes mains sur un agent des Forces Spéciales. C'est à ce moment-là que j'ai ressenti une vive douleur et qu'il s'est effondré.

— Le tatouage transforme tes émotions en armes. Il les prend, les décuple et attaque l'autre par l'intermédiaire d'Interfeel. De manière générale, le tatouage et le réseau des émotions sont liés…

— C'est l'Émotionnel qui vous a appris tout ça ?

À l'expression du visage du Tatoueur, Nathan se douta qu'il n'aimait pas reparler du traître de l'organisation F.A.N.T.O.M.E.

— Avant, reprit le Tatoueur, mes tatouages amélioraient uniquement les capacités physiques et mentales, et pirataient les objets. Grace à l'Émotionnel, j'ai pu les transformer en armes plus… redoutables.

— Le tatouage peut aussi fausser Interfeel, d'ailleurs, n'est-ce pas ? C'est comme ça que le professeur a pu vivre aussi longtemps à la surface sans être suspecté.

Le Tatoueur eut un sourire d'admiration.

— Exactement, Nathan. Nous pouvons utiliser Interfeel à notre avantage. Ainsi, personne ne nous a remarqués lorsque nous nous sommes fondus dans la foule en nous évadant du commissariat. De même, personne ne peut savoir que nous portons un tatouage si nous ne le révélons pas.

— Pourtant, les Forces Spéciales savaient dès le début que j'en avais un.

— Car il n'était pas achevé. Désormais, personne ne peut plus le déceler. Voilà pour les capacités informatiques. À présent, voyons les capacités physiques du tatouage. Qu'as-tu ressenti en te réveillant, tout à l'heure ?

— Je me sentais… plus fort… plus *conscient…*, réfléchit Nathan.

— Le tatouage augmente tes capacités physiques et mentales en désinhibant certaines de tes émotions. Cette modification doit impérativement être limitée pour qu'elle ne t'affecte pas trop, mais tu seras plus rapide, plus vif… plus fort…

Spontanément, Nathan se rappela le combat avec Kassandra Kacem. La vitesse des coups portés… la puissance…

— Et le lien psychique… ?

— Nous allons apprendre à le créer, puis l'arrêter. Il faut que tu repères, au fond de toi, la bonne fréquence. Ferme les yeux, fais le vide.

Nathan obéit et, peu à peu, le calme l'envahit.

— Qu'est-ce que tu éprouves ?

— Le grésillement…

— Il t'indique la direction du cœur de la Forteresse. Ignore-le pour l'instant. Cherche autre chose. Tu dois ressentir un endroit qui vibre au fond de toi… Comme s'il t'orientait vers une autre dimension… Tu le perçois ?

— Oui…

— Imagine maintenant que tu « plonges » dans cette sensation.

Nathan laissa la vibration l'envahir et soudain, il sentit une force gigantesque le saisir. Ses muscles se contractèrent sous cette puissance, comme s'il était sur le point d'exploser.

— Reste détendu, Nathan.

— C'est quoi cette sensation ?

— La conjonction de nos deux esprits. La réunion de nos forces psychiques. Il faut maintenant apprendre à l'arrêter à n'importe quel moment pour éviter d'être emportés par cette puissance et oublier qui nous sommes.

— Comment ?

— Imagine une déchirure. Ce n'est pas facile, car tu as désormais l'impression que ce lien est vivant et que tu seras affecté si tu l'arrêtes. Pourtant c'est indispensable.

Nathan imagina un mur blanc, gigantesque. Lentement, il l'ouvrit en deux et, au fur et à mesure que l'ouverture grandissait, une tristesse incommensurable le submergea. Il arriva enfin au pied du mur et ouvrit les yeux. Il n'y avait plus rien.

— Je me sens vide…

— Car il n'y a plus que toi. Ça, c'est ton état normal. Il faut utiliser ce lien avec parcimonie. Dès que l'un de nous deux sent qu'il peut être emporté par ce lien, il doit se déconnecter. Il faut prendre des précautions. Cette « arme » psychique est efficace, mais aussi redoutable pour nous-mêmes.

Le Tatoueur regarda Nathan.

— À présent, je vais t'apprendre à optimiser tes nouvelles capacités.

Ils s'entraînèrent seize heures durant. Chaque aspect du tatouage fut testé et éprouvé. Contrôler ses sentiments. Désamorcer le matériel informatique. Ils firent des exercices de concentration, des exercices physiques puis étudièrent le contrôle des émotions.

Ils essayèrent aussi plusieurs fois le lien psychique. À chaque déconnexion, une immense sensation de vide envahissait Nathan. Il avait l'impression de devoir se reconstruire. Au terme de ces longues heures d'entraînement, le Tatoueur fit le point :

— Tu as vu tous les aspects du tatouage que je voulais te montrer.

— C'est vrai ? Mais il nous reste encore huit heures ! Qu'est-ce qu'on fait ?

— Après tous ces exercices, il est temps de se reposer.

— Vraiment ? Je ne suis pas du tout fatigué…

— N'oublie pas que le tatouage te permet d'être plus résistant. Mais la plus grosse erreur serait de nier la réalité de ton corps. Il ne faut pas oublier de dormir, sinon tu risques de craquer.

*

Nathan ne parvint pourtant pas à trouver le sommeil. Il ne s'agissait pas uniquement de l'agitation de son corps. Il prenait soudain conscience que désormais, plus rien ne les ferait reculer.

Lorsqu'il ouvrit les yeux, le Tatoueur était déjà sur l'ordinateur. Il pianotait sur le clavier avec dextérité. Au bout d'un moment il s'arrêta, récupéra son gant et, appuyant sur une dernière touche, l'activa. À la légère crispation de son visage, Nathan comprit qu'il venait de s'injecter quelque chose. Les yeux toujours fixés sur l'écran, le Tatoueur déclara :

— Je viens de terminer le programme à introduire dans le cœur de la Forteresse, celui qui arrêtera Interfeel. Il se trouve désormais sur ma peau. Tu sais ce que cela veut dire ?

— Désormais plus rien ne nous empêche d'y aller, dit Nathan avec calme.

— Tu es prêt ?

Le garçon prit une grande inspiration. Son futur dépendait de ce qu'il allait effectuer dans quelques heures. Sa vie, son corps, sa mémoire. Il en avait brutalement conscience, avec lenteur, il hocha la tête.

— Parfait, dit le Tatoueur. Partons à l'assaut de la Forteresse.

*

Deux jours après, le commissariat se remettait à peine de l'évasion. Près de la moitié des effectifs étaient encore en soins intensifs, d'autres commençaient tout juste à reprendre le travail. Le service tournait à faible régime, mais le commissaire Vlad Ekaton était présent. En arrivant ce matin-là, il s'était assis à son bureau et n'était pas sorti depuis. Son regard était impénétrable, il semblait attendre quelque chose.

On frappa à sa porte. Un policier entra et demanda, compatissant :

— Tout va bien, monsieur le commissaire ?

— Qu'est-ce que vous me voulez ?

Le ton de Vlad Ekaton était sec, cassant. Le policier ne l'avait jamais vu ainsi. Contrairement à Kassandra Kacem, il avait toujours semblé souriant et affable.

— On a retrouvé votre Opale dans les égouts, monsieur le commissaire, fit le policier en hésitant. Il semblerait que, malgré leurs efforts, les fugitifs ne soient pas parvenus à désamorcer entièrement son système de localisation.

— Donnez-la-moi.

Vlad Ekaton saisit l'Opale percée de dix-sept trous et signifia d'un geste au policier de quitter la pièce. Il sortit de son tiroir une boîte en bois qu'il ouvrit. Il y sélectionna la puce numéro quatre qu'il glissa dans son oreille droite. Il connecta son Opale et ferma les yeux. Il tremblait très légèrement et resta dans cet état pendant quelques minutes. Enfin, un large sourire apparut sur son visage et, d'une pression sur la pierre, il sélectionna la personne à contacter.

— Commandant Malkone, articula-t-il d'une voix ferme. Pourriez-vous venir dans mon bureau je vous prie.

*

Les cheveux longs et blancs du commandant Malkone tombaient sur ses épaules musclées.

— Commandant..., commença Vlad Ekaton. Vous avez été en première ligne lors de la prise de l'immeuble de l'épicentre. Vous étiez également présent lors de l'arrestation du cyriste Kami Saana. Enfin, vous avez dirigé les opérations lors de l'anéantissement du village rebelle du Tatoueur. Vous avez été dans les décisions pratiques ce que j'ai été dans les décisions stratégiques. Nous formons un duo solide.

L'intéressé se contenta de hocher la tête dans un remerciement presque militaire.

— Vous êtes une personne de valeur, Malkone. Vous avez fait, pour notre cause, bien plus que Kassandra Kacem.

Le commandant faillit interrompre son supérieur, mais Vlad Ekaton enchaîna :

— Pas de fioritures avec moi, commandant. Je dis les choses comme elles sont et je récompense les gens de valeur. Que diriez-vous de devenir commissaire adjoint ?

— Mais… monsieur le commissaire… Madame Kassandra Kacem…

— … est une légende, je sais, je sais, compléta Vlad Ekaton, évasif. Malgré ses récents échecs, mes propres supérieurs considèrent encore important de la maintenir à une position forte. Mais un coup d'éclat de votre part pourrait inverser la tendance… Je vous propose une mission, commandant. Elle s'effectuera dans le plus grand secret. Si je peux personnellement attester de votre valeur lors de cette opération, la place de commissaire adjoint sera vôtre.

Le visage du commandant traduisait une légère interrogation.

— Monsieur le commissaire, tenta-t-il. Puis-je avoir des précisions sur cette mission pour m'y préparer au mieux ?

Vlad Ekaton eut un large sourire.

— Je sais où se rendent les deux fugitifs, commandant Malkone. Allons à leur rencontre.

Chapitre 34

À chaque arrêt le rapprochant de l'épicentre, le MGV se remplissait davantage. Nathan et le Tatoueur ne se parlaient pas et se regardaient à peine. Leur holo-visage affichait une expression de neutralité absolue.

« Vous pensez qu'un hologramme sera suffisant pour nous protéger ? avait demandé Nathan avant de partir.

— Tu connais mal les habitants de l'épicentre, avait répondu le Tatoueur. Ils se fichent de ce à quoi tu ressembles tant que tu es connecté à Interfeel. Ils ne nous regarderont même pas. »

C'était vrai, personne ne leur prêta attention. En passant au niveau de son quartier, Nathan avait eu peur qu'on le reconnaisse. Il se rendit compte qu'en réalité c'était lui qui ne reconnaissait plus cette foule dont il avait, un jour, fait partie. En quelques mois seulement, tout avait changé. Les voyageurs du MGV se rendaient au travail, perdus dans leurs émotions de tous les jours. Et lui était devenu un fugitif traqué dans le monde entier, émotionnellement connecté à l'une des personnes les plus puissantes de la planète, et il allait pirater le cœur de la ville pour faire tomber un réseau qui structurait l'ensemble de l'humanité.

L'épicentre. Nathan, le Tatoueur et tous les autres voyageurs descendirent du wagon. Nathan nota instantanément ce qui avait changé par rapport à son ancien quartier : les gens *paraissaient* différents. Chacun était absorbé dans son propre monde avec une telle intensité que seule *sa* réalité semblait exister. Il n'y avait plus de réalité commune.

Nathan se focalisa sur ce qu'il ressentait. La démangeaison lui indiquait de se rapprocher encore plus des hautes tours.

— Pour le moment, la foule est compacte, Nathan. Bientôt, la densité de personnes va diminuer. Au fur et à mesure que l'on s'approchera, les choses deviendront automatisées.

— Moins de personnes ? On aurait dû percevoir les radiations alors.

— La zone est trop petite et la quantité de personnes à proximité trop importante pour ressentir les radiations. Ces bâtiments sont construits en Opale. Je les soupçonne même de *conduire* les radiations jusqu'aux gens. Dès que le flux de personnes diminuera, on se rendra invisible grâce aux brouilleurs d'images avant de continuer.

Ils trouvèrent quelques minutes plus tard une ruelle déserte et Nathan activa l'objet qu'il avait accroché autour de sa taille. Puis il leva les yeux vers le Tatoueur.

— Je peux encore vous voir, c'est normal ?

— C'est l'une des conséquences du lien qui nous unit. À présent, utilise le tatouage pour faire disparaître toute trace de toi et éviter que des radars satellites nous captent. Pour l'instant, nous sommes uniquement protégés de la vision « humaine ».

Nathan ferma les yeux et se rappela ce que lui avait expliqué le Tatoueur lors de l'entraînement : « Pour activer ce brouillage numérique, il faut que tu aies l'impression de disparaître. C'est le même sentiment que lorsque tu veux prendre le contrôle d'une Opale, mais en beaucoup plus fort. Tu ne dois pas simplement faire le vide. Tu dois avoir l'impression de n'être plus que ce vide. »

Il ferma les yeux et se concentra. Malgré sa crainte et ses questionnements, il devait se détendre. Imaginer un lac, comme il le faisait il y a longtemps. Il devait ensuite aller encore plus loin. S'enfoncer dans le lac. Disparaître.

— C'est parfait, Nathan, fit le Tatoueur. Normalement, si des satellites quadrillent la zone, ils ne peuvent plus nous repérer. Mais depuis la prise de notre village, je sais que ce n'est pas suffisant. Le coin regorge d'Opales de sécurité d'excellente qualité. Notre camouflage ne suffira probablement pas.

— Il faut qu'on les désactive manuellement ?

— Oui. Tu te souviens comment les repérer ?

« Ton radar se base sur les fluctuations des radiations émotives, lui avait dit le Tatoueur. Or, les Opales perturbent ce champ de radiation. Avec un peu d'entraînement, tu peux donc trouver une autre utilité à ce tatouage : repérer les Opales. »

— Oui.

— Est-ce que tu as situé la plus proche ?

Nathan devait à nouveau écouter son corps.

— Au-dessus de nous. À l'angle, à droite.

— Désactive-la, ordonna le Tatoueur.

— Elle est trop haute.

— Rappelle-toi ce que je t'ai appris.

« Le tatouage va développer tes capacités physiques. Il va effectuer une régulation. Tu auras moins de douleur, plus de puissance. Fais confiance à tes perceptions, même si elles sont nouvelles. Fais-toi confiance. »

Il devait cesser d'avoir peur. L'Opale se situait à environ quatre mètres de hauteur. Un trou dans le mur pourrait lui servir de prise. Cela lui semblait presque impossible. Il bondit. Ses muscles étaient plus puissants, il le sentait. Il était déjà haut et avait l'impression que tout se passait au ralenti. Il prit appui sur l'encoche qu'il avait repérée à l'angle du mur et se propulsa de l'autre côté. Durant une seconde de flottement, Nathan vit l'Opale, à portée de main.

« Tu sais déjà comment désactiver une Opale, Nathan. Un violent sentiment de haine qui devra être farouche et intense. Il devra partir comme une décharge. »

Il était en apesanteur et, en une simple fraction de seconde, il devait générer un déferlement de haine. L'Opale l'avait déjà repéré. Il n'avait plus le choix. Sa main s'approcha de l'objet…

Elle se posa dessus. Un violent sentiment de haine vibra dans son corps, traversa son bras et passa dans l'Opale. Immédiatement, la pierre redevint froide.

Il retomba. Son corps semblait soudain réaliser qu'il se trouvait à plusieurs mètres de haut.

« Fais-toi confiance. »

Il sentit ses pieds toucher le sol, plia les jambes pour amortir l'atterrissage et termina par une roulade.

— Bien, fit le Tatoueur. On va désactiver toutes les Opales que l'on trouvera sur notre route.

— Personne ne se rendra compte qu'elles sont trafiquées ?

— J'ai pensé à tout. Il n'y a plus aucune surveillance humaine, ici. L'Opale que l'on paralyse ne se rend pas compte qu'on l'a trafiquée et n'a aucune raison de signaler un dysfonctionnement.

Presque tous les dix mètres, ils tombèrent sur une nouvelle Opale de sécurité qu'ils désactivèrent à tour de rôle. Les passants se raréfiaient tandis que les obstacles physiques augmentaient. Ils franchirent des murs, contournèrent des bâtiments gigantesques. Nathan avait l'impression que le centre de la ville ressemblait à une sorte de désert humain, entièrement laissé à la technologie qui proliférait hors de tout contrôle. Les murs étaient mobiles, les immeubles se tournaient en fonction de la position du soleil… si celui d'Élizabeth l'avait impressionné à l'époque, il faisait pâle figure à côté de ceux-là.

— Crois-moi, chuchota le Tatoueur. Si nous n'étions pas invisibles, il y a bien longtemps que nous aurions été arrêtés. Les habitants ne nous auraient jamais permis d'aller aussi loin. Ils sont la meilleure défense de la Forteresse, car ils ne savent pas ce qu'ils protègent. Les bâtiments eux-mêmes doivent posséder leur propre défense.

« Le cœur de la Forteresse inversée se trouve dans l'une de ces tours », pensa Nathan.

Ils continuèrent, désactivant Opale après Opale. Enfin, ils arrivèrent au pied de la gigantesque tour blanche centrale de la ville, celle dont Nathan rêvait, lorsqu'il était en cours. La voir de si près lui donna le vertige.

— Elle est si haute…

Son radar interne s'agitait dans tous les sens. Ils touchaient au but.

— C'est ici ? demanda-t-il.

— Qu'en penses-tu ?

— Je ne sais pas… c'est curieux… les vibrations sont trop intenses, soupira-t-il. J'ai du mal à y voir clair.

— Fais la part des choses. N'oublie pas. Il n'y a pas que les sensations du tatouage qui te traversent en ce moment. Il y a aussi tes propres craintes.

Le Tatoueur avait raison. Il devait rester lui-même et trouver ce qu'il ressentait vraiment.

— Ce n'est pas cette tour, finit-il par dire.

— Je suis d'accord. Cette tour gigantesque n'est pas le cœur de la Forteresse. C'est un leurre pour nous détourner du véritable lieu qui doit être, à mon avis, un endroit bien plus modeste.

— Quelque chose… comme ça ?

Nathan désignait l'endroit que ses vibrations semblaient indiquer. Un bâtiment gris, très long, à l'allure profondément insignifiante. Mais à chaque pas qu'il faisait, son corps lui hurlait qu'il ne s'était pas trompé.

— Le cœur de la Forteresse c'est… ça ? Ce grand hangar ?

— Ne te base pas sur ce que tu vois, mais sur ce que tu ressens.

Au fond de lui, le jeune homme le savait.

— Oui… c'est là. Et donc cette entrée en métal…

— … est l'ouverture supposée imprenable, que nous allons pourtant devoir ouvrir.

*

D'un bleu métallisé, l'entrée ressemblait à celle de n'importe quel local.

« Il est impossible qu'une telle porte puisse contenir des radiations aussi puissantes. Il y a quelque chose qui cloche », se dit Nathan en lui-même.

— C'est incroyable, dit-il. J'ai l'impression qu'on pourrait l'ouvrir d'un simple coup de pied.

— Je te le déconseille sincèrement, Nathan.

Le Tatoueur se plaça sur le côté gauche de la porte, en face de ce qui semblait être un écran, et il la toucha de sa main gauche.

— Approche…

Nathan avait du mal à avancer. En réalité, il avait du mal à faire le moindre mouvement. Il ressentait désormais physiquement les flux de radiations.

— Je… je ne suis pas sûr d'y arriver…

— Ne te laisse pas envahir par ce genre de sentiment, ordonna le Tatoueur. Souviens-toi des rumeurs que l'on entend sur la Forteresse. Elle serait un organisme vivant qui assure sa propre défense. À partir de maintenant, elle risque de t'envoyer des émotions parasites, et tu penseras qu'il s'agit des tiennes. Rien ne l'empêche de te faire éprouver ce sentiment de doute pour te décourager.

— Je me base sur quoi, alors ?

— Sur toi. Tu vaux plus que la somme de tes sentiments, Nathan.

Tandis que le Tatoueur s'affairait devant l'écran, Nathan avança tant bien que mal, se forçant à mettre un pied devant l'autre.

Soudain, le Tatoueur attrapa la porte métallique et la poussa sur le côté. Elle se décala sans difficulté.

Nathan écarquilla les yeux.

— Vous avez réussi à l'ouvrir ?

— Je viens de trouver le code. C'était la partie la plus facile. Cela ne veut pas dire que nous allons entrer.

— Pourtant la porte est ouverte…

— Et qu'est-ce que tu vois à l'intérieur ?

Nathan ne discernait rien d'autres que de l'obscurité. Cependant, ce n'était pas naturel. C'était comme si un mur noir et impénétrable se trouvait derrière.

— Qu'est-ce que c'est ?

— Une protection immatérielle qui contient les radiations. Tu imagines bien qu'une simple porte de métal ne pourrait pas renfermer une telle puissance.

Nathan s'approcha. Il enleva l'une de ses chaussures qu'il jeta sur l'écran noir. Elle rebondit comme elle avait percuté une paroi solide, mais il n'y eut aucun bruit. La chaussure venait de se cogner à un mur silencieux.

— Il n'y a pas de code, pour ça. Rien. On ne peut pas désamorcer ce mur immatériel, soupira le Tatoueur. Voilà la véritable ouverture imprenable.

— On a l'impression que ce mur est vivant, observa Nathan.

— Ce sont les émanations de ce qu'il y a derrière qui perturbent ta perception. Tu n'as pas idée de la pression de ces radiations. Ce n'est pas une force physique mais elle existe bel et bien.

— Mais… qu'est-ce qu'il y a derrière ? L'enfer ?

— Une autre réalité.

Ils étaient coincés. L'esprit de Nathan divaguait, à la recherche d'une solution. Il repensa soudain à une discussion qu'ils avaient eue avec Hanek, lorsqu'ils étaient encore amis, au lycée. Il s'agissait, bien sûr, de ses séances de vidéo-sport où il avait été coincé derrière une porte vitrée.

« Le problème, c'est la pression, avait dit Hanek. Lorsqu'il y a de l'eau d'un côté et pas de l'autre, la pression est différente et on ne peut pas ouvrir la porte. La solution, c'est de faire venir l'eau de son côté pour qu'il y ait la même pression des deux côtés et pouvoir ainsi ouvrir la porte. En fait, parfois, il faut avoir l'impression de perdre pour gagner. »

— Je sais comment ouvrir la porte, murmura Nathan en regardant l'entrée.

— Pardon ?

— Je sais pourquoi on ne passe pas. C'est un problème de pression émotionnelle…

— Pression émotionnelle…, répéta le Tatoueur, songeur.

— Il y a une immense pression d'un côté de la porte, continua Nathan, et beaucoup moins de l'autre. C'est ce qui rend ce mur aussi solide. Pour l'ouvrir, il faudrait qu'il y ait la même pression d'un côté et de l'autre. Soit on réduit la pression à l'intérieur…

— Ce qui est impossible.

— Soit on augmente la pression de notre côté. Est-ce qu'avec les tatouages on peut modifier la pression émotionnelle ?

Le Tatoueur ne répondit pas tout de suite. Il semblait totalement absorbé dans ses pensées.

— On peut essayer. Nous allons servir de conducteurs, Nathan. Nous allons activer notre lien émotionnel, poser nos mains sur cette porte, laisser les radiations infuser en nous et les amplifier, jusqu'à atteindre le même niveau qu'à l'intérieur et que la Forteresse nous laisse entrer.

L'air grave, il ajouta :

— Si on arrive à entrer, je n'ai aucune idée de ce qui nous attend à l'intérieur, ni de ce que nous allons devenir.

— Tant mieux, murmura le garçon.

Il n'avait plus rien à perdre. Il ferma les yeux. Il devait trouver la faille. Activer le lien. Une nouvelle fois, une immense force l'envahit. Leur énergie psychique réunie. Est-ce que cela suffirait ?

— Ça y est, fit Nathan d'une voix étonnamment puissante.

— À présent, on colle les mains sur la paroi, on conduit les radiations émotives. Et on résiste.

Sans plus d'hésitation, Nathan posa ses mains. Il s'attendait à recevoir une décharge électrique. Il n'en fut rien. Ses mains furent dissoutes instantanément. Il ne les sentait plus, ne les ressentait plus. Il avait peur, très peur, et ce sentiment se décupla soudainement, le saisissant tout entier.

« Reste entier », pensa-t-il.

— Pense au lien, Nathan. À ce lien qui nous unit, répéta le Tatoueur.

Ils avaient une haine tenace pour les Forces Spéciales. Ils avaient soufferts, tous les deux. Ils ne pouvaient désormais compter que l'un sur l'autre. Le Tatoueur avait perdu sa famille et son village. Nathan ne pouvait plus compter sur ses amis. Il ne restait qu'eux deux.

Il ressentit ce lien établi à jamais entre eux. Il le rendait plus fort. Sa peur battit en retraite, ses mains se redessinèrent devant lui.

— Il faut générer une tension émotionnelle plus forte, cria le Tatoueur.

— Comment ?

— Contrôle, mais ne résiste pas. Accepte les émotions qui te traversent, mais ne les laisse pas te submerger. Fais les gonfler. Elles doivent s'épanouir.

— Je vais me laisser déborder…

— Non. Je suis là.

Nathan sentait ce flux d'émotions passer en lui ; il avait la sensation que son corps était devenu liquide et que le passage des émotions entraînait à chaque fois une part de lui-même.

« Je dois continuer, pensa-t-il. Je dois aller encore plus loin. »

Il combina toutes les émotions des derniers mois dans le flot unique qui alimentait les radiations émotives.

— Mes mains… Elles disparaissent…

— La pression s'équilibre, cria le Tatoueur. Continue !

Les émotions, toujours. Des images le frappaient de plein fouet. Le combat avec Kassandra Kacem. Une rage pure, absolue. Une passion ancienne. Ces émotions provenaient du Tatoueur. Il devait les utiliser aussi.

— On y est presque, cria-t-il.

Il sentait le bâtiment réagir. Il sentait la différence de pression réduire alors que *sa* pression interne prenait de la puissance. Il devenait partie intégrante de la Forteresse. Elle le laissait passer. La dureté du mur invisible s'atténuait.

— Combine tes forces, cria le Tatoueur.

« Ma force intérieure et ma force physique », pensa Nathan.

Ces deux aspects de son entraînement ne faisait plus qu'un. Il poussa. De tout son corps. De toute son âme. Avança. Ses bras s'enfoncèrent. Il pouvait sentir les *émotions* filer à travers lui. Il ne devait pas lâcher. Il devait oublier ses limites. En redéfinir d'autres. Se redéfinir. Se retrouver.

Un ultime assaut.

Ne pas s'oublier.

Les pressions s'égalisèrent.

D'un coup, Nathan et le Tatoueur furent projetés dans le cœur de la Forteresse inversée.

Chapitre 35

Kassandra Kacem n'avait pas pris un seul jour de repos. Le lendemain même de l'évasion, le visage tuméfié, elle était revenue au commissariat. Quarante-huit heures plus tard, assise à son bureau, elle réfléchissait.

Quelque chose n'allait pas. La situation était grave, bien sûr, mais ce n'était pas ce qui la perturbait. Elle ferma les yeux, faisant abstraction totale des douleurs mentale et physique qu'elle éprouvait, et récapitula les éléments qu'elle avait en sa possession :

« Il y a presque six mois, le professeur Claude Érat saute du quatrième étage pour "réveiller" les consciences de ses élèves. Nathan Ethanin se rend dans le quartier est, passe entre les mains de Vlad Ekaton pour mettre fin à cet élan de "rébellion". Il décide malgré tout de former une équipe pour aller libérer le professeur. Au final, ils sont trahis par l'un des membres, Livia Najam. Le reste de l'équipe parvient à s'enfuir et trouve refuge dans le village rebelle que les Forces Spéciales cherchent depuis près de vingt ans. Par un moyen inconnu, Vlad Ekaton parvient à localiser le village, le démantèle et arrête ses occupants. Amenés au poste, Nathan et le Tatoueur s'évadent. »

Les éléments s'enchaînaient logiquement… pourtant quelque chose n'allait pas, et son intuition lui suggérait que cela concernait également son supérieur, Vlad Ekaton. Il venait de s'absenter avec le commandant Malkone, sous un prétexte auquel elle n'avait pas cru une seconde. Était-il parti à la poursuite des fugitifs ? Dans ce cas, comment aurait-il pu deviner la prochaine destination du Tatoueur ? Ils ne seraient jamais partis seulement à deux : ils auraient embarqué une armée. Il manquait à Kassandra Kacem un élément qui relierait l'ensemble et permettrait de résoudre l'énigme entière.

Un policier interrompit ses pensées.

— Madame Kacem ?

— Que voulez-vous ?

— Il y a à l'entrée une jeune fille qui doit se déclarer chaque semaine.

— Elle n'a qu'à passer à l'accueil pour signer.

— … Elle m'a dit qu'elle souhaitait vous parler personnellement.

— De qui s'agit-il ?

— Livia Najam. La fille qui faisait partie du groupe des cyristes et avec qui Vlad Ekaton a collaboré.

La commissaire adjointe releva soudain la tête.

— Amenez-la-moi immédiatement !

*

Livia ne put s'empêcher de blêmir en entrant. Kassandra Kacem la fixait intensément puis, sans adoucir son regard, l'invita à s'asseoir.

— Vous vouliez me voir, dit-elle.

— J'ai toujours voulu vous voir…, fit Livia en baissant la tête.

— Première chose, l'interrompit Kassandra Kacem avec fermeté. Si vous voulez me dire quelque chose, vous relevez la tête et vous me regardez.

Livia leva les yeux et fixa le visage tuméfié de la policière.

— Alors ?

— J'ai toujours voulu vous voir, répéta Livia, comme pour se justifier. Quand vous étiez dans notre classe, vous nous aviez dit qu'il était possible de venir.

— Pourtant je ne vous ai jamais revue.

— Lorsque je suis venue au commissariat la première fois, c'est Vlad Ekaton qui m'a accueillie à l'entrée… comme s'il savait que j'allais venir. Il m'a amenée dans son bureau et m'a dit que, de toute façon, vous n'auriez jamais le temps de me rencontrer.

— Il vous a vraiment dit ça ?

Le visage de Kassandra Kacem se crispa de manière imperceptible.

— Pourquoi souhaitiez-vous me voir ?

— J'avais le sentiment qu'à vous… je pourrais parler.

— Vous le pouvez maintenant.

— C'est trop tard. Mes amis ont été arrêtés. À moins qu'ils n'aient disparu. Il ne reste plus personne à qui je tiens.

Kassandra Kacem la regarda un instant.

— Il vous reste vous. Tant que vous êtes là, c'est déjà beaucoup.

— J'ai seize ans et je suis fichée pour toujours chez les Forces Spéciales maintenant. Je dois venir toutes les semaines ici… ce n'est pas une vie…

— C'est la vôtre, fit Kassandra Kacem d'une voix ferme. La question est : qu'allez-vous en faire ?

— Je voudrais que tout redevienne comme avant.

— Impossible. Vous ne pouvez pas changer le passé. Concentrez-vous sur le présent.

Kassandra Kacem se radoucit.

— Vous me faite un peu penser à moi, à votre âge, vous savez ?

Livia releva la tête, surprise.

— Vous rigolez ? Je suis sûre qu'à mon âge vous étiez déjà engagée dans les Forces Spéciales.

— Quand j'avais votre âge, les Forces Spéciales n'existaient pas encore. Je m'y suis engagée par la suite car je pensais que c'était le meilleur moyen de préserver l'unité de la ville et de faire quelque chose de ma vie. Il fallait que je me batte pour que la paix revienne. Aujourd'hui, c'est à votre génération de prendre le relais. Que voulez-vous faire pour retrouver la paix ?

Livia prit une voix affirmée.

— Je veux que mes amis restent sains et saufs.

Kassandra Kacem la regarda un moment en silence.

— Il n'y a qu'un de vos amis que je peux aider pour l'instant : Nathan Ethanin. Si vous avez le moindre indice sur ses projets avec le Tatoueur, je dois impérativement le savoir. Si vous avez un semblant de confiance en moi, dites-moi tout ce que vous savez.

— Le professeur en avait parlé… une fois… Mais c'est idiot… D'après lui, le but du Tatoueur est de mettre la main sur les Forteresses inversées.

Kassandra Kacem se figea. Cette information éclairait le reste d'un jour nouveau. Les Forteresses inversées… Il lui fallait une ultime confirmation.

— Est-ce que vous avez dit cela à Vlad Ekaton, lors de votre dernière discussion ?

— Non. Mais lorsque Nathan et Hanek étaient à l'hôpital, sous le lit du professeur, ils ont entendu Vlad Ekaton en parler au professeur. Il parlait déjà des Forteresses inversées. Il voulait les rencontrer.

Tous les éléments se mettaient en place. Kassandra Kacem venait de comprendre. Vlad Ekaton avait deviné avant elle où le Tatoueur allait se rendre. Elle comprenait désormais pourquoi il était parti sans elle.

— Juste après l'incident de l'immeuble et votre trahison, vous avez parlé avec Vlad Ekaton, n'est-ce pas ?

— Oui.

— Est-ce que vous lui avez parlé du but du Tatoueur ?

— Non.

Pourtant, quelque chose ne collait pas. Alors une nouvelle intuition jaillit dans son esprit. Une intuition qu'elle avait refoulée pendant des années tant elle lui semblait absurde. Mais aujourd'hui, maintenant, elle devait en avoir la confirmation.

— Est-ce que Vlad Ekaton vous a posé la question ?

— Oui mais… je n'ai pas répondu.

— Quelle était l'attitude de mon supérieur à ce moment-là ?

Livia la regarda, sans comprendre.

— Qu'est-ce que vous voulez dire ?

— À l'instant où il vous a posé cette question et que vous n'avez pas répondu, quelle était son attitude ?

Livia hésita.

— Il paraissait… très concentré. Comme s'il voyait à travers moi.

— Lorsqu'il vous a posé cette question… est-ce que vous avez *pensé* à la réponse ?

— Oui, finit-elle par dire.

La dernière pièce du puzzle venait de se mettre en place. Elle se leva soudain et alla chercher le policier en faction devant sa porte.

— Je dois interroger Adila Vonal et Nadem Kijan. Immédiatement.

— Madame Kacem, les ordres du commissaire sont formels, vous ne pouvez pas les interroger sans…

— Je VIENS de vous donner un ordre ! cria-t-elle.

La voix de Kassandra Kacem contenait une telle autorité que le policier se contenta de hocher la tête, terrifié, puis partit en courant.

La commissaire adjointe se rassit. La rage était passée mais Livia pouvait encore voir dans son regard une tension incroyable.

— Il va se passer quelque chose de grave, annonça-t-elle froidement.

*

Tout commença par le corps. Dès ses premiers pas dans la Forteresse, Nathan comprit qu'il ne serait plus le même. Il ne pouvait pas lutter contre cette gigantesque bourrasque émotionnelle. Elle s'infiltrait en lui. Elle effaçait qui il était. Ses membres. Ses sensations. Il n'était plus rien.

« Retrouve-toi. »

Jamais les mots du Tatoueur n'avaient été aussi justes. Il se retourna. Ce dernier luttait également contre les puissants assauts. Parfois son corps s'effilochait pour se restructurer ensuite, comme un hologramme de mauvaise qualité.

Et s'il n'était plus que cela, un hologramme ? Il ne sentait plus la consistance de son corps, il n'était plus qu'une image qui pouvait vaciller à tout moment. Il n'avait plus aucun repère pour se raccrocher à son corps. Plus aucun repère dans la Forteresse.

Les murs étaient composés d'Opales et de gigantesques blocs d'un noir absolu qui semblait aspirer la lumière… D'autres lieux se superposaient à la Forteresse. Le lycée. Le village. Les égouts. L'appartement d'Élizabeth. Le commissariat. Il était partout en même temps. Chaque lieu de ses souvenirs le frappait avec la salve d'émotion qui lui était rattachée.

La Forteresse semblait avoir conscience que l'on entrait en son sein et elle repoussait ses envahisseurs de ses assauts émotionnels. Les illusions saturaient ses sens. Les murs l'écrasaient violemment puis retrouvaient leur place. Le sol s'inversait, le projetant au plafond, puis la gravité reprenait ses droits.

La réalité.

Il ne devait pas l'oublier. Mais à quoi tenait-elle ? Il n'y avait plus rien. Il se concentrait sur son lien avec le Tatoueur, la seule chose qui le poussait vers l'avant, qui lui permettait d'avancer, pas après pas, même s'il n'avait plus l'impression de marcher.

— Ce ne sont que des illusions, Nathan, cria le Tatoueur.

Plus rien ne les distinguait de la réalité. Il voyait des bouts de métal s'arracher du mur. Il les entendait siffler à ses oreilles. Il sentait leur tranchant traverser son visage. Il allait craquer…

Une phrase d'Adila lui revint soudain à l'esprit, quand ils étaient ensemble, au village. Quand ils pensaient encore être amoureux l'un de l'autre :

« Tant que je crois aux illusions, elles peuvent bien être vraies, non ? »

L'important n'était pas ce qu'il voyait ou ressentait. L'important était ce qu'il croyait au plus profond de lui-même. Ces bouts de plafond qui lui lacéraient le visage n'étaient pas réels. Il devait se rattacher à cette conviction. Malgré leur éclat, malgré la douleur, ce n'était pas réel.

Il sentait la Forteresse s'infiltrer de plus en plus profondément dans son esprit pour en extirper la plus grosse souffrance qu'il ait jamais ressentie. Vlad Ekaton.

Son interrogatoire. Dans les méandres émotionnels de la Forteresse, il ne pouvait plus résister et la douleur l'envahit. Il se mit à crier.

— Nathan !

Le Tatoueur avait hurlé son nom. Il ouvrit les yeux. Il se souvenait. La douleur infligée par Vlad Ekaton. Cette information capitale, dont il tentait de se souvenir depuis des mois. Il devait en parler au Tatoueur.

Sa bouche. Se concentrer. Structurer ses mots. Doser la puissance de sa respiration. Les vibrations de ses cordes vocales. Retrouver son corps. Il cria :

— Je connais le secret de Vlad Ekaton !

— Ce n'est pas le moment Nathan.

— Je connais son secret ! Il peut lire les pensées.

— Impossible !

— Il le peut ! hurla Nathan. Toutes vos pensées lors de l'interrogatoire, il les connaît !

Malgré la puissance des radiations émotives, Nathan vit clairement la peur sur le visage du Tatoueur.

— Ça veut dire qu'il nous a laissés nous évader.

— Pourquoi ?

— Parce qu'il sait que je suis le Tatoueur. Il connaît notre plan. Il veut qu'on réussisse. Pour son propre intérêt. Une raison secrète.

— Ce qui veut dire…

— … Qu'il est à nos trousses, termina le Tatoueur.

*

La gigantesque porte de la Forteresse inversée était ouverte. Mais un bloc noir, semblable à un épais mur, ne laissait rien voir de ce qui se trouvait à l'intérieur.

Malgré sa carrure, le commandant Malkone semblait en bien plus mauvais état que Vlad Ekaton. Courbé, respirant difficilement, il se tourna vers le commissaire et lui demanda avec difficulté…

— Monsieur… le commissaire… vous êtes sûr qu'on peut entrer là-dedans ?

— Sûr de quelle manière ? l'interrogea Vlad Ekaton. Légalement ou physiquement ?

— Les deux…

Au lieu de répondre, Vlad Ekaton sortit de son sac sa boîte en bois. Il l'ouvrit et tendit au commandant Malkone la puce numéro cinq.

— Mettez-la dans votre oreille. Légalement, je suis la seule personne de la ville à avoir le droit de venir ici, vous n'avez pas à vous inquiéter. D'un point de vue purement physique, en revanche…

Vlad Ekaton prit dans ses doigts la puce numéro un et la regarda avec attention…

— Il y a bien un moyen d'entrer là-dedans. Pour cela, vous allez devoir me faire confiance. Sans retenue.

Il plaça la puce dans sa seconde oreille et Malkone se figea soudain, paralysé.

— En fait, finit Vlad Ekaton, vous allez même devoir m'être complètement dévoué, corps et âme.

Chapitre 36

Adila et Nadem eurent un mouvement de recul en voyant Livia dans le bureau de Kassandra Kacem.

— Qu'est-ce qu'elle fait là ? demanda soudain Adila, d'une voix énervée.

— Silence et asseyez-vous, dit sèchement Kassandra Kacem. Vos chamailleries ne me concernent pas.

— Madame la commissaire adjointe, fit remarquer le policier qui avait emmené les deux jeunes gens, ce n'est pas habituel de faire l'interrogatoire dans son propre bureau et…

D'un regard, Kassandra Kacem le fit taire. Puis, d'un geste, elle le congédia. Elle se rassit et observa Adila et Nadem, assis face à elle. Ils arboraient une expression mitigée que retransmettait parfaitement leur Réseau.

— Laissez-moi vous faire un bilan très rapide de la situation, commença-t-elle. Une catastrophe va se produire dans les minutes qui viennent et tous les éléments sont en place pour qu'elle ait lieu. Nous devons trouver une parade.

Posant les doigts sur la table, elle les fixa à tour de rôle.

— Alors vous allez me dire absolument tout ce que vous savez sur le Tatoueur et ses intentions…

*

Après le corps, la mémoire. Nathan aurait pensé qu'il oublierait tous ses souvenirs. Ce fut le contraire. Il se souvenait de tout. Sa révélation sur Vlad Ekaton n'avait été que le début. Chaque élément désagréable de sa vie revenait, amplifié. La trahison de Livia. Les avis de recherche. Le départ d'Élizabeth. Le village détruit. La mort de Vécole. La séparation de ses parents. La trahison probable de ses autres amis. D'autres événements plus infimes le frappaient avec une puissance démesurée. Les innombrables fois où Hanek l'avait énervé. Où sa mère l'avait déçu. Où son père l'avait rabaissé. Des milliers de souvenir qui, amplifiés, s'enfonçaient un à un dans sa chair pour le clouer au sol. Il ne voyait plus aucune bonne raison de faire un pas de plus.

— Il faut continuer, Nathan ! cria le Tatoueur. Vlad Ekaton doit nous attendre dehors. Il faut qu'on détruise Interfeel. C'est le seul moyen de nous en sortir.

— À quoi bon ? répondit Nathan, découragé.

— Tu subis les effets de la Forteresse ! Si tu la laisses faire, tu vas disparaître.

C'était ce que Nathan souhaitait par-dessus tout… Oublier la souffrance et la culpabilité.

Néanmoins, une phrase surgit dans son esprit :

« On est une équipe, si l'un d'entre nous tombe, tout le monde tombe », avait dit Nadem.

Cette phrase s'appliquait encore maintenant. Il n'était pas seul. Il était lié au Tatoueur. S'il tombait, le Tatoueur ne pourrait certainement pas résister seul aux assauts de la Forteresse. Qu'il le veuille ou non, il devait résister.

Il se focalisa sur ce lien qui était tout, désormais. Il leur assurait la puissance pour faire face aux attaques émotionnelles. Ces gigantesques bourrasques d'émotions l'atteignaient directement à l'esprit. Parfois, des flashs, des images lui venaient. Il voyait Vlad Ekaton, des centaines de visages qui s'accrochaient à lui et l'empêchaient d'avancer. Des fantômes le retenaient en arrière. Il n'avait plus rien, mis à part ces fantômes. Il devait arrêter d'y penser. Un pas, puis un autre. Avancer encore. Seulement avancer. Jusqu'à cette porte qui reculait sans cesse.

Le Tatoueur se trouvait à côté de lui, en proie à ses propres démons. Nathan percevait à quel point il était également torturé.

— La porte, parvint à articuler le Tatoueur. Point central.

La large ouverture se trouvait au bout du couloir. La pièce centrale. Là où ils pourraient injecter le programme et arrêter Interfeel… Il devait avancer. Oublier la douleur. Oublier les souvenirs. Un pied, puis l'autre… Il marchait depuis une éternité mais la porte restait toujours à la même distance, comme un mirage. Il s'alourdissait. Chaque pas lui coûtait davantage.

Le Tatoueur poussa soudain un cri et Nathan reçut une nouvelle décharge d'images. Une immense souffrance. Kassandra Kacem hurlant, sa jambe arrachée. La violence de cette scène le cloua sur place. Le Tatoueur, lui, venait de tomber à genoux.

« Je dois continuer. Je dois continuer. Je dois continuer… »

La porte. Juste devant lui. Il devait la passer. Voir ce qui se trouvait derrière. Pourquoi il souffrait autant.

Il franchit la porte et put enfin voir…

Le cœur absolu de la Forteresse…

Chapitre 37

Nathan claqua des doigts. La lumière de sa chambre se ralluma, l'image de lui-même qu'il avait, au cœur de la Forteresse inversée, se réduisit en un point noir, minuscule, au milieu de la pièce. Il se retourna vers ses parents qui se tenaient derrière, main dans la main. Ils restèrent silencieux un instant, même s'ils avaient compris à travers le Réseau à quel point leur fils attendait leur réaction.

— Il est très bien, ton film, dit son père en souriant.

Pour la première fois de sa vie, Nathan perçut une émotion d'admiration de la part de son père. Il en fut tellement heureux qu'il insista, uniquement pour le plaisir d'éprouver à nouveau ce sentiment :

— C'est vrai ?

— Oui. Bravo ! Tu sais…

Sur le Réseau, Nathan sentit l'hésitation de son père.

— J'ai toujours considéré que réaliser des films dans ta chambre n'était qu'un loisir, voire une perte de temps. Quand tu disais que tu voulais en faire ton métier, je ne l'ai pas pris au sérieux. Mais, quand je vois ce que tu as réussi à faire, en quelques semaines seulement… Je me dis que tu es vraiment doué pour ça !

Son père diffusa une nouvelle émotion admirative qui transporta Nathan de joie.

— Et puis, il était important pour toi, ce film, reprit-il. Lorsque ton professeur s'est défenestré, tu avais besoin d'exprimer ce que tu avais sur le cœur, de l'évacuer…

— Oui, fit Nathan, un peu confus. Tu as raison.

— Et quelle imagination ! loua son père. Une évasion d'un hôpital, un village caché… une « Forteresse inversée »… Bravo ! Le personnage du Tatoueur est très bien trouvé, aussi. Comme le professeur n'était plus vraiment crédible dans le rôle du leader, tu en as trouvé un autre, plus charismatique.

Nathan se tourna vers sa mère.

— Et toi, maman ? Tu en as pensé quoi ?

— Eh bien… (Elle échangea un petit sourire complice avec son père.) Si on met de côté notre séparation, je trouve que c'est une très belle histoire. Tu as pu utiliser des éléments que tu ne connaissais pas vraiment, comme la guerre numérique ou les Forteresses inversées, pour trouver des réponses que tu n'avais pas.

Sa mère émit un petit rire qui l'apaisa…

Nathan s'était tellement plongé dans son histoire, ces derniers temps, qu'il avait réellement eu l'impression d'être au cœur de la Forteresse, et de ne plus rien éprouver. Alors, la sensation toute simple d'une caresse émotionnelle de la part de sa mère lui faisait un bien fou.

— Je suis d'accord avec ton père, reprit-elle. Tu avais besoin de raconter toute cette histoire, de mettre en scène tes véritables amis : Nadem, Adila, Hanek... Il fallait que vous viviez ensemble ces aventures, même si elles ne sont pas très joyeuses. Ils vont en faire, une tête, quand ils verront dans quoi tu les as embarqués ! (Elle marqua une pause.) Il y a Élizabeth, aussi. La dernière personne de ton groupe. Celle qui n'existe pas.

— Oui... celle qui n'existe pas, répéta Nathan, songeur.

Il n'aimait pas qu'on lui rappelle ce détail. Sa mère lui fit un clin d'œil.

— C'est dommage, d'ailleurs, qu'elle ne soit pas réelle. Elle est vraiment charmante !

Le lendemain même de la chute du professeur, Nathan avait eu l'idée de ce film. Il y avait consacré tout le week-end, dormant à peine. Il voulait une histoire qui les mettrait en scène, ses amis et lui, et qui permettrait de donner une explication au geste insensé du professeur. Il avait utilisé les personnes qu'ils connaissaient bien : Nadem, Adila, Hanek, Livia. Il avait imaginé la vie de ceux qu'ils n'avaient rencontrés qu'une seule fois, comme la commissaire Kassandra Kacem et son adjoint au sourire apaisant, Vlad Ekaton. Et puis il en avait inventé d'autres, comme Vécole, le Tatoueur... et Élizabeth.

Le garçon observa ses parents. Heureusement, dans la vraie vie, *sa* vie, ils ne s'étaient pas séparés à cause de lui. Ils étaient toujours ensemble, et Nathan venait d'impressionner son père par une de ses créations. Demain, il retrouverait son groupe d'amis, et il n'y aurait eu ni trahisons, ni morts. Il n'était pas un « cyriste », comme le Nathan de son histoire. Il ne devait pas se cacher pour le restant de ses jours. Sa vie était calme, tranquille, et il l'aimait ainsi. Il ne la changerait pour rien au monde.

— Et la fin, tu la vois comment ?

La question de son père interrompit ses rêveries.

— Quoi, la fin ?

— La fin de ton histoire ? Pour l'instant, on ne sait pas ce qui arrive à tes amis. Quant au Tatoueur et à Nathan, ils viennent d'atteindre le point central de la Forteresse. Qu'est-ce qui se passe ensuite ?

— Oh ! Eh bien… c'est un film à fins multiples, tu sais. Je vais réaliser une fin heureuse, une fin triste, quelques fins intermédiaires et, en fonction des émotions que les gens diffusent, il y aura la conclusion qu'ils préfèrent.

— Ah, lâcha son père. C'est donc pour ça que tu en es là : pour ne pas avoir à choisir.

— Comment ça, « que j'en suis là » ?

— Tu as atteint tes limites, Nathan. Tu es allé très loin dans toute cette histoire. Et, maintenant, tu aimerais bien ne pas avoir à la finir de manière unique car tu as peur des conséquences.

— Mais… c'est normal de proposer plusieurs fins à une histoire, non ?

— Dans une histoire, peut-être. Pas dans la réalité. Dans la vraie vie, il y a des choix à faire, Nathan, et ils sont souvent définitifs.

— Tu veux dire que… si je retourne dans mon histoire… je n'aurai pas le choix ?

— Il n'y aura qu'une seule fin, et ce n'est pas forcément celle que tu souhaites.

— Mais…, fit Nathan, hésitant. Pourquoi repartir alors ? Ici, c'est bien plus réel. Là-bas, j'ai tout perdu. Je n'ai plus personne, plus de corps, et je souffre en permanence. Ici, je me sens bien. Mes amis ne sont pas dispersés et vous êtes toujours ensemble.

Nathan effleura la couette de son lit. Il éprouva sous ses doigts la délicatesse du tissu, si réel.

— Ici, je vois ce drap. Je le sens sous mes doigts. Là-bas, je suis arrivé au bout de tout ce que je pouvais faire. Je ne ressens plus rien. Je *n'ai* plus rien. Alors pourquoi est-ce que « là-bas » serait plus réel qu'« ici » ? C'est quoi, la réalité, au final ?

Sa mère le dévisagea en silence.

— Est-ce que tu sais… ? Tu sais où tu te trouves, en ce moment même ?

À présent, les larmes montaient aux yeux de Nathan.

— Oui, je sais. Le corps, la mémoire, la vie… D'abord, avec le corps, j'ai perdu toutes mes sensations. Ensuite, avec la mémoire, j'ai revécu mes souvenirs les plus horribles. Maintenant, c'est au tour de la vie. La Forteresse m'en propose une autre, où la vraie vie est devenue l'histoire et où cette situation parfaite devient la réalité. Finalement, c'est peut-être pour cela qu'on l'appelle la Forteresse inversée…

Il leva des yeux pleins d'espoir vers ses parents.

— Mais pourquoi je ne resterais pas comme ça ? Qui est-ce que ça dérange ? Qu'est-ce que j'ai à perdre ? Ici, contrairement à là-bas, je peux tout recommencer, repartir du moment où il n'y avait pas de soucis… (Il soupira.) Qu'est-ce qui est le plus réel pour moi ? Un endroit où je n'ai plus aucun repère, ou cette chambre, dans laquelle je sens le tissu du drap sous mes doigts ?

Il baissa les yeux. Il se sentait bien. Chaque élément qu'il percevait, touchait, lui prouvait qu'il était vraiment à sa place, ici.

— Nathan ?

Le visage de sa mère était grave.

— Il y a autre chose d'intéressant, dans ton histoire. Une fois dans la Forteresse inversée, tu te souviens d'une phrase de tes amis. Ils t'aident, à leur manière…

— Je suppose que je ne suis pas encore prêt à leur dire complètement adieu…

— Mais une personne ne t'a pas encore aidé…

— Élizabeth…

Sa mère sourit.

— Peut-être qu'elle peut le faire maintenant.

Nathan la regarda, surpris.

— Tu te souviens de ton premier verre avec elle dans le café spatial ? continua sa mère. Tu te rappelles ce qu'elle t'a dit, quand tu lui as demandé pourquoi elle n'était pas restée connectée à Interfeel ?

Nathan se souvenait. Les mots d'Élizabeth résonnaient dans sa tête et il comprit soudain pourquoi il s'en souvenait maintenant. Cette phrase, en ce moment même, s'appliquait parfaitement à lui.

— Vous… vous pensez que j'en suis capable ? hésita-t-il.

— Bien sûr ! s'écria son père.

Et il posa une main sur son épaule. C'était la première fois qu'il avait un geste d'affection envers lui. Nathan frissonna.

— Quelle que soit la réalité dans laquelle nous nous trouvons, je suis fier de toi, fils.

Sa mère s'approcha à son tour. Tendrement, elle l'embrassa sur le front.

— Tu es moins seul que tu l'imagines, Nathan. Quoi qu'il arrive par la suite, ne perds jamais espoir.

Nathan considéra ses parents une dernière fois. Puis il se retourna. Il fixa le minuscule point noir dans le vide. S'il se retournait, ses parents réapparaîtraient peut-être. Ou peut-être pas. Pour l'instant, il était seul et c'était son unique certitude. Seul avec ce point noir, flottant devant lui. L'histoire, à l'endroit où il l'avait laissée. Celle qu'il était en train de construire et qui n'aurait qu'une seule conclusion.

Il écarta les mains et le minuscule point noir grossit pour envahir totalement la pièce. La douleur recommença. Ses autres sens disparaissaient. Il était dans le noir absolu. Il ne voyait que son lien avec le Tatoueur, en lumière argenté. Il voyait la structure de son tatouage sur son corps et celle du Tatoueur, les milliards d'informations qu'ils partageaient. Il comprenait ce qui se passait.

« Je peux transmettre le programme, moi aussi. Je peux l'amener jusqu'à moi et le projeter dans le cœur de la Forteresse. »

Il devait continuer. Il n'était pas encore arrivé au bout. Il devait retourner dans cette réalité qui le faisait souffrir. Regagner son propre corps désincarné. Sentir chacun de ses muscles, de ses articulations, de ses doigts. Et les utiliser pour redessiner le sol de la Forteresse. Redessiner la réalité. Avancer.

Sa main s'arrêta dans le vide. Il récupéra d'abord le toucher. Il éprouva sous ses doigts l'encadrement de la porte, l'entrée de la pièce. Puis il regagna ses autres sens. L'odeur. Le goût. L'ouïe. Enfin, la vue. Il devait retrouver ce qu'il avait vu. Ce qui l'avait projeté dans une autre vie. Lentement, la réalité du cœur de la Forteresse se redessina devant ses yeux.

Une Opale, ronde, d'une pureté absolue trônait au centre de l'espace vide. En apesanteur, à un mètre du sol. Elle tenait en lévitation grâce au déchaînement des radiations émotives qui se concentrait dans cette pièce.

Le Tatoueur était derrière lui, à genoux, et n'avançait plus. Lui seul pouvait transmettre le programme. Il en était capable, il le savait. Il fallait s'approcher de cette Opale absolue. Chaque pas qu'il faisait dessinait une nouvelle réalité sous ses pieds et recréait le sol. Désormais, il savait pourquoi il se battait. Les mots d'Élizabeth résonnaient à ses oreilles. Ne plus subir. Il devait *recréer* la réalité jusqu'à l'Opale absolue.

— Nathan ! Vas-y !

Un cri. La voix du Tatoueur. De l'extérieur, ou à l'intérieur de lui ? Il ne savait pas. Il pouvait le faire. Atteindre son but malgré la douleur. Quelques mètres. Juste quelques mètres. Il ne craignait plus ses propres démons. Ils faisaient partie de lui. Ils se battaient avec lui désormais.

À un mètre de la sphère, sa main, tendue en avant, disparut. Il devait recréer la réalité. Ses doigts. Il devait en garder conscience jusqu'au bout.

Un centimètre. Chaque particule de son corps se déchaînait. Il pouvait encore avancer. Franchir ces derniers millimètres. Sa volonté pouvait le faire et lui permettre de rester entier. Ne pas disparaître.

Un millimètre.

Là !

La main de Nathan se posa sur l'Opale absolue.

*

À la même seconde, chaque habitant de la ville connecté à Interfeel porta la main à son oreille gauche. Ils se regardèrent les uns les autres dans un silence de mort et lurent dans les yeux de l'autre la confirmation que le Réseau venait de s'éteindre.

Ils restèrent immobiles quelques secondes. Une première personne poussa un cri. Ce fut comme un signal et la panique se répandit telle une traînée de poudre. Des cris. Des bousculades. Ils parlaient à peine. Ils se mirent à courir dans tous les sens. Ils semblaient retournés à l'état sauvage.

*

Kassandra Kacem porta instinctivement la main à son oreille gauche.

— C'est fait, dit-elle.

Adila, Nadem et Livia avaient eu le même réflexe qu'elle. Désormais, dans leur tête, c'était le vide absolu. Adila ne put s'empêcher de s'exclamer :

— Ils ont réussi !

Puis elle croisa le regard de Kassandra Kacem, un regard tellement froid, glacial qu'il lui fit ravaler immédiatement son sourire.

— Tu trouves la situation *amusante* ?

Adila rassembla un peu de courage pour dire :

— Le Tatoueur est enfin parvenu à son objectif.

— Taisez-vous, aboya soudain Kassandra Kacem. Vous n'êtes que des gamins !

Elle se leva soudain et dévisagea Adila et Nadem qui s'enfoncèrent dans leur fauteuil.

— Vous ne comprenez pas ce que vous venez de provoquer. Avez-vous la moindre idée de qui est *réellement* le Tatoueur ?

*

L'Opale absolue était tombée lourdement à terre. Nathan resta debout quelques secondes, puis ses jambes le lâchèrent et il s'effondra.

Il y était arrivé. Il fit lentement bouger chacun de ses muscles et les sentait réagir. De ses yeux entrouverts, il observa la pièce centrale de la Forteresse qui, sans le Réseau et les illusions, paraissait beaucoup moins impressionnante. Les murs gris étaient bardés de blocs noirs, reliés par des fils étincelants, probablement de l'Opale. Il vit à peine le Tatoueur marcher à côté de lui et poser sa main sur l'Opale absolue gisant sur le sol. Il fit apparaître un clavier holographique sur lequel il pianota rapidement.

— On a… réussi…, murmura Nathan.

— *Tu* as réussi, Nathan. Tu as joué ton rôle à la perfection.

Même si le mot « rôle » surprit Nathan, il n'y prêta pas attention. Il était parvenu à réaliser l'impossible. Une délicieuse vague de fatigue l'emportait désormais.

— J'ai vu des choses quand j'ai touché l'Opale. Des images d'un autre endroit très différent. Une mer gigantesque…

Le Tatoueur ne répondit rien, absorbé par ce qu'il faisait.

C'est alors qu'un détail revint à Nathan. Un élément qu'il avait oublié, trop heureux de ce qu'il avait accompli. Il se releva soudain et s'écria :

— Vlad Ekaton ! Il va venir ! Il faut…

Nathan s'arrêta soudain. Quelque chose commençait à se passer dans son corps. Mais ça ne concernait que lui, puisque le Tatoueur continuait de pianoter comme si de rien n'était. Ses gestes devenaient plus lents. Il avait l'impression d'être immobilisé. Avec difficulté, il parvint à articuler :

— Mon corps… Je ne peux pas bouger…

— C'est normal, fit tranquillement le Tatoueur, sans quitter des yeux ce qu'il faisait.

— C'est… quoi… ?

— Une émotion-virus.

— Vous voulez dire comme… Vlad Ekaton ?

— Exactement, fit une voix derrière lui, que Nathan reconnut aussitôt.

Il entendit des bruits de pas. Le commissaire en chef le dépassa et le regarda avec amusement. Fouillant dans sa poche, il en sortit une puce et la glissa dans l'oreille gauche de Nathan, qui, figé, ne put rien faire pour l'en empêcher.

— Une fois qu'Interfeel est déconnecté, elle n'est plus aussi impressionnante, cette Forteresse, fit le commissaire des Forces Spéciales.

— Il faut remercier Nathan, répondit le Tatoueur, le regard fixé sur son clavier. C'est lui qui a fait tout le travail à la fin.

— Impressionnant…, fit Vlad Ekaton en regardant le garçon qui, immobilisé, fixait désespérément le Tatoueur sans comprendre. Tu es entré en contact avec le point central d'une Forteresse inversée et tu es toujours entier…

— Qu'est-ce que…

— Une petite seconde, Nathan, dit le Tatoueur. Je termine, ensuite je t'explique tout. Même si cela n'a plus aucune utilité.

Il appuya sur un ultime bouton, le clavier disparut. Le Tatoueur s'éloigna et la sphère, soudain, se remit à trembler. Très lentement, elle décolla du sol.

— Qu'est-ce que vous… faites ? murmura difficilement Nathan.

Sans un regard pour lui, le Tatoueur s'exclama :

— Je viens de relancer Interfeel !

Chapitre 38

— Combien de temps avant que le Réseau se remette en marche ? demanda Vlad Ekaton.

— Une dizaine de minutes, répondit le Tatoueur. Le redémarrage va être progressif. En revanche, une fois qu'il fonctionnera à nouveau à plein régime, vous ne pourrez pas y résister seul.

— Pas de souci, fit le commissaire en souriant calmement. Je puise dans les ressources psychiques d'un de mes plus fidèles assistants.

Nathan parvint à articuler :

— Qu'est-ce que tout ça veut dire ?

— Je te l'ai dit, Nathan. Tu as joué ton rôle à la perfection. Tout s'est passé comme prévu. Maintenant, c'est à nous de prendre le relai.

— Nous ?

— Je me suis associé avec monsieur Ekaton.

— C'est impossible… Vous ne vous connaissez même pas !

— C'est vrai, dit le Tatoueur. Nous nous sommes rencontrés pour la première fois au commissariat, il y a deux jours. Ce qui ne nous empêche pas de travailler ensemble depuis bien plus longtemps…

— Je… je ne…

— Nous avons tous les deux des objectifs très différents, continua Vlad Ekaton. Il semble néanmoins que chacun ait besoin de l'autre pour accomplir le sien. C'est une association de bonne intelligence.

— Nous pouvons t'en parler, reprit le Tatoueur. De toute façon, après ce que va te faire subir mon associé, tu ne pourras le raconter à personne. J'ai un seul objectif, qui me pousse vers l'avant depuis toujours. Pour l'accomplir, il me fallait avoir accès à une Forteresse inversée et être en collaboration avec quelqu'un aux aptitudes psychiques très particulières. Longtemps, je n'ai eu ni l'un ni l'autre.

Le Tatoueur s'avança vers Nathan.

— Rappelle-toi ce que tu m'as dit lorsque tu as forcé l'entrée de ma demeure, le jour de votre arrivée au village.

— Que je ressentais de la rage, tenta de se souvenir le jeune homme.

Le Tatoueur balaya cette phrase d'un revers de la main.

— Pas du tout. Souviens-toi de l'unique phrase qui a attiré mon attention.

Fouillant dans les souvenirs qu'il avait de son arrivée au village, il réfléchit aux paroles qu'il avait prononcées. Et soudain, il comprit.

— Qu'un policier m'avait…

— Qu'un policier t'avait brûlé le cerveau, confirma le Tatoueur. Il y avait donc parmi les Forces Spéciales une personne capable de manipuler l'esprit. C'est pour cette *unique* raison que j'ai accepté de vous garder dans le village. Je voulais en savoir plus.

— On n'en a plus jamais parlé après…

— Je n'en avais pas besoin, fit le Tatoueur. J'avais les informations de vos Opales.

— Vous n'avez rien effacé…

— Bien sûr que non. J'ai tout transféré sur mon ordinateur. Un peu comme ce que j'ai fait avec l'Opale de Vlad Ekaton, sauf que dans ce cas j'ai uniquement copié les informations. J'ai passé les journées suivantes à extraire les détails intéressants. Ton passage au commissariat, par exemple. J'ai compris la particularité de ce monsieur bien avant que tu ne me la divulgues tout à l'heure.

— Lire les pensées…

— Eh oui. C'était exactement le genre de personne dont j'avais besoin.

Le Tatoueur laissa passer un silence.

— Jusque-là, il me manquait un élément essentiel : Vlad Ekaton était-il un policier intègre, ou souhaitait-il aussi collaborer avec moi ?

Le sourire du commissaire en chef s'était agrandi à l'évocation du mot « intègre ».

— L'Opale du professeur m'a convaincue du contraire. J'ai su que Vlad Ekaton était venu régulièrement à l'hôpital, qu'il était lui aussi intéressé par les Forteresses inversées et qu'il voulait me rencontrer.

Nathan s'en souvenait. Il était sous le lit du professeur à ce moment-là et se rappelait les propos du policier.

— Maintenant que je savais que nous désirions nous rencontrer tous les deux, il fallait organiser cette rencontre. Or je suis un ancien membre de l'organisation F.A.N.T.O.M.E., la raison même d'exister des Forces Spéciales. Il fallait que je frappe plusieurs grands coups pour prouver ma sincérité à Vlad Ekaton.

Le Tatoueur s'approcha du visage de Nathan.

— À ton avis, Nathan. De quel *grand coup* est-ce que je parle ?

Le visage du garçon était toujours immobile. Pourtant, ses yeux s'agrandirent d'effroi.

— Le village…

— Aucun de tes amis n'a trahi le village et ses habitants, confirma le Tatoueur, impassible. J'ai sacrifié ce à quoi je tenais le plus… J'ai fait ce qu'il fallait faire.

— Il aurait pu… ne pas vous croire…, murmura Nathan

— C'est vrai. Il aurait pu croire à une coïncidence. Mais auparavant, je lui avais déjà donné une première preuve de mon allégeance… (Il s'approcha encore de lui.) Tu ne devines pas ?

Dans le fracas de son esprit, Nathan réfléchissait… Autre chose… autre chose qui aurait pu aider Vlad Ekaton…

— Non…. C'est impossible…

— Si, fit le Tatoueur. C'est moi qui ai révélé aux Forces Spéciales la localisation de Kami.

— Mais… Comment ?

— Rappelle-toi, Nathan. À la seconde où Élizabeth a appris l'arrestation de son frère, elle était tellement vulnérable qu'elle m'a dit sans hésiter où elle pensait que son frère se trouvait.

— La maison abandonnée…

— … au-dessus du musée de l'informatique. Bien sûr, il était possible qu'elle se soit trompée et que Kami ne se trouve pas à cet endroit, mais j'ai pris ce risque.

— Déjà… à ce moment-là…

— *Surtout* à ce moment-là, répondit le Tatoueur. Ça ne t'a pas étonné que je fasse mon discours fédérateur juste après cette révélation ? C'est à cette seconde précise que mon plan s'est mis en place. Il fallait agir vite. Tu sais pourquoi ?

Soudain Nathan comprit.

— Vlad Ekaton… Commissaire.

— Bravo ! Nathan. C'est à ce moment-là que nous avons appris que Vlad Ekaton était devenu commissaire en chef des Forces Spéciales. Je n'aurais jamais pu collaborer avec Kassandra Kacem, vu notre passé et le fait qu'elle soit intransigeante avec les principes. Vlad Ekaton venait d'arriver au pouvoir. Par conséquent, il venait d'avoir accès à une information capitale.

— La… Forteresse…

— La localisation de la Forteresse inversée, oui. J'ai vendu Kami en lui précisant qu'il aurait plus tard une autre information capitale : la localisation du village. Puis je me suis laissé capturer. C'est pendant l'interrogatoire que tout s'est joué…

*

Deux jours plus tôt.

Dans la salle d'interrogatoire, Vlad Ekaton se tenait debout et gardait ses mains dans le dos. Il regardait d'un air incroyablement calme la personne assise en face de lui, comme s'il sondait son esprit.

— Les indices trouvés dans les décombres du village rebelle attestent que vous êtes le Tatoueur. Malheureusement, rien ne nous permet de le prouver : ni empreinte digitale, ni ADN, ni empreinte émotionnelle. En réalité, seul un aveu permettrait de dire que vous êtes bien le Tatoueur. Alors…

« Je sais que vous pouvez lire les esprits, pensa soudain le Tatoueur. Je suis effectivement celui qu'on appelle le Tatoueur. Je suis aussi la personne qui vous a informée de l'emplacement de Kami et du village rebelle. »

Vlad Ekaton s'arrêta soudain. Il semblait ne se concentrer que sur ce qu'il voyait. Il resta silencieux presque deux minutes. Soudain, un léger sourire apparut sur son visage et il murmura :

— C'est intéressant.

« Si vous lisez bien les pensées, si vous avez compris ce que je vous dis, dites : "Est-ce que par le plus grand des hasards, vous n'auriez pas envie de m'avouer que vous êtes le Tatoueur ?". C'est une phrase trop complexe pour que vous la sortiez spontanément. »

— Est-ce que par le plus grand des hasards vous n'auriez pas envie de m'avouer que vous êtes le Tatoueur ?

« Parfait. J'ai effectué tout ce travail pour pouvoir vous rencontrer. Vous m'intéressez, et je vous intéresse aussi, il me semble. »

— Quel est votre objectif ?

« Prendre le contrôle la Forteresse inversée. Nous aurons ainsi accès à une quantité presque infinie d'informations et de ressources technologiques pour ce que nous souhaitons accomplir. Le prétexte que j'ai invoqué pour fédérer était de libérer le monde d'Interfeel. En réalité, je souhaite éteindre temporairement le Réseau, insérer un virus qui me permettra de garder le contrôle de la Forteresse, puis le redémarrer. Pour y parvenir, il me manque des informations que vous pouvez me fournir. En échange, je travaillerai pour vous. Qu'en pensez-vous ? »

— Quelle est votre prochaine étape ?

« Je dois m'évader avec Nathan. Il possède un tatouage qu'il nous faut finaliser, il me sera utile dans la Forteresse. D'ailleurs, si notre fuite réussit, vous la rejetterez sur le dos de ce garçon. Pour la Forteresse, il me manque plusieurs éléments : sa localisation exacte, son code d'ouverture et la nature de ses radiations émotives. Je sais que vous possédez ces informations. Mon idée était de voler votre Opale lors de mon évasion. Elle sera ensuite facile à retrouver dans les égouts, avec un moyen de nous faire repérer uniquement par vous. Vous aurez ainsi la preuve que je ne vous ai pas floué. »

— Il y a plusieurs manières de voir les choses, vous savez ? Notre collaboration pourrait nous être mutuellement bénéfique. Pour cela, il faut de la confiance. Puis-je vous faire confiance ?

« Je n'ai aucune raison de vous mentir. En divulguant votre aptitude secrète je pourrais vous mettre dans une position délicate, mais je n'y ai aucun intérêt. De même, je n'étais pas obligé de trahir le village pour entrer en contact avec vous. Je ne cherchais que votre confiance. Je sais que cette évasion ainsi que l'arrêt momentané d'Interfeel mettront à mal votre position. Mais j'ai tout prévu. Vous n'en ressortirez que plus prestigieux. J'ai tout risqué pour pouvoir vous rencontrer. Vous aussi, de votre côté, vous allez prendre un risque. La véritable question à se poser est : êtes-vous joueur ? »

— Je suis joueur. Nous allons nous amuser vous et moi, et ne plus nous quitter. Quel que soit votre prochain mouvement, votre prochaine réflexion, vous me trouverez sur votre chemin.

« Très bien. Nous nous retrouverons dans la Forteresse inversée. Je laisserai l'accès ouvert. Une fois que nous aurons arrêté Interfeel, vous pourrez entrer. À présent, il faut invoquer un prétexte pour faire venir Nathan dans cette pièce. À ce moment précis, je court-circuiterai le réseau et volerai votre Opale. Il faut que vous ôtiez la sécurité et révéliez les informations dont j'ai besoin pour la suite. »

*

Vlad Ekaton sourit.

— J'ai délibérément ouvert les protections de mon Opale, sachant que vous alliez vous évader. Tu imagines bien qu'en temps normal il n'est pas aussi facile de pirater une Opale de la qualité de celles des Forces Spéciales.

Le Tatoueur le regarda en silence.

— C'est à ce moment-là que tu es entré en jeu, Nathan. Je savais depuis le début qu'il me faudrait créer un lien émotionnel spécial avec quelqu'un pour pouvoir atteindre le centre de la Forteresse inversée. Pour cela, la personne devait s'en remettre complètement à moi. Il fallait que je t'isole de tout autre lien affectif. C'est pour cette raison que j'ai laissé Élizabeth partir aussi facilement – je savais que l'arrestation de son frère provoquerait son départ, je faisais d'une pierre deux coups. Ensuite, j'ai accepté de te faire un tatouage tout en refusant d'en faire un à Hanek, pour créer des tensions entre vous. J'ai volontairement critiqué le professeur pour que tu te méfies de lui – même si la plupart des choses que je t'ai dites sont vraies. Et enfin, je t'ai fait douter des deux amis qui te restaient, Adila et Nadem, en les rendant potentiellement coupables de la destruction du village. Après cela, et comme ton tatouage était encore ouvert, j'ai créé le lien qui nous unit.

Enfin, le Tatoueur assena le coup de grâce.

— Pour finir, j'ai inventé cette stupide histoire de famille et de fils disparu, pour que tu aies un sentiment d'empathie envers moi et que tu excuses ma violence envers Kassandra Kacem.

Nathan eut la force de poser une dernière question :

— Pourquoi… moi ?

— Ne va pas croire que tu étais « spécial », Nathan, répondit le Tatoueur avec cynisme. Il me fallait quelqu'un d'assez résistant. Si je t'ai choisi toi plutôt qu'Hanek, c'est uniquement parce que ton ami était sous l'influence du professeur. Vu le résultat, je pense que j'ai fait le bon choix.

Le Tatoueur s'approcha de Nathan, tandis que la réalité recommençait à trembler autour de lui alors que le Réseau reprenait de la puissance.

— Merci pour tout, Nathan. À présent, c'est fini pour toi.

— Quel… est votre but ?

Le Tatoueur le regarda en silence.

— Un but plus important que toi, que moi, que l'humanité. Une chose pour laquelle je suis prêt à tout sacrifier.

— Mon but à moi est très modeste, fit Vlad Ekaton en souriant. Mais les deux nécessitent le même outil : le potentiel de la Forteresse inversée. Étape suivante : isoler définitivement Kassandra Kacem. Je trouverai bien un prétexte pour me débarrasser définitivement d'elle. Si le commandant Malkone tient le coup après aujourd'hui, j'en ferai mon nouvel assistant. Il sera très docile ! Dans le même temps, il nous faudra deux coupables. Le premier sera un vrai méchant. Celui qui a tout organisé… le véritable Tatoueur… Claude Érat.

— Le professeur ?

— Bien sûr. Notre ami ici présent l'a déjà accusé lors de son interrogatoire et tout le pays connaît son visage. Il fera un coupable idéal. Il me suffira de trafiquer quelques informations au commissariat, rien de bien compliqué. Ensuite, il nous faudra un autre coupable, que nous allons arrêter sur-le-champ… toi !

— Moi ?

— Tu t'es évadé du commissariat grâce à ton tatouage. Je t'ai poussé à bout en parlant de tes parents, et tu as provoqué le black-out du commissariat, entraînant dans sa fuite ce pauvre homme (il désigna le Tatoueur) qui ne demandait qu'à collaborer avec les Forces Spéciales pour réduire sa peine. Ensuite, aidé de Claude Érat, tu seras parvenu à t'infiltrer dans la Forteresse inversée pour arrêter Interfeel. Heureusement, je t'ai attrapé et nous avons pu redémarrer le Réseau ! Ma réputation est sauvée !

— Vous… allez… me tuer ?

— Mort, tu ne sers plus à rien, dit Vlad Ekaton en souriant. Interfeel s'est arrêté durant une dizaine de minutes et la ville voudra un bouc émissaire. On déteste plus facilement un coupable vivant. Mais la Forteresse t'aura provoqué des dommages cérébraux irréversibles et tu seras dans l'incapacité de penser, de parler et dire ce qui s'est réellement passé.

Vlad Ekaton afficha un grand sourire.

— Ces dommages mentaux, c'est moi qui vais te les administrer. Comme au bon vieux temps, au commissariat, mais en bien, bien plus fort. Tu resteras à vie dans une sorte de nimbe, déconnecté de la réalité.

Tu vas croupir pour le restant de tes jours dans une prison-alvéole. Tu seras vivant, mais réduit à l'état de légume… et coupable.

— Je t'avais prévenu, fit le Tatoueur, que tu allais tout perdre. Le corps, la mémoire, la vie. Ton corps sera en prison, ta mémoire effacée, et ta vie nous appartient, désormais.

Chapitre 39

Vlad Ekaton et le Tatoueur imaginaient que Nathan serait abattu sous le poids de ces révélations. Il avait, cette fois, réellement tout perdu. L'unique personne en qui il croyait encore le manipulait depuis le début. Peut-être allait-il sombrer dans la folie…

Cependant il n'en était rien. Le regard de Nathan était ferme. Toute la rage qu'il éprouvait était canalisée dans ses yeux, tournés vers Vlad Ekaton et le Tatoueur, tandis que le reste de la réalité disparaissait sous l'action du Réseau.

— Ça ne s'arrêtera pas là, parvint-il à articuler à travers le blocage de son émotion-virus. Je n'en ai pas fini avec vous.

Le commissaire partit d'un grand éclat de rire. La sphère d'Opale commençait à trembler et, déjà, la réalité s'étiolait.

— Ah oui ? Laisse-moi te rappeler ton avenir : je vais désintégrer ton cerveau et te laisser croupir dans une prison pour t'être introduit illégalement dans la Forteresse inversée. Que comptes-tu faire seul ?

— Je… ne suis pas… seul…

*

Après des jours d'errance, elle était enfin arrivée à destination. L'appartement était dans une zone abandonnée du quartier est, mais elle savait que la personne qu'elle cherchait se trouvait cloîtrée ici.

— Salut Patel, dit-elle en l'apercevant enfin.

— Élizabeth ! s'exclama-t-il en la voyant. Je ne pensais pas te revoir un jour !

— J'ai mis du temps à te trouver, mais je suis de retour. Comment ça se passe pour le quartier est ?

— Mal…, admit-il, la tête basse. Depuis l'arrestation de ton frère, K'pata est parti de son côté et, comme il n'y a plus personne pour le contrôler, il fait n'importe quoi. Il commet de plus en plus d'actions violentes. Bien sûr, les Forces Spéciales réagissent à chaque provocation. Ça risque de finir en guerre civile.

— Et la population ?

— Certains ont abandonné la résistance passive quand Kami s'est fait arrêter. Mais ils sont de plus en plus nombreux à suivre K'pata et à penser que la manière forte est la seule possibilité. Chaque attaque des Forces Spéciales augmente le nombre de ses adeptes… (Il secoua la tête.) Ça va mal finir, je te le dis.

— C'est pour ça que je suis là.

— Qu'est-ce que tu veux dire ?

— Quand j'ai appris l'arrestation de Kami, j'ai décidé de revenir. À l'origine, je voulais réunir le village rebelle et le mouvement de contestation du quartier est, mais maintenant que le village a été détruit…

Les reflets dans ses yeux semblaient incandescents.

— Je vais à nouveau fédérer la contestation du quartier est, continua-t-elle. Constituer une véritable force d'opposition aux Forces Spéciales et à Vlad Ekaton.

— Ça risque d'être compliqué…

— Bien sûr. Mais on va y parvenir. Kami s'est battu pour moi, à présent je vais me battre pour lui. Et pour le quartier.

— Tu comptes faire quoi ?

Élizabeth leva trois doigts en l'air, qu'elle replia au fur et à mesure qu'elle parlait :

— Premièrement je vais sauver le quartier. Ensuite je vais m'opposer à Vlad Ekaton. Et enfin je vais faire libérer Kami.

« Mais je vais aussi retrouver Nathan », pensa-t-elle.

Patel l'observa. Il ne l'avait encore jamais vue comme ça. Élizabeth avait toujours été la petite fille qui courait vers Kami pour se jeter dans ses bras. À la voir ainsi, debout et fière, il réalisa à quel point elle avait grandi.

— Tu as une idée de nom pour ce mouvement que tu veux créer ?

Élizabeth répondit solennellement :

— Résistance.

*

Durant trois jours, les Forces Spéciales s'affairèrent, analysant et découpant ce qui restait du village pour en extraire la moindre information exploitable. Mais elles n'étaient pas parvenues à les trouver.

— Ce réseau est fantastique ! dit Talak en sortant enfin de sa cachette.

— Bien sûr, fit le professeur. Tellement fantastique qu'il nous a permis d'échapper aux Forces Spéciales.

Ils étaient tous les trois dans le sous-sol de la maison de Talak lorsque les Forces Spéciales avaient infiltré le bâtiment. Saisissant son Opale, Hanek avait aussitôt créé un brouillage numérique autour d'eux, grâce au nouveau réseau qu'ils avaient trouvé. Malgré tous leurs instruments, les Forces Spéciales ne les avaient pas repérés.

Hanek et le professeur s'approchèrent de l'Opale qui brillait d'un bleu étincelant.

— J'ai réussi à établir un contact, continua Talak avec un sourire béat. J'avais raison, il y a bien des gens qui communiquent à travers ce « réseau froid ».

— Un autre groupe rebelle ? demanda le professeur.

— Il est extrêmement difficile de créer un réseau fonctionnel, fit Talak en pianotant sur un clavier projeté sur le sol. Parmi nous, seul le Tatoueur en était capable.

— Ce qui veut dire que la personne responsable de celui-là est du même niveau que le Tatoueur…

— Un autre membre de F.A.N.T.O.M.E. ? suggéra le professeur.

— C'est impossible, fit remarquer Hanek. Le Tatoueur nous a dit qu'ils étaient tous morts ou en prison.

— J'ai le sentiment que le Tatoueur n'a pas toujours été très honnête avec nous, répliqua le professeur d'un ton acide.

— De qui peut-il s'agir ? Le Fracasseur ? L'Assembleur ? L'Organique ?

— Il n'y a qu'un moyen de le savoir. Il faut les rejoindre.

— Sérieusement ? dit Talak.

— Je suis d'accord, intervint Hanek. Ici, on n'a plus rien, et nous sommes recherchés par les Forces Spéciales. Ils ont certainement leur propre base que nous pourrons intégrer. Tous ensemble, nous trouverons un moyen de nous en sortir.

— En revanche, lui, il ne vient pas, fit le professeur.

Il désignait le chien d'Hanek, qui s'était avancé en boitant et grognait doucement. L'une de ses pattes était couverte de sang, à cause d'un tir des Forces Spéciales.

— Leven vient avec nous, affirma Hanek.

Ces dernières semaines, il n'avait pas fait que dompter l'animal. Une relation spéciale s'était développée entre eux… un lien improbable, sans Interfeel. Il était hors de question d'y renoncer.

— Ton chien est blessé, donc dangereux, lâcha le professeur d'un air fatigué. En plus, il va nous retarder. Regarde, il boîte.

— Je vais m'en occuper.

— Soit raisonnable, Hanek. Écoute ce que je te dis.

— Je vous ai un peu trop écouté ces derniers temps, répliqua fermement Hanek. Si je l'avais moins fait, j'aurais peut-être pu raisonner Livia et notre groupe serait certainement encore uni. J'ai besoin de vous, mais vous avez également besoin de moi. Alors je prends mes responsabilités et *je* décide que nous emmenons Leven.

— Comme tu voudras, Hanek, finit par céder le professeur en soupirant. Tu es un grand garçon désormais.

— Arrêtez de vous chamailler, dit Talak, et écoutez-moi. Je suis en train d'envoyer un message dans l'espoir qu'ils nous indiquent un point de rendez-vous. Il faut le signer. Vous avez une idée de nom ?

Le professeur leva la tête vers Hanek.

— Tu sembles avoir de grandes idées en ce moment. Une suggestion ?

— Oui, répondit sérieusement Hanek. Résistance.

*

Adila et Nadem ne bougeaient pas. Le Réseau se remettait en marche. Quelque chose d'étrange venait de se produire.

— Ce n'est pas normal…, murmura Adila.

— Effectivement, lança Kassandra Kacem d'un ton sec, ce n'est pas normal. Le pire est en train d'arriver. Si ce que j'ai prédit est exact, si Vlad Ekaton peut réellement lire les pensées, alors il connaît le but du

Tatoueur. S'il voulait l'arrêter, il n'aurait pas emmené uniquement le commandant Malkone avec lui.

D'un ton sec, l'ancienne commissaire en chef conclut :

— Il n'y a qu'une explication possible. Le Tatoueur et Vlad Ekaton se sont associés.

— C'est impossible ! s'écria Nadem. Le Tatoueur…

— Le Tatoueur est l'un des êtres les plus malfaisants que je connaisse, rugit Kassandra Kacem. C'est *lui* qui a trahi les membres de son organisation. C'est lui qui a vendu l'Émotionnel…

— Mais… il nous a dit…

— Il vous a dit ce que vous vouliez entendre. Et il vient de trouver son alter ego. Qui sait ce qu'ils vont conspirer ensemble ?

— Mais…, commença Nadem. Si ce que vous dites est vrai, qu'est-ce qu'il faut faire ?

— Je vais certainement être rapidement écartée de mon poste, dit-elle. Vlad Ekaton trouvera bien un moyen. Je n'aurai bientôt plus aucun levier d'action. Il faut prendre une décision maintenant.

Elle se leva.

— Suivez-moi.

— On est des prisonniers…

— Suivez-moi, répéta-t-elle.

Les couloirs étaient déserts. Tous les policiers s'étaient précipités dehors pour contenir les citoyens qui s'étaient rués au commissariat pour obtenir des explications. Kassandra Kacem les entraîna de l'autre côté.

— J'étais dans un sale état, au bureau, commença-t-elle tandis qu'ils débouchaient dans une arrière-cour. Je n'étais pas bien remise de mes blessures et je me suis évanouie lorsque le Réseau s'est éteint. Adila et Nadem, vous en avez profité pour prendre la fuite. Voilà ce qu'il faut faire croire.

— Quoi ? fit Adila en sursautant.

— Ce qui vient de se passer est très important. Il y aura des répercussions mondiales. C'est pour cette raison que je vais, pour la première fois de ma vie, faire quelque chose en contradiction avec mes principes. Vous allez partir.

— Pou… pourquoi ?

— Je vous l'ai dit. Ma marge de manœuvre va diminuer à la seconde même où Vlad Ekaton regagnera le commissariat. Il faut que j'agisse maintenant, et c'est la seule solution. Vous allez partir, mais pas n'importe où. Je vous envoie en mission. Une mission dangereuse, qui vous entraînera à l'autre bout de la planète alors que vous êtes des fugitifs. Vous allez chercher quelqu'un et le ramener ici, dans cette ville.

— Qui ça ?

— Karl Certal, le créateur d'Interfeel, lâcha Kassandra Kacem d'un ton solennel.

— L'Émotionnel ? Le traître de l'organisation F.A.N.T.O.M.E. ?

— Ce n'est *pas* un traître, je vous l'ai déjà dit. Quoi qu'il se passe désormais avec le Réseau, lui seul sera en mesure d'y apporter une réponse.

— L'Émotionnel a disparu il y a des années… mais vous savez où il se trouve, n'est-ce pas ? demanda Adila.

— J'ai participé à son programme de disparition, confirma Kassandra Kacem. Comme je ne peux pas m'y rendre moi-même, c'est vous qui allez le retrouver. Vous avez en partie provoqué cette situation en aidant le Tatoueur, je compte donc sur vous pour m'aider à la réparer. Je vous préviens, ce sera extrêmement difficile. Il vous faudra traverser la moitié de la planète jusqu'au pays rouge. Si vous êtes arrêtés, je nierai bien sûr d'avoir eu cette conversation avec vous.

— Comment on communiquera ? demanda Adila.

— Par Livia, fit Kassandra Kacem en la désignant. Vous allez repartir sur de bonnes bases, et travailler de nouveau ensemble. Livia doit venir chaque semaine au commissariat. J'en profiterai pour lui transmettre des informations. Paradoxalement, si je reste ici, Vlad Ekaton pensera moins à me surveiller. Comme il méprise Livia, elle aura une plus grande liberté d'action à l'extérieur.

— Comment vous allez faire pour cacher le plan à Vlad Ekaton, maintenant que vous savez qu'il peut lire les pensées ? demanda Nadem.

— J'en fais mon affaire, répondit simplement la commissaire adjointe.

Elle les regarda longuement.

— À vous de choisir. Soit je vous ramène en cellule et nous perdons le dernier espoir d'agir, soit nous tentons cette mission.

— Vous n'avez pas peur qu'on en profite pour… s'évader ?

— Guettez les informations dans les jours à venir. Vous verrez que j'ai raison. Et puis, je vous l'ai dit lorsque j'étais dans votre lycée : il faut faire confiance à notre jeunesse. Elle est notre avenir, même si elle fait parfois des erreurs. Je prends le risque de vous faire confiance. Qu'est-ce que vous en pensez ?

Adila, Nadem et Livia se regardaient. Bien sûr, cette mission semblait totalement suicidaire. Mais ils avaient chacun une bonne raison d'y aller et de retrouver le créateur d'Interfeel. Nadem voulait comprendre comment une seconde personnalité aussi sombre pouvait apparaître dès qu'il quittait le Réseau. Adila souhaitait trouver une explication à son vide intérieur. Elle sentait que ce voyage risqué allait la transformer en quelqu'un d'autre. Quelqu'un dont on pouvait tomber amoureux. Livia, enfin, comprit que, pour la première fois de sa vie, elle pouvait choisir de faire quelque chose qui allait compter, et même qui risquait de changer à jamais le cours des choses.

Tous les trois acquiescèrent simultanément puis se regardèrent, heureux de constater leur unité.

— Nous allons développer un vocabulaire bien particulier pour cette mission, reprit Kassandra Kacem, histoire d'être certains de ne pas se faire repérer. Tout d'abord, il nous faut un nom de code. Vous avez une idée ?

Nadem, Adila et Livia se regardèrent à nouveau et, d'une même voix, répondirent :

— Résistance.

*

— Je n'abandonnerai pas, répéta Nathan en grinçant des dents. Je ne suis pas seul.

— Et qui sera avec toi ? fit Vlad Ekaton d'un air amusé.

— Vous savez ce qui m'a fait revenir ici lorsque ma vie a disparu ? s'exclama Nathan en se tournant vers le Tatoueur. Une phrase que l'on m'a sortie, un jour, et que je viens enfin de comprendre.

Du regard, Nathan désigna la boule d'Opale en apesanteur devant lui et affirma :

— Je ne veux pas qu'une machine contrôle ma vie, même si ma vie semble parfaite ainsi. Je préfère le doute et l'incertitude. C'est ma manière à moi d'être libre. Et je veux rester libre.

Nathan désigna à nouveau Vlad Ekaton.

— Ce n'est pas quelqu'un d'autre qui va me dire comment vivre. À présent je sais qui je suis.

Le Tatoueur dévisagea Nathan :

— Et qui es-tu ?

— Je suis celui qui n'oublie plus. Je suis celui qui vous vaincra, tous les deux. Je vais reconstituer mon ancienne équipe. Ensemble, nous vous anéantirons.

Le Tatoueur eut une expression amusée.

— Ta fameuse équipe « Résistance » ?

— Oui, murmura Nathan.

Il répéta ce mot, pour la première fois avec tout le sérieux du monde :

— Résistance.

— Très bien ! fit Vlad Ekaton en souriant. Tu sais comme je suis joueur, Nathan. Je te propose donc un nouveau pari ! Moi, je parie que la décharge que je vais te faire subir sera telle qu'elle te laissera complètement idiot, au fond d'un asile, pour le restant de tes jours ! (Son sourire devint mauvais.) De ton côté, tu paries que non seulement tu retrouveras tes esprits, mais qu'en plus tu t'évaderas de prison, reformeras ton équipe et nous arrêteras tous les deux !

Vlad Ekaton se tourna vers le Tatoueur et lui dit :

— Il est ambitieux, le petit, non ? Les paris sont lancés ! Crois-moi, je vais y mettre tout mon cœur cette fois ! La souffrance que tu as subie au commissariat la dernière fois ressemblera à une caresse, comparée à ce qui t'attend !

Nathan ne le quittait pas du regard. Il n'avait plus peur. Vlad Ekaton n'arrêtait pas de rire, un rire intense, un rire de fou, alors qu'il s'approchait lentement de lui. Son esprit était figé dans cette haine. Autour d'eux, la réalité disparaissait complètement, emportée par Interfeel qui, dans quelques secondes à peine, tournerait à nouveau à plein régime, connectant les émotions de la ville entière. Les morceaux de la pièce s'envolaient dans une bourrasque émotionnelle qui balayait son corps, sa mémoire et sa vie.

Il ne restait plus que le Tatoueur et Vlad Ekaton. Nathan maintenait son regard ferme. Il les fixait de toutes ses forces, de toute son âme, pour leur rappeler qu'il s'en sortirait. Qu'il reviendrait.

Il les détruirait.

Vlad Ekaton se pencha encore, son front entra en contact avec celui de Nathan. Tout explosa et la réalité disparut.

Ouvrage composé par
PCA - 44400 Rezé

Cet ouvrage a été imprimé en Espagne par
Liberdúplex à St. Llorenç d'Hortons (Barcelone)
S30480/01

PKJ • www.pocketjeunesse.fr
POCKET JEUNESSE

FSC
www.fsc.org
MIXTE
Papier issu de
sources responsables
FSC® C003309

Pocket Jeunesse, une marque d'Univers Poche,
est un éditeur qui s'engage pour
la préservation de l'environnement
et qui utilise du papier fabriqué à partir
de bois provenant de forêts gérées
de manière responsable.